강남길의 명화와 함께 후루룩 읽는

그리스 로마 신화

1권

DELPHI
STUDIO

강남길의 명화와 함께 후루룩 읽는

그리스 로마 신화

1권

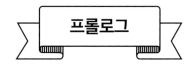

안녕하세요, 미남 탤런트 강남길입니다! 2000년부터 4년 동안 아이들 유학 관계로, 영국에서 생활한 적이 있었습니다. 그때부터 지금까지 영국부터 시작해 프랑스, 독일, 러시아, 오스트리아, 그리스, 터키까지 여러 차례 여행할 기회가 많았는데, 유럽 여행을 하다 박물관이나 미술관에 가면 거의 50%가 그리스 로마 신화에 관련된 조각과 회화인 것을 보며, 새삼 놀랄 때가 많습니다.

그러니까 그리스 로마 신화를 모르고 유럽 여행을 하면, 그 유명한 대영 박물관이나 루브르 박물관, 상트 페테르부르크 박물관 등의 세계 3대 박물관을 비롯해, 이탈리아와 그리스 대부분의 미술관과 박물관 관람은 거의 무의미하고 불가능합니다. 멀고 먼 유럽 여행에서 남는 것은 몇몇 유명 관광지와 높게 솟은 교회뿐이고, 수박 겉핥기 식 관광이 되기 쉽습니다. 서구인들이 수천 년 역사에서 찬란하게 내세우는 회화는 차치하고라도, 수많은 조각 작품들은 그저 돌덩이로 보일 뿐이지요.

비싼 돈 주고 유럽까지 여행하고 왔는데, 나중엔 마음에 남는 것은 별로 없고, 본전도 못 뽑는 느낌이 없는 여행이면 되겠습니까? 이젠 우리의 여행 문화도 조금은 달라져야 한다고 생각합니다. 소위, 7박 8일 서유럽 5개국 패키지여행 같은 것을 돌며, 버스에서 자다가 벌떡 일어나 사진만 찍는 그런 여행보다는 그들의 문화를 접하고, 마음에 남는 좀 더 실속 있고 영양가 있는 여행이 되어야 한다는 말씀입니다.

아니, 꼭 유럽 여행을 가지 않으셔도 좋습니다. 흔히, 서구 문화의 두 축은 기독교의 헤브라이즘과 헬레니즘으로 대표되는 그리스 로마 신화라고 합니다. 서로 다른 성격인 두 문화가 오묘하게 합쳐져, 서구인들 문화와 예술, 정신세계에 지대한 영향을 미쳐온 것이지요.

그리스 로마 신화는 우리 문화와 전혀 다른 서구 문화를 이해하기 위해 꼭 알아야 하는 기본 중의 기본입니다. 지금도 이 신화는 높은 예술적 가치로 미술 작품과 문학, 영화뿐 아니라, 연극과 오페라 등에서 우리는 너무 자주 접하고 있는 것이 현실입니다. 디지털 정보화 시대를 살아가는 우리에겐 필수 교양인 셈입니다.

누구나 그리스 로마 신화는 조금은 알고 있을 것입니다. 우리 시대와는 달리, 심지어 요즘은 유치원과 초등학생들이 성인보다 더 많이 알고 있을 정도입니다. 우리 아이들도 마찬가지지만, 많은 사람들이 그리스 로마 신화는 재미는 있는데, 신과 영웅뿐 아니라 등장인물이 너무 많아 헷갈리고 어렵다고 합니다. 그러나 실제로 알고 보면 그리 어렵진 않습니다. 단지, 그리스 로마 신화가 워낙 스케일이 방대하고 또한 이야기가 다양하다 보니까, 여러분 머릿속에 시간대별로 정리가 잘 안되어 혼동되고, 스스로 전체를 안다는 것은 어렵다고 먼저 포기하기 때문입니다.

저는 그리스 로마 신화의 전문가도 아니고, 학자도 아닙니다. 그냥 그동안 그에 관한 그림과 조각들을 보며 관심이 많았고, 관련 책을 많이 읽은 사람입니다. 그런 제가 13년 전 어느 날, 사람들이 그리스 로마 신화를 좀 더 쉽게 접하고 알 수 있는 방법은 없을까 하는 건방진(?) 생각이 들었습니다. 신화 전체를 일목요연하게 시간대별로 목차를 쉽게 정리하고, 직접 촬영한 사진과 함께 지루하지 않고 쉬운 책을 써보고 싶었습니다.

특히, 그리스 비극과 로마 신화를 대표하는 오비디우스 변신 이야기에 나오는 그림과 조각을 하나라도 빼먹지 않고 꼭 다루고 싶었지요. 방송 일이 없을 때 조금씩 쓰다 보니, 원고가 쌓이더군요. 그 원고를 예쁘게 다듬고, 수년에 걸쳐 영국부터 터키까지 그리스 로마 신화에 대한 사진들과 동영상을 수만 장 찍어, 이번에 이렇게 여러분들 앞에 3권의 책을 출간하게 되었습니다. 3권을 후루룩 읽다 보면, 절대 어렵지 않다고 느낄 겁니다. 편안하고 재미있게 읽어 주셨으면 하는 바람입니다.

✦ 이 책의 특징은 이렇습니다 ✦

1. 그리스 로마 신화의 전체 내용을 거의 빠짐없이 모두 다루었습니다.

지금까지 그리스 로마 신화를 어렴풋이 뜨문뜨문 알고 계시는 분, 유치원과 초등학교 다니는 자녀들보다 잘 모르시는 분, 좀 알기는 아는데 뒤죽박죽 정리가 잘 안되시는 분, 대학 논술시험을 준비하는 학생들, 서구 문화와 서구 문학, 인문학에 관심이 많으신 분, 배낭여행을 비롯해 유럽 여행을 준비하는 분, 또 이 기회에 그리스 로마 신화를 첨부터 끝까지 관련 그림을 비롯해, 전체 내용을 꼭 알고 싶으신 분들. 어서 오십시오! 여러분, 환영합니다!

이 책은 우리에게 가장 많이 알려진 오비디우스의 변신 이야기 등의 로마 신화뿐만이 아니라, 서구 문학의 시작인 호메로스의 일리아스와 오디세우스를 비롯해, 그리스 3대 비극 작가의 주요 비극과 트로이 전쟁에서 베르길리우스의 아이네이아스까지, 그리스 로마 신화의 전체 내용 및 관련 그림과 조각을 거의 빼먹지 않고 상세히 다루었습니다.

그렇다고 너무 겁먹거나 긴장하지 마십시오. 어렵게 쓰지 않았습니다. 이야기 순서대로 헷갈리지 않게, 후루룩 페이지가 넘어가도록 쉽게 썼습니다. 그러니까 이 기회에 그리스 로마 신화 전체를 명화와 함께 완전 정복하는 것입니다. 정말이냐고요? 리얼리, 정말입니다. 자신 있게 말씀드립니다. 그리스 로마 신화의 모든 것을 거의 빼먹지 않고, 몽땅 정복하는 셈입니다.

그리스 로마 신화는 신과 인간의 아름다운 사랑 이야기와 박진감 넘치고 흥미진진한 영웅들의 이야기도 나오지만, 때론 선정적이고 좀 끔찍한 이야기도 나옵니다. 지금까지 그리스 로마 신화 책들은 대부분 청소년을 대상으로 한 책이 많았기 때문에 이런 내용은 거의 빠져있어, 어떤 때는 신화 내용이 잘 연결이 안 될 때가 많았습니다.

그러나 이 책은 영화의 노컷 필름같이, 19금 이상의 내용들도 과감하게 무삭제 판으로 소개했습니다. 특히, 로마 신화는 그 내용이 서로 꼬리에 꼬리를 물고 연결되기 때문에, 그런 내용을 건너뛰면 마치 영화 필름이 뚝뚝 끊기는 것처럼, 서로 이야기가 연결이 잘 안 되는 것이 사실입니다. 그래서 여러분이 뜨문뜨문 알게 되고 헷갈리는 것입니다. 이 기회에 그리스 로마 신화 전체를 감독판 영화같이 알아두시면 신상에 좋습니다.

2. 이 책은 그리스 로마 신화의 관련 조각과 그림들을 빠짐없이 상세히 소개하였습니다.

또한, 이 책은 그리스 로마 신화에 나오는 유명한 조각과 우리가 꼭 알아야 할 명화를 거의 빼먹지 않고 소개했습니다. 그리스 로마 신화에 대해 잘 알고 계신 분이라도, 가끔 '어? 이건 어떤 내용에 나오는 그림과 조각이지?' 하고, 머리를 갸우뚱하실 때가 있었을 겁니다. 그렇습니다! 저도 바로 그런 궁금증에서 이 책을 쓰기 시작했습니다. 그래서 이 책에서는 비록 짧은 이야기 속에 나오는 조각과 명화라도, 악착같이 관련 신화 내용을 모두 다루었습니다.

사실 이 책을 처음부터 기획할 때도 신화 내용은 물론, 관련 그림과 조각을 빠뜨리지 않고 모두 알려주자는 것이 기획 의도였습니다. 신화 내용도 중요하지만, 관련 그림을 알면 그만큼 이해하기 쉽고, 친숙하게 다가오기 때문이지요. 그리스 로마 신화 내용을 알고 그림이나 조각을 보면, 정말 느낌이 새롭고 재미 또한 쏠쏠합니다. 특히, 유럽 여행 하면서 알고 있는 그림이나 조각을 현장에서 직접 보면 가슴이 벅차오르고, 그 느낌은 두고두고 마음속에 남는 여행이 될 겁니다. 그렇습니다. 아는 것만큼 보이는 것이지요!

3. 각 신화의 내용마다 에필로그를 하나도 빠짐없이 썼습니다.

이 책은 각각의 이야기를 시작할 때 그 내용에 나오는 등장인물뿐 아니라, 대략 4줄로 전체 내용을 축약해, 신화의 관전 포인트와 내용을 이해하기 쉽게 구성했습니다.

또 쓸데없이 중복되는 어려운 이름들을 과감히 생략하고, 꼭 필요한 인물만 등장시켜 책장을 후루룩 넘기도록 만들었습니다. 반면, 꼭 알아야 할 중요 신이나 인물은 자세한 설명을 곁들여, 자연스레 캐릭터를 알 수 있도록 구성했습니다. 그렇다고 곶감 빼먹듯, 스리슬쩍 빼먹지는 않았습니다. 안심하십시오!

이 밖에도 이 책의 특징은 각 신화 내용이 끝날 때마다 에필로그를 하나도 빠짐없이 썼습니다. 그래서 그 신화 이야기가 의미하는 것과 신화 속의 인물에 대한 고급 정보를 정리해 놓았습니다. 집필하는데 가장 힘든 부분이었지요.

4. 이 책은 연도별, 시간대별 순서로 목차를 배열하고, 또 관련 이야기들을 하나로 묶어 이해하기 쉽게 구성했습니다.

그리스 로마 신화에도 엄연히 연도별, 시간대별로 내용상 순서가 있습니다. 이 책은 처음부터 끝까지 꼬리에 꼬리를 물고 이어지는 신화 이야기를 순서대로 구성했습니다.

또 그리스 로마 신화에는 비슷한 이야기들이 많습니다. 이 책은 그런 비슷한 이야기를 하나로 묶어, 여러분들이 이해하기 쉽게 목차를 구성했습니다. 예를 들면, 헤라의 질투, 감동적인 사랑 이야기, 이루어질 수 없는 사랑 이야기, 금지된 사랑 이야기 등을 비롯해 신들의 복수 시리즈, 가문의 저주 등을 하나로 묶어 이해와 가독성을 높였습니다.

5. 제우스를 비롯한 올림포스 주요 신과 영웅들, 또 주요 캐릭터를 상세히 설명했습니다.

그리스 로마 신화에는 수많은 인물들이 등장합니다. 최고 주인공인 제우스를 비롯해 올림포스 주요 12신, 승리의 여신 니케를 비롯한 조연급 신들뿐 아니라, 헤라클레스와 테세우스를 포함한 영웅들과 우리네 같은 인간들이 등장합니다.

이 책에서는 이들 이외에도, 중요한 캐릭터들을 아주 자세하게 정리해 놓았습니다. 그러니까 그들의 출생부터 지위와 역할, 외모와 성격부터 그들을 대표하는 상징물까지 상세하게 설명했습니다. 주요 신들과 영웅들 캐릭터를 알면, 그만큼 내용을 이해하는데 쉽기 때문이지요.

또 앞으로 여러분들이 그리스 로마에 관한 조각이나 명화를 보고, 주요 신들과 영웅 등을 단번에 알 수 있게 설명해 놓았습니다. 그러니까 이 책을 읽다 보면 자신도 모르게 저절로 명화나 조각에서 중요 신들은 누가 누군지 단번에 알 수 있습니다. 다시 말하면, 앞으로 여러분이 유럽의 박물관과 이탈리아와 그리스 등을 가서 조각이나 명화를 보고 최소한 그 인물이 누구인지를 알 수 있다는 말씀입니다.

요거 아무것도 아닌 말 같지만, 유럽 여행 시 박물관 등을 관람할 때 엄청 중요합니다. 거금 들이고 멀리 유럽까지 갔는데, 최소한 누가 누군지는 알아먹고, 무엇인가 하나라도 알고 가는 그런 실속 있는 여행이 되어야 하지 않겠습니까? 오케이?

6. 전반적인 구성은 드라마 형식을 취하여 재미와 가독성을 높였고, 장문이 아닌 단문을 사용해, 가볍고 속도감 있게 구성했습니다.

여러분도 빡빡하게 글만 도배되어 있는 책은 피곤하시고 싫으시죠? 저도 그렇습니다. 그런 책은 진도도 안 나가고, 도중에 다시 책을 펼치지 않는 경우가 많지요. 그런데 방송 드라마 대본이나 희곡은 일반 서적과 달리, 빡빡하게 공간을 차지하지 않습니다. 그래서 책장도 술술 넘어가고, 내용을 이해하는데 유리합니다.

이 책의 전반적인 구성은 드라마 형식을 취해 재미와 속도감을 높였고, 장문이 아닌 단문으로 구성했습니다. 또 조금 지루하다 싶은 부분은 나름 약간의 위트를 섞어 재미를 주려 했고, 쉬운 대화체로 바꾸어 가독성을 높였습니다.

많은 나라들을 여행을 하면서 느낀 점은 잘 사는 나라든 못 사는 나라든, 어디를 가나 사람 사는 것은 똑같다는 생각을 합니다. 아마도 우리보다 수천 년 전에 살았던 그리스 로마 사람들도 생활 방식만 틀릴 뿐, 지금의 우리와 거의 비슷하지 않을까 합니다. 서로 사랑하고 이별하고, 시기하고 질투하고, 치고받고 싸우고, 욕심내다 폭망하고..!

수천 년 전 서양 사람들은 어떤 생각을 하고, 어떻게 살았을까? 또 한때는 서양인들의 종교였던 그리스와 로마 신들은 대체 어떤 신들일까? 왜 서양인들은 제우스를 비롯해, 아폴론과 아테나 등의 거대한 신전을 짓고 왜 그런 종교를 가졌는지, 거의 모든 해답은 그리스 로마 신화에 담겨 있습니다. 그리고 여러분은 그 속에서 인간적인, 너무나 인간적인 그리스와 로마 신들을 만나고, 그들의 세상 이야기에 푹 빠질 겁니다.

신화는 환상적인 상상의 세계입니다. 그 무한한 상상력 속에서 변화와 혁신과 창조가 탄생하는 것입니다. 여러분들을 그 무한하고 흥미진진한 상상의 세계로 모시겠습니다. 출발할 준비되셨습니까? 자 그럼 지금부터 저와 함께 재미있는 그리스 로마 신화에 같이 빠져봅시다. 렛츠 고! 백 투 더 퓨처!!

P.S〉 그동안 이 책을 같이 공동 작업을 해주신 강나리 작가님, 표지 및 편집 디자인을 해주신 데이비드 강 (강경완)님, 교정을 해주신 오세순 일당들 등등.. 많은 분들에게 감사 인사드립니다.

송승환 추천사

배우 / 공연 제작자 / PMC 프로덕션 예술감독
성균관 대학교 문화예술 미디어 원장 /
평창 동계 올림픽 개폐막식 총감독

　강남길이란 배우는 저와 같이 아역 배우로부터 시작해, 지금까지 동료이자, 선후배, 친구로서 지내는 사이입니다. 그런 그가 이번에 10년 이상을 집필하고, 또 직접 촬영한 수많은 명화와 조각과 함께 그리스 로마 신화에 관한 책을 3권 내놓았다고 합니다. 저도 기대되지만, 아마 여러분들의 반응도 대단할 거라 믿어 의심치 않습니다.

　그동안 저도 오이디푸스 같은 연극 작품 때문에 그리스 로마 신화를 알기는 했지만, 처음부터 끝까지 전부 완벽하게 알지는 못했습니다. 그런데 이번에 추천사를 써주면서 이 친구가 쓴 원고를 3권까지 읽으며, 새롭게 이해하는 계기가 되었습니다. 책 제목을 물었더니, '강남길의 명화와 함께 후루룩 읽는 그리스 로마 신화'라고 하더군요. 정말 책 제목과 같이 쉽게 읽히는 이 친구의 글과 명화들을 보면서, 시간 가는 줄 모르고 후루룩 읽었습니다.

　강남길이란 배우는 90년대 후반엔 컴퓨터 전도사로서 활약하더니, 아무래도 이번엔 그리스 로마 신화의 전도사로서 나설 것 같습니다. 이 친구가 책 출간과 함께 유튜브도 오픈한다고 합니다. 여러분들도 많이 찾아오셔서 성원해 주시고, 이 기회에 그리스 로마 신화를 쉽게 이해하고 정복하는 계기가 되었으면 합니다. 건강하십시오. 감사합니다.

2021년 10월 5일 송승환

▌1권 차례

2권 차례

▍3권 차례

헤라와 제우스 결혼식. 맨 위는 무지개 여신 이리스,
그 밑은 헤라와 제우스, 맨 아래는 키벨레 여신이다
- 루브르 박물관

헤라클레스의 승천. 맨 위에 제우스와 올림포스 12신이
보는 가운데, 마차를 탄 헤라클레스가 승천하는 명화다
- 베르사유 궁

제라드의 에로스와 프시케 신화를 대표하는 명화. 날개 달린 에로스가 프시케를 안으려 하고 있고, 프시케의 머리 위를 보면, 자그맣게 영혼을 상징하는 나비가 있다 - 루브르 박물관

프랑스와 부셰의 아프로디테 (비너스)의
화장. 아프로디테는 주로 벌거벗은 모습
으로 표현된다.

루카스 크라나흐의 아프로디테에게
불평하는 에로스. 벌집을 슬쩍하다가
벌들에 쏘인 에로스가 징징대고 있다.

피에르 나르시스 게랭의 이리스와 모르페우스. 신들의 전령인 무지개 여신 이리스가 녹 다운되어 곤히 잠들어 있는
꿈의 신 모르페우스를 깨우려 하고 있다 - 에르미타주 박물관

피에르 나르시스 게렝의 새벽의 여신
에오스의 미남 사냥꾼 케팔로스 납치
- 루브르 박물관

프랑스와 부셰의 북풍의 신 보레아스가
아테네 공주인 오레이티이아를 납치해
아내로 삼는 명화

프랑스와 페리에의 이피게네이아의 희생. 트로이 전쟁 때 바람이 불지 않아 함선들이 출항을 못하자, 이피게네이아를 희생 제물로 바치려 하고 있다.

오디세우스의 10년간 모험 중, 항해하는 일행에게 아름다운 노래로 유혹하는 세이렌. 오디세우스는 돛대에 묶여 노래를 듣고 있다.

아폴론과 학문과 예술을
관장하는 9명의 뮤즈들

루벤스 작품의 유명한
파리스의 심판

태양 마차를 모는 아폴론
귀도 레니 그림

트로이 전쟁 중, 함선을
둘러싼 치열한 전투 장면

티에폴로의 목마를 성안으로
끌어가는 트로이 사람들

마차 뒤에 헥토르 시신을
끌고 가는 아킬레우스

밀로의 아프로디테 (비너스) 상
- 루브르 박물관

호전적인 전쟁의 신 아레스
- 보르게세 미술관

몸통은 사자, 중간은 염소, 뒤쪽은 뱀 모습을
하고 있으며, 입에서 불을 뿜는 괴물 키마이라
- 바르젤로 미술관

올림픽의 복싱 선수 청동상
- 로마 국립 박물관

승리의 여신 니케 상
- 루브르 박물관

죽은 파트로클로스를 안는 메넬라오스
- 이탈리아 피렌체 시뇨리아 광장

메두사 목을 칼로 싹둑 잘라
손에 번쩍 든 페르세우스
- 피렌체 시뇨리아 광장

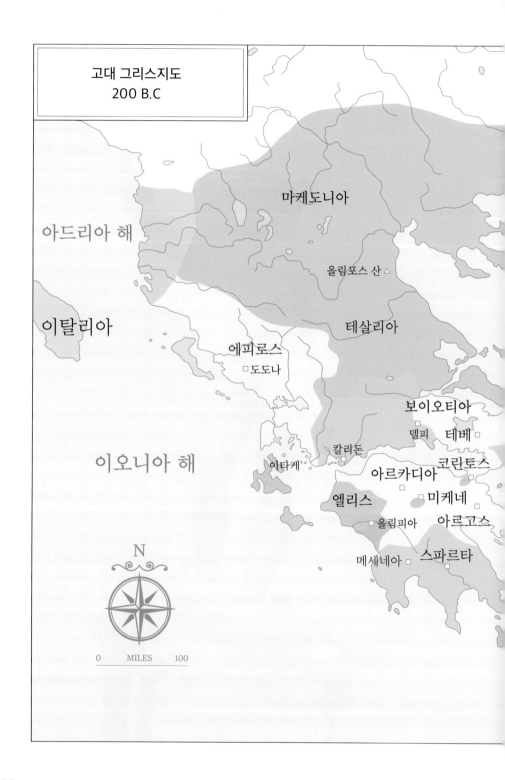

고대 그리스지도
200 B.C

아드리아 해

마케도니아

올림포스 산 △

이탈리아

테살리아

에피로스
□도도나

보이오티아
델피 테베 □

이오니아 해

칼리돈

이타케

아르카디아 코린토스

엘리스

미케네

올림피아 아르고스

메세네아 스파르타

N

0   MILES   100

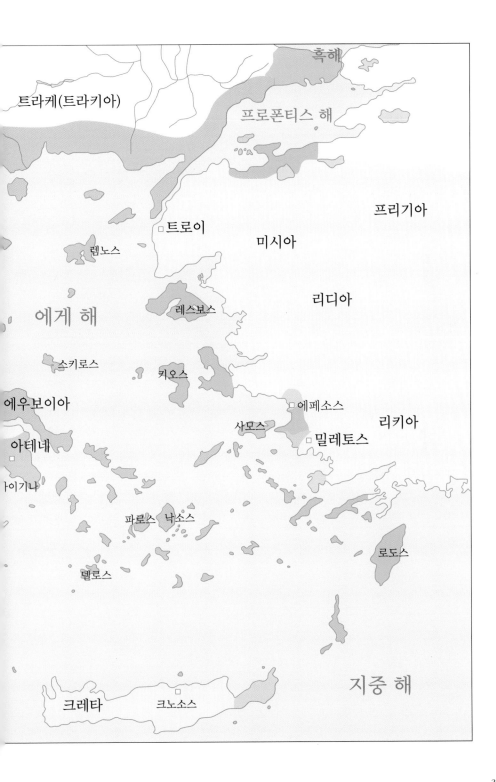

흑해

트라케(트라키아)

프로폰티스 해

프리기아

트로이

미시아

렘노스

리디아

레스보스

에게 해

스키로스

키오스

에우보이아

에페소스

리키아

사모스

아테네

밀레토스

아이기나

파로스 낙소스

로도스

델로스

지중 해

크레타 크노소스

신들의 탄생과 제우스

1. 천지창조와 신들의 탄생

등장 인물

가이아   : 대지, 땅의 여신

우라노스 : 하늘의 신

그리스 로마 신화에 등장하는 신들은 많지만, 그중에서 최고 주인공은 신들과 인간의 지배자인 제우스다. 그럼 먼저 천지창조와 신들의 탄생, 또한 제우스가 어떻게 하늘과 땅의 최고신이 되었는지에 대해 알아보자.

세상의 탄생과 천지창조

지금으로부터 수천 년 전에 살았던 고대 그리스 사람들은 세상이, 이 지구가 어떻게 만들어졌다고 생각했을까? 7일간의 하나님 창조설 ..? 아니면 빅뱅 (Big Bang) 이론 ..? 그들은 신과 인간뿐 아니라, 천지창조가 어떻게 이루어졌다고 생각했을까?

그리스 로마 신화에는 세상의 시작, 천지창조에 대해 크게 2가지 이야기가 전해진다. 첫 번째 천지창조에 대한 간단한 이야기는 이렇다.

이 세상은 맨 처음에 '카오스(Chaos)'라는 무질서한 혼돈 상태였다고 한다. 카오스는 '혼돈, 혼란'이란 뜻이다. 그러니까 맨 처음 세상은 땅, 바다, 하늘이 모두 서로 뒤엉겨, 무질서한 상태의 커다란 덩어리였다. 마치, 커다란 풍선 안에 이것저것 혼탁한 것들이 하나로 뭉쳐진 것처럼, 정리되지 않은 상태라고나 할까?

그러자 어떤 신이 이 무질서한 혼란 상태를 모두 질서 있게 정리했다. 간단히 말하면 하늘에서 땅을, 땅에서 바다를 떼어놓았다. 이때 하늘은 제일 높은 곳에 자리를 잡았고, 가벼운 공기는 그 밑에, 또 무거운 땅은 그 밑으로 가라앉았다. 그러자 그 단단한 땅을 바다가 빙 에워쌌다.

이어 신은 세상에 강과 호수, 평야와 들판, 산과 골짜기, 안개와 구름, 바람 등을 교통 정리하듯 착착 배치했다. 이렇게 만물이 정리되자, 어둠에 가려져 있던 별들이 하늘에서 반짝거리기 시작했다고 한다. 요거 너무 간단하다! 정말 너무 싱겁다!

그래서 두 번째로 천지창조에 대해 가장 논리정연하게, 또 그럴듯하게 정리한 사람이 바로 〈신들의 계보〉란 책을 쓴 '헤시오도스'라는 사람이다. 이분 역시 태초의 세상은 카오스라는 텅 빈 공간에서부터 시작되었다고 한다. 그다음에는 바로 그 공간에서 넓은 젖가슴을 가진 대지, 즉 땅의 여신인 '가이아 Gaia'가 생겨났다 한다. 세상에 가장 먼저 땅의 여신이 태어난 것이다.

계속해서 땅만 있던 이 세상에 '어둠의 신(에레보스 Erebos)'과 '밤의 신(닉스 Nyx)'이 태어나고, 이 둘이 결합해 '대기의 신'과 '낮의 신'이 생겨났다. 다시 말해, 태초에 맑은 대기와 환한 낮이 생겨난 것이다.

에로스와 프시케의 결혼 문제로 그리스 로마 신화의 중요 신들이 몽땅 모인 장면 - 로마 빌라 파르네시나 (라파엘로 그림)

이제부터 모든 것은 땅의 여신, 가이아가 만들기 시작한다. 가이아는 누구와 결합도 없이 홀로 '우라노스 Ouranos'라는 '하늘의 신'을 낳는다. 그러니까 땅이 하늘을 낳아서 자기 주위를 감싸게 만든 것이다. 또 가이아는 '산맥'과 '바다'도 낳았다.

처음부터 들어보지 못한 신들 이름이 마구 나타나, 머리 아프신가? 너무 걱정 마시라! 그냥 한번 후루룩 '아! 그딴 신이 있구나!'하는 정도로 넘어가면 된다. 앞에서 기억해야 할 중요한 신은 땅의 여신 '가이아'와 하늘의 신 '우라노스'만 슬쩍 기억하고 넘어가시면 된다. 다른 신들은 별로 영양가가 없다는 말씀이다.

중앙 맨 위에 앉아있는 제우스를 비롯해, 앞으로 그리스 로마 신화에 등장하는 주요 신들이 총집합해 있다 - 피티 궁

2. 우라노스와 아들 크로노스

등장 인물

가이아   : 땅, 대지의 여신

우라노스   : 하늘의 신 (가이아 아들이자, 남편)

크로노스   : 가이아와 우라노스 막내아들

키클롭스   : 이마 중간에 눈이 있는 거인 괴물 3형제

헤카톤케이레스 : 머리가 50개, 팔이 100개인 괴물 3형제

아프로디테   : 사랑과 미의 여신 (영어로는 비너스)

티탄 신족 12명 : 오케아노스 등등 ..

가이아와 우라노스의 자식들인 티탄

자, 이제 본격적으로 중요한 이야기가 시작된다. 앞서 땅의 여신 가이아는 하늘의 신 우라노스를 낳았다 했다. 그런데 가이아는 자기 자식 우라노스와 관계를 맺어, 12명의 자식을 낳는다.

이게 무슨 소리냐고? 그러니까 어머니와 아들이 '여보, 당신' 하는 사이가 되었다는 말씀이다. 부부 말이다! 태초의 신들은 자신의 짝꿍이 부족해서였을까? 앞으로 신들은 부모와 자식, 형제와 자매간의 황당한 근친상간이 수없이 이루어진다.

신화를 자칫 도덕이나 윤리적인 잣대로 해석하면 벽에 부딪친다. 우리 단군 신화와 이집트를 비롯해, 세계 각지의 신화를 보시라! 정말 얼마나 허무맹랑하고, 말도 안 되는 신화들이 많은가!

신화는 그야말로 신화다! 우리가 앞으로 그리스와 로마 신화를 대할 때는 좀 더 넓은 마음을 가지고, 그들의 상상 속에 들어가는 자세가 필요하다. 그러니까 신화는 그러한 것을 만든 사람들의 상상 속에 들어가 생각하는 오픈 마인드가 필요하다는 말씀이다.

아무튼, 땅의 여신 가이아와 하늘의 신 우라노스 사이에 태어난 12명의 거인을 '티탄 Titan'이라 부른다. 티탄은 '거대한'이란 뜻이다. 그럼 12명의 티탄이 누군지 알아보자. 요것도 괜히 머리 아프게 외울 필요 없다.

이 신들은 앞으로 등장할 '올림포스'라는 중요한 신들이 등장하기 전 세대, 그러니까 야구로 비교하면 메이저 리그가 아닌, 마이너 리그(축구는 2군이라고나 할까?) 신이다. 이들은 자주 등장하지 않는 신들이기 때문에 일단은 그냥 맛보기로 쓰윽 읽고, 후루룩 넘어가도 된다는 말씀이다.

우리노스의 아들이자, 제우스 아버지인 크로노스가 아들을 납치하고 있다. 시간의 신인 그의 상징물은 낫이다 - 지오바니 그림

이들 12명의 티탄들은 6남 6녀로 구성되어 있는데, 먼저 6명의 남자 형제는 이렇다. '오케아노스 Oceanus - 대양(大洋)의 신, 코이오스 Coeus, 히페리온 Hyperion - 태양 신, 크리오스 Krios, 이아페토스 Iapetos, 그리고 막내아들이 크로노스 Cronus'다. 또한 6명의 자매로는 '테티스 Thetis, 테이아 Theia, 테미스 Themis - 율법의 여신, 포이베 Phoebe, 레아 Rhea, 므네모시네 Mnemosyne - 기억의 여신'이다.

그런데 가이아는 우라노스 사이에 이들 12명만 낳은 게 아니었다. 키클롭스 3형제와 헤카톤케이레스 3형제도 낳았다. 이 '키클롭스 Kyklops' 3형제는 각각 천둥, 번개, 벼락 이란 이름을 가진 자들이다. 이들은 나중에 제우스에게 자신들의 강력한 무기인 천둥, 번개, 벼락을 선물로 준다.

또한 이름이 좀 긴 '헤카톤케이레스 Hekatoncheires' 3형제는 힘이 임청 센 흉측한 거인 괴물들이다. 이들의 어깨에는 50개의 머리가 솟아 있고, 겨드랑이에는 100개의 거대한 팔이 붙어있었다.

아버지를 거세한 크로노스

그런데 우라노스는 이 괴물 형제들을 유독 미워했다. 아니 혐오했다! 그래서 그는 이 괴물 자식들이 태어나자마자, 땅속 지하 감옥인 타르타로스에 가두었다.

'타르타로스 Tartarus'. 요것은 앞으로 심심풀이 땅콩같이 자주 나오니까, 이참에 살짝 알고 다음으로 넘어가자. 타르타로스는 우리가 흔히 생각하는 기독교의 지옥과 개념이 좀 다르다. 이것은 땅속 지하 깊은 곳에 있는 일종의 '지하 감옥'이자, 또한 '태초에 생긴 신'이기도 하다.

아무튼, 가이아 여신은 아버지란 작자가 자기 자식들을 그딴 곳에 가두자, 단단히 화가 났다. 고슴도치도 제 새끼는 예쁘다고 했던가? 열 손가락 깨물어 아프지 않은 손가락이 없다고 했던가? 마침내 가이아는 비장한 마음으로 음모를 꾸민다.

어느 날, 그녀는 막내아들 '크로노스 Cronus'를 비롯해, 12명의 자식을 총집합시켰다. 그리고는 날카로운 커다란 낫을 휙 들더니, 비통한 심정으로...

가이아   애들아! 난 오늘 중대한 결심을 했다.

이 낫으로 너희 아버지의 '거시기'를 잘라버리기로 말이다.

누가 나를 도와서, 막장 드라마를 한번 써볼 테냐?

크로노스   (이때 막내가 나서며) 어머니, 제가 하겠습니다.

가이아   아니, 막내가? 역시 우리 막둥이야! 안 도와줄 거면, 니들은 꺼져!

그날 밤, 크로노스는 어머니 방에 숨어 매복했다. 이윽고, 우라노스가 그날 밤도 방에 들어오더니, 가이아와 관계를 하려 했다. 그때 크로노스가 불쑥 나타나, 커다란 낫으로 아버지의 생식기를 단번에 싹둑 잘라버렸다.

뒷모습의 크로노스가 커다란 낫으로 아버지의 성기를 자르려 하자, 우라노스가 움찔하며 놀라고 있다 - 바르젤로 미술관

그리고 피가 뚝뚝 떨어지는 생식기를 등 뒤로 휙 바다에 버렸다. 그러나 그 생식기가 그냥 버려진 것은 아니었다. 가이아는 그 순간 거기에서 떨어진 핏방울을 받아, 자신의 몸과 섞었다. 그런 후, 가이아에게서 또 다른 자식들이 태어났다.

그들이 바로 3명의 '복수의 여신들'인 '에리니에스 Erinyes'와 몸집이 엄청 큰 24명의 거인 '기간테스 Giantes'다. 〈이 기간테스들이 다음에 등장할 제우스를 비롯한 올림포스 신들과 싸우는 자들이다. 슬쩍 기억하시길!〉

사랑과 미의 여신, 아프로디테(비너스)의 탄생

한편, 바다에 떨어진 생식기는 파도 위를 떠다녔다. 그러다 주변에 하얀 거품이 계속 일어나더니, 그 속에서 한 여인이 탄생했다. 이 여인이 바로 그 유명한 사랑과 미의 여신 '아프로디테 Aphrodite'다. 영어로는 '비너스 Venus'라고 불리는 여신 말이다.

보티첼리의 아프로디테의 탄생. 왼쪽은 서풍의 신 제피로스와 플로라. 옷을 덮어주는 여인은 계절의 여신 호라이 - 우피치 미술관

'아프로디테'란 그리스어로 '거품에서 태어난'이란 뜻이다. 그러니까 그녀의 이름은 거품에서 탄생했기 때문에 붙여진 이름이다. '보티첼리'의 '비너스의 탄생'이란 작품을 보시라! 이 그림은 그녀의 탄생을 은유적으로 표현한 불후의 명작이다.

그럼 필름을 거꾸로 돌려, 사건 현장으로 가보자! 피로 얼룩진 사건 현장은 울부짖는 괴성과 패륜의 잔인함이 그대로 남아있었다. 졸지에 자기 아들에게 생식기를 거세당한 우라노스는 저주를 퍼부으며 …

우라노스   이 천하의 불한당, 깡패 같은 놈!

감히 네놈이 이 아비를? 오냐, 복수는 복수를 낳는 법.

네놈도 훗날 너의 자식에게 똑같이 당할 것이다. 알았냐?

우라노스는 이런 저주의 멘트를 퍼부으며, 허겁지겁 방을 나갔다. 이렇게 크로노스는 자기 아버지가 갖고 있던 하늘의 신이란 권력을 수중에 넣었다. '티탄'이란 그리스어로, '불한당, 깡패'라는 뜻이기도 하다.

부게로의 아프로디테의 탄생 - 오르세 미술관   조개에서 탄생하는 아프로디테 (비너스) - 프리츠 그림

3. 제우스의 탄생

등장 인물

크로노스　　　　: 가이아와 우라노스 아들 (레아 남편)

레아　　　　　　: 크로노스 아내 (가이아 딸)

가이아　　　　　: 최초의 대지, 땅의 여신

제우스　　　　　: 크로노스와 레아 아들

그 외 제우스 형제들

자식을 삼키는 크로노스

크로노스는 자기 아버지를 거세하고, 신들의 왕으로 등극했다. 그리고는 자기 누나인 '레아 Rhea'를 아내로 맞았다. 그러나 그는 지하에 갇힌 괴물 형제들을 풀어주지 않았다. 마음이 변했다고 할까?

그는 패권을 잡았지만, 못내 불안했다. '네놈도 훗날 자식에게 똑같이 당할 것이다!' 이렇게 말했던 아버지의 저주가 귓가에 맴돌았다. 크로노스는 그것이 현실이 될까 봐, 항상 전전긍긍했다. 그러다 급기야는, 자기 아버지보다 더 끔찍한 만행을 저지르기에 이른다.

그 만행은 실로 끔찍했다. 그는 자식이 태어나자마자, 그 자리에서 냉큼 먹어치웠다. 그러니까 아내인 레아가 '헤스티아 Hestia, 데메테르 Demeter, 헤라 Hera, 하데스 Hades, 또 포세이돈 Poseidon'을 차례로 임신해 낳자마자, 꿀꺽 먹어치운 것이다.

자기 자신을 먹는 크로노스 - 루벤스 그림   자식을 냉큼 먹는 크로노스 - 루브르   고야의 한입에 '앙' - 프라도 미술관

크로노스가 그렇게 자식들을 잡아먹자, 아내인 레아의 고통과 슬픔은 이루 말할 수 없었다. 남편이란 작자가 잔인하게 자기 자식을 꿀꺽 삼키다니! 정말 분하고 원통했다. 그러나 그녀는 운명의 장난인지 장난의 운명인지, 또다시 아이를 가졌다.

그러나 이번엔 달랐다. 아니, 달라져야 했다. 레아는 뱃속의 아이를 이번만은 반드시 지키겠다고 다짐했다. 그래서 해산이 임박하자, 어머니 가이아를 찾아가 …

레아   어머니, 어떡하죠? 이 아이도 또 먹어버릴 텐데, 제발 도와주세요, 예?

예언가 가이아는 딸 뱃속의 아이가 위대한 운명을 가지고 태어날 아이라는 것을 이미 알고 있었다. 그녀는 딸을 안심시키며 …

가이아   애야, 걱정 마라! 일단은 여기서 멀리 떨어진 크레타 섬에 같이 가자.
         거기서 내가 해산을 도와줄 테니까, 알았지?

모녀는 그 즉시, 지중해에서 가장 큰 섬인 크레타로 갔다. 그리고 얼마 후, 그 섬에서 한 아이의 힘찬 울음소리가 울려 퍼졌다.

제우스의 탄생

이 아이가 바로 앞으로 세상을 지배하게 될 '제우스 Zeus'다. 제우스는 이렇게 어렵게 태어났다. 어린 제우스가 태어나자, 레아는 재빠르게 숲이 무성한 동굴에 숨겼다. 혹시 남편에게 들킬지 몰라서였다. 그녀는 아이 대신 커다란 돌덩이를 포대기에 말아, 남편을 찾아갔다. 그리고는 조마조마한 마음으로 포대기를 남편에게 내밀며 …

니콜라스 푸생의 어린 시절의 제우스. 어린 제우스가 양의 젖을 거침없이 요상한 자세로 쭉쭉 빨아먹고 있다 - 덜위치 픽처 갤러리

레아	자요! 이번에 태어난 아이에요!
크로노스	(포대기를 받으며) 허허 .. 요놈은 아주 묵직한 게 튼실하구먼.
	이 정도는 돼야, 나도 삼키는 맛이 있지!
	(아이를 통째로 삼키며) 꿀꺽 소리가 절로 나네. 꿀 ~ 꺽!

한편, 어린 제우스는 섬의 동굴에서 하루가 다르게 무럭무럭 자랐다. 그곳 요정들이 양의 젖을 먹여, 정성껏 키워주었던 것이다. 하지만 위험한 상황도 여러 번 있었다. 어린

제우스의 울음소리가 크자, 쿵쾅대며 소리를 막는 산신들 - 코린트 그림

아이 울음소리가 너무나 우렁찼기 때문이었다.

그럴 때면 그곳 난쟁이 산신들이 재치를 발휘했다. 그들은 아이가 울 때면, 창과 방패로 쿵쾅거리며 소리를 내어 시끄러운 아이의 울음소리를 막아주었다. 그렇게 하루 하루 지나며, 어린 제우스는 몰라보게 성장했다.

형제와 누나들을 구하는 제우스

드디어 때가 되었다. 영화나 드라마의 한 장면처럼 복수의 그날이 찾아온 것이었다. 어느 날, 제우스는 할머니 가이아한테 자신의 출생의 비밀을 듣는다. 그러자 그는 너무 놀라고 분개해서 ...

제우스	뭐라고요? 아버지가 제 형제들을 다 삼켰다고요?
가이아	그렇다, 애야.
제우스	할머니! 형제들을 구할 방법이 없을까요?

가이아   (구토제를 주며) 자, 이 구토제를 네 아비한테 먹여라.

그럼 너의 형제들을 다시 토해낼 거다.

제우스는 즉시 구토제를 가지고 아버지를 찾아갔다. 이미 정해진 운명이라고 할까? 제우스가 구토제를 주자, 크로노스는 아무 생각 없이 넙죽 받아먹었다.

그러자 크로노스는 전에 삼켰던 돌덩이와 자기 자식들을 줄줄이 사탕처럼, 역순으로 토해내기 시작했다. 웃기는 짜장면(?) 같은 얘기지만 '포세이돈, 하데스, 헤라, 데메테르, 헤스티아'가 순서대로 다시 세상 밖으로 나온 것이다. 크로노스는 그때서야 직감했다. 제우스가 자기 아들이며, 또한 자기가 전에 삼켰던 것이 돌덩어리였고, 결국 자식에게 쫓겨날 운명이란 것을 말이다.

크로노스   헉! 그럼 네가 내 아들이고,

내가 전에 돌덩이를 삼켰던 것이냐?

그렇다면 .. 나도 너한테?

제우스는 곧바로 아버지를 추방시키고, 아버지가 토해낸 돌덩이를 파르나소스산에 기념물로 세워놓았다. 바로 이 돌덩이가 세상의 배꼽, 세상의 중심이란 뜻인 '옴파로스 Omphalos'다. 그리스인들은 자신들이 세상 중심에 있다고 생각했는데, 이 돌은 지금도 그리스의 델피 박물관에 곱게 모셔져있다.

이렇게 제우스는 소리 없는 쿠데타로 아버지를 몰아 내고, 왕권을 차지했다. 그런 후 자기 형제들을 이끌고, 그리스에서 제일 높은 올림포스 산에 거처를 마련하며, 새로운 왕권을 확립했다. 마침내, 이제 새로운 세대인 젊은 '올림포스 신족'이 탄생한 것이다.

옴파로스 - 델피 박물관

4. 제우스의 패권 전쟁

등장 인물

제우스	: 우두머리, 최고 신
티탄	: 제우스 앞 세대의 거인 신들
헤카톤케이레스	: 팔이 100개 달린 괴물 3형제
포세이돈	: 바다의 신
하데스	: 지하 세계, 저승의 신
아틀라스	: 티탄 족 거인
티폰	: 100개의 뱀머리를 한 괴물 최강자
기간테스	: 24명의 거인족
헤라클레스	: 그리스 최고 영웅

제우스는 정권을 잡았지만, 아직 확실하게 신들 세계의 패권을 잡은 것은 아니었다. 바로 자신의 앞 세대인 티탄과 한바탕 패권 전쟁을 벌여야 했다.

티탄 신족과의 10년 전쟁

제우스 일행과 티탄과의 전쟁은 신세대와 구세대 간의 패권 전쟁이었다. 이때 양측은 서로 돌과 바위로 투석전을 벌이며 일진일퇴를 거듭했다. 이 치열한 전쟁은 무려 10년 동안이나 계속되었지만, 도통 끝이 보이지 않았다. 그때, 예언의 능력이 있는 가이아가 제우스에게 전쟁을 끝낼 수 있는 비책을 알려주었다.

가이아　애야! 이 전쟁에서 이기려면,

지하 감옥에 갇혀있는 '헤카톤케이레스' 3형제의 도움을 받아라.

100개의 팔을 가진 거인들 말이다. 걔들이 도우면, 분명 승리할 것이다!

　그녀의 예언은 적중했다. 괴물 3형제가 지하에서 풀려나 투석전에 가담하자, 상대는 그야말로 상대가 안 되었다. 마치 기관총과 소총 싸움이라고 할까? 이들 3명이 한 번에 100개의 팔에서 300개의 바위를 마치 기관총처럼 쉴 새 없이 던지자, 결국 상대는 모두 돌덩이에 깔려버렸다. 그러자 승리한 제우스는…

제우스　어서 저들을 모두 쇠사슬로 꽁꽁 묶어, 지하 감옥에 처넣읍시다!

제우스 일행에게 전쟁에서 진 티탄들이 지하 감옥인 타르타로스로 마치 낙엽처럼 우수수 떨어지고 있다 - 판 하를럼 그림

이렇게 티탄은 모두 쇠사슬에 묶여, 타르타로스에 갇혔다. 그런데 특히 이 전쟁에서 티탄인 '아틀라스 Atlas'는 그 누구보다 심한 형벌을 받아야 했다. 그 형벌은 다름 아닌, 두 어깨로 세상(천구)을 떠받치는 형벌이었다.

거인 기간테스와의 전쟁

제우스는 전쟁에서 승리했지만, 이후 2차례의 치열한 전쟁을 더 치러야 했다. 다음에 벌어진 전쟁이 거인 '기간테스 Gigantes'와의 전쟁이었다.

'기간테스' 기억하시는가? 앞서 가이아가 우라노스 생식기에서 떨어진 피와 결합해 낳은 24명의 거인들 말이다. 이자들은 하반신이 뱀 모양을 한 거인들로, 깊은 바닷물도 허리밖에 차지 않았고, 산을 번쩍 들어 던질 만큼 몸이 엄청 컸다.

그런데 이들과의 전쟁은 가이아 때문이었다. 가이아는 티탄과의 싸움에서는 제우스 편이었지만, 이번엔 적군이 되었다. 왜냐고? 그 이유는 자기 자식들인 티탄이 전쟁에서 패배한 뒤 지하 감옥소에 갇히자, 앙심을 품은 것이었다. 그래서 가이아는 24명의 거인 기간테스에게 ...

가이아　기간테스야! 어서 저들을 무찌르고, 티탄들을 구출하라!

이렇게 제우스 일행과 기간테스의 싸움을 '기간토마키아 Giganthomachia'라고 부른다. 이때 거인 기간테스들은 바위와 불붙은 나무를 하늘로 던지며, 맹렬히 올림포스를 마구 공격했다. 그런데 이 전쟁이 있기 전, 이런 신탁의 예언이 있었다.

신탁의 예언　이 거인들은 신들에 의해선 절대 죽지 않는다.
　　　　　　제우스 편이 이기기 위해서는,
　　　　　　인간 동맹자가 함께 싸워야 이길 수 있다.

그러자 제우스는 자신의 인간 아들인 '헤라클레스 Heracles'를 이 전쟁에 참여시켰다. 헤라클레스가 참가하자, 전세는 곧바로 역전되었다. 한동안 거인들에게 밀리던 제우스 일행은 이후 상대방을 하나둘씩 쓰러뜨렸다. 그러다 마침내 제우스가 최후의 거인에게 벼락을 던지자, 헤라클레스가 활로 쏘아 그들을 모두 죽였다.

중앙의 제우스가 벼락을 던지고, 헤라클레스가 활을 쏘자, 거인들이 하나둘씩 추락해 쓰러지고 있다 - 만투아 홀

베를린 페르가몬의 제우스 제단

아테나와 니케가 기간테스와 싸우는 조각

기간테스와 싸우는 네레우스와 도리스

기간테스와의 전쟁은 조각이나 벽화 등에 많이 남아있다. 특히, 유럽 여행 때 꼭 한번 독일 베를린에 있는 '페르가몬 박물관'을 가보시라! 그곳엔 기간테스와의 전쟁을 묘사한 길이 약 120m, 높이 20m의 조각들이 입이 떡 벌어지게 전시되어 있다.

페르가몬 박물관은 해마다 약 200만 명 이상이 관람한다고 한다. 그런데 이런 신화를 모르고 보면 그저 유물들이 돌에 불과하지만, 내용을 알고 감상하면 느낌이 화악 다를 것이다. 그렇다! 아는 만큼 보이는 것이다!

한편, 가이아는 기간테스들이 죽자, 더욱 뿔이 났다. 그래서 이번에는 '타르타로스'와 결합해 괴물 '티폰 Typhon'을 낳더니, 또다시 마지막 최후의 전쟁을 선포했다.

강적 티폰과의 마지막 진검승부

'티폰'은 실로 힘과 크기로 따지면, 그리스 신화에 나오는 괴물들의 최강자다. 이놈은 허벅지까진 인간인 반인반수 괴물로, 머리는 하늘까지 닿고 양팔을 쫙 벌리면, 세상의 동쪽과 서쪽까지 뻗힐 정도로 엄청 거대했다.

또 이 괴물 머리에는 100개의 뱀 머리가 있고, 번쩍이는 눈과 입에선 마치 화염방사기처럼 불꽃을 쏘았다. 이런 무시무시한 괴물이 바위를 던지며 불을 내뿜고 공격해 오자, 놀란 올림포스 신들은 '걸음아 나 살려라', 이집트로 도망치기에 바빴다.

이때 신들은 삼십육계 줄행랑만 친 것이 아니었다. 이들은 티폰이 계속 추격해오자, 굴욕스럽게 동물로 모습을 변신하여 숨기에 급급했다. 〈이것이 바로 앞으로 두고두고 나오는 올림포스 신들의 최대 굴욕 사건이다.〉

그러나 제우스는 부상을 무릅쓰고, 당당히 티폰과 대적했다. 드디어 서로 물러설 수 없는 순간이 왔다. 티폰이 거대한 산을 던지자, 제우스는 살짝 피하며 자신의 필살기인 벼락을 던졌다. 치명타였다! 부상을 입은 티폰이 시칠리아로 도망치려 할 때였다. 이때 제우스는 엄청나게 큰 에트나 산을 번쩍 들어 티폰에게 던지며 …

제우스 자, 괴물 티폰아!
나머지 이 산 밑에서 앞으로 영원히 갇혀있어라. 알겠냐?

시칠리아 에트나 산이 요즘까지 불이 솟구쳐 올라오는 것은 바로 불을 내뿜는 티폰이 산 밑에 갇혀 있기 때문이라고 한다.
〈요 내용도 앞으로 신화에 자주 나온다.〉

티폰에게 벼락을 던지는 제우스 - 루브르 박물관

하늘, 바다, 지하 세계(저승)의 지배권을 나누다

이제, 제우스와 올림포스 신들은 연이은 승리로, 마침내 온 세상의 패권을 차지했다. 어느 날 제우스, 포세이돈, 하데스 3형제는 세상을 공평하게 나누기 위해 모였다.

제우스   자! 하늘과 바다, 지하 세계 중에서,

               뭐 복잡할 거 없이, 공평하게 제비뽑기 어때? 콜?

모두   좋아, 콜! / 나도 콜!

제우스   (제비를 뽑으며) 앗싸, 난 하늘이네!

포세이돈   (제비를 뽑고) 난 바다야!

하데스   뭐야, 그럼 난 지하 세계잖아? 다시 해. 그냥 고스톱으로 뽑자. 어?

이리하여, 제우스는 모든 세상을 다스리는 하늘의 신이 되었다. 또한 명실상부한 신들 중 우두머리로 등극했다. 바야흐로 이젠 누구도 넘볼 수 없는 제우스와 올림포스 신들의 시대가 활짝 열린 것이다.

하늘의 신, 제우스 - 루브르 박물관

바다의 신, 포세이돈 - 루브르 박물관

지하 세계 (저승) 신, 하데스 - 루브르

5. 올림포스 12신과 그들의 생활

제우스 - 바티칸 박물관

제우스는 자기 형제와 자식에게 전에 티탄이 가졌던 직책과 권한을 빼앗아 골고루 나누어 주고, 올림포스산 위에 올라 친족 체제를 구축했다. 이렇게 올림포스 산에 살며, 막강한 권한을 가진 신들을 '올림포스 12신'이라 부른다.

그럼 그리스 로마 신화에서 가장 주요 캐릭터라고 할 수 있는 이들은 누굴까? 또 이들은 어떤 권한과 직책을 가지고 있을까? 그럼 이들에 대해 살짝 알아보고, 후다닥 넘어가자.

먼저 '제우스 Zeus'는 하늘과 모든 신들을 지배하는 우두머리, 즉 최고신이다. 그리고 그는 자신의 누나 '헤라 Hera'와 결혼해, 그녀에게 '결혼의 여신'이란 직책을 주었다.

또 형제 '포세이돈 Poseidon'에게는 '바다의 신'을 … 누나이자, 아내로 삼은 '데메테르 Demeter'에게는 '대지와 곡물의 여신'이란 직책을 주었고… 딸인 '아테나 Athena'에게는 '지혜, 전쟁의 여신'을 … 망나니 아들 '아레스 Ares'에게는 공포의 전쟁 같은 나쁜 의미의 '전쟁의 신'을 … 다리를 좀 저는 아들인 '헤파이스토스 Hephaistos'에게는 '대장장이 신'이란 직책을 각각 부여했다.

이 밖에도 아들 '아폴론 Apollon'에게는 '태양, 의술, 예언, 예술' 등의 막강한 직책을 … 사냥을 좋아하는 딸 '아르테미스 Artemis'에게는 '사냥의 여신'을 … 아들 '헤르메스 Hermes'에게는 '전령의 신'을 … 또 다른 아들 '디오니소스 Dionysus'는 '술, 연극의 신'이란 권한을 부여했다. 그리고 또 마지막으로, '사랑과 미의 여신'인 '아프로디테 Aphrodite'가 올림포스 12신의 자리를 차지했다.

올림포스 12신

제우스 - 최고 신

헤라 - 가정과 결혼의 신

포세이돈 - 바다의 신

데메테르 - 대지와 곡물의 신

아테나 - 지혜와 전쟁의 신

아레스 - 나쁜 전쟁의 신

헤파이스토스 - 대장장의 신

아폴론 - 태양, 의술, 예언의 신

아르테미스 - 사냥의 여신

헤르메스 - 전령의 신

디오니소스 - 술, 포도주 신

아프로디테 - 사랑과 미의 여신

올림포스 산과 신들의 생활

그럼 이들 신들은 어떻게 생겨 먹었으며, 또한 어디서 무엇을 하며 지낼까? 이름하여, '그것이 알고 싶다'의 '신들은 이렇게 산다!' 편이라고나 할까?

우선, 그리스 로마 신들은 우리 인간과 닮은 모습을 하고 있다. 또 우리네 같이 먹고, 마시고, 시기하고, 질투하고, 슬퍼하고, 분노하고, 사랑도 하며, 때로는 서로들 치고받고 싸움질도 한다. 이들은 마치 우리 동네 아저씨, 아줌마처럼 친하고 인간적인 신들이다. 다만, 이들 신들이 인간과 다른 것은 죽지 않는 불사의 존재라는 것뿐이다.

또 신들은 우리 인간처럼 결혼도 한다. 그래서 나름대로 신들의 족보도 있다. 신들도 남녀 성구별이 있다 보니까, 자연스럽게 서로 결혼도 하고 자식도 낳는다. 신들이 신들끼리만 결혼하는 것은 아니다. 신들도 인간들과 사랑을 하여 자식을 둔다.

그럼 신들은 어디서 사냐고? 좋은 질문이다! 신들은 인간처럼 각자 그들이 사는 집이 있다. 제우스와 올림포스 신들이 사는 곳은 그리스에서 가장 높은 산인 해발 2,917m의 '올림포스'다. 우리의 시조 환웅이 태어난 백두산과 같이, 그리스에서 신비롭고 정기가 담겨있는 산이 바로 올림포스 산이다.

올림포스 신들의 파티 - 루브르 박물관

신들은 올림포스산 위에 있는 멋진 하늘의 궁전에 산다. 옛날 우리네 왕처럼 말이다. 그들 궁전엔 제우스를 비롯한 올림포스 12명만 사는 것은 아니다. 승리의 여신 '니케'를 비롯해 '무지개 여신' 등등 .. 수많은 신들이 각자 자신의 거처에 산다.

신들은 매일 파티를 연다고 한다. 신들도 인간과 같이 먹고 마시는데, 그러면 그들이 먹는 주메뉴는 뭘까? 바로 '암브로시아 ambrosia'란 음식과 '넥타르 nectar'라는 술이다. 〈과일 음료인 영어 '넥타 nectar'도 바로 여기서 나온 말이다.〉

'암브로시아'는 '불멸'이란 의미로, 이 레시피는 올리브, 꿀, 보리, 과일, 치즈 등등으로 만들어진 음식이다. 이것을 먹으면 인간도 신과 같이 죽지 않고, 영원한 생명을 얻을 수 있다고 한다. 〈나도 한번 먹고 싶다! 그러나 원조 갈비, 원조 추어탕처럼 그 제조 비법은 비밀이라 한다. 헐 ~!〉

또한 파티에 춤과 음악이 빠질 수 없지 않은가? 신들의 파티엔 술잔이 돌고 분위기가 무르익으면, 음악의 신 '아폴론'이 리라를 들고 나와 연주 솜씨를 뽐낸다.

그러면 화려한 옷을 입은 9명의 '뮤즈 Muse' 여신들이 '에헤라디여 ♬ ~ !' 노래와 춤을 시작한다. 이때 초대받지 않은 손님이 은근슬쩍 꼽사리를 낀다. 바로 불화의 여신이다. 술이 과하면 불화가 있는 법! 불화의 여신은 이렇게 소리 없는 불청객으로 보이지 않게 찾아온다.

가운데 파란 옷에 화살통을 멘 아폴론과 함께, 띵까 띵까 춤추는 9명의 뮤즈들 - 피티 궁

올림포스 12신의 이름과 도표

　다음 장의 도표는 그리스 로마 신화의 주요 캐릭터인 올림포스 12신의 이름과 역할, 또 그림과 조각에 나오는 이들의 상징물을 정리한 것이다. 이들 이름은 그리스어, 라틴어, 영어 이름이 각각 다르지만, 이름만 다를 뿐 같은 신이라고 생각하면 신상에 좋다.

　이 신들의 '상징물'은 앞으로 여러분이 그림이나 조각 등에서, 그들을 구별하는데 매우 중요한 힌트를 제공한다. 수많은 미술 작품에서 누가 누군지 구별하는 것은 쉽지 않다. 그러나 대개 중요 신들은 땡큐 하게도, 항상 자신만의 고유 상징물을 가지고 등장한다. 그러니까 그 상징물을 딱 보고, 누가 누군지 금방 눈치챌 수 있다는 얘기다.

　예를 들면, 제우스 상징물은 '번개, 벼락, 독수리'고, 포세이돈 상징물은 '삼지창'이다. 다시 말해, 그림이나 조각 속에 독수리가 있으면, 그가 바로 제우스고 … 삼지창을 들고 있으면, 그가 바로 포세이돈이란 말씀이다. OK?

　앞으로 나올 중요 신들은 상세히 그들의 캐릭터와 역할 등을 설명할 예정이다. 요거 정말 중요하다! 신들의 캐릭터를 알면, 그만큼 쉽고 재미있게 그리스 로마 신화를 즐길 수 있기 때문이다. 그럼 지나가는 길에 이들 중요 신들의 이름과 내용을 만들어보았다. 우선은 그냥 한번 후루룩 읽고, 참조하시면 된다. 땡큐!

헤라의 상징물
- 공작새

포세이돈 상징물
- 삼지창

제우스 상징물
- 독수리

하데스 상징물
-2개 갈라진 포크

올림포스 12신

제우스	최고신, 바람둥이 신
	상징물 - 독수리, 번개, 벼락
포세이돈	바다의 신 (제우스 형제)
	상징물 - 삼지창, 말
헤라	가정과 결혼의 여신 (제우스 아내)
	상징물 - 공작새
데메테르	대지, 곡물의 여신 (제우스의 누나이자 아내)
	상징물 - 곡식과 이삭
아폴론	태양, 예술, 의술, 예언, 궁술의 신 (제우스 아들)
	상징물 - 월계수, 리라
헤르메스	전령, 도둑, 여행, 상인의 신 (제우스 아들)
	상징물 - 마법의 지팡이, 날개 달린 모자와 샌들
디오니소스	술, 연극의 신 (제우스 아들)
	상징물 - 포도, 담쟁이덩굴, 표범
아레스	공포, 재앙 등의 전쟁의 신 (제우스 아들)
	상징물 - 투구를 쓰고, 창과 방패를 든 모습
헤파이스토스	불, 대장장이 신 (제우스 아들, 아프로디테 남편)
	상징물 - 도끼와 해머 (주로 대장간에 등장)
아프로디테	사랑과 미의 여신 (헤파이스토스 아내)
	상징물 - 비둘기, 조개
아테나	지혜, 전쟁 등의 여신 (제우스 딸)
	상징물 - 창과 투구, 올빼미
아르테미스	사냥, 궁술의 여신 (제우스 딸)
	상징물 - 활과 화살, 사슴

주요 신들의 다양한 이름들

그리스어	라틴어	영어
제우스 Zeus	유피테르 Jupiter	주피터 Jupiter
헤라 Hera	유노 Juno	주노 Juno
포세이돈 Poseidon	넵투누스 Neptunus	넵튠 Neptune
데메테르 Demeter	케레스 Ceres	세레스 Ceres
아폴론 Apollon	포에부스 Phoebus	아폴로 Apollo
헤르메스 Hermes	메르쿠리우스 Mercurius	머큐리 Mercury
디오니소스 Dionysus	바코스 Bacchos	바커스 Bacchus
아레스 Ares	마르스 Mars	마스 Mars
헤파이스토스 Hephaistos	불카누스 Vulcanus	벌컨 Vulcan
아프로디테 Aphrodite	베누스 Venus	비너스 Venus
아테나 Athena	미네르바 Minerva	미네르바 Minerva
아르테미스 Artemis	디아나 Diana	다이애나 Diana
하데스 Hades	플루톤 Pluton	플루토 Pluto
에로스 Eros	아모르 Amor	큐피드 Cupid
에오스 Eos	아우로라 Aurora	오로라 Aurora
레아 Rhea	키벨레 Cybele	시벨레 Cybele
레토 Leto	라토나 Latona	
뮤즈 Muse	무사 Musa	뮤즈 Muse
크로노스 Cronos	사투르누스 Saturnus	새턴 Saturn

인간의 탄생과 대홍수

아폴론의 첫사랑 다프네

1. 프로메테우스와 인간의 탄생

등장 인물

프로메테우스 : 인간을 만든 신 (미리, 앞서 생각하는 자)

에피메테우스 : 프로메테우스 동생 (나중에 생각하는 자)

아테나 : 지혜, 전쟁 등의 여신 (제우스 딸)

헤파이스토스 : 불, 대장장이 신 (제우스 아들)

인간을 만든 프로메테우스

제우스 일행은 하늘의 패권을 잡았지만, 땅에는 아직 인간을 비롯한 동물이 없었다. 백성이 없는 왕이 무슨 소용이 있고, 또 인간이 없는 신이 무슨 소용이 있겠는가? 그래서 제우스는 …

제우스   프로메테우스여! 그대는 저 아래 땅에 우리 신들과 모습이 비슷하고, 우리에게 제물을 바칠 인간을 만들어라!

인간을 만드는 임무는 '프로메테우스 Prometheus' 신에게 맡겨졌다. 프로메테우스는 그리스어로, '먼저, 앞서 생각하는 자'란 뜻이다. 먼저 생각하고, 앞서 생각하는 자란? 그렇다! 선견지명이 있어 앞날을 미리 내다보고, 예견할 수 있는 자란 말이다. 일종의 예언자라고 할까?

제우스의 명령을 받은 프로메테우스가 신들과 비슷하게 생긴 인간을 흙으로 빚어, 열심히 만들고 있다 - 코시모 그림

그럼 프로메테우스는 인간을 어떻게, 또 무엇으로 만들었을까? 흙이다! 인간은 그가 흙을 빚어서 만들었다. 손재주가 좋고 총명한 프로메테우스는 명령을 받자, 질이 좋은 흙과 물을 섞어 신과 닮은 인간을 만들기 시작했다.

그는 정성을 다해 흙을 빚어 인간을 만든 다음, 며칠 동안 햇볕에 말렸다. 그때였다. 그의 작업들을 호기심 있게 지켜보던 지혜의 여신 '아테나'가 나비 한 마리를 살짝 날려 보내주었다. 그 나비가 인간의 콧구멍 속에 살랑살랑 들어갔다. 그러자 인간에겐 마음, 즉 영혼이란 것이 생겨났다.

한편, 그의 동생 '에피메테우스 Epimetheus'는 형을 도와, 지상 곳곳에 각종 동물과 새, 물고기 등을 만드는 임무를 부여받았다. 그의 이름은 '나중에 생각하는 자'라는 뜻이다. 그러니까 형과는 정반대로, 나중에 생각하는 뒷북치는 스타일이었다.

이 어리버리한 동생이 마침내 대형 사고를 치고 만다. 그 사건은 이러했다. 제우스는 인간과 동물을 만들 때, 그들에게 각각 여러 가지 선물을 주라고 하면서 …

제우스　사자에겐 날카로운 이빨과 발톱을,

새들에겐 하늘을 날 수 있는 날개를, 물고기에겐 지느러미 등등과 …

이 밖에도 용기와 속도, 지혜 등의 선물을 주거라!

그런데 에피메테우스는 아무 생각 없이 수많은 동물들에게 가지고 있던 모든 선물을 몽땅 줘버렸다. 그러자 인간에게 줄 선물이 아무것도 남지 않았다. 꺼벙이는 그때서야 아차 싶어 …

에피메테우스　형, 어떡하지? 인간에게 줄 선물이 하나도 없네!

프로메테우스　뭐, 선물을 다 줘버렸다고? (한심한 듯) 암튼, 넌 도움이 안 돼요.

그럼 어떡하지? 내가 만든 인간에게 가장 소중하며 가치 있고,

그들에게 정말 필요한 것은 뭘까?

인간에게 불을 훔쳐 주는 프로메테우스

그는 고민하다가, 불현듯 좋은 선물이 떠올랐다. 바로 그거였다! 인간에게 가장 유용하고 소중한 것! 인간을 다른 짐승보다 뛰어나게 만들어 줄 수 있는 선물! 그것은 다름 아닌, '불'이었다.

프로메테우스　그래, 맞아!

인간에게 불을 주는 거야.

근데 어떡하지?

불은 제우스가 절대 주지 말라는,

금지 품목인데 …

(생각하다) 그렇지만 …?

불을 훔쳐오는 프로메테우스 - 루벤스 그림

그러나 인간을 너무 사랑했던 프로메테우스는 인간에게 불을 갖다 주기로 결심했다. 그래서 그는 하늘로 올라가, 속이 텅 빈 회양나무에 불을 살짝 숨겨 내려와서, 인간에게 선물로 주었다. 이리하여, 인간은 혹독한 추위와 무서운 짐승을 피할 수 있었고, 만물의 영장이 될 수 있었다.

프로메테우스는 인간에게 불만 준 것이 아니었다. 그는 인간에게 가축을 길러 농사를 짓는 법, 화폐를 만들고 별자리를 보는 법, 글과 숫자를 세는 법, 배와 돛을 만드는 방법 등등 .. 온갖 생활에 편리한 기술을 전해주었다.

제우스를 속이는 프로메테우스

한편, 제우스는 그가 인간에게 몰래 불을 훔쳐다 주자, 화가 나서 …

제우스   어쭈? 요런 고약한 놈을 봤나!
감히 내 엄명을 어기고, 인간에게 불을 훔쳐주었다, 이거지?

그런데 화가 난 제우스를 더 열받게 만든 또 하나의 사건이 터지고 말았다. 어느 날, 신들과 인간은 황소 한 마리를 놓고, 한자리에 모여 중요한 회담을 열었다. 그 자리에서 프로메테우스는 …

프로메테우스   이 회담은 인간이 신에게 황소를 제물로 바칠 때,
고기와 뼈 중에서 어느 부위를 바칠 것인지,
그것을 결정하는 중요 회담입니다!

이때도 프로메테우스는 인간의 편에 섰다. 그는 황소를 크게 두 덩어리로 나누었다. 한쪽은 맛있는 부위인 고기, 내장을 일부러 맛이 없게 포장했고 … 다른 한쪽은 앙상한 뼈를 기름 덩어리로 보기 좋게 위장했다. 그리고 제우스에게 2가지를 내밀었다.

프로메테우스　　자, 이 둘 중에 마음에 드는 것을 하나 고르십시오.

하지만 기회는 단 한 번.

절대 물리기는 없습니다!

이때 제우스는 맛있게 위장된 고깃덩어리를 집었다. 그러나 역시나였다! 거기에는 맛대가리(?), 아니 맛없는 하얀 뼈만 들어있었다. 이 사건 이후, 신들의 제단엔 허접한 하얀 뼈만이 올려졌다. 반면에, 인간은 황소 중에서 가장 맛있는 고기와 내장을 먹을 수 있었다.

절벽에 결박당한 프로메테우스

그러자 마침내 제우스의 분노가 폭발했다. 제우스는 즉시 자기 아들이자, 대장장이 신 '헤파이스토스Hephaistos'에게 명령을 내리며 …

제우스　　넌 즉시 튼튼한 쇠사슬을 만들어,

나를 기만한 저 프로메테우스를 꽁꽁 묶어라.

그리고 저자를 카우카소스 산으로 끌고 가,

절벽 바위에 묶어라. 당장 실시!

그뿐이 아니었다. 제우스는 프로메테우스가 묶인 절벽 바위에 자신의 독수리를 보내, 매일 하루 2차례씩 그의 간을 쪼아 먹게 만들었다.

그런데 불행하게도 프로메테우스는 인간이 아닌, 죽지 않는 신이었다. 매일 독수리가 찾아와서 간을 쪼아 먹었지만, 그의 간은 밤사이에 다시 원상 회복되었다. 그렇게 그는 다음 날에도, 또 그다음 날에도, 독수리에게 간을 파 먹히는 고통을 받아야 했다. 이런 끔찍한 형벌은 후에 영웅 헤라클레스가 그를 구해 줄 때까지, 무려 만년 동안이나 계속되었다 한다.

절벽에 묶여 쪼아 먹히는 프로메테우스 - 모로 그림　　독수리에게 간을 쪼아 먹히는 프로메테우스 - 요르단스 그림

에필로그

'프로메테우스'는 원래 제우스와 패권 전쟁을 벌인 티탄 족이었다. 그러니까 제우스의 적군이었다. 그의 형제 '아틀라스'는 전쟁에 패해, 세상(천구)을 어깨에 짊어지는 형벌을 받아야 했다. 하지만, 앞날을 예견하는 프로메테우스는 제우스가 전쟁에서 승리할 것을 미리 알았다. 그래서 제우스 편에 가담하여, 형벌을 면할 수 있었던 것이다.

　그는 헤라클레스가 풀어줄 때까지, 무려 만년 동안 절벽에 묶여있어야 했다. 이유는 그가 제우스의 운명에 대한 비밀을 알고 있었기 때문이었다. 그만이 알고 있던 신탁의 예언은 이러했다.

신탁의 예언   만약, 제우스가 바다의 여신 '테티스 Thetis'와 결혼해,

그들 사이에 아들을 낳으면,

그 아들에게 제우스도 똑같이 축출당할 것이다!

그래서 제우스는 자신의 운명을 알아내기 위해, 그를 만년 동안 위협하고 협박했다. 그러나 프로메테우스는 제우스에게 끝까지 굴복하지 않았다. 그런 의미에서 그는 오늘날엔 부당한 억압과 고통 속에도, 끝까지 굴복하지 않는 투쟁자로 표현되기도 한다.

프로메테우스의 신화는 '아이스킬로스'의 '결박된 프로메테우스'와 괴테의 문학 작품, 교향곡에도 등장한다. 또, 후세의 미술가들은 그가 불을 훔쳐 오는 장면과 절벽에 묶여 독수리에게 간을 쪼아 먹히는 장면들을 화폭과 조각에 남겼다.

절벽에 묶인 프로메테우스   독수리를 활로 쏘아 죽이는   절벽에서 풀어주는 헤라클레스
런던 내셔널갤러리   헤라클레스   빈 광장

2. 판도라와 판도라 상자

등장 인물

프로메테우스 : 인간을 만든 신

에피메테우스 : 그의 동생

헤파이스토스 : 대장장이, 불의 신 (제우스 아들)

판도라   : 인류 최초의 여성

아테나   : 지혜, 전쟁 등의 여신 (제우스 딸)

아프로디테   : 사랑과 미의 여신

최초의 인간 여성, 판도라

제우스는 프로메테우스를 형벌에 처했지만, 그래도 분이 풀리지 않았다. 그 아버지가 미우면, 그 자식도 밉다고 했던가? 이번 분풀이 대상은 인간이었다.

그는 인간이 불을 사용하는 것을 막을 수 없게 되자, 그 대가로 그때까지 인간 남성만 살던 지상에 내릴 재앙을 생각해냈다. 제우스는 이번에도 손재주가 뛰어난 대장장이 신 '헤파이스토스'를 불러 ...

제우스   아들아! 어서 흙과 물을 섞어,

                아름답고 매력적인 여자를 만들어라.

                그리고 다른 신들은 그녀에게 선물을 모두 주도록 하라!

인간에게 고통을 주기 위해 대장장이 신 헤파이스토스가 흙으로 빚어 만든 인류 최초의 여성 판도라 - 루브르 박물관

그래서 헤파이스토스가 그 즉시 여자를 만들자, 신들은 그녀에게 선물을 듬뿍 주었다. '아테나'는 눈부신 옷과 직물을 짜는 기술을 주었고, '아프로디테'는 성적인 매력과 교태, 욕망, 남자를 유혹하는 한숨을 주었으며, '삼미의 여신'들은 금목걸이를, 그리고 '계절의 여신'들은 화환을 만들어주었다.

그러자 마지막으로 '헤르메스'는 그녀에게 음란한 마음과 교활한 성격, 또 교태 있는 목소리를 선물했다. 그리고 그녀를 '판도라 Pandora'라고 이름 지었다. 판도라는 '모든 선물을 받은 여자'란 뜻이다. 이렇게 인류 최초의 여성은 신들이 인간에게 고통을 주기 위해 만든 작품이었다.

판도라 상자

제우스도 판도라에게 상자 하나를 선물로 주었다. 그리고는 절대로 열어보지 말라는 경고와 함께, 그녀를 지상에 살고 있는 에피메테우스에게 보냈다. '에피메테우스' 이분 기억하시는가? 바로 나중에 생각하는 자인 어리버리한 분 아니던가!

제우스 예상은 적중했다! 아니나 다를까? 에피메테우스는 아름다운 판도라를 보자,
그만 칠렐레 팔렐레 ~ 입을 다물지 못하고, 그녀에게 홀딱 빠졌다.

그런데 그의 형 프로메테우스는 제우스의 그러한 계략을 전에 이미 예상하고 있었다.
그래서 그는 절벽에 끌려가기 전에 동생에게 신신당부를 했었다.

프로메테우스   동생! 제우스의 선물은 절대 받지 마라.

　　　　　　　만약 받더라도, 즉시 돌려줘야 한다. 알았지?

그러나 에피메테우스는 눈부시게 아름다운 판도라에 푸욱 빠져, 형의 충고를 잊었다.
판도라를 덥석 아내로 맞아, 지상에서 깨가 쏟아지는 신혼을 보내고 있었던 것이다.

그런 어느 날, 판도라는 문득 제우스가 준 선물 상자가 생각났다. 열어보고 싶었지만,
절대 열어보지 말라고 했던 제우스의 경고가 왠지 마음에 걸렸다. 그러나 호기심 많은
판도라는 상자 속에 무엇이 들었는지 궁금했다.

판도라   정말 궁금해 미치겠네! 대체 이 상자 안에 들어있는 게 뭐지?

판도라 - 월터 아트 (카바넬 그림)　　　　판도라 - 빅토리아 알버트 뮤지엄　　　　판도라 - 워터 하우스 그림

절대 열어보지 말라니까, 더 궁금해 미칠 것 같았다. 왜 그런 거 있잖은가? 하지 마라 하면, 더 하고 싶은 거! 담벼락 구멍에 '절대 들여다보지 마시오!'라고 적혀있으면, 괜히 절대 더 보고 싶은 거 말이다. 요거 정말 사람 미치게 만드는 것이다. 암튼, 점점 유혹과 호기심에 빠진 판도라는 …

판도라   뭔데 절대 열어보지 말라는 거야? 혹시, 반짝거리는 보석인가?

결국 그녀는 조심스럽게 상자를 열었다. 그때였다. 그녀가 상자를 열자마자, 그 속에 들어있던 '질병, 걱정, 질투, 분노' 등등 .. 인간에게 커다란 고통과 재앙을 주는 것들이 쏟아져 나와, 사방으로 흩어졌다. 그러자 판도라는 깜짝 놀라 …

판도라   (급히 상자를 닫으며) 엄마야!

그러나 아뿔싸! 이미 때는 늦고 말았다. 그 상자 속에 있던 모든 재앙이 벌써 날아가 버린 뒤였던 것이다. 그러나 그 속엔 미처 빠져나오지 못한 것이 밑바닥에 남아있었다. 그것은 '희망'이었다. 그렇게 희망만이 꼴랑 남아있었다.

다시 상자를 닫고, 엎드려 후회하고 있는 판도라 - 월터 크레인 그림

에필로그

'판도라 Pandora'는 그리스 신화에 나오는 인류 최초의 여성이다. 히브리 성서의 최초 여성 '이브'가 금단의 선악과를 따먹고 낙원에서 추방되었듯, 그리스 신화의 판도라도 금단의 상자를 열어, 인류에게 죽음과 병 등의 온갖 재앙을 가져왔다.

이 판도라 상자 이야기는 인류의 불행과 희망을 상징하는 신화로써, '헤시오도스'의 〈신들의 계보와 노동과 나날〉에 나오는 이야기다. 그럼 판도라 상자 안에 꼴랑 남은 '희망'은 무엇을 뜻하는 걸까? 상자에 갇힌 희망처럼, 희망은 가질 수 없는 헛된 꿈일까? 아니면, 어떤 불행한 일이 닥쳐도 희망은 항상 남아있다는 긍정적인 뜻일까?

판도라 상자 안에 남아있는 희망을 보는 견해는 각자에 따라 다르다. 그러나 우리가 이 험난한 인생을 살면서, 아무리 힘들어도 절망하지 않는 것은 바로 희망이 있기 때문 아닐까?

'판도라 상자'는 흔히 악의 근거지를 뜻하는 복마전과 같이, 그 안에 비리, 부정, 음모들이 들어있다는 뜻으로, 일상에서 자주 사용하는 용어다. 예를 들면, '과연 이번에 뇌물을 받은 고위 공직자들의 판도라 상자가 열릴 것인가?' 같은 표현에 말이다.

이후에, 판도라는 딸 '피라 Pyrrha'를 낳는다. 이 피라는 '데우칼리온'이란 착한 남자와 결혼 하는데, 이 부부가 다음 이야기의 주인공이다. 기대하시라!

상자를 여는 판도라 - 찰스 에드워드 그림

3. 대홍수와 새 인류의 탄생

등장 인물

리카온　　　: 아르카디아 왕
노토스　　　: 남풍의 신
데우칼리온 : 피라 남편 (프로메테우스 아들)
피라　　　　: 데우칼리온 아내
트리톤　　　: 포세이돈 아들 (바다의 신)
테미스　　　: 정의, 율법의 여신

　　구약 성서의 대홍수인 노아의 방주와 같이, 그리스 로마 신화에도 타락한 인간들이 대홍수로 신의 심판을 받는다. 신은 날로 타락해 가는 인간을 도저히 참다못해, 마침내 대홍수로 응징을 한다.

인간의 다섯 시대

　　그럼 먼저 대홍수가 나기 전, 인간이 어떠한 과정을 거쳐 얼마나 타락했는지, 간단히 알아보면 이렇다. '헤시오도스'는 '노동과 나날'이란 책에서 인간이 점점 변질되어 가는 과정을 다섯 시대로 표현했다.

　　신들이 맨 먼저 만든 인간 종족은 '황금 족'이었다. 이들은 신들과 같이 아무런 걱정과 근심 없이 궁핍도 모르고 살았다. 최고로 행복을 누렸던 사람들이었다. 이어서, 2번째는 '은 족'이었다. 이 종족은 이전의 황금시대보다 훨씬 뒤떨어진 사람들이었다.

황금 시대 - 피티 궁   은족 시대 - 런던 내셔널갤러리   철 시대 - 피티 궁

3번째는 '청동 족'이었다. 이들은 잔인하고 폭력적이었으며, 또 청동 무기로 싸움질만
하다가, 결국엔 저승으로 떨어졌다. 4번째는 헤라클레스같이 반은 인간이고, 반은 신인
'영웅 족'이었다. 이들은 청동 족보다 정의롭고 훌륭했지만, 끝내는 전쟁으로 멸망하고
말았다.

마지막은 '철 종족'이었다. 이들은 서로 밤낮없이 자기들끼리 싸우며, 상대방 도시를
파괴했다. 정의롭고 정직한 사람이 대접받지 못하고, 폭력배와 무법자만이 존경받았다.
오로지 정의는 주먹에 있었고, 간사한 거짓말과 거짓 맹세들이 판을 쳤다. 죽을 운명인
이들에게 남은 것은 고통뿐이었다.

늑대로 변한 리카온

어느 날이었다. 제우스는 하늘 위에서 타락한 인간들을 내려다보고 있었다. 인간들이
하는 꼬락서니를 보니까, 저절로 한숨이 나왔다. 그런데 이게 또 무슨 소문인가? 급기야
타락한 인간들이 이젠 사람 고기, 즉 인육까지 먹는다는 소문이 들리지 않는가!

제우스는 소문의 진상을 직접 확인하고 싶었다. 그래서 인간의 모습으로 변장한 후, 지상에 내려와 이곳저곳을 둘러봤다. 그런데 상황은 예상보다 심각했다. 아니, 심각한 정도가 아니라 인간의 악행은 최악의 상태였다.

제우스는 폭군으로 악명 높은 아르카디아 왕 '리카온 Lykaon' 왕궁을 찾아가 보았다. 그리고 그자에게 자신이 신이라고 말하자, 리카온이 키키키 비웃으며 ...

리카온 뭐, 당신이 신이라고? (음흉하게 웃으며) 키키키 ...
그럼 당신이 신인지 아닌지, 내가 한번 테스트해 볼까?

그러더니 붙잡힌 포로를 죽여 사지를 자른 다음, 그것을 요리해 식탁에 내놓으며 ...

폭군 리카온이 포로로 죽인 자의 인육을 내놓자, 화난 제우스가 그를 늑대로 만들고, 궁을 홀라당 태워버렸다 - 프라도 미술관

리카온　키키키 ... 신이라고 우기는 양반!

내가 잔칫상을 준비했는데, 어서 마음껏 드시오! 키키키 ...

제우스는 더 이상 참을 수 없었다. 그래서 그 자리에서 벼락을 던져, 궁을 홀라당 태워버렸다. 그러자 놀란 리카온이 기겁해, 들판으로 달아나기 시작했다.

그런데 한참을 도망치던 리카온이 갑자기 멈추더니, 자기 모습을 보고 비명을 질렀다. 그러나 그가 지른 소리는 사람의 소리가 아니었다. 짐승의 비명 소리였다. 그의 온몸은 어느새 회색 털로 변했고, 입은 주둥이가 되었으며, 양팔과 다리는 짐승의 다리로 변해 있었다. 제우스가 그자를 피에 굶주린 '늑대'로 만든 것이었다.

인류 멸망의 대홍수

제우스는 즉시 하늘로 올라가, 신들을 모두 총집합시켰다. 그는 그 자리에서 인간이 얼마나 타락했는지 신들에게 상세히 설명한 뒤 ...

제우스　신들이여! 난 이런 인간들의 작태를 더 이상 묵과할 수 없소.

난 대홍수를 일으켜 인간을 모조리 없애고, 새로운 인류를 만들 것이오!

자, 비를 몰고 오는 남풍의 신 '노토스'여!

그대는 어서 저 지상에 무지막지한 비를 내려라.

남풍의 신 '노토스 Notos'는 명령을 받자, 젖은 날개를 펄럭이며 지상으로 내려갔다. 그의 수염은 비에 흠뻑 젖어 있었고, 하얀 백발과 젖은 옷에서는 물방울이 뚝뚝 흐르고 있었다. 그가 하늘의 구름을 손으로 톡 건드리자, 금방 꾸르릉 ~ 하는 천둥소리와 함께 억수 같은 폭우가 쏟아지기 시작했다.

제우스는 바다의 신 '포세이돈 Poseidon'에게도 도움을 청했다. 그러자 포세이돈은 그 즉시 바다는 물론, 모든 강의 신들을 불러 모으더니 우렁찬 목소리로 ...

남풍 노토스, 또는 제피로스 - 여름 궁전　　　말을 타고 삼지창을 휘두르는 포세이돈. 그 뒤는 강의 신 - 루브르 박물관

포세이돈　모든 강의 신들이여! 다들 바쁠 테니까,

내가 길게 얘기 안 하고, 짧게 얘기하겠소.

요점만 핵심 정리하듯 간단하게 말할 테니까,

지금부터 내가 하는 이 짧고도 간결하고,

분명한 명령을 잘 들으면서, 동시에 …

강의 신 1　(말을 끊으며) 에헤, 짧지 않고 길구먼 뭐.

포세이돈　그럼 서론은 이만하고, 이제부터 짧고 분명하게 …

강의 신 2　(말을 끊으며) 에헤, 빨리 좀 명령을 내리시라고요.

포세이돈　그러니까, 모든 강의 신들은 지금부터 온 힘을 다해,

죽어라 하고, 있는 힘껏 물을 쏟아부으시오.

모든 강둑을 무너트리고, 제방을 터트리고, 수문을 활짝 열란 말이오.

강의 신들　한마디로, 대홍수?

포세이돈　(끄덕이며) 글치. 대홍수! 그럼 수고들 합시다, 잉?

윌리엄 터너의 인류를 멸망시키는 대홍수. 계속되는 폭우로 사람들이 살기 위해 발버둥 치고 있다 - 테이트 브리튼

강의 신들은 각자 자신의 수문을 활짝 열었다. 그러자 고삐 풀린 망아지처럼, 강이란 강은 모두 바다를 향해 질주하기 시작했다. 곧이어 포세이돈이 삼지창으로 대지를 힘껏 내리치자, 땅이 쩍 갈라지며 모든 물길이 활짝 열렸다.

거침없는 물이 마치 쓰나미처럼, 넓은 들판을 맹렬히 돌진했다. 그 물길은 이내 둑을 무너뜨리고, 곡식과 가축, 집과 신전을 휩쓸고 지나갔다. 그러자 어느새 지상은 육지와 바다가 따로 없었다. 온 세상이 바다였고, 바다에는 해안선도 없었다.

사람들은 살기 위해 허둥지둥 발버둥 쳤다. 어떤 사람은 가장 높은 산으로 올라가고, 또 어떤 사람은 물에 잠긴 지붕 위를 노 저어가고 있었으며, 또 나무 꼭대기에 걸려있는 물고기를 보고 깜짝 놀라는 이들도 있었다.

사람만이 아니었다. 동물의 왕인 호랑이와 사자도 힘없이 둥둥 떠내려갔으며, 발 빠른 사슴도 물속에서는 속수무책이었다. 새들은 내려앉아 쉴 곳이 없자, 결국 지쳐 물 위로 툭 떨어졌다. 이제 대부분의 인간은 모두 물에 빠져 죽고 말았다.

저 멀리 하얗게 눈 덮인 높은 산이 파르나소스산이고, 그곳 정상에 유명한 아폴론의 델피 신탁소가 있다 - 차 안에서 찰칵!

데우칼리온과 피라

이렇게 대홍수로 온 세상은 송두리째 물속에 잠겼다. 그런데 그 망망대해 속에 섬처럼 떠있는 2개의 산봉우리가 있었다. 그 높은 산은 '파르나소스' 산이었다. 바로 그 산 위의 정상 부근에 배 타고 간신히 도착한 두 사람이 있었는데, 데우칼리온과 피라 부부였다. 이들 부부는 누구인가? 먼저 남편 '데우칼리온 Deucalion'은 인류를 만든 프로메테우스 아들이고, 아내 '피라 Pyrrha'는 판도라와 에피메테우스의 딸이었다.

그럼 이들은 대홍수 속에 어떻게 살아남을 수 있었을까? 이들이 구사일생으로 살아남은 이유는 이러하다. 여기서도 우리의 프로메테우스가 또 등장한다. 프로메테우스는 제우스가 대홍수를 일으킬 것을 이미 예견하고 있었다. 그래서 대홍수가 나기 전, 자기 아들과 며느리에게 ...

프로메테우스 애들아! 언젠가 제우스가 대홍수를 일으킬 것이다.

그러니 커다란 배를 만들고, 장기간 버틸 식량을 준비해라!

아니나 다를까! 그의 예언대로 대홍수가 나자, 두 사람은 미리 준비한 배를 타고, 9일 동안 워터월드가 된 세상을 빙빙 떠돌았다. 그러다 파르나소스 정상에 도착해, 간신히 목숨을 건졌던 것이다. 한편, 제우스는 온통 물바다가 된 세상을 하늘 위에서 흐뭇하게 내려다보았다. 그런데 얼라? 어떤 남녀가 산 정상에 살아있는 것이 아닌가?

제우스   (놀라서 보며) 응? 저것들은 누구지?

그러나 제우스는 두 사람이 누군지 단번에 알았다. 이 부부는 죄 없는 선량한 자들로, 가장 신을 잘 모셨던 사람들이었다.

제우스   그래! 저 둘은 죄가 없고, 착한 사람들이지.
             그동안 우리에게 제물도 잘 바쳐왔고 ..! 그렇다면?

제우스는 즉시 철수 명령을 내렸다. 그러자 비바람이 물러가더니, 하늘에서는 땅이, 땅에서는 하늘이 보이기 시작했다. 바다도 더 이상 성난 바다가 아니었다. 포세이돈이 삼지창으로 성난 파도를 잔잔하게 만들었기 때문이었다.

포세이돈은 자기 아들 '트리톤 Triton'을 불렀다. 그러자 양쪽 어깨에 덕지덕지 조개가 붙어있고, 하반신이 인어인 트리톤이 바다 깊은 곳에서 나왔다. 포세이돈은 그 아들에게 소라고둥 나팔을 불어, 강의 신들에게 철수하라고 지시했다.

명령을 받은 트리톤이 소라고둥을 불자, 그 소리를 들은 바다와 육지의 모든 강들이 제자리로 철수하기 시작했다. 그러자 드디어 산이 보이더니, 나무와 땅이 다시 모습을 드러냈다. 대홍수는 그렇게 막을 내렸다.

한편, 간신히 살아남은 데우칼리온과 피라는 대홍수가 휩쓸고 간 주위를 둘러보았다. 대지는 완전히 황폐해 있었고, 아무것도 남아있지 않았다. 데우칼리온은 그러한 광경을 보더니, 아내에게 눈물을 흘리며 ...

데우칼리온　여보! 이제 이 넓은 땅에 우리 둘만 남았는데,

앞으로 우리가 살아남을 수 있을까?

(그러다) 여보! 인류의 운명은 우리 둘에게 달려 있소.

그것이 신의 뜻이자, 우리가 살아남은 이유인지 모르오!

여사제 피티아 - 존 콜리어 그림

　　부부는 한동안 서로 안고 눈물을 흘렸다. 얼마나 시간이 지났을까? 두 사람은 하늘의 신들에게 신탁의 기도를 올려 도움을 받기로 했다.

　　잠깐! 여기서 신탁에 대해 간단히 알고 넘어가자. 신탁은 앞으로 자주 나오는 꼭 알아야 할 중요 개념이기 때문이다. 간략히 신탁의 의미를 요약하면 이렇다.

　　'신탁(神託)'은 한마디로, '신의 말씀 또는 신의 예언'이다. 그러니까 인간이 신전을 찾아가 궁금한 것을 물으면, 신이 해주는 말씀이 신탁이다. 이 신탁은 그리스 로마 신화에서 반드시 이루어지는데, 예언 내용이 수수께끼같이 알쏭달쏭 애매모호한 것이 특징이다. 암튼 부부가 ...

부부　테미스 여신이여! 우리가 어떻게 해야, 이 땅에서 살아갈 수 있겠습니까?

어떻게 하면, 우리 인간을 다시 만들 수 있는지요.

제발 이 환란과 역경 속에서 저희를 도와주십시오!

　　그러자 테미스 여신은 이들을 가엾게 여겨, 신탁의 예언을 해주었다.

테미스　너희들은 이 신전을 나가자마자, 머리를 가리고 옷의 띠를 풀어라.

그리고 '너희 어머니의 뼈'를 등 뒤로 던져라!

이게 무슨 말씀인고? 부부는 정말 수수께끼 같은 예언을 듣더니 한동안 멍했다. 그때 데우칼리온은 불현듯, 어떤 생각이 스쳤다. 그는 겁먹은 아내를 진정시키며…

데우칼리온   여보! 내 짐작이 틀리지 않다면 말이야,

여신의 뜻은 그거 아닐까?

어머니란 '대지'를 뜻하는 것이고,

뼈란 대지의 몸속에 들어있는 '돌'이 아닐까?

그러니까, 대지의 돌을 등 뒤로 던지라고 한 것 같은데?

부부가 등 뒤로 돌을 던지자, 데우칼리온의 돌에서는 남자가, 피라의 돌에서는 여자가 태어나고 있다 - 조반니 보탈라 그림

돌에서 태어난 새 인류

부부는 한번 시험해 보기로 했다. 뭐, 밑져야 본전 아닌가? 그들은 신전을 나오자마자, 여신의 말대로 머리를 옷으로 가렸다. 그리고 옷의 띠를 풀고, 땅의 돌을 주워, 등 뒤로 휙 던져 보았다.

그러자 정말 거짓말 같은, 신화 같은(?) 믿을 수 없는 기적이 일어났다. 이들이 등 뒤로 던진 돌이 서서히 말랑말랑해지더니, 점점 커지며 인간의 모습으로 변하는 것이 아닌가! 그러니까 돌의 젖은 부분과 흙은 사람의 살이 되었고, 딱딱한 부분은 뼈로, 또한 줄기는 사람의 혈관이 되었던 것이다.

이렇게 남편 데우칼리온이 던진 돌에서는 남자가, 아내 피라가 던진 돌에서는 여자가 태어났다. 바야흐로, 새 인류가 돌에서 태어난 것이다. 그래서 이 새로운 인류는 어떠한 일도 강인하게 해내는 족속이 되었다.

에필로그

이후, 데우칼리온과 피라는 2남 1녀를 두었는데, 그중에서 장남이 '헬렌 Hellen'이다. 헬렌은 자기 이름을 따서, 그때부터 그리스인을 '헬레네스'라 이름 지었고, 3명의 자기 자식에게 땅을 나누어 주었다. 이 헬렌의 3명의 자손들이 고대 그리스의 주요 세력으로 등장한다.

우리의 시조가 단군이듯, 그리스인들은 자신들의 시조를 '헬렌'이라고 한다. 그래서 헬렌의 후손이란 의미로, 자신들을 '헬레네스'라 불렀다. 기독교 문명인 '헤브라이즘'과 함께 유럽 문명의 2대 원류가 된 '헬레니즘 Hellenism'도 헬렌에서 유래한 말이다.

헬레니즘은 기원전 323년부터 기원전 30년까지 약 300년간, 고대 그리스의 영향력이 절정에 달했던 문명을 말한다. 그 유명한 '알렉산더' 대왕은 마침내 그리스를 통일하자, 강적 페르시아를 정복한 후, 영토를 이집트와 중앙 아시아까지 넓혔다.

이때, 알렉산더 대왕은 정복한 광범위한 식민지에 그리스의 뛰어난 문화와 예술, 철학 등을 전파했는데, 그리스와 아시아 문화가 융합된 범세계적인 문명을 헬레니즘이라고 한다. 그러나 이 헬레니즘은 로마가 그리스를 지배하면서 종말을 맞는다.

헬레니즘은 그 후 약 천 년간, 기독교 중심의 중세 암흑시대를 지나, 15세기 '르네상스 Renaissance' 운동으로 화려하게 부활을 한다. '르네상스'는 신이 아닌, 인간 중심의 고대 그리스와 로마 문화를 이상으로 삼자는 예술의 재생, 부활이란 의미다.

대표적인 유물은 〈밀로의 비너스 상〉, 〈승리의 니케 여신상〉, 〈라오콘 상〉등이 있다.

밀로의 비너스 상 - 루브르

뱀 2마리가 아버지와 아들을 칭칭 감는 유명한 라오콘 상 - 바티칸 박물관

제우스 Zeus

신화도 영화나 드라마같이 주요 배역들의 성격과 역할 등을 알면, 좀 더 쉽게 이해할수 있다. 따라서 그리스와 로마 신화의 주인공인 제우스부터 시작해, 앞으로 올림포스의중요 12신과 영웅 등의 캐릭터를 그들이 등장하는 대로 상세히 정리해 보았다.

탄생과 이름

'크로노스'와 '레아' 사이에서 태어났고, 라틴어로는 '유피테르 Jupiter', 영어는 '주피터 Jupiter'라고 불린다. 태양계의 최대 행성인 '목성'은 그의 이름을 딴 것이다.

제우스 황금 청동상
상트 페테르부르크 여름 궁전

제우스 인물상
우피치 미술관

벼락을 손에 든 제우스
카피톨리노 박물관

지위와 역할

제우스는 하늘의 모든 신들과 인간을 지배하는 최고 우두머리 신이다. 정의와 질서를 유지하고, 싸움의 조정자며, 세상을 율법으로 다스린다. '번개, 벼락'이 그의 필살기다. 그는 이런 무기로, 자신의 뜻을 거역하는 모든 신과 인간을 처단한다.

모든 신과 인간을 지배하는 최고 신 제우스가 폼 잡고 앉아있고, 턱을 만지며 간청하는 아킬레우스 어머니인 바다의 여신 테티스. 그림 왼쪽 위엔 제우스의 본부인 헤라가 무슨 꿍꿍이를 벌이나 지켜보고 있다.
앵그르 그림

성격과 외모

성격은 강인하고 독선적이다. 그런데 그는 유일신 종교의 절대자처럼 전지전능하고 엄숙한 신이 아니다. 때론 수없이 많은 여성과 바람피우며, 아내 눈치를 보는 인간적인 캐릭터를 가진 신이다.

조각이나 회화에서 그의 외모는 덥수룩한 수염을 기른 근육질의 강인한 모습을 하고, 손에는 번개나 왕 홀을 들고, 용상에 앉은 위엄 있는 자세로 나온다.

바람둥이 신

제우스는 그리스 신화에서는 대개 강인하면서, 엄숙한 신으로 묘사된다. 그러나 로마 신화에서는 차츰 그 성격이 변질되어, 대표적인 바람둥이요, 난봉꾼인 카사노바, 플레이보이로 등장한다. 시대가 변하면서 캐릭터 또한 조금씩 변했다고나 할까?

알몸으로 춤(?)을 추는 게 아니라, 자신의 필살기인 벼락 (번개)을 던지는 제우스
그리스 국립 박물관

그는 질투 많은 본처 '헤라 Hera'의 눈을 피해, 탁월한 변신 능력을 발휘하며, 무수한 여성에게 접근한다. 정말 그의 작업 실력은 상상을 불허하고, 혀를 내두를 정도다. 어떤 때는 '뻐꾸기, 황소, 백조' 등의 동물로 ... 또 어떤 때는 '황금 소나기' 등등의 엽기적인 모습으로 변신해, 교묘히 자신의 목적(?)을 달성한다.

그런데 특이한 점은, 제우스가 바람피워 낳은 자식들이 본처 헤라와 낳은 자식들보다 훨씬 똑똑하고 월등하단 점이다. 그가 바람피워 낳은 자식들이 대부분 올림포스의 주요 신과 영웅이 된다는 말씀이다. 그래서 본부인 헤라가 질투의 여신이 된 걸까?

그럼 제우스는 왜 하필 바람둥이 캐릭터로 나오는 것일까? 제우스는 왜 그렇게 많은 여신뿐 아니라 인간 여성들, 특히 각 나라의 공주들과 관계해, 주요 신과 영웅들을 탄생시켰을까? 그것은 다음과 같은 이유일 것이다.

제우스는 신들 중에서 최고 권력자다. '넘버 1'이란 말씀이다. 따라서 그리스와 주변 국가는 자신들의 건국 신화를 제우스와 연결시키려 했다. 자신들이 제우스의 후손임을 내세워, 국가의 권위를 세우려고 했던 것이다. 그래서 제우스는 자신도 모르는 사이에 그야말로 억울하게(?) 플레이보이, 카사노바로 내몰린 것은 아닐까?

상징물

조각이나 그림에서 그의 대표적인 상징물은 '독수리, 벼락'이다. 특히 상징 동물은 독수리다. 독수리가 하늘의 제왕이듯, 제우스의 상징적인 동물도 독수리다.

앞으로 그림이나 조각에서 '독수리'나 '벼락', '번개'가 등장하면, 그 인물은 틀림없이 제우스라 생각하면 된다.

벼락을 손에 든 제우스 - 루브르 박물관

제우스의 여인들과 자식들

다음은 바람둥이 제우스가 관계한 여신들과 그 자식들이다.

1. 메티스 (첫 번째 부인 / 지혜의 여신)

제우스의 첫째 부인은 대양의 신 '오케아노스'의 딸인 지혜의 여신 '메티스 Metis'다. 그런데 제우스는 메티스가 아들을 낳으면, 그 아들에게 왕위를 빼앗길 것이라는 예언을 듣는다. 그래서 메티스가 아이를 임신하자, 그녀를 작게 만들어 꿀꺽 삼켜버렸다. 마치 자신의 아버지처럼 말이다.

그런데 시간이 지나자, 제우스는 엄청난 두통을 느끼기 시작한다. 그래서 자기 아들인 헤파이스토스에게 머리를 도끼로 찍어달라고 부탁했는데, 제우스 머리에서 '아테나'가 갑옷을 입은 완전 무장한 모습으로 튀어나왔다. 요거 웃기는 짬뽕(?) 같이 황당하지만, 아테나의 탄생 배경을 설명하는 중요한 얘기다.

헤파이스토스가 제우스의 머리를 도끼로 찍자, 머리에서 완전 무장하고 태어나는 아테나 - 베르사유 궁

2. 테미스 (2번째 부인 / 정의, 율법의 여신)

'테미스'는 정의, 율법의 여신으로 양손에 저울과 칼을 들고 있다. 〈 대법원에 가보면 한 손에 저울, 또 한 손에 법전을 든 여신이 바로 요 여신이다. 〉 그녀는 제우스 사이에 3명의 운명의 여신들 '모이라이 Moirai'와 3명의 계절의 여신 '호라이 Horai'를 낳았다.

운명의 여신인 '모이라이' 3자매는 모든 인간의 운명과 수명을 주관하는 여신들이고, 계절의 여신 '호라이' 3자매는 '봄, 여름, 겨울' 등을 관장하는 여신들이다. 〈 보티첼리의 비너스 탄생에서, 비너스에게 옷을 입혀주는 여신이 바로 호라이다. 〉

3. 데메테르 (3번째 부인 / 대지, 곡물의 여신)

'데메테르 Demeter'는 제우스의 누나이자, 3번째 부인이다. 이 여신은 '대지와 곡물'의 여신으로, 제우스 사이에 '페르세포네'를 낳았다. 중요 여신이다.

대지와 곡물의 여신 데메테르 - 루브르 박물관

칼과 저울을 든 정의와 율법의 여신 테미스

4. 므네모시네 (4번째 부인 / 기억의 여신)

제우스와 기억의 여신 딸들인 9명의 뮤즈들이 음악의 신 아폴론과 같이 있다 - 에르미타주 박물관

'므네모시네 Mnemosyne'는 기억의 여신으로, 제우스와 9일 밤낮을 격렬하게 보낸 뒤, 9명의 '뮤즈 Muse'들을 낳았다. 그런데 그리스 로마 신화에서는 그녀보다 딸들인 9명의 뮤즈들이 더 유명하다. '뮤즈(복수는 무사이)'들은 예술가들에게 영감을 불러일으키는 예술의 여신들로, 주로 음악의 신 아폴론과 함께 등장한다.

5. 레토 (5번째 부인 / 티탄 족)

'레토 Leto'는 티탄 족 코이오스와 포이베 딸로, 제우스 사이에 2명의 중요하고 유명한 쌍둥이 남매를 낳았다. 그중 한 명이 바로 태양신인 '아폴론 Apollon'이고, 다른 한 명이 사냥의 여신인 '아르테미스 Artemis'다.

자고 있는 어린 아폴론과 아르테미스를 보는 레토 여신

제우스와 헤라의 결혼식 - 루브르 박물관　　　　　이다 산의 제우스와 헤라 - 제임스 베리 그림

6. 헤라 (6번째 부인 / 결혼, 가정의 여신)

'헤라 Hera'는 제우스 누나이자, 6번째 부인으로, 그녀만이 정식으로 식을 올려 결혼한 본부인이다. 그녀는 제우스가 바람을 피울 때마다 질투의 화신이 되어, 상대방 연적과 그 자식들에게 가혹한 복수를 한다.

청춘의 여신 '헤베 Hebe'와 전쟁의 신 '아레스 Ares', 출산의 여신 '에일레이티아', 또 대장장이 신 '헤파이스토스 Hephaistos'도 제우스 사이의 자식이다.

7. 에우리노메 (7번째 부인 / 티탄 족)

'에우리노메 Eurynome'는 대양의 신 '오케아노스'와 '테티스' 딸이다. 그녀와 제우스 사이에 우아한 아름다움을 지닌 '우미의 여신', 또는 '삼미신'이라 불리는 3명의 여신을 낳았다. 이 3명의 얼짱 여신들은 미스 월드 같은 몸매와 미모로, 기쁨을 주는 아름다운 여신들이다. 미술 작품에서 긴 드레스를 입은 모습으로도 나타나지만, 헬레니즘 이후로 거의 나체로 등장한다.

루벤스의 삼미의 여신 - 프라도 미술관   3명의 삼미 (우미) 의 여신 - 루브르 박물관

흔히 그림과 조각에서 3명의 나체 여신 중에 가운데 여자가 등을 돌리고 있는 작품이 있으면, 그녀들은 백발백중 우미(삼미)의 여신들이다. 그런데 이들은 그림과 조각에만 나타날 뿐, 그녀들에 관한 신화는 거의 없다.

8. 마이아 (8번째 부인 / 티탄 족)

'마이아 Maia'는 아틀라스의 딸로, 제우스의 8번째 부인이다. 영어로 5월은? 그렇다, 'May'다! May는 '마이아의 달'을 의미하는 라틴어 '마이움 Maium'에서 유래한 말이다. 그녀는 제우스 사이에 전령의 신 '헤르메스 Hermes'를 낳았다.

인간 여인들과 요정 사이의 자식들

제우스는 이 밖에도 수많은 요정과 인간 여성들, 특히 각 나라 공주들과 관계해, 중요 올림포스 신들과 영웅을 탄생시킨다. 술의 신 '디오니소스 Dionysus'와 영웅 '헤라클레스 Hercules', '페르세우스 Perseus' 등이 바로 그들이다.

니오베 (리디아 공주) - 아르고스	**세멜레** (테베 공주) - 디오니소스
알크메네 (미케네 공주) - 헤라클레스	**안티오페** (테베 공주) - 암피온과 제토스
다나에 (아르고스 공주) - 페르세우스	**에우로페** (페니키아 공주) - 미노스 3형제
레다 (스파르타 왕비) - 헬레네	**이오** (강의 요정) - 이집트 왕 에파포스
칼리스토 (산의 요정) - 아르카스	**아이기나** (강의 요정) - 아이아코스 왕

벼락을 든 제우스 - 대영 박물관 청동 제우스 상 - 대영 박물관 니케를 든 제우스 - 에르미타주

아테네 시내에 있는 웅장한 제우스 신전

포세이돈 Poseidon

탄생과 이름

'크로노스'와 '레아'의 자식이다. 로마 신화에서는 '넵투누스 Neptunus', 영어는 '넵튠 Neptune'이다. 태양계에서 8번째로 큰 '해왕성'도 그의 이름을 따서 넵튠이다.

지위와 역할

포세이돈은 그의 형제인 제우스와 하데스와 제비뽑기로 세상을 3등분할 때 바다를 차지했다. 그래서 그의 지위와 역할은 바다의 지진, 폭풍, 해일 등을 일으키는 '바다의 신'이 되었다.

삼지창을 든 포세이돈 - 브레라 미술관

포세이돈과 그의 아내인 바다의 요정 암피트리테 - 파리스 그림

아테네란 도시의 수호신 자리를 놓고, 오른쪽의 아테나 여신과 시합을 벌이는 포세이돈 - 베르사유 궁

그는 처음엔 제우스 다음가는 올림포스 2인자였다. 그러나 신들과의 영토 분쟁에서 계속 패한 후, 입지가 점차 바다로 좁아졌다. 그리스 최고 도시 아테네의 수호신 자리를 놓고는 아테나에게 패하고, 아르고스는 헤라에게, 낙소스 섬은 디오니소스에게 뺏겼다. 추락하는 것은 날개가 있다고 했던가? 포세이돈이 그런 셈이다.

바다, 폭풍, 해일의 신

무기는 '삼지창'이다. 그는 삼지창을 휘둘러 바다의 바람들과 비를 다스리고, 폭풍과 해일, 지진, 그리고 화산을 폭발시킨다. 고대 그리스인들은 포세이돈에게 무사 항해를 비는 제사를 드렸는데, 지금도 그리스 반도 끝에 위치한 '수니온 곶 Sounion Cape'에는 웅장한 포세이돈 신전이 남아있다.

그리스 반도의 남단 끝에 위치한 수니온 곶의 웅장한 포세이돈 신전.
이곳에서 저녁때에 해가 지는 에게해는 정말 끝내주게 멋있다 - 4시쯤 찰칵!

외모와 성격

그는 미술 작품에서 긴 머리와 덥수룩한 수염, 커다란 삼지창을 든 모습으로 나온다. 또한 어떤 때는 말이 끄는 전차를 타고, 돌고래나 물고기와 함께 파도를 타는 모습으로 묘사된다. 그의 궁전은 그리스 동쪽의 에우보이아섬 근처의 바다 밑에 있다고 하는데, 그곳에서 전차를 타고 폼나게 나타나, 바다를 달리며 폭풍을 다스린다.

성격은 대체로 성난 파도와 폭풍같이 급하고 과격하다. 어떤 면에서 단순 무식하고, 충동적이며, 매사 즉흥적이라고나 할까? 왜 그런 사람 있잖은가? 단순하고, 우직하고, 화끈하면서, 터프한 사람! 그런데 왠지 모르게 2% 부족한 사람! 그는 이런 성격 때문에 툭하면 제우스의 자식들과 대립하곤 한다.

삼지창을 들고, 말을 타고서 바다를 달리는 포세이돈
푸생의 포세이돈의 승리 또는 아프로디테의 탄생이란 작품

아내와 가족 관계

아내는 바다 요정 '암피트리테 Amphirite'다.
그녀 사이에 2명의 자식들을 두었는데, 그중에
'프로테우스 Proteus'는 예언과 변신하는 능력을
가지고 있다.

다른 아들인 '트리톤 Triton'은 상반신은 인간,
하반신은 인어인 말하자면 남자 인어다. '소라
고둥'이 그의 상징물이다. 트리톤은 소라고둥을
불어서 거친 파도를 잠재우고, 해마 등을 타고
다니며 돌고래 등과 어울린다.

소라 고동을 부는 트리톤
로마 나보나 광장

괴물 자식들

포세이돈도 제우스 못지않게 수많은 여성들과 바람을 피우는 플레이보이다. 그런데 특이한 점은 그가 바람피워 생긴 자식들이 대부분 정상 모습이 아닌 괴물이란 점이다. 아이러니하게도, 그 괴물들은 거의 제우스의 자식들과 영웅들에게 죽고 만다.

대표적 괴물 자식은 메두사가 낳은 천마 '페가수스'와 괴물 '크리사오르', 이마에 눈이 하나 박혀있는 외눈박이 '폴리페모스', 거인 사냥꾼 '오리온'이다.

상징물

상징물은 '삼지창'과 '말'이다. 그림이나 조각 등에서 어떤 이가 삼지창을 들고 있으면, 그는 100% 포세이돈이다. 이 밖에도 그는 돌고래, 물고기 등과 등장하기도 한다.

상징 동물은 '말(馬)'이다. 왜 하필 말일까? 말이 바다하고 무슨 상관있다고, 왜 하필 말을 타고 바다 위를 다닐까? 고대 그리스인들은 포세이돈이 말을 창조하고, 인간에게 말을 다루는 기술을 가르쳐 주었으며, 경마의 창시자라고 믿었다.

밑의 '월터 크레인'의 '포세이돈의 말'이란 작품을 보시라. 해변으로 거침없이 달려오는 백마들과 파도에 부서지는 하얀 포말이 말이 달려오는 것처럼 느껴지지 않는가?

월터 크레인의 포세이돈의 말이란 작품 - 포세이돈이 말들을 타고 신나게 달리고 있다.

포세이돈과 아내 암피트리테
프라도 미술관

암피트리테의 승리
베르사유 궁

폭풍 속의 포세이돈과 그의 아내 암피트리테
요르단스 그림

아폴론의 첫사랑 다프네

등장 인물

아폴론 : 태양, 궁술, 예언, 예술, 의술의 신
다프네 : 강의 요정 (님프)
에로스 : 사랑과 연애의 신 (아프로디테 아들)

'아폴론 Apollon'은 그리스 로마 신화의 주요 캐릭터로, 태양, 궁술, 예술, 의술의 신 등 여러 타이틀을 가지고 있다. 또 그는 올림포스 12신중 제우스의 오른팔이라고 할 정도로 막강한 파워를 가진 황태자다. 그런 그가 첫사랑에 빠졌다. 그것도 격렬히 말이다.

언제부터인가 아폴론은 머리에 월계수 잎을 쓰고 다니는데, 그 이유도 그의 첫사랑인 다프네 때문이었다. 이 이야기 배경은 대홍수 이후부터 시작된다.

아폴론 - 카피톨리노 박물관   연주하는 아폴론 - 보르게세 미술관   아폴론 - 카피톨리노 박물관

커다란 왕뱀, 피톤과의 한판 승부

대홍수가 지나가자, 진흙투성이의 대지는 태양의 열기로 인해 온도가 점점 상승하기 시작했다. 그러자 수없이 많은 종류의 생명이 다시 나타났다. 그런데 인간이 원치 않던 생명까지 태어났는데, 그것은 바로 거대한 왕뱀 '피톤 Python'이었다.

이 왕뱀 피톤은 그냥 뱀이 아니었다. 크기가 커다란 산 만큼 어마어마했으며, 성격도 까칠하고 포악해서 인간에게 항상 공포의 대상이었다. 이러한 피톤이 인간에게 공포를 주자, 제우스는 아들 아폴론에게 …

제우스   넌 어서 델피로 가서 커다란 왕뱀을 물리치고,
그곳 신탁소의 주인이 되어라!

아폴론은 명령을 받자, 활과 화살로 무장하고 델피로 향했다. 왕뱀과의 한판 승부가 불가피했다. 궁술의 신이자, 화살의 명사수인 아폴론은 덤비는 왕뱀에게 수많은 화살을 쏘아 죽였다. 그리고 자신이 델피 신탁소의 주인임을 선언했다.

벨베데르 아폴론 - 바티칸 박물관

왕 도마뱀을 보는 아폴론 - 루브르

아폴론 - 우피치 미술관

한편, 아폴론은 자신이 죽인 피톤을 애도하는 의미에서, 4년에 한번 '피티아 경기'를 열었다. 이 대회는 올림픽 다음가는 고대 그리스의 4대 경기 중 하나로, 우승자에게는 떡갈나무로 만든 화관을 상으로 수여했다. 그때까진 아직 월계수가 없었기 때문이었다. 자, 그럼 이제부터 본격적인 아폴론의 첫사랑 이야기가 시작된다.

에로스의 큐피드 화살

아폴론의 첫사랑은 '다프네 Daphne'였다. 다프네는 그리스 어로 '월계수'란 뜻이다. 흔히 첫사랑은 풋사랑, 눈먼 사랑이라 했던가? 그러나 아폴론의 첫사랑은 그런 사랑이 아니었다. 순전히 연애의 신 '에로스 Eros'의 심술과 복수에서 시작된 것이었다.

'에로스'는 앞으로 자주 나오는 장난기 많은 개구쟁이 꼬맹이 신으로, 영어식 이름은 '큐피드 Cupid'다. 우리가 흔히 '사랑의 큐피드 화살을 맞았다!'할 때, 바로 그 큐피드가 에로스다.

활을 만들다, 처다보는 에로스 - 빈   깜찍하고 앙증맞은 에로스 - 루브르   에로스 - 거장 카라바지오 그림

그런데 이 꼬마 에로스는 항상 2가지 사랑의 화살을 가지고 다닌다. 하나는 이 화살을 맞은 자는 사랑의 포로가 되는 '황금 화살'이고, 또 하나는 누구든지 이 화살을 맞으면, 반대로 사랑을 극도로 혐오하는 '납 화살'이다. 사랑이란 '사'자만 들어도, 부르르 치를 떤다는 말씀이다.

어느 날, 아폴론은 얼마 전에 왕뱀 피톤을 물리쳐 기분이 좀 우쭐한 상태였다. 그래서 그랬나? 그는 어린 에로스가 활과 화살을 가지고 장난치는 것을 보자 …

아폴론　에헤, 쪼매난 놈이 위험하게! 꼬마야, 그거 장난감 아니거든?

그런 위험한 무기를 함부로 가지고 놀면 안 돼요.

그런 무기는 나 같은 위대한 전사에게나 필요한 거야, 알았어?

하하하 … 너 아직 소문을 못 들었구나.

내가 얼마 전에 이 화살로, 커다란 왕뱀을 쭉 뻗게 만들었거든.

아폴론이 화살을 쏘아 왕뱀을 쭉 뻗게 만들고 있고, 에로스가 그림 위에서 아폴론을 쏘며 까불고 있다 - 루벤스 그림

참, 넌 화살로 사랑의 불을 지른다며?

그래! 넌 화살보다 불장난이나 하는 게 좋겠다.

그러니까 주제넘게 내 명성엔 끼어들지 마, 알겠니?

에로스 (바짝 약이 올라) 흥! 이거 보세요, 아폴로 님.

그쪽 화살은 아무거나 맞추지만, 내 화살은 당신도 맞출 수 있걸랑요?

두고 봐요. 아마 제가 한 수 위일걸요?

약이 바짝 오른 에로스는 그 즉시 파르나소스 산의 꼭대기로 올라가 자리를 잡았다. 그리고 화살통에서 각각 성능이 다른 2개의 화살을 뽑아들었다. 사랑을 불러일으키는 황금 화살과 사랑을 극도로 거부하는 납 화살이었다.

에로스는 먼저 황금 화살을, 그러니까 사랑에 빠지게 만드는 황금 화살을 아폴론에게 쏘았다. 그러자 아폴론은 그 즉시 사랑에 빠지고 말았다. 이번엔 납 화살, 다시 말해 사랑을 죽도록 혐오하는 화살을 강의 신의 딸인 '다프네'에게 쏘았다. 그러자 다프네는 사랑이란 말만 들어도 기겁하며 혐오하게 되었다.

사랑을 혐오하는 다프네

강의 요정 '다프네'는 사냥을 즐겼다. 흐트러진 긴 머리를 머리띠로 질끈 묶고, 선머슴 같이 사냥하는 것이 그녀의 유일한 즐거움이었다. 사실 그녀에게 구혼하는 남자도 엄청 많았다. 그러나 그녀는 사랑이니 연애니, 결혼 같은 건 아예 관심이 없었다. 하지만 그녀 아버지는 혼기가 꽉 찬 딸이 걱정되었다. 그래서 선머슴 같은 딸에게 입버릇처럼 ...

강의 신 애야! 너도 이젠 사냥 같은 건 그만하고, 얼른 결혼해야지.

그래야 나도 손자라도 한번 안아볼 거 아니냐?

그러나 다프네는 결혼을 무슨 큰 죄나 되는 것처럼 싫어했다. 아니, 혐오했다. 그래서 그녀는 아버지가 그런 말을 할 때마다 아버지 목을 꼭 끌어안으며 ...

다프네　　아버지, 부탁이에요. 저도 처녀 여신처럼 그냥 처녀로 남게 해주세요, 예?

강의 신　　(어쩔 수 없이 고개를 끄덕이며) 그래, 할 수 없지!

　　　　　　근데 넌 너무 예쁘고 아름다워서, 남자들이 가만 놔둘지 모르겠다.

첫눈에 사랑에 빠진 아폴론

　반면, 사랑의 큐피드 화살을 맞은 아폴론은 다프네를 보자마자, 순간 강렬한 사랑의 욕구가 샘솟았다. 마치 추수한 들판의 볏짚들이 불길 속에 활활 타오르는 것처럼 그의 마음도 사랑의 불길에 활활 타올랐다.

　사랑을 하면 눈이 먼다고 했던가? 또 사랑을 하면, 눈에 콩깍지가 씌었다고 했던가? 상사병에 걸린 아폴론은 무조건 다프네가 예쁘고 좋았다. 그는 그녀의 머리카락이 목에 아무렇게나 흘러내린 것을 보며...

아폴론　　와우! 빗질도 하지 않았는데 저렇게 아름다운데,

　　　　　　곱게 머리를 빗으면 얼마나 아름다울까?

다프네가 겁먹고 달아나자, 아폴론이 뒤를 쫓아가면서 달아나지 말라고 애원하며, 멘트를 날리고 있다 - 런던 내셔널갤러리

그는 더 이상 참을 수 없었다. 이제 그녀를 보는 것만으론 만족할 수 없었다. 아폴론이 은근슬쩍 다가가 말을 붙이려 할 때였다. 그러자 다프네는 재빨리 달아나기 시작했다. 바람보다 빨리 달아났다. 아폴론이 쫓아가며 아무리 달아나지 말라고 애원해도, 그녀는 멈추지 않았다. 그러자 애가 탄 아폴론이 맹렬히 뒤쫓으며 ...

아폴론　저기 아가씨, 잠깐만요! 난 나쁜 사람이 아니에요.

　　　　할 말이 있으니까 도망가지 말고, 내 얘기를 좀 들어봐요.

　　　　지금 아가씨는 양이 늑대를 피하듯, 사슴이 사자를 피하듯,

　　　　비둘기가 독수리에게 달아나듯, 그렇게 도망만 가거든요?

　　　　이봐요. 내가 당신을 쫓는 건 사랑하기 때문이에요. 알아요?

다프네　(갑자기 달리다가) 어머나!

아폴론　그것 봐요. 돌에 걸려 넘어질 뻔했잖아요.

　　　　제발 천천히 뜁시다. 나도 천천히 쫓아갈 테니까!

다프네　(계속 달리며) 헉헉 ..

신나게 달리는 아폴론과 다프네 - 루브르 박물관

아폴론	정말 답답하네! 이봐요, 아무리 달아나더라도,
	내가 누군지나 알고, 달아나야 할 거 아니에요.
	아가씨! 내가 누군지 진짜 모르겠어요?
다프네	(숨이 목까지 차올라) 헥헥헥 ...
아폴론	아가씨! 나로 말할 거 같으면,
	시시한 농부나 양치기가 아니고, 신탁을 내리는 '예언의 신'이에요.
	그래서 난 과거, 현재, 미래를 아는 능력이 있거든요.
	아 참, 제우스신 알지요? 바로 그분이 내 아버지입니다.
	난 또 리라를 연주하는 '예술의 신'이고, 활을 잘 쏘는 '궁술의 신'이지요.
	난 화살로 상대를 백발백중 맞히는데,
	지금 치명적인 사랑의 화살을 맞았어요.
	난 또 '의술의 신'으로, 모든 약초의 효능도 알고 있지만,
	지금 내 사랑을 치료할 약초는 어디에도 없네요.
	이봐요! 이 정도 했으면 제발 좀 멈춰요. 제발. 스톱!

달리는 다프네에게 자기 신분을 밝히며, 자신을 PR하는 아폴론 - 루브르 박물관

그러나 다프네는 계속 달아났다. 아폴론이 뭐라 지껄이건, 겁이 나서 앞만 보고 달아났다. 그러나 아폴론은 그녀의 달아나는 뒷모습도 매력적으로 보였다. 불어오는 바람이 그녀의 옷자락을 펄럭이게 하자 감춰진 뽀얀 살이 눈에 들어왔다. 또 미풍에 찰랑이는 그녀의 긴 머리카락은 더욱 눈부셨다. 그러자 아폴론은…

아폴론　　더 이상 말로 해선 안 되겠어! 좋아, 이번엔 꼭 잡고 말겠어!

이들이 달리는 모습은 마치, 광활한 들판에서 사냥개가 토끼를 쫓는 모습과 흡사했다. 바짝 추격한 사냥개가 입을 벌려 덥석 토끼를 물려고 하는 순간, 토끼는 간신히 사냥개 이빨을 피해서 달아나는 모습이라고 할까? 아폴론은 그녀를 잡겠다는 희망으로, 반대로 다프네는 두려움에 더욱더 필사적으로 달아났다. 하지만 쫓는 자가 더 빨랐다. 어느새 아폴론은 그녀의 등 뒤에 바짝 따라붙더니, 목덜미에 후우 ~ 입김을 불며…

티에폴로의 다프네를 쫓는 아폴론. 다프네가 손부터 월계수로 변하고 있고, 그 밑은 아버지인 강의 신 - 런던 내셔널갤러리

아폴론　느껴져요? 내 사랑의 숨결이?

　이제 다프네는 더 이상 달릴 힘조차 없었다. 너무 지치고 맥이 쫙 풀려, 강가에 멈출 수밖에 없었다. 그러자 그녀는 다급히 자기 아버지인 강의 신에게 도움을 청하며 ...

다프네　아버지! 제발 절 도와주세요.

　　　　강의 신비한 힘으로 절 숨겨주세요. 아니면 제 모습을 바꿔 주세요.

　　　　절 괴롭히는 이 모습을 바꿔 주세요, 아버지!

　그녀가 기도를 마치자, 그녀의 온몸은 마비되어갔다. 부드러운 젖가슴은 나무껍질에 덮이고, 찰랑대던 머리카락은 나뭇잎으로, 두 팔은 나뭇가지로 변해갔다. 또한 다리는 뿌리가 되어 땅속 깊이 박혔고, 얼굴은 나무 꼭대기가 되었다.

아폴론과 다프네 - 런던 내셔널갤러리　　　나무로 변하는 다프네의 손을 보고 놀라는 아폴론 - 루브르 박물관

월계수가 된 다프네

비록 그녀는 나무가 되었지만, 그녀를 사랑하는 아폴론의 마음은 여전히 변함없었다. 그는 조금 다가가, 나무에 손을 얹어보았다. 아직도 그녀 심장이 나무껍질 속에서 콩닥콩닥 뛰는 것을 느낄 수 있었다. 아폴론은 나무를 끌어안고 입을 맞췄다. 그의 입맞춤에 나무는 살짝 몸을 움츠렸다. 아폴론은 그녀에게 약속하며 ...

아폴론　내 사랑, 다프네여! 이젠 그대는 내 아내가 될 수 없지만,
　　　　　 난 그대를 내 나무로 삼겠소. 그대 이름은 '월계수'!
　　　　　 난 이제 왕관 대신, 당신 잎을 내 머리에 쓰고 다니겠소.
　　　　　 또한, 로마 장군이 승리의 개선 행진을 할 때,
　　　　　 그들 머리에 당신 잎으로 승리의 화환을 씌어줄 것이오.
　　　　　 다프네여! 그대는 늘 푸를 것이며, 그대 잎은 영광을 간직할 것이오!

아폴론이 이런 멘트를 날리자, 월계수 가지들이 살랑이면서 앞으로 흔들거렸다. 마치 머리를 끄덕이는 것처럼 말이다.

베르리니의 아폴론과 다프네 - 보르게세　　아폴론과 다프네 - 빈 미술사　　아폴론과 다프네 - 에르미타주 박물관

에필로그

'다프네 Daphne'는 월계수라는 뜻이다. '월계수 Laurel'는 주로 지중해 연안에 서식하며, 최대 12m까지 자라는 늘 푸른 상록과 식물이다. 원래 월계수는 아폴론 제사에 사용되다, 이후 피티아 경기와 올림픽 경기의 우승자에게 주는 영예의 월계관으로 쓰였다.

또한 로마 시대에는 혁혁한 공을 세운 장군들이 개선 행진할 때, 그들 머리에 승리의 월계관을 씌워주었다 한다. 승리와 영예의 월계관! 그러나 월계수에 관련된 이야기는 이렇게 아폴론과 다프네의 이루어질 수 없는 애절한 사랑의 아픔을 담고 있다.

사랑과 연애의 신 에로스

'에로스 Eros'는 사랑과 미의 여신 '아프로디테(영어는 비너스)'와 전쟁의 신 '아레스' 사이의 아들이다. 라틴어로는 '아모르 Amour', 영어로는 '큐피드 Cupid'다. 장난기 많은 어린 사랑과 연애의 신으로, 눈에 보이지 않는 사랑의 화살을 신과 인간에게 쏘아대는 장난꾸러기다.

쉬~잇! 하는 에로스 - 루브르

사랑의 활을 손에 든 에로스

귀여운 에로스 뒷모습 - 베키오 궁

아폴론 Apollon

태생과 이름

그리스 로마 신화에 많이 등장하는 아폴론은 '제우스'와 '레토' 사이에서 태어났으며, 처녀 여신이자, 사냥의 여신 '아르테미스'와 쌍둥이 남매지간이다. 라틴어로는 '빛나는 자'란 뜻의 '포이보스 Phoilbos', 영어식 이름은 '아폴로 Apollo'다. 1969년에 인류 최초로 달에 착륙한 우주선 '아폴로'도 그의 이름을 딴 것이다.

탄생 비화

아폴론의 탄생 비화는 유명하다. 그의 어머니인 '레토 leto'가 아폴론과 아르테미스를 임신했을 때다. 제우스 본부인 '헤라 Hera'는 레토가 임신한 쌍둥이가 제우스 다음가는 막강한 권력을 갖게 될 거란 예언을 듣는다.

아폴론의 성지인 델로스 섬. 저 위의 푸른 바다가 에게해다.

그러자 질투의 여신 헤라는 그녀의 출산을 적극적으로 방해했다. 모든 나라에 레토의 출산을 절대 받아주지 말 것과 또 왕뱀 피톤을 시켜 햇볕이 닿는 곳이면 어디든, 그녀의 해산을 막으라는 명령을 내렸다.

이런 헤라의 협박과 방해로 레토는 해산할 장소를 찾지 못하다, 포세이돈에게 간절히 도움을 청했다. 그러자 포세이돈은 바다 밑에 가라앉은 델로스를 바다 위로 솟아오르게 하고, 둥둥 떠다니는 그 섬을 바닷속 깊이 단단히 기둥을 박아 묶었다.

그런 다음, 포세이돈이 높은 파도로 태양을 가려줄 때 레토는 위대한 신이 될 쌍둥이 남매를 종려나무를 꽉 붙잡고 낳았다. 이렇게 천신만고 끝에 태어난 신이 아폴론이다. 그래서 아폴론은 델로스 섬을 자신의 성지로 삼았다.

또 다른 신화는 레토가 쌍둥이 남매를 각각 다른 섬에서 낳았다는 설이다. 레토가 먼저 아르테미스를 낳고, 델로스에서 9일간 진통을 겪고 있을 때, 신들이 '출산의 여신'에게 황금 목걸이를 뇌물로 주어, 간신히 아폴론을 낳을 수 있었다 한다.

태양 마차를 모는 아폴론 - 귀도 레니 그림

지위와 역할

아폴론은 올림포스 12신의 한 명으로, 제우스 다음의 권력 서열 2인자다. '넘버 2'라서 그런가? 그의 지위와 직책은 다음과 같이 다양하다.

태양 신 : 원래 태양신은 티탄 족 '히페리온 Hyperion'과 그의 아들 '헬리오스 Helios'다. 그러나 제우스 일행이 전쟁에서 승리한 후, 태양신 지위는 아폴론이 차지했다.

예언의 신 : 그는 델피에서 여 사제인 '티피아'를 통해 신탁을 해주는데, 고대 그리스의 많은 신탁소 중에서 그의 델피 신탁이 가장 유명하고 권위 있는 신탁이었다.

궁술의 신과 의술의 신 : 백발백중의 '궁술의 신'이다. 그의 화살은 때론 인간을 벌주기 위해 전염병 같은 역병을 일으킨다. 또 그는 병을 고치는 '의술의 신'인데, 그의 아들이 바로 죽은 자도 살린다는 의술의 신 '아스클레피오스'다.

  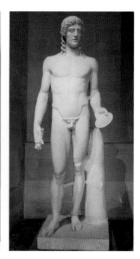

예언의 신 아폴론 - 베르사유 궁 　　　　 궁술의 신 아폴론 - 벨레아트 　　　　 의술의 신 아폴론 - 루브르

파르나소스산에서 9명의 뮤즈들과 음악과 예술을 주관하는 아폴론 - 베르사유 궁

음악과 예술의 신 : 음악과 시를 주관하는 '예술의 신'이다. 그는 학문과 예술의 여신들인 9명의 뮤즈들과 어울리며, 음악과 문학, 예술 등을 주관한다. 또한 '리라' 연주의 대가다. 회화에서 예술의 신으로 나올 때면, 항상 리라와 더불어 뮤즈 여신들과 같이 나온다.

외모와 성격

아폴론은 금발의 곱슬머리에, 이목구비가 또렷한 꽃미남 얼굴과 완벽한 몸매를 자랑한다. 미스터 코리아(?), 아니 미스터 올림포스라 해도 과언이 아니다. 그리스 남성들의 이상향이 바로 이성적이고, 잘생긴 아폴론이었다고 한다.

그의 성격은 차갑고, 도도하고, 냉철하며, 복수심 강하고, 주관이나 감정에 흔들리지 않는 타입이다. 반면에, 이성을 앞세운 지적이며, 예술적 감각을 지닌 소유자다. 이러한 면에서 '차도남, 엄친아, 꽃미남, 훈남, 얼음왕자'의 대명사가 바로 아폴론이다. 요즘 TV 드라마에 나오는 까칠한 본부장 같은 캐릭터라고 할까?

비극적인 사랑의 대명사

그의 사랑은 대개 비극적이다. 주로 이루어질 수 없는 비극적인 사랑이 대부분이다. 너무 꽃미남에, 또 도도하고 핸섬해서 그런가? 사랑하는 방법을 몰라서 그런가? 아니면, 가까이하기엔 너무 먼 올림포스의 황태자라서 그런가?

아무튼, 그는 사랑만 했다 하면 인간 여성에게도 삥 차이고, 이루어질 수 없는 사랑만 한다. 그야말로 불쌍한 우리의 황태자다. 또한, 그는 어린 미(美) 소년과 사랑을 나누는 동성애자다. 그런데 그가 사랑한 미소년 역시, 불행한 죽음을 맞고 만다.

아폴론의 여인들과 동성애 미소년들

다프네 - 강의 요정
카산드라 - 트로이 공주
코로니스 - 오르코메노스 왕의 딸
레우코토에 - 페르시아 공주
히아킨토스 - 스파르타 미소년
키파리소스 - 케오스섬 미소년

상징물

그림이나 조각에서 항상 핸섬한 미남으로 묘사되며, 머리엔 월계관을 쓰고, 손엔 활과 화살, 때론 리라를 들고 있는 모습으로 등장한다.

그의 상징물은 '월계수'와 '활과 화살, 리라'다. 이런 것을 가지고 있는 신은 100%, 아폴론이라고 보면 된다.

리라를 든 아폴론 - 우피치 미술관

아폴론의 태양 마차가 밤새 쉬는 곳 - 베르사유 궁

유명한 델피의 아폴론 신탁소

상트 페테르부르크 여름 궁전의 아폴론 분수

베르사유 궁전 정원의 멋진 아폴론 분수

헤라의 질투 편

암소가 된 이오

별자리가 된 칼리스토

남녀 사랑의 쾌감을 판정한 테이레시아스

아프로디테와 헤파이스토스

- 미녀와 야수 커플

암소가 된 이오

등장 인물

제우스 : 최고 신 (바람둥이 신)

헤라 : 제우스 아내 (가정, 결혼의 여신)

이오 : 강의 요정

헤르메스 : 전령의 신 (제우스 아들)

시링크스 : 나무 요정

판 : (하체는 숫양 모양을 한) 숲, 들판의 신

이 이야기는 제우스의 본부인 헤라의 질투 편이다. 헤라는 남편 제우스가 시도 때도 없이 바람을 피우자, 질투의 화신이 되어 상대 연적에게 가혹한 복수를 가한다. 이번에 그녀의 질투 대상은 바로 강의 요정 이오다.

이오를 겁탈한 제우스

'이오 Io'는 강의 신 '이나코스 Inachos' 딸로, 헤라의 시녀였다. 어느 날, 그녀가 집에 돌아오는 길이었다. 그런데 그녀에게 흑심을 품은 자가 있었으니, 그자는 바로 천하의 바람둥이 제우스였다. 제우스는 그녀에게 은근슬쩍 작업을 걸며 …

제우스   오, 처녀여! 나한테나 어울릴 처녀여!

그대와 한번 사랑하면 얼마나 행복할까.

처녀여! 정오라서 그런지 햇살이 정말 너무 강렬하구나.

자, 어서 시원한 저 숲속으로 같이 들어가자, 응?

이오   (겁이 나 바들바들 떨기만 하는데) …

제우스   왜? 짐승이 있는 숲에 들어간다고, 무서워서 그러냐?

허허 .. 그딴 건 걱정 마라. 그대는 그냥 보통 신이 아닌,

번개와 벼락을 던지는 하늘의 신의 보호를 받을 것이다.

그러니까, 절대 내게서 도망칠 생각은 마라. 알았지?

그러나 이오는 도망치기 시작했다. 있는 힘을 다해서, 풀밭과 들판을 뛰고 또 뛰었다. 그러나 제우스의 사정권을 벗어날 수 없었다. 제우스는 후다닥 넓은 들판을 먹구름으로 가린 뒤, 이오를 붙잡아 강제로 욕심을 채웠다.

그때, '헤라 Hera'는 무심코 하늘에서 지상의 들판을 내려다보았다. 그런데, 울랄라? 어느 들판 한가운데가 왠지 수상했다. 환한 대낮에도 불구하고, 유난히 그곳만 시커먼 구름으로 쫙 덮여있는 것이 아닌가! 주변에 구름을 일으킬 강이나 숲 같은 것도 없는데 말이다. 그러자 헤라는 …

코레지오의 제우스와 이오! 자세히 보면 제우스가 먹구름으로 가린 뒤, 이오의 허리를 감싸 안고, 그녀의 입술에 키스하고 있다 - 빈 미술사

헤라   뜬금없이 왜 저기만 저렇게 먹구름이 모여 있지? 뭔가 수상한데?

　그녀는 제우스의 수작이란 생각이 들었다. 그동안 툭하면 바람을 피워, 얼마나 속을 썩였던가? 정말 징글징글했다. 여신이고 인간 여성이고 가리지 않는 남편의 바람기에 정말 넌더리 났다. 헤라는 급히 남편을 찾았다. 그러나 역시, 제우스는 없었다.

헤라   어쭈? 그래, 내 짐작이 틀리지 않는다면,
　　　분명 이놈의 작자가 또 바람을 피우고 있는 거야. 오늘 딱 걸렸어, 딱!

　헤라는 급히 땅으로 내려와, 시커멓게 몰려있는 구름을 모두 흩어지게 했다. 드디어 현장을 급습해, 덜미를 잡는 순간이었다. 그러나 아뿔싸! 때는 늦었다. 제우스는 헤라가 올 것을 예상하고, 그 순간 이오를 잽싸게 하얀 암소로 변신시킨 뒤였다.

제우스가 이오에게 수작을 부리고 있는데, 그림 오른쪽 위를 보면 헤라가 구름 위에서 내려오고 있다 - 에르미타주 박물관

암소가 된 이오

헤라는 미심쩍은 눈으로 암소를 보았다. 그런데 암소는 정말로 눈부시게 아름다웠다. 자신도 모르게 찬사가 터져 나올 만큼 정말 희고 우아한 자태를 뽐내는 그런 암소였다. 헤라는 일부러 아무것도 모른 척했다. 그러다 썩은 미소를 지으며 다가가 ...

헤라   어머나, 암소가 너무 아름답네! 누구 암소에요?

제우스   (당황하며) 글쎄! 내 꺼가 아니고 .. 남의 건가?

헤라   어느 혈통에서 태어났대요?

제우스   혈통? 땅에서 태어난 혈통이라나, 뭐 어쩐대나? 허허허 ...

헤라   (의심스럽게 보며) 여보! 나 부탁이 있는데 들어줄 거죠?

제우스   무슨 부탁?

헤라   이 암소가 너무 맘에 들어서 그러는데, 저한테 주세요.

제우스에게 암소를 달라고 하는 헤라. 그림 오른쪽에 제우스와 헤라의 상징 새인 독수리와 공작이 있다 - 빈 미술사

제우스는 난처했다. 아닌 밤중에 홍두깨라더니! 느닷없이 마누라가 나타나, 이제 막 작업한 애인을 선물로 달라는 거 아닌가! 그는 속으로 고민하며 …

제우스 에고, 이거 어떡하지?
예쁜 애인을 선물로 주자니 너무 아깝고,
그렇다고 안 주면, 눈치 빠른 여편네가 의심할 텐데! 에라이 …

결국, 제우스는 눈물을 머금고 선물로 주었다. 그러나 헤라는 의심의 눈초리를 풀지 않았다. 이놈의 작자가 또 자기 몰래 바람을 피울지 모르기 때문이었다. 그래서 헤라는 암소를 아르고스에게 맡겨, 철통같이 감시하게 했다.

헤라가 가운데 있는 아르고스에게 암소의 감시를 맡기자, 제우스가 아쉬운 듯 마누라를 힐끗 째려보고 있다 – 런던 내셔널갤러리

100개의 눈을 가진 아르고스

'아르고스 Argos'는 100개의 눈을 가진 힘센 거인으로, 휴식을 하거나 잠잘 때도 단지 2개의 눈만 감았다. 또한 이자의 눈은 CCTV 같이 사방팔방에 달려있어, 이오는 이자의 감시에서 잠시도 벗어날 수 없었다.

아르고스는 이오에게 관대하지 않았다. 낮엔 쓰디쓴 풀을 먹게 했고, 해가 지면 목에 고삐를 채워 풀도 없는 바닥에서 잠을 자게 했다. 이오는 너무 괴롭고 힘들어, 그의 팔을 잡고 애원하고 싶었다. 그러나 암소인 그녀에겐 애원할 팔이 없었다. 불만을 얘기하고 싶어도 그녀 입에서 나오는 소리는 소의 울음소리였다.

이오   음메 ~ 음메 ~

그녀는 그럴 때마다 자기 목소리에 깜짝 놀라고, 자기 목소리가 무서웠다. 목소리만 그런 것이 아니었다. 가끔 전에 놀던 강에 갔다가, 물에 비친 자기 모습을 보고 도망친 적이 한두 번이 아니었다.

아버지를 만난 이오

암소가 된 그녀를 친구들도 알아보지 못했고, 아버지와 두 언니들 역시 마찬가지였다. 이오는 기회가 있을 때마다 아버지와 언니들의 뒤를 따라다니며, 자신의 정체를 알리고 싶었다. 그러나 그들에게 이오는 그저 한 마리, 아름다운 암소일 뿐이었다.

어느 날, 그녀의 아버지가 풀을 뜯어 암소에게 손을 내밀었다. 그러자 이오는 아버지 손을 핥다가, 손에 입을 맞추다, 끝내 눈물이 줄줄 쏟아졌다. 아버지에게 소리쳐 자기가 딸이란 것을 알리고 싶었다.

이오   아버지, 저예요! 제가 아버지 딸, 이오란 말이에요.
아버지! 제발 저를 좀 도와주세요.

하지만 입에서 나오는 소리는 소의 울음소리였다. 그녀는 혹시나 하는 마음에, 땅에 발굽으로 글을 써보았다. 자신의 이름과 암소로 변하게 된 사연을 글자로 적어보았다. 그러자 아버지는 글을 읽고 깜짝 놀라, 암소 목에 매달리며 …

아버지   뭐, 네가 이오라고? 내가 그토록 온 세상을 찾아 헤매던 딸이 너라고?

(탄식하며) 세상에 어찌 이런 일이!

아아! 차라리 너를 찾지 못했으면 좋았을 것을 …

난 그런 줄도 모르고 네 결혼식 준비를 하고 있었으니 …

사위도 보고, 손자도 안아 볼 마음에 말이다!

그러나 넌 이제 인간이 아닌, 소와 짝을 맺겠구나.

(더욱 꺼안으며) 아이고 불쌍한 내 새끼! 어떡하면 좋냐, 응?

아버지와 언니들이 암소가 이오인 줄 모르고, 풀을 먹이고 있다 - 빅토르 얀센 그림

이때였다. 아르고스가 다가와 부녀를 밀치더니, 이오를 조금 먼 풀밭으로 끌고 갔다.
그리고 높은 산꼭대기에 앉아, 전보다 더 엄중히 감시하기 시작했다.

양치기로 변신한 헤르메스

한편, 제우스는 이오가 그렇게 고통받는 것을 두고 볼 수만은 없었다. 그래서 문제가
생길 때마다 척척 해결해 주는 해결사이자, 전령인 '헤르메스 Hermes'를 불러 …

제우스   아들아! 넌 지상으로 내려가,
　　　　　이오를 괴롭히는 저 아르고스를 처치해라, 어서!

'헤르메스'는 제우스의 아들로, 제우스의 명령을 전달하고
수행하는 일을 한다. 일종의 전령이자, 수행 비서인 셈이다.
그는 출동할 때 최면 지팡이와 날개 달린 모자와 샌들을 신고
날아가 임무를 수행한다.

헤르메스는 명령을 받자, 그 즉시 날개 달린 모자와 샌들을
신고 땅으로 내려왔다. 그런 다음 양들을 모아 양 떼를 모는
양치기로 변신했다. 그리고는 시링크스란 갈대 피리를 불며,
아르고스가 있는 곳으로 다가갔다. 아르고스는 신기한 피리
소리를 듣더니, 그 소리에 금방 반해 버렸다. 그래서 지나가는
양치기를 불러 세우며 …

헤르메스 - 보르게세 미술관

아르고스   여보쇼! 거 누군지 모르겠지만, 여기 잠시 쉬었다 가슈.
　　　　　　여긴 양들에게 먹일 풀도 많고,
　　　　　　보다시피, 서늘한 그늘이 있어서 쉬어가기 딱 좋다우.
헤르메스   그래요? 그럼 좀 쉬었다 갈까나!

아르고스 근데, 피리 소리가 참 좋수. 한 곡 땡겨 주실라우?

헤르메스 그럼요! 뭐 까짓것, 밤새라도 들려줄 수 있죠.

　그러며 아르고스 옆에 앉아, 피리를 불기 시작했다. 헤르메스는 온갖 세상 이야기를 하다가, 피리를 불며 아르고스를 재우려 했다. 그러나 100개의 눈을 가진 아르고스는 좀처럼 잠들지 않았다. 몇 개의 눈은 졸음 때문에 감았지만, 나머지 눈은 껌뻑이며 …

아르고스 이보쇼! 내 아까부터 궁금한 게 있었는데 말유.

　　　　　대체 그 신기한 피리는 어떻게 발명되었수?

헤르메스 이 피리요? 사연이 좀 길긴 한데 …

　　　　　궁금하면 얘기해 드리죠, 뭐.

아르고스 고맙소. 땡큐유!

헤르메스가 피리에 대한 사연을 얘기하자, 흰 암소인 이오 옆에서 꾸벅꾸벅 기대어 졸기 시작하는 아르고스 – 루벤스 그림

갈대 피리의 전설

헤르메스   옛날, 아주 오랜 옛날에 말입니다.

'시링크스 Syrinx'란 미모의 나무 요정이 있었답니다.

그런데 많은 숲의 신들이 그녀에게 청혼을 했대요.

아르고스   예쁘니까?

헤르메스   그렇죠! 근데 얘기를 듣다가 졸리면 그냥 자빠져 …

아니, 졸리면 그냥 자도 돼요. 알았죠?

아르고스   알았수. 그래서요?

헤르메스   그녀는 숫처녀였는데, 독신을 고집했대요.

그래서 남자를 거들떠보지도 않고, 줄곧 사냥만 하고 다녔답니다.

졸려요? 눈이 많이 풀린 거 같은데?

아르고스   아뇨. 그래서요?

헤르메스   그래서, 그러니까 …

어느 날, 그녀가 사냥터에서 돌아오는 길이었는데,

'판'이 그녀를 보더니, 수작을 걸었습니다.

'판 Pan'은 숲과 들판의 신이다. 이자는 상반신은 사람이지만, 하반신은 숫양 다리에, 머리에 뿔이 달린 괴상한 모습을 한 신이다. 일종의 숲속의 플레이보이다.

헤르메스   판은 그녀에게 당신은 정말 뷰티풀 하다며,

우짜고 저짜고, 은근히 꼬드기며 유혹을 했답니다.

그러나 시링크스는 그를 뿌리치고 달아났고, 판은 뒤쫓기 시작했지요.

그녀는 죽으라고 도망을 치다, 강가에 이르렀답니다.

그런데 그만 강물에 막혀, 더 이상 도망칠 수 없었지요.

자요? 눈이 몇 개 안 남은 거 같은데?

아르고스   (하품하며) 아니 뭐 ...

헤르메스   그냥 눈 감고 편히 들으세요. 계속 이어집니다!

그녀가 판에게 거의 잡히는 순간,

그녀는 제발 자신의 모습을 바꾸어 달라고,

강물 속의 요정들에게 애원을 했답니다.

마침내, 판이 그녀를 꽉 껴안고 기뻐할 때였죠.

그런데 판은 깜짝 놀랐답니다.

자기 품에 안긴 것은 그녀가 아니라, 한 줌의 갈대였거든요.

실망한 판은 긴 한숨을 내쉬었지요.

그런데 그 한숨 소리가 갈대를 스치더니,

묘하게 구슬픈 소리를 내는 거 아니겠어요?

판이 시링크스를 잡으려는 순간, 그녀가 강의 요정들에게 모습을 바꿔달라고 애원하고 있다. 아래는 강의 신 - 루브르

판이 시링크스를 거의 잡으려고 하는데, 자신의 모습을 바꿔달라고 간청하는 시링크스 - 로열 컬렉션 (루벤스 그림)

그는 그 신기하고 감미로운 소리에 매혹되어 맹세했죠.
'내 비록 당신과 함께 할 수 없지만,
이 아름다운 소리로, 그대와 영원히 함께할 것이오!'
그래서 그는 갈대로 피리를 만들고,
갈대 피리에 그녀의 이름을 붙여주었답니다.
'시링크스'라고요. 얘기가 좀 길었죠?

아르고스　　(쿨쿨) ...

　마침내 헤르메스는 아르고스 100개의 눈이 모두 감긴 것을 보았다. 그러자 그는 지체 없이 최면 지팡이로 아르고스를 더욱 깊이 잠들게 만들고, 그자의 머리를 단칼에 베어, 절벽 아래로 던져버렸다.

시링크스 이야기로 아르고스가 잠들자, 칼을 번쩍 들어 아르고스의 목을 싹둑 베려는 헤르메스 - 프라도 미술관 (루벤스 그림)

공작새 꼬리에 화려한 눈이 달린 이유는?

아르고스가 그렇게 처참히 죽자, 헤라는 다급히 하늘에서 땅으로 내려왔다. 그리고는 절벽 아래에 흩어진 아르고스의 눈들을 모으며 …

헤라   오오 .. 아르고스는 나의 충실한 감시병이었는데,
　　　 이젠 그 많던 100개의 눈이 모두 꺼져버렸구나.
　　　 오, 불쌍한 나의 아르고스!

그러며, 아르고스 100개의 눈을 자신의 상징 새인 공작새 꼬리에 달아주었다. 오늘날 공작새 꼬리에 화려한 눈들이 박혀있는 것은 바로 이런 이유 때문이라고 한다.

헤라와 그 옆의 무지개 여신 이리스가 아르고스 머리에서 눈을 떼어, 자신의 공작새 꼬리에 붙이고 있다 - 루벤스 그림

헤라의 잔혹한 복수

한편, 헤라는 아르고스 죽음으로 복수에 불탔다. 그 복수심은 암소 이오에게 향했다. 헤라는 '복수의 여신들'에게 이오를 공포와 광기에 휩싸이게 만들어, 온 세상을 떠돌게 하라고 명령했다. 또 암소 등에 피를 빨아먹는 쇠파리를 보내 이오를 괴롭혔다.

그러자 이오는 헤라의 박해를 피해서, 온 세상을 떠돌아다녀야 했다. 그러다가 도중에 '이오니아 해 Ionian Sea'를 헤엄쳐 건넜는데, 오늘날 이탈리아와 발칸반도 사이에 있는 이오니아 해는 이오가 건넜던 바다라고 해서 붙여진 이름이다.

이후, 이오는 터키와 시리아를 거쳐, 마지막에 도착한 곳이 이집트의 나일강이었다. 지치고 지친 그녀는 강가에 도착하자, 푹 주저앉아 하늘의 제우스를 원망하며 …

이오   (눈물 흘리며) 오, 제우스 신이여!

제발 이제 그만 저의 불행을 끝나게 해주세요! 흑흑흑 …

그러자 제우스는 그녀의 불행을 더 이상 그대로 둘 수가 없었다. 그래서 은근히 아내 헤라의 목을 끌어안으며 …

제우스   여보, 부인! 이제 그만합시다.

내 맹세코, 앞으로 이오 때문에 당신을 걱정시키는 일은 없을 테니까, 응?

헤라   흥! 나더러 그딴 거짓말을 믿으라고요?

제우스   좋아. 그럼 내가 '스틱스 강'에 맹세할 게!

'스틱스 Styx' 강? 스틱스 강이란 뭔가? 요거 앞으로 자주 나온다. 이왕 나온 김에 슬쩍 알아두자. 스틱스 강은 저승을 흐르는 강인데, 누구든 이 강에 맹세하면 절대로 번복할 수 없다. 물론 천하의 제우스라도 말이다.

헤라는 제우스가 스틱스 강에 맹세하자, 화가 좀 가라앉았다. 그래서 마침내 이오가 다시 사람으로 되는 것을 허락했다. 그렇게 허락이 떨어지자, 이오는 다시 본래의 사람 모습으로 돌아오기 시작했다. 먼저 그녀 몸에서 털이 빠지고, 뿔이 없어지더니, 왕방울 만한 눈과 쭈욱 찢어진 입이 작아졌다. 또한 손과 발도 돌아오고, 발굽도 사라지고, 다시 5개의 손발톱이 되었다.

이제 그녀에게 소의 흔적은 남아 있지 않았다. 단지 희고 아름다운 그녀의 자태만이 남아있을 뿐이었다. 이오는 다시 두 발로 서게 되자 너무 기뻤다. 그러나 입에서 음메 ~ 하는 소리가 날까 봐, 말을 하기가 두려웠다. 그렇지만 용기를 내어, 오랫동안 사용하지 않았던 말을 시험 삼아 해보았다.

이오   음… 메나! … 고맙습니다!

에필로그

이후, 이오는 이집트에서 제우스와 동침해, 아들 '에파포스 Epaphos'를 낳았다. 그 뒤, 제우스가 그녀를 버리고 홀연히 떠나자, 이집트 왕과 결혼했다. 그리고 그녀는 죽은 후, 이집트의 최고 여신인 '이시스'가 되었다.

또 그녀의 아들도 왕이 되어 나중에 이집트인이 숭배하는 아피스 신과 비슷한 신이 되었다. 이렇게 이오와 에파포스는 이집트 왕국의 건국 시조와 관련된 주요 인물이다.

숲, 들판, 가축, 양치기의 신인 판

'판 Pan'은 숲과 들, 양치기들의 신이다. 그런데 이자의 모습은 사뭇 특이하게 생겼다. 인간과 숫양이 짬뽕된 모습이라고 할까? 그러니까 상반신은 사람인데, 하반신은 숫양 다리에, 거대한 남근(男根)을 가지고 있다. 또한 턱에는 긴 수염과 머리에는 2개의 뿔을 가진 반인반수의 모습을 하고 있다.

시링크스를 든 판 - 보르게세

포도를 든 판 - 카피톨리노

피리를 손에 든 판 - 루브르

요정들에게 수작을 부리는 판
런던 내셔널갤러리

이자는 춤과 음악을 좋아하고, 굳이 특기가 있다면 연애가 주특기다. 괜히 요정이나 쫓아다니며 수작 거는 난봉꾼이며 호색한이다. 판은 앞으로 자주 등장하는 단골 조연 캐릭터다.

그런데 판은 잠든 사람에게 악몽을 꾸게 하거나, 갑자기 숲을 지나가는 사람에게 불쑥 나타나 공포를 주기도 한다. 영어로 '공포와 공황 상태'를 의미하는 '패닉 panic'은 바로 판의 이름에서 유래한 것이다.

찝쩍대는 판에게 샌들로 가격하려는 아프로디테 - 그리스 국립 박물관 / 교합하는 판 - 나폴리 국립 박물관

헤르메스 Hermes

출생과 이름

제우스와 아틀라스 딸인 '마이아 Maia'의 아들이다. 로마 신화에서는 '메르쿠리우스 Mercurius', 영어로는 '머큐리 Mercury'라고 부른다. 태양계 행성인 '수성'도 그의 이름을 따서 머큐리다.

탄생과 비화

헤르메스의 어머니 '마이아'는 아르카디아 지방의 동굴에 살았다. 그런데 제우스가 몰래 접근해 그들 사이에 태어난 자식이 헤르메스다.

헤르메스는 태어나자마자, 유별나게 조숙하면서 영악한 아이였다. 갓 태어난 아이가 거북 껍질에 줄을 달아 '리라'라는 악기를 만들었고, 제일 먼저 한 짓이 도둑질이었다. 한때, 그는 자기 형인 아폴론의 소 떼를 훔친 다음, 소를 거꾸로 몰아 동굴에 숨겼다.

그러자 화가 난 아폴론이 아이를 제우스한테 끌고 갔지만, 어린 헤르메스는 오리발을 내밀며 딱 잡아뗐다. 그러나 결국 제우스의 호통에 소를 돌려줘야 했다. 〈될성부른 것들은 떡잎부터 알아본다고 했던가? 그때 제우스는 그의 비범함을 알고, 자신의 심부름꾼이자, 전령으로 삼았다. 〉

리라와 바꾸는 헤르메스와 아폴론
베르사유 궁

아폴론이 소를 되찾아 가려고 할 때였다. 그런데 헤르메스가 동굴 입구에서 자신이 만든 리라를 멋지게 연주하는 것이 아닌가! 아폴론은 그 소리를 듣고 너무 감동해, 자기 소 떼하고 리라를 곧 맞바꾸었다. 〈이후, 리라는 음악의 신 아폴론의 트레이드마크가 되었다.〉

또 얼마 후, 이번엔 헤르메스가 갈대로 만든 시링크스를 불자, 아폴론은 또 자신의 황금 지팡이와 맞교환했다. 이 황금지팡이가 바로 최면 지팡이, '케리케이온 kerykeion'이다.

이 황금 지팡이의 날개는 전령의 속도를 상징한다. 또 위쪽에는 2마리의 뱀이 감겨있는데, 이 뱀은 이승과 저승을 오가는 영혼의 안내자를 상징한다. 그래서 헤르메스는 죽은 사람들을 저승으로 안내하는 '영혼의 안내자'이기도 하다.

최면 지팡이 - 케리케이온

하늘을 나는 천마 페가수스를 타고 폼 잡는 헤르메스 - 루브르 박물관

지위와 역할

그는 올림포스 12신 중 한 명으로, 지위와 역할이 매우 다양하다. 가장 중요한 임무는 제우스의 수행 비서로서 심부름을 담당하는 전령의 신이고, 이 밖에도 길의 신, 목동의 신, 도둑의 신, 상인과 상업의 신이기도 하다.

전령의 신 : 군대에서 문서를 전달하는 병사를 전령이라 부른다. 그와 같이 신들의 전령이 헤르메스다. 그런데 그가 남자 전령이라면, 무지개 여신 '이리스 Iris'는 여자 전령이다. 이리스는 주로 헤라 심부름을 담당한다.

헤르메스는 전령뿐 아니라, 제우스의 수행비서 겸 해결사다. 제우스가 벌인 애정 행각을 남몰래 뒤에서 설거지(?) 하고, 해결해 주는 역할도 한다.

영혼의 안내자 : 죽은 자들을 이승에서부터 저승으로 안내하는 영혼의 안내자다. 그래서 헤르메스 별명이 영혼의 안내자인 '사이코모코스'다.

날개 달린 샌들을 신는 헤르메스 - 루브르

목동의 신 : 산이나 들에서 가축을 돌보는 '목동의 신'이다.

길의 신, 여행자의 신 : 헤르메스 어원이 경계석이다. 이와 같이 그는 돌과 관련이 있다. 옛날 그리스 마을 입구엔 돌로 된 커다란 남근을 가진 헤르메스 동상이 있었다고 한다. 이처럼, 그는 여행자나 나그네의 이정표 역할을 하는 '길의 신'이다.

도둑과 상인의 신 : 또 도둑과 상인의 수호신이다. 왜 하필이면 도둑의 신이냐고? 그는 태어나자마자, 아폴론의 소를 훔치고 리라와 갈대 피리를 교환한 것처럼, 도둑님들(?)과 물건을 교환하는 '상인의 수호신'이다. 그의 라틴어 이름인 '메르쿠리우스 Mercurius'는 '상인 merchant'이란 뜻이다. 오늘날 상업 학교 기장에 뱀의 지팡이가 그려져 있는 것도 바로 상인의 신인 헤르메스의 지팡이에서 유래한 것이다.

연애와 자식

그가 사랑한 여성은 아테네 왕의 3명의 딸 중에서 가장 아름다운 '헤르세 Herse'였다. 그는 축제 때 몰래 그녀의 방에 숨어들었는데, 둘 사이를 눈치챈 다른 자매가 방해했다. 그러자 헤르메스는 그 자매를 대리석상으로 만든 연애사가 있다.

그는 사랑과 미의 여신 '아프로디테' 사이에, 이름이 조금 길고, 특이한 아들이 있다. 바로 남녀 양성을 같이 가진, 그러니까 생식기가 2개 달려있는 '헤르마프로디토스'다. 헤르마프로디토스는 '헤르메스 + 아프로디테', 이렇게 두 신의 이름을 합친 이름인데, 뒤편에 자세히 나온다.

헤르메스와 헤르세 자매 - 베로네세 그림

사랑의 학교 - 런던 내셔널갤러리

| 헤르메스 - 루브르 박물관 | 상트 페테르부르크 여름 궁전 | 헤르메스 - 바티칸 박물관 |

외모와 성격

그는 이정표 동상에는 수염이 있는 노인 모습이지만, 보통의 그림과 조각에는 상당히 젊고 핸섬한 잘생긴 미남 청년으로 등장한다. 헤르메스는 주로 짧은 외투에, 날개 달린 모자를 쓰고, 뱀 2마리가 감긴 최면 지팡이를 들고, 하늘을 나는 샌들을 신은 모습으로 표현된다. 영악하며, 재치 있고, 간교하며, 술책이 뛰어나다.

상징물

미술 작품에서 어떤 자가 날개 달린 모자를 쓰고, 전령 지팡이와 날개 달린 샌들을 신고 있다면, 그는 백발백중 헤르메스다.

헤르메스의 날개 달린 모자

날개 달린 샌들

별자리가 된 칼리스토

등장 인물

칼리스토 　　: (가장 아름다운) 숲의 요정
아르카스 　　: 칼리스토 아들
아르테미스 　: 처녀 여신, 사냥의 여신
헤라 　　　　: 제우스 조강지처 (본부인)
오케아노스 　: 대양(大洋)의 신 (헤라 양아버지)

　이번 이야기는 헤라의 질투 편 2탄으로, 이 신화를 통해 옛날 그리스와 로마 사람들의 별자리에 대한 재미있는 상상력을 엿볼 수 있다.

처녀 여신이자 사냥의 여신인 아르테미스가 활을 들고, 자신의 상징 동물인 사슴과 함께 포즈를 취한 모습 – 루브르 박물관

가장 아름다운 요정 칼리스토

'칼리스토 Callisto'는 '가장 아름다운 ..'이란 뜻의 이름을 가진 숲의 요정이었다. 요정 중에서도 최고 미인, 미스 월드 요정이라고 할까? 그녀는 처녀 여신이자, 사냥의 여신인 '아르테미스'의 시중을 드는 시녀 요정이었다.

그럼 그녀가 모시는 '아르테미스 Artemis' 여신은 누구인가? 이 여신은 올림포스 12신 중 한 명으로, 앞으로 자주 등장하는 매우 주요 캐릭터다. 이 여신에 대한 설명은 이 책 1권 후반의 〈처녀 여신의 알몸을 본 악타이온〉편에 자세히 나오지만, 우선 간단하게 설명하면 이렇다.

'아르테미스 Artemis'는 제우스와 레토 딸로, 태양신 아폴론과 쌍둥이 남매지간이다. 또 그녀는 독신을 고집하는 '처녀 여신'이며, 주로 산과 들에서 자신을 따르는 요정들과 사냥을 즐기는 '사냥의 여신'이다. 특히, 이 여신은 화살을 백발백중 정확히 명중시키는 활의 명사수다.

사냥 중인 아르테미스 - 루브르   헌팅하는 아르테미스 - 루브르   아르테미스의 목욕 - 오르세 미술관

머리에 초승달 모양을 한 아르테미스와 그녀를 따르는 일행들이 활로 새를 맞히고 있다 - 보르게세 미술관

이 신화의 관전 포인트 중 하나는 이 여신이 처녀들의 수호신이며, 순결을 중요시하는 여신이란 것이다. 이렇게 아르테미스 여신은 처녀로 지내며 순결을 중요시했기 때문에, 자신을 따르는 요정들도 반드시 순결을 지켜야 했다.

이 이야기 주인공인 칼리스토 역시 여신에게 순결을 맹세하고, 여신과 함께 사냥하며 지내고 있었다. 칼리스토는 여신의 사랑과 총애를 듬뿍 받는 요정이었다. 그러나 그런 사랑과 총애도 오래가지 못했다. 바로 이런 사건 때문이었다.

제우스에게 순결을 잃은 칼리스토

해가 중천에 뜬 푹푹 찌는 어느 무더운 날이었다. 칼리스토는 사냥을 하다가 지치자, 울창한 숲으로 들어갔다. 그리고 어깨에 멘 화살통을 벗어 머리에 베고, 휴식을 취하고 있었다. 그런데 그때였다. 바람둥이 제우스는 아름다운 요정이 무방비 상태로 누워있는 것을 보더니, 회심의 미소를 지었다.

제우스   (속으로) 흐흐흐 ... 여기서 슬쩍 바람을 피워도, 아내가 모르겠지?

          까짓 거, 또 들키면 어때?

          저 처녀는 마누라한테 잔소리 들을 만한 가치가 있군!

   변신의 귀재 제우스는 그 즉시, 처녀 여신 '아르테미스'로 둔갑했다. 그러니까 자기
딸의 모습으로 변신한 것이다. 그러더니 능글맞게 누워있는 칼리스토에게 다가가 ...

제우스   어머, 칼리스토! 너 여기 있었구나? 넌 어디서 사냥을 했니?

칼리스토   (얼른 일어나 공손히 인사하며) 어서 오세요, 여신님!

          제가 생각하기엔, 제우스보다 더 위대하신 여신님!

          뭐, 그분이 들어도 상관없지만요. 헤헤헤 ...

자기 딸 아르테미스로 변신한 제우스가 누워있는 칼리스토에게 다가가, 은근슬쩍 껴안고 수작을 부리는 부셰 그림

'아니, 자기보다 위대하다니?' 그러나 변신한 제우스의 입가엔 빙그레 미소가 번졌다. 살짝 맛이 간 것일까? 그렇다! 지금 제우스에겐 누가 더 위대하고, 누가 덜 위대한 지는 중요하지 않았다. 그저 아름다운 처녀가 칭찬을 해주자, 완전히 정신이 나갔는지 마냥 기분이 좋았기 때문이었다.

제우스는 다가가서 그녀에게 입맞춤했다. 그러나 그 입맞춤은 여신이 시종에게 살짝 하는 그런 입맞춤이 아니었다. 칼리스토는 갑자기 분위기가 조금 썰렁하고 어색해지자, 그 어색함을 깨려고 ...

칼리스토   참, 여신님! 헤헤헤 ...
           좀 전에 제가 어디서 사냥했냐고 하셨죠?
           어디서 사냥을 했냐 하면요 ...

제우스는 그녀가 얘기 하려 하자, 포옹으로 그녀의 말을 막았다. 그리고 본래의 자기 모습으로 돌아와, 그녀를 겁탈하기 시작했다. 칼리스토는 최대한 완강히 저항했다.

칼리스토에게 키스하며, 본래의 모습으로 돌아오는 제우스
런던 내셔널갤러리

그렇지만 제우스의 힘 앞에서는 어쩔 수 없었다. 그렇게 제우스는 자신의 욕심을 채우더니, 하늘로 유유히 올라가 버렸다.

졸지에 정조를 잃은 칼리스토는 허둥대며 그곳을 떠났다. 자신이 당한 비밀을 알고 있는 그곳 숲이 싫었던 것이다. 하마터면 화살통 챙기는 것을 잊을 정도로, 그녀는 황급히 숲을 빠져나왔다.

임신한 칼리스토

칼리스토가 터덜터덜 정신없이 걸어가고 있을 때였다. 헌데 그때, 아르테미스 여신이 일행과 함께 사냥한 짐승을 가지고 오다가 그녀를 보더니 ...

아르테미스　칼리스토, 너 여기 있었구나?
　　　　　　우리가 널 얼마나 찾았는지 아니? 이리 가까이 좀 와봐, 응?

허걱! 그 순간 칼리스토는 움찔하며 뒷걸음쳤다. 여신이 또 변신한 제우스가 아닐까, 겁이 났기 때문이었다. 그러다 여신이 친구 요정들과 함께 있는 것을 보더니, 그때서야 안심이 되어 여신 곁에 갔다.

'아아 .. 죄짓고는 못 사는 법인가?', '잘못을 저지르고, 태연한 얼굴을 하기란 얼마나 어려운가!' 칼리스토는 걷는 내내 고개를 들지 못했다. 전처럼 여신 곁에 가까이 가지도 못했고, 일행의 선두에 나서지도 못했다.

아르테미스와 일행이 무더운 날씨에 사냥을 하다가, 모두 옷을 벗으며 목욕하려는데, 난감해 하는 칼리스토 - 빈 미술사

그로부터 9달이 지난 어느 여름날이었다. 이날도 아르테미스 여신은 요정들과 함께 사냥하고 있었다. 햇살이 따갑고 무더운 날씨였다. 무더위에 지친 일행은 서늘한 숲을 찾다가, 마침 주변에 부드러운 모래 위를 졸졸 흐르는 시내를 발견했다. 여신은 시원한 물속에 발을 담그며 요정들에게 ...

아르테미스　　애들아! 여긴 아무도 보는 사람이 없는 거 같으니까,
　　　　　　　　잠깐 목욕하고 가는 거 어때?

임신한 칼리스토를 보고, 화가 난 아르테미스가 얼른 무리에서 떠나라고 손짓하고 있다
 – 런던 내셔널갤러리 (티치아노 그림)

152

그 순간, 칼리스토의 얼굴이 붉게 달아올랐다. 여신을 비롯해서 모두 옷을 벗었지만, 그녀는 이런저런 핑계를 대며 안절부절 못했다. 그러다 마침내, 그녀를 다른 요정들이 강제로 옷을 벗기고 말았다.

'헉!' 그러자 알몸과 함께 그녀가 죄를 지은 증거가 드러났다. 뽈록한 아랫배가 그것을 말하고 있었다. 칼리스토는 얼른 배를 가렸다. 그러나 이를 본 여신이 격노하여 …

아르테미스   이런 요망한 것! 당장 이곳을 떠나지 못해?

                신성한 물을 더럽히지 말고, 어서 썩 꺼지라고. 어서!

결국, 칼리스토는 일행을 떠나야 했다. 본의 아니게, 평생을 처녀로 남겠다는 맹세를 어기고, 순결을 지키지 못했기 때문이었다. 그리고 얼마 후, 그녀는 '아르카스 Arkas'란 사내아이를 낳았다.

곰이 된 칼리스토

한편, 헤라는 이미 오래전부터 그러한 사실을 알고 있었다. 그러나 그동안 꾹 참으며, 적당한 시기까지 보복을 미루고 있었다. 그러다 마침내 칼리스토가 제우스 아들을 낳자, 더 이상 엄벌을 미룰 수 없었다. 화가 잔뜩 난 헤라는 공작새들이 이끄는 마차를 타고서 칼리스토를 찾아가, 아이를 노려보며 …

헤라   이런 나쁜 년! 내 남편이랑 놀아난 것도 모자라,

        이제 아이까지 낳아서 날 모욕하고,

        내 남편의 추태를 방방곡곡에 소문내?

        좋아! 내가 그 대가를 톡톡히 보여주마.

        네년의 미모가 내 남편의 마음을 빼앗은 것처럼,

        난 이제 네년의 미모를 빼앗아갈 것이다. 알겠냐?

여신은 칼리스토 머리채를 잡아, 바닥에 내동댕이쳤다. 칼리스토가 용서를 구하려고, 두 팔을 내밀려 할 때였다. 그런데 그때, 그녀의 두 팔에서 꺼칠한 털이 자라더니, 손과 발이 안으로 구부러지고, 날카로운 발톱이 자라기 시작했다.

또 전에 제우스가 그렇게 감탄하던 그녀의 얼굴이 쭉 찢어지더니, 흉측하게 변하고 말았다. 그랬다! 그녀가 암곰으로 변한 것이었다. 헤라는 또 그녀가 간청의 기도를 하지 못하게, 그녀에게서 사람의 목소리도 빼앗아버렸다. 그러자 칼리스토 목에서는 성난 듯 위협적이고, 포효하는 곰의 목소리가 나왔다.

비록 곰이 되었지만, 그녀의 성품은 예전 그대로 남아있었다. 칼리스토는 두 앞발을 들어, 하늘의 별을 향해 자기 슬픔을 하소연했다. 또 자신을 그 지경으로 만든 제우스를 원망하고, 또 원망했다.

아아 .. 혼자 숲에 있는 것이 무서워, 얼마나 자주 자기 집에 갔던가! 얼마나 많이 산과 들에서 사냥개와 사냥꾼에게 쫓겨, 바위산으로 도망쳤던가! 그녀는 자신이 곰이란 것도 잊은 채, 다른 짐승을 보면 얼른 몸을 숨겼다. 또 엄청 큰 수컷 곰을 보고, 기겁을 한 적이 한두 번이 아니었다.

별자리가 된 어머니와 아들

이후, 15년의 세월이 흘렀다. 그 사이, 그녀 아들 '아르카스'도 15살의 청년이 되었다. 그러나 아들은 자기 어머니가 곰이 된 사실을 모르고 있었으니 ...!

어느 날, 아르카스는 숲에서 사냥을 하고 있었다. 짐승이 자주 다니는 길목에 그물을 치고, 사냥감을 기다리던 중이었다. 그런데 갑자기 곰 한 마리가 불쑥 나타났다. 아들은 갑작스러운 곰의 출현에 깜짝 놀라 ...

아르카스   (겁에 질려 떨며) 이걸 어쩌지?

으으 .. 이제 난 죽은 목숨이구나!

그러나 곰은, 아니 칼리스토는 그 청년이 자기 아들이란 사실을 한눈에 알아보았다. 어미가 어찌 자식을 몰라보겠는가! 곰은 앞발로 우뚝 서, 아들을 뚫어지게 바라보더니 조금씩 가까이 다가가며 ...

칼리스토   아들아, 내가 엄마다!
그동안 안 보는 사이에 이렇게 컸구나.
어디 한번 안아 봐도 될까?

곰이 점점 가까이 다가오자, 아들은 움켜진 창을 들더니 찌르려 했다. 그때였다. 바로 그 순간 제우스가 손을 쓰지 않았더라면, 아마 아들이 자기 어머니를 찌르는 불행한 비극이 일어났을 것이다.

그러나 그런 비극은 일어나지 않았다. 그 찰나, 제우스가 회오리바람을 일으켜, 두 모자를 하늘 위로 끌어올렸다. 그리고 그들을 북쪽 하늘의 큰곰 별자리와 작은곰 별자리에 앉혀 놓았다. 이렇게 두 모자는 하늘에서 이웃 별자리가 되어, 서로 매일 인사하며 지낼 수 있었다.

이 그림에서는 창이 아니라, 활로 곰을 쏘려는 아르카스
런던 내셔널갤러리

북극성과 북두칠성이 지지 않고, 하늘을 맴도는 이유는?

한편, 헤라는 자신의 연적이 별들 사이에서 반짝반짝 빛나는 것을 보자, 더욱 울화통 터져 견딜 수 없었다. 그래서 자신을 기른 양부모인 대양의 신 '오케아노스 Oceanos'와 바다의 여신 '테티스 Tethys'를 찾아갔다. 헤라가 갑자기 예고도 없이 바닷속으로 불쑥 찾아오자, 양부모는 깜짝 놀라며 ...

오케아노스	어서 와라! 근데 갑자기 어쩐 일이냐,
	이 먼 바닷속까지 다 오고?
헤라	제가 오죽했으면 여기까지 왔겠어요.
	양부모님! 글쎄, 제 말을 좀 들어보세요.
	제가 누굽니까? 하늘과 신들의 여왕 아닙니까?
오케아노스	그럼. 오브 ~ 가, 코스 ~ 지!
헤라	근데 제 대신, 딴 여인이 하늘을 다스리고 있지 뭡니까.
	저기 저 .. 밤하늘의 가장 높은 곳에서,
	저 북극에 새로 생긴 2개의 별을 좀 보세요.
	절 비웃고 있는 저 큰 곰, 작은곰 별들이 보이세요?
오케아노스	저거? 하긴 .. 못 보던 별들인데?
헤라	정말 기가 막히고 코가 막혀서 ...
	글쎄 제가 저것들에게 엄벌을 내렸는데요,
	저것들이 저렇게 떵떵거리며 호사를 누리고 있다면,
	앞으로 다른 것들이 절 어떻게 보겠으며,
	또 누가 절 두려워 하겠어요?
	제가 이딴 취급을 받아도 되는 거예요?
	글쎄, 제가 저 계집을 곰으로 만들어놨더니,
	저 계집이 오히려 떡하니, 하늘의 별이 되었지 뭐예요.
	아니, 죄지은 년이 이래도 되는 겁니까?
	내 막강한 권세가 이래도 되는 거냐고요?
	양부모님! 제우스 그 작자가 저것을 짐승에서 모습을 바꿔줬어요.
	전에 암소 이오를 인간으로 바꿔줬듯이 말이에요.
	아니, 왜 제우스는 날 내쫓고, 왜 저것과 결혼하지 않는 거죠?
	왜 저 계집을 안방에 들어앉히지 않는 거냐고요.
	아니, 제 위치가 이 지경으로 추락해도 되는 거예요, 예?

양부모	안 되지. / 안 되지, 고럼!
헤라	그러니까 결론은 이런 겁니다! 두 분이 저를 가엾게 여긴다면,
	제가 당한 이 수모를 조금이라도 이해하신다면, 이렇게 해주세요.
양부모	.. 어떻게?
헤라	저 괘씸한 큰 곰과 작은곰 별자리들이,
	그대들의 푸른 바닷속으로 들어오는 것을 막아주세요.
	부끄러운 짓을 하고도 별이 된 저것들이,
	그대들의 맑은 물에 절대 ~ 목욕하지 못하게 말이에요.
	아셨죠? 절대로요, 네버 ~~

　노부부는 고개를 끄덕였다. 그러자 헤라는 화려한 무늬의 공작들이 끄는 마차를 타고, 다시 우아하게 하늘로 올라갔다. 이리하여, 큰곰 별자리와 작은곰 별자리는 그저 북극 하늘에서 맴돌 뿐, 다른 별들처럼 푸른 대양 속에 잠기지 못한다 한다.

　고대 그리스 사람들은 하늘에 떠있는 별들이 밤에는 하늘을 떠나서, 물속으로 내려와 목욕한다고 생각했다. 그래서 이와 같은 재미있는 신화가 생긴 것이다.

자신의 상징 새인 두 마리의 공작이 끄는 마차를 타고, 구름 위를 씽씽 달리는 헤라 - 피티 궁

에필로그

칼리스토 이야기는 르네상스 시대에 수많은 화가들이 즐겨 다루었던 매우 인기 있는 주제였다. 그들은 엄격한 중세 시대에 신화를 주제로, 아니 신화를 빙자하여 누드화를 마음껏 그릴 수 있었기 때문이었다.

대양의 신 오케아노스와 테티스

'오케아노스 Oceanos'는 우라노스와 가이아 사이의 티탄으로, 거대한 강을 뜻하는 대양(大洋)의 신이다. 옛날 그리스 사람들은 지구가 원반(?)처럼 납작하고 평평하다고 생각했다. 그리고 그 가장자리를 거대한 강물이 빙 둘러쌌다고 믿었다.

옛 그리스인들이 상상한 지구 단면도

이렇게 지구 주위를 둘러싸고 흐르는 거대한 강을 의인화한 신이 바로 '대양의 신'이다. 이후, 대양의 신 오케아노스는 차츰 지리적 개념으로 발전해, 오늘날 대륙을 둘러싼 거대한 바다를 뜻하는 '대양', 즉 영어 '오션 Ocean'이 된 것이다.

오케아노스는 자기 여동생인 '테티스 Thetys'를 아내로 맞아, 온 세상의 바다와 강, 하천의 신인 3,000명의 아들과 바다, 강, 샘의 요정인 3,000명의 딸을 낳았다. 주로 미술 작품에서 긴 수염을 가진 모습으로 등장한다.

오케아노스의 모자이크 그림 - 대영 박물관

풍요를 상징하는 곡식을 든 대양의 신 오케아노스 - 카피톨리노 광장

유명한 로마의 트레비 분수에서 중앙에 서있는 대양의 신 오케아노스

헤라 Hera

태생과 이름

'크로노스'와 '레아' 딸이다. 또 제우스 누나이자, 제우스와 정식 결혼한 본부인이다. 라틴어는 '유노 Juno', 영어로는 '주노 Juno'다.

지위와 역할

올림포스 12명의 주요 신 중 한 명으로, '가정, 결혼'의 여신이다.

외모와 성격

헤라는 주로 큰 키와 큰 눈에, 약간 풍만한 육체를 가진 여신이다. 성격은 질투심 많고, 고집이 센 편이다.

헤라 인물상 - 팔라조

제우스의 뻐꾸기 구혼

제우스와 헤라가 결혼하게 된 재미있는 일화는 이렇다. 헤라는 원래 제우스의 누나고, 6번째 연애 상대였다.

제우스는 헤라에게 사랑을 고백했지만, 평소 제우스의 바람기를 잘 알고 있는 헤라는 관계를 허락하지 않았다. 그러자 제우스는 비를 흠뻑 맞아, 추위에 떨고 있는 뻐꾸기로 변신했다. 일종의 불쌍한 척하는 연민을 자극하는 작전이었다.

헤라는 제우스 누나며 6번째 연애 상대였지만, 성대한 결혼식을 올리고 정식으로 제우스 본부인이 되었다 - 루벤스 그림

헤라는 벌벌 떨고 있는 뻐꾸기를 보더니, 가슴에 따뜻하게 품었다. 그러자 제우스는 본래의 모습을 드러내고서 헤라를 범하려 했다. 하지만 헤라는 완강히 반항하며, 자신과 정식으로 결혼할 것과 자기를 정실부인으로 받아들이라면서 버티었다. 이에 제우스가 제안을 수락하자, 이들은 성대한 결혼식을 올리고 정식 부부가 되었다.

제우스와 헤라의 자식들

헤라는 제우스 사이에 2남 2녀를 낳았다. 2명의 딸이 출산의 여신 '에일레이티이아 Eileithyia'와 청춘의 여신 '헤베 Hebe'다. 아들로는 사고뭉치인 전쟁의 신 '아레스 Ares'와 다리를 저는 대장장이 신 '헤파이스토스 Hephaistos'를 두었다.

그런데 일설에 의하면, 헤파이스토스는 헤라가 누구와 동침 없이 낳았다는 설도 있다. 그러니까 제우스가 아테나를 머리에서 낳자, 질투가 난 헤라도 헤파이스토스를 수태로 낳았다 한다. 하지만, 보통 헤파이스토스는 이들 사이의 자식으로 보면 된다.

그런데 특이점은, 제우스와 헤라 사이에 낳은 두 아들이 제우스가 바람을 피워 낳은 서자들보다 수준이 조금 떨어진다는 것이다. 그냥 무식하게 싸움만 좋아하는 아레스와 장애인 헤파이스토스는 왠지 2% 부족하다고나 할까? 그래서 헤라가 노심초사, 질투의 화신이 된 것은 아닐까?

질투의 화신

헤라는 정식 부인이 되었지만, 제우스 바람기는 멈추지 않았다. 결혼 후에도 제우스는 몰래 수많은 여신과 인간 여성, 또 요정들과 관계하여 자식을 생산한다. 그러자 헤라는 질투의 화신이 되어, 남편의 애인과 그 자식들에게 가혹할 정도로 심한 복수를 하는데, 대표적으로 당한 케이스가 영웅 헤라클레스다.

그런데 헤라가 자신의 연적에게 복수하는 것은 나름대로 합당한 이유가 있다. 헤라는 '가정과 결혼'을 주관하는 여신이다. 따라서 정식으로 결혼하지 않고 가정을 파괴하는 행위는 그녀로선 용납할 수 없는 것이다. 그래서 불륜을 저지른 상대방 연적을 가혹히 응징하는 것인지도 모른다.

상징물

그녀 상징 동물은 '공작새'다. 헤라는 공작새와 가장 많이 미술 작품에 등장하지만, 때로는 머리에 왕관을 쓰고, 긴 옷을 입은 위풍당당한 모습으로도 등장한다.

머리에 왕관을 쓴 헤라.
그녀 상징 새는 공작이다.
바티칸 박물관

이다 산에서 한때 단란했던 제우스와 헤라 - 앙토인 코이펠 그림

자신의 상징 새인 공작과 함께 탬버린 같은 악기를 손에 든 헤라 - 우피치 미술관

남녀 사랑의 쾌감을 판정한 테이레시아스

등장 인물

제우스　　　 : 최고 신
헤라　　　　 : 제우스 아내
테이레시아스 : 눈먼 예언가

　이 이야기는 19금 신화다. 성인 인증(?)이 필요한 신화라는 말씀이다. 그리스와 로마 신화에서 인간으로 최고 예언가는 장님 테이레시아스다. 이 신화는 그가 눈먼 예언가가 된 사연과 남녀가 관계할 때 느끼는 사랑의 쾌감에 대한 좀 야한 이야기다.

남녀 간의 사랑의 쾌감은 누가 더 클까?

　어느 밤이었다. 제우스는 신들의 술인 '넥타르(nectar)'를 알딸딸하게 마시고, 아내인 헤라와 주거니 받거니 농담을 하다가 불쑥...

제우스　　여보, 마누라! 갑자기 드는 궁금증인데 말야.
　　　　　남녀가 사랑을 나눌 때, 어느 쪽이 쾌감이 더 클까?
헤라　　　뜬금없이 갑자기 뭔 헛소리에요?
제우스　　아니, 궁금하잖아. 내 생각엔 여자가 더 좋을 거 같은데, 그치?
헤라　　　이 양반이! 생각하고 말 것도 없이 남자지.

침실에서의 제우스와 헤라. 제우스 밑엔 그의 상징인 독수리가 있고, 헤라 옆엔 그녀의 상징 새인 공작이 있다 - 카라치 그림

제우스　　에헤, 아닐걸?

헤라　　홍칫뿡! 아닐걸?

　　이들은 밤새 이 문제로 티격태격하며 언쟁을 벌였지만, 결론이 나지 않았다. 그래서 '테이레시아스 Teiresias'에게 물어보기로 했다. 테이레시아스는 남자와 여자, 그러니까 남녀 두 가지의 성을 모두 경험해, 양쪽 느낌을 잘 알고 있었기 때문이다.

　　테이레시아스의 특이한 경험은 이러했다. 어느 날, 그가 숲속을 걸어가고 있었는데, 뱀 2마리가 교미를 하고 있었다. 그는 가지고 있던 지팡이로 뱀들을 탁 치며 …

테이레시아스　　떼끼, 요놈들!

그런데 놀랍게도, 그는 그 즉시 여자로 변해, 그 후 7년간을 여자로 살았다. 그렇게 7년이 지난 어느 날이었다. 그가 예전 그 숲길을 걸어가고 있었는데, 바로 그 뱀 한 쌍이 또 교미를 하고 있지 않는가! 그는 그 순간 문득 ...

지팡이로 교미 중인 뱀들을 때리는 테이레시아스

테이레시아스 옳지! 그러니까 이 녀석들을 때리면, 성이 바뀌는 거였구먼.
그렇다면 이번엔 남자로 바꿔볼까? 예끼, 요놈들!

그러며 뱀을 지팡이로 때리자, 그는 다시 남자로 돌아왔다. 이렇게 그는 남녀의 성을 모두 겪어본 것이다. 그래서 두 신들의 장난기 어린 논쟁에 심판을 보게 되었고, 어쩔 수 없이 판정을 내려야 했다. 과연, 판정 결과는?

테이레시아스 소인이 감히 말씀을 드리자면 ...
제우스 / 헤라 ...??
테이레시아스 남녀의 쾌감이 10이라 가정할 때,
남자가 느끼는 것은 1에 불과합니다. 나머지 9가 여자 몫입니다.
그러니까 9 : 1로 여자의 느낌이 크다고 할 수 있죠.

테이레시아스가 눈먼 예언가가 된 사연

테이레시아스는 자기 경험을 토대로 제우스의 손을 들어주었다. 그러자 헤라는 괜히 판정에 오버를 하며 불같이 화를 내더니, 심판을 본 테이레시아스를 그 자리에서 눈을 멀게 만들어 버렸다.

그림의 머리 쪽을 보면, 뱀을 강타할 때마다 테이레시아스 몸이 남자에서 여자로, 여자에서 남자로 변하고 있다 - 낭트 미술관

헤라가 심판을 장님으로 만들자, 당황한 쪽은 제우스였다. 괜히 심판을 좀 봐달라고 했더니, 아내가 심판의 눈까지 빼앗을 줄이야! 그렇다고 신들 세계에서 다른 신이 내린 벌은 천하의 제우스라도 취소할 수 없는 노릇이었다. 그러자 제우스는 …

제우스 이거 미안해서 어쩌나!

심판! 너무 서러워하지 말게.

내가 그 대신, 다른 것으로 보상을 해줄 테니까 맘 풀어, 응?

그래서 제우스는 눈먼 테이레시아스에게 그 보상으로, 7세대까지 살 수 있는 생명과 또 미래를 내다볼 수 있는 눈, 즉 예언의 능력을 주었다 한다.

에필로그

그리스 최고의 눈먼 예언가, 테이레시아스

'테이레시아스'는 그리스 테베의 유명한 눈먼 예언가다. 비록 그는 눈은 안 보이지만, 마음으로 미래를 예측하는 눈(예언의 능력)을 얻어 최고 예언가가 되었다. 그는 앞으로 자주 등장하는데 주로 신탁을 전해주고, 왕과 주인공들의 앞날과 미래를 예언하며, 또 그들에게 멘토 역할을 해준다.

그가 장님이 된 또 다른 버전은 아테나 때문이라는 설이다. 어느 날, 테이레시아스는 지나가다 목욕하는 아테나의 알몸을 훔쳐보게 되었는데, 화가 난 여신이 그를 장님으로 만들었다. 그러나 아테나가 총애하는 그의 어머니가 대신 용서를 빌자, 여신은 시력을 회복시켜 주는 대신, 그에게 새들의 소리를 듣고 예언하는 능력을 주었다 한다.

테이레시아스가 우연히 지나치다, 목욕 중인 아테나 여신의 알몸을 보고 '헉'하며 놀라고 있다 - 장 프랑스와 그림

아프로디테와 헤파이스토스
- 미녀와 야수 커플 -

등장 인물

아프로디테 : 사랑과 미(美)의 여신

헤파이스토스 : 대장장이, 불의 신 (아프로디테 남편)

아레스 : 전쟁의 신 (헤파이스토스 동생)

아폴론 : 태양, 궁술, 예술, 의술의 신

　이 이야기는 아프로디테의 거침없는 애욕에 관한 신화다. 그녀는 여자 제우스라고 할 정도로 수많은 신뿐 아니라, 인간 남성들과 스캔들을 일으키는 애욕의 여신이다.

아프로디테와 헤파이스토스 - 빈 미술사　　아프로디테 - 우피치 미술관　　대장간을 찾아온 아프로디테 - 루브르

미녀와 야수의 결혼

'아프로디테 Aphrodite'는 '사랑과 미(美)'의 여신으로, 여신 중에서 가장 미모가 뛰어난 여신이다. 반면, 그녀의 남편은 신들 중에서 가장 못생기고, 다리를 좀 저는 대장장이 신 '헤파이스토스 Hephaistos'다.

그러니까 가장 못생긴 남자 신과 올림포스의 최고 미녀 여신이 부부로 맺어진 것이다. 흔히, 이러한 커플을 미녀와 야수 커플이라고 하나? 아무튼, 아프로디테는 결혼 후에도 스스럼없이 바람을 피우기 시작한다.

시동생 아레스와 바람피우는 아프로디테. '아프로디테에게 무장 해제되는 아레스'란 제목의 자크 루이 다비드 그림

어느 날, 태양신 '아폴론'은 아프로디테가 전쟁의 신 '아레스'와 몰래 불륜을 저지르는 장면을 목격했다. 〈아레스는 헤파이스토스의 친동생이다. 그러니까 아프로디테는 자기 시동생과 불륜을 저지르고 있었던 것이다.〉

분개한 아폴론은 헤파이스토스가 작업 중인 대장간을 찾아가, 그 둘이 어디서 어떻게 불륜을 저질렀는지 알려주었다. 소식을 듣고, 헤파이스토스는 충격을 먹었다. 그 순간 정신이 아찔해 비틀거리더니, 손에서 연장을 떨어뜨릴 정도였다.

헤파이스토스　(분해서 이를 갈며) 으으..
　　　　　　　　이것들을 어떻게 망신 주지? 옳지 ...!

아폴론이 대장간을 찾아가 아내의 불륜을 알려주자, 망치를 든 헤파이스토스가 눈이 커지며 놀라고 있다 - 프라도 미술관

그는 그 즉시 청동을 잘라, 눈에 안 보이는 가느다란 그물 올가미를 만들기 시작했다. 그 그물 올가미는 어찌나 얇고 가는지, 천장 위에 매달린 거미줄보다 더 정교했다. 그는 그물이 완성되자, 살짝만 톡 건드려도 작동하게 한 다음, 침대 주위에 교묘히 설치했다. 그리고는 미끼를 던지며 ...

헤파이스토스　여보! 나 지금 렘노스 섬에 좀 다녀올게.

아프로디테　(반가워하며) 그래요? 그럼 얼른 다녀와야죠. 조심해서 다녀오세용!

아니나 다를까! 그가 집을 비우자, 아프로디테와 아레스는 얼씨구나 하면서 만나더니, 옷을 벗고 침대에 누워서, 포옹하려 할 때였다. 바로 그때 그물 올가미가 철컥 작동하자, 불량 커플은 꼼짝없이 그물에 갇히는 신세가 되고 말았다.

그러자 헤파이스토스는 방문을 활짝 열어, 모든 신들에게 현장을 공개했다. 두 불륜 커플은 많은 신들이 보는 앞에서, 꼼짝없이 알몸으로 그물에 갇혀있어야 했다. 신들이 그런 추태를 보며, 웃음을 그치지 않고 있을 때였다. 그때 헤파이스토스가 ...

헤파이스토스　신들이여! 이 추잡하고 더러운 것들을 좀 보십시오.

　　　　　　　아프로디테는 내가 절름발이라고, 날 무시하고 있습니다.

　　　　　　　난 저 여자와 이제 부부 관계를 청산할 것인데,

　　　　　　　다만, 저 여자에게 준 결혼 예물을 돌려받기 전엔,

　　　　　　　난 절대 올가미를 풀지 않을 것입니다.

이럴 때, 아폴론이 슬쩍 헤르메스에게 농담을 걸며 ...

아폴론　이봐, 헤르메스! 자네 같으면 저렇게 창피를 당해도,

　　　　　아프로디테와 침대에 눕고 싶겠어?

헤르메스　그럼요! 난 더 많은 올가미가 날 묶는다 해도,

　　　　　　또 더 많은 신들이 본다 해도, 아프로디테 옆에 눕고 싶은걸요? 크크..

그러자 신들 사이에 웃음이 또다시 빵 터졌다. 포세이돈은 헤파이스토스에게 어서 풀어주라고 설득했다. 결국 헤파이스토스는 아레스가 보상하겠다고 약속을 하자, 겨우 두 사람을 그물 올가미에서 풀어주었다. 그 후, 이 사건은 오랫동안 하늘에서 두고두고 웃음거리가 되었다 한다.

헤파이스토스가 올가미를 걷으며, 아프로디테와 아레스의 불륜 현장을 그림 위 신들에게 공개하고 있다 - 알렉산드로 찰스 그림

아프로디테 Aphrodite

어원과 이름

아프로디테는 '거품에서 태어난 여자'란 뜻으로, 라틴어로는 '베누스 Venus', 영어로는 '비너스 Venus'라 불린다. 지구와 가까운 '금성'은 그녀의 이름을 딴 것이다.

탄생 비화

그녀의 탄생 스토리는 2가지가 있다. 먼저 헤시오도스에 따르면, 그녀는 우라노스의 생식기가 바다에 떨어져, 그 정액이 바다 거품과 섞여 태어났다고 한다. 이와는 다르게 호메로스에 의하면, 그녀는 '제우스'와 요정 '디오네 Dione'의 딸이란 설도 있다.

카바넬의 아프로디테 (비너스) 의 탄생 - 오르세 미술관

174

지위와 역할

아프로디테는 '사랑과 미(美)의 여신'으로, 올림포스 주요 12신 중 한 명이며 중요한 캐릭터다. 그녀의 지위와 역할은 오로지 '사랑'이다. 신들과 인간에게 사랑을 권장하고, 애욕을 품게 하는 것이 그녀의 무기요 역할이다. 그녀는 모든 남성을 사로잡는 마법의 허리띠를 차고 다니며, 남성들을 들었다 놓았다 한다.

그녀 옆에는 영어로 큐피드라 불리는 '에로스 Eros'가 껌딱지처럼 동행한다. 에로스는 그녀의 명령에 따라 사랑의 화살을 쏘아서, 신과 인간을 사랑에 빠지게 한다.

외모와 성격

그녀는 자타가 공인하는 올림포스의 최고 미인이다. 르네상스 이후, 화가와 조각가는 그녀를 여성미의 이상으로 삼아, 수많은 그녀의 팔등신 누드화와 조각을 남겼다. 보통 그림이나 조각에서 그녀는 에로스와 함께 거의 누드 상태로 나온다.

상트 페테르부르크 여름 궁전	대영 박물관	빈 미술사

사과를 손에 쥐고, 비스듬히 누운 아프로디테 - 보르게세 미술관

그녀는 남자를 상당히 밝히는 성격으로, 바람둥이 제우스가 여성 편력의 소유자라면, 아프로디테는 남성 편력의 상징이다. 그녀와 극과 극의 캐릭터는 바로 2명의 처녀 여신, '아르테미스'와 '아테나'다.

아프로디테는 자기 미모에 매우 자부심이 강하다. 그녀보다 아름답다는 말을 함부로 하면 안 된다. 그것은 그녀가 가장 듣기 싫어하는 말이기 때문이다. 그녀는 자기보다 더 아름답다고 말하거나, 자기한테 제사를 소홀히 하면 즉시 보복을 한다.

결혼과 자식

그녀의 남편은 다리를 저는 대장장이 신 '헤파이스토스'다. 이들 사이엔 자식이 없다. 그녀는 남편이 있는데도 서슴없이 애정 행각을 벌이는데, 대표적인 애인이 바로 전쟁의 신인 '아레스'다. 그러나 부적절한 불륜 관계를 맺어서 그런가? 그녀와 아레스 사이에서 태어난 4명의 자식 중에, 2명의 아들 이름이 예사롭지 않다.

한 명은 '공포'란 의미의 '포보스 Phobos'고, 또 한 명은 '걱정'이란 뜻인 '데이모스 Dei-mos'다. 또 '에로스'도 이들 사이 자식이다. 딸로는 조화란 의미의 '하르모니아 harmonia'를 두었다.

그녀는 또한 헤르메스와도 관계하여, 남녀 2개의 생식기를 가진 '헤르마프로디토스 Hermaphroditus'라는 아들을 낳았다. 이 밖에도, 술의 신 디오니소스 사이에는 유별나게 큰 성기를 가진 '프리아포스 Priapus'를 낳았다.

상징물

미술 작품에서 그녀의 상징 동물은 '비둘기'와 ' 백조'인데, 그중에서도 대표적인 새는 '비둘기'다. 그림이나 조각에서 비둘기가 있으면, 그녀는 백발백중 아프로디테다. 상징 식물은 '장미'고, 상징 과일은 '사과'다.

자신의 상징 새인 비둘기를 만지는 아프로디테와 항상 그녀 곁에 껌딱지처럼 등장하는 에로스 - 루브르

보티첼리의 봄 - 우피치 미술관.
왼쪽부터 헤르메스, 삼미의 여신, 아프로디테, 플로라, 서풍 제피로스

티치아노의 우르비노의 비너스 (아프로디테)
우피치 미술관

브론치노의 미와 사랑의 알레고리
런던 내셔널갤러리
육체적 사랑은 순간적인 쾌락과 즐거움이 있지만
질투와 허무가 따른다는 것을 암시하는 작품

벨라스케스의 아프로디테의 화장 - 런던 내셔널갤러리

보티첼리의 아프로디테와 잠자는 아레스 - 런던 내셔널갤러리

브론치노의 아프로디테와 수작 거는 사티로스 - 코로나 궁

목욕 중인 아프로디테
우피치 미술관

아프로디테 흉상
에르미타주 박물관

아프로디테
러시아 국립 미술관

'엄마, 나도 사과 좀 줘. 잉~~~'
하고 보채는 에로스
베르사유 궁

'얼라. 내 머리에 대빵 큰데?'
에고고... 무거워!
루브르 박물관

'왜, 엄마! 사람들이 봐서 창피해?'
'시끄러'
루브르 박물관

헤파이스토스 Hephaistos

어원과 이름

그의 이름은 그리스어로 '불'이란 뜻이다. 그는 불과 관련이 있는 신이다. 라틴어로는 '불카누스 Vulcanus', 영어로는 '벌컨 Valcan'이다.

출생과 다리가 불편하게 된 사연

그는 '제우스'와 '헤라'의 장남이다. 그러나 그의 출생에 관한 또 다른 전설은 이렇다. 질투의 여신 헤라는 제우스가 아테나를 머리에서 낳자, 자기도 헤파이스토스를 남자와 동침 없이 혼자 수태로 낳았다고 한다. 하지만, 헤파이스토스는 제우스와 헤라 자식으로 생각해도 신상에 해롭지 않다.

렘노스 섬에 떨어진 헤파이스토스 - 코시모 그림

그가 다리를 좀 저는 장애인이 된 사연도 2가지 설이 있다. 첫 번째 설은 그가 어릴 때, 제우스와 헤라가 격하게 부부 싸움을 한 적이 있었다. 그때 그가 헤라 편을 들자, 화가 난 제우스가 어린 그의 발을 거꾸로 잡아, 하늘에서 떨어뜨렸다.

그 아이는 하루 종일 하늘에서 떨어져, 렘노스 섬으로 추락했는데, 그때의 충격으로 불구자가 되었다 한다.

다른 설은 이렇다. 헤라는 헤파이스토스가 너무나 못생긴 불구자로 태어나자, 자기가 그런 아들을 낳았다는 것이 창피했다. 그래서 아이를 올림포스 아래로 휙 던져버렸다. 아이는 바다로 추락했는데, 그때 바다의 여신 '테티스'가 구조해, 어린아이를 9년 동안 바닷속 동굴에서 키웠다. 헤파이스토스는 그곳에서 금속과 대장간 기술을 연마한 끝에 대장장이 신이 된 것이다.

아프로디테가 부탁한 무기를 만들어주는 헤파이스토스
루브르 박물관
부셰 그림

아프로디테와 결혼하게 된 사연

성장한 헤파이스토스는 자신을 하늘에서 던졌던 어머니 헤라에게 복수를 다짐했다. 그래서 우선 누가 보아도 탐낼만한 아름다운 황금 의자를 만들었다. 그리고 그 의자에 눈에 보이지 않는 올가미 그물을 설치해, 헤라에게 선물로 주었다.

헤라는 황금 의자가 너무 마음에 들어 풀썩 앉았다. 그러자 꼼짝없이 그물에 갇히는 신세가 되고 말았다. 헤라는 아무리 사정해도 풀어주지 않자, 결국엔 아들에게 용서를 빌었다. 그리고는 풀어주는 조건으로, 아프로디테를 아내로 주었다 한다.

다른 전설은 이렇다. 옛날에 올림포스 신들과 티탄이 전쟁을 하고 있을 때였다. 그때 제우스는 상대를 이길 수 있는 무기를 만드는 자에게 아프로디테를 와이프로 주겠다고 선포했다. 이때 헤파이스토스가 번개와 벼락을 만들어주자, 제우스는 그 막강한 무기로 전쟁에서 승리한 후, 약속대로 아내로 주었다 한다.

에로스와 함께 헤파이스토스의 대장간을 방문한 아프로디테 - 프란스 플로리스 그림

지위와 역할

헤파이스토스는 불을 다스리는 '대장장이 신'으로, 그 실력을 인정받아 올림포스 12 신 중 한 명이 되었다. 그는 불을 이용해 만드는 금속 공예와 야금술, 수공업의 달인이며, 기술자와 장인들의 수호신이다.

신들이 기거하는 올림포스 궁전을 비롯해, 신과 영웅의 무기, 갑옷, 방패, 장신구들은 거의 그의 작품이다. 특히, 그는 인류 최초의 여성 판도라도 만들었다.

아테나와의 특별한 사연

그의 아내는 아프로디테지만, 그녀 사이엔 자식이 없었다. 근데 그와 처녀 여신이자, 전쟁의 여신인 '아테나' 사이에 아들이 생긴 좀 황당하고, 특이한 전설은 이렇다.

어느 날, 아테나는 무기를 주문하기 위해 대장간을 찾았다. 그런데 헤파이스토스가 그녀를 보더니, 갑자기 욕정을 느껴 겁탈을 하려 했다. 그때 아테나가 완강히 저항하며 도망치려 하자, 헤파이스토스는 그만 여신의 허벅지에 사정해버렸다.

아테나는 불쾌한 심정으로 정액을 양털로 닦아, 땅에 휙 던지고 갔다. 근데 좀 황당하지만, 대지가 그 양털에 버려진 정액을 흡수해, 아이를 낳았다 한다.

그 아이가 '대지에서 태어난 자'란 뜻인 '에릭토니오스 Erichthonios'다. 그러자 아테나는 아이를 어쩔 수 없이 신들 몰래 기르며, 아이를 불사의 몸으로 만들어, 아테네 왕으로 추대했다고 한다.

대장간을 방문한 아테나 - 우피치 미술관

외모와 성격

그는 다리는 좀 절지만, 억센 팔을 가진 근육질의 대장장이다. 그림과 조각엔 수염과 털이 많이 나고, 목덜미가 굵은 사나이로 등장한다. 성격은 성실하고, 착하며, 우직스런 편이다.

상징물

상징적인 것은 '대장간 장면'과 '망치와 해머' 등의 연장이다. 일반적으로 대장간에서 웃통을 벗고 연장을 만지고 있는 사나이는 틀림없이 헤파이스토스다.

제우스의 벼락을 만드는 헤파이스토스
프라도 미술관 (루벤스 그림)

조수들과 함께 쇠를 두들기는 헤파이스토스
에르미타주 박물관 (조르다노 그림)

파르테논 신전 위에서 내려다 본
숲속의 헤파이스토스 신전

숲속의 아고라 옆에 있는
웅장한 헤파이스토스 신전

달달하면서 감동적인 사랑 이야기

조각상을 사랑한 피그말리온

베르툼누스의 사랑 포모나

달의 여신이 사랑한 엔디미온

필레몬과 바우키스의 영원한 사랑

조각상을 사랑한 피그말리온

등장 인물

피그말리온 : 키프로스 젊은 왕
아프로디테 : 사랑과 미의 여신

이 이야기는 자신이 조각한 소녀 조각상을 사랑한 사나이 이야기다. 그의 달달하고 입가에 미소를 짓게 하는 풋풋한 러브 스토리가 지금부터 시작된다.

자신이 조각한 소녀를 사랑한 피그말리온

자신이 조각한 소녀 조각상을 감탄하며, 조각한 소녀를 두 손 모아 아내로 삼고 싶어 하는 피그말리온 - 에르미타주 박물관

이 이야기의 주인공인 '피그말리온 Pygmalion'은 키프로스 섬의 젊은 왕이었다. 그곳 키프로스는 아프로디테가 태어난 곳이자, 여신의 신전이 있는 신성한 곳이었다.

헌데 그 섬의 여자들은 나그네를 죽여, 여신의 제단에 피를 뿌리는 만행을 저질렀다. 그러자 격분한 여신이 그녀들을 몸을 파는 매춘부로 만들었다. 그러나 음탕한 그녀들은 매춘을 하면서도 부끄러운 줄을 몰랐다.

피그말리온은 여자들이 부도덕하고, 성적으로 문란한 것을 보면서 여자를 혐오했다. 그래서 결혼도 하지 않고 독신으로 살았다. 그는 여자들을 멀리한 채, 이상적 여인상의 조각에만 몰두했다.

그러다가 마침내, 눈처럼 흰 상아로 만든 실물 크기의 소녀 입상(立像)을 완성했다. 이 소녀상은 세상의 어떤 여자도 비교할 수 없을 정도로 아름다웠다. 그런데 그만, 그는 자신이 조각한 소녀상을 사랑하게 되었다.

피그말리온　　당신은 정말 내 이상형이야. 아이 러브 유 ~

소녀상을 보며 감탄하는 피그말리온 - 노르망드 그림　　소녀상을 뜨겁게 사랑하는 피그말리온 - 에르미타주 박물관

소녀상에게 뜨겁게 키스하는 피그말리온 - 장 레옹 제롬 그림   키스하는 두 사람의 뒷모습이 아름다운 장 레옹 제롬 그림

    소녀상은 진짜 같았다. 진짜 살아 숨 쉬는 것 같았고, 또 살아 움직이고 싶어 하는 것
처럼 보였다. 그만큼 그의 조각 기술은 완벽했다. 그는 자신의 작품에 감탄하며, 소녀를
마음속으로 뜨겁게 사랑하고 또 열망했다.

    그는 가끔 소녀상이 상아인지, 아니면 정말 사람 피부를 가졌는지 확인을 하고 싶어,
손으로 만져보았다. 그럴 때마다 상아라는 것을 인정하고 싶지 않았다. 그가 소녀에게
입 맞추면, 소녀가 정말 자신의 입맞춤에 화답하는 것 같았다. 그는 점점 소녀에게 말을
걸기도 하고, 쓰다듬기도 했다. 그러면 자기 손가락에 살갗이 눌리는 것 같아 ...

피그말리온   이크! 이러다 멍드는 거 아냐?

           그럼 안 되지 ... 안 되고 말고!

그는 때로는 소녀에게 예쁘다며 아첨을 하기도 하고, 때로는 소녀들이 좋아하는 조개 껍질, 조약돌, 새들, 화려한 색깔의 꽃, 색칠한 공, 호박 장신구들을 선물했다. 선물만이 아니었다. 소녀에게 예쁜 옷을 입히고, 손가락엔 보석 반지, 귀엔 진주 귀걸이, 또 목엔 긴 목걸이를 걸어주었다. 모든 것은 너무 매치가 잘 되어, 소녀와 잘 어울렸다. 소녀는 치장하지 않을 때도 아름다웠지만, 치장을 하니까 더욱 아름다웠다.

피그말리온　　와우, 뷰티풀 ~ 러블리 ~

그는 소녀를 자줏빛 염료로 곱게 물들인 침대에 눕혔다. 그리고 머리 밑에 부드러운 솜털 베개를 받쳐주더니, 급기야는 그녀를 아내라고 부르며 …

피그말리온　　당신은 이제 내 사랑이고. 내 아내야! 여보. 부인! 코 ~ 주무시오!

피그말리온 효과

드디어 키프로스의 모든 사람들이 참가하는 아프로디테 축제날이 되었다. 희생 제물로 소가 바쳐지고, 제단에 향이 피어올랐다.

피그말리온도 제물을 바친 다음, 제단 앞으로 다가가 더듬거리는 말로 소원을 빌며 …

피그말리온　　오오.. 신들이시여!
　　　　　　　　뭐든 원하는 것을 들어주신다면,
　　　　　　　　제가 간절히 원하는 소원은,
　　　　　　　　내 아내가 되게 해 주소서,
　　　　　　　　내 상아 소녀 …!

제단에 소원을 비는 피그말리온 - 우피치 미술관

그는 차마 뒷말을 하지 못하고 뜸 들이다, '내 상아 소녀를 닮은 여자가..'라며 기도를 끝냈다. 그때 축제에 참석한 아프로디테는 그가 무엇을 원하는지 금방 알았다. 그래서 그 징표로 제단의 불길을 3번이나 하늘로 치솟게 했다.

그는 집에 돌아오자, 곧바로 침대에 누운 소녀상에 키스했다. 근데, 헉! 오, 마이 갓! 이게 무신 일인가! 소녀 입술에서 따뜻한 온기가 느껴지는 것이 아닌가!

피그말리온   응? 이게 어떻게 된 일이지? 그렇다면.. 다시 한번!

이번엔 입술을 내밀며, 손으로 가슴을 만졌다. 그러자 딱딱했던 상아가 마치 밀랍이 녹아 말랑해진 것처럼 부드러워지더니, 표면이 쑥 들어갔다. 그는 깜짝 놀라 ...

피그말리온   아냐, 그럴 리가 없어.
          혹시, 내가 진짜 미쳐버린 건가?

그는 또다시 계속 만져보았다. 분명했다! 분명히 사람 몸이었다! 그의 손가락 아래, 그녀의 혈관이 통통 뛰고 있었던 것이다. 그는 여신께 감사드리며 ...

피그말리온   여신이여! 정말 감사합니다.
          제게 아내를 주셔서 감사합니다, 고맙습니다!

그는 수없이 감사드리고, 다시 자기 입술로 소녀의 입술을 꾸욱 눌러보았다. 그러자 소녀는 그의 키스에 얼굴을 살짝 붉히며, 수줍게 남편을 바라보았다. 〈후세 사람들은 소녀에게 '갈라테이아'란 이름을 붙여주었다.〉

아프로디테는 자신이 맺어준 두 사람의 결혼식에 참석했다. 그리고 9달이 지나자, 이들 사이엔 '파포스'란 딸이 태어났는데, 그 도시는 바로 딸의 이름에서 따온 것이다.

구름 위 아프로디테 여신의 도움으로 소녀상이 사람으로 되자, 감격스러운 눈으로 소녀를 바라보는 피그말리온 - 루이스 그림

에필로그

피그말리온 효과

간절히 원했던 소원이 이루어지는 피그말리온
루브르 박물관
앤 루이스 지로데 그림

피그말리온의 흐뭇한 로맨틱 러브 스토리에서 '피그말리온 효과 Pygmalion Effect'라는 신조어가 나왔다. 이 효과는 어떤 사람의 기대나 예측들이 실제로 되는 걸 말한다. 또 심리학의 피그말리온 효과는 어떤 사람이 자기를 존중하고 기대하면, 그 기대에 부응하기 위해 스스로 노력하게 된다는 의미로 사용된다.

'간절히 바라면 이루어진다!' 이 효과는 긍정적이고 희망적인 효과다. 오늘 집이나 직장에서 이 효과를 한번 사용해 보자. 자신뿐 아니라 주위 사람에게 '넌 할 수 있어!'라고, 긍정적인 힘으로 칭찬해 주자! 칭찬은 고래도 춤추게 한다고 하지 않는가? 〈요 피그말리온 효과는 '로젠탈 효과'라고도 한다.〉

수많은 예술 작품과 소설 등의 모티브가 된 달콤한 피그말리온 스토리는 1918년에 영국의 극작가이자, 노벨상 수상자인 버나드 쇼가 같은 제목으로 희곡을 발표했다. 또한 1964년에는 이를 각색하여, '오드리 헵번' 주연의 '마이 페어레이디 My fair lady'란 영화가 만들어져, 아카데미상 8개 부분을 휩쓸었다.

오드리 헵번 주연의 마이 페어 레이디

베르툼누스의 사랑 포모나

등장 인물

포모나　　　: 나무 요정
베르툼누스 : 계절의 신
이피스　　　: 키프로스 섬 젊은이
아낙사레테 : 키프로스 공주

　이번 이야기는 베르툼누스와 포모나의 러브 스토리다. 과연 사랑하는 여인의 마음을 어떻게 사로잡을 수 있을까? 이 흥미로운 러브 스토리 속에는 상대의 마음을 움직이는 사랑의 기술이 숨어있다.

포모나를 짝사랑한 베르툼누스

　나무 요정 '포모나 Pomona' 보다 더 멋지게 정원을 가꾸고, 더 열심히 과일나무를 돌보는 요정은 없었다. 그녀는 숲이나 강엔 관심이 없고, 주로 탐스럽게 열린 과일나무를 사랑했다.

　포모나는 손에 ㄱ자 모양의 낫을 가지고 다니면서, 너무 자란 가지와 사방으로 자기 멋대로 뻗은 가지를 예쁘게 다듬었다. 또 가지를 접붙여 영양분을 주고, 나무들이 말라죽지 않게 흐르는 개울물을 만들어주었다. 이런 일이 그녀의 유일한 낙이자, 하루 일과였다.

나무 요정 포모나 - 루브르 박물관

그녀는 사랑 같은 것에는 관심 없었다. 아니 관심뿐 아니라 남자들이 치근덕대며 따라붙자, 아예 과수원 문을 딸칵 걸어 잠가, 접근을 막았다. 그동안 참 별놈도 많았다. 춤을 잘 추는 호색한 '사티로스'와 대머리 노인 '실레노스', 숫양 모양의 '판 신', 또한 거대한 성기를 가진 '프리아포스' 등이 그녀를 차지하기 위해 별의별 수작을 다 부렸다.

그러나 그 누구보다 그녀를 사랑한 이는 계절의 신 '베르툼누스 Vertumnus'였다. 그는 4계절을 관장하는 '계절의 신'으로, 마음대로 모습을 바꿀 수 있는 변신의 능력을 가지고 있었다. 하지만 그 역시, 다른 이들처럼 그녀의 사랑을 얻지 못했다.

베르툼누스 오, 포모나! 그대를 볼 수만 있다면, 내 무엇이든 못할까!

그는 시도 때도 없이 다양한 모습으로 변신해, 포모나 앞에 나타났다. 때로는 추수한 농부 복장으로 나타나 그녀의 과수원에 곡식을 운반해 주었고, 때로는 머리에 건초 띠를 두르고 나타났다. 그 모습은 마치, 조금 전까지 풀을 만지다 온 사람처럼 보였다.

베르툼누스가 포모나를 보기 위해 그림 왼쪽부터 원예사, 목동, 농부 등으로 변신해 나타나고 있다 - 런던 내셔널갤러리

또 어떨 때는 소를 모는 지팡이를 가지고 나타났는데, 그 모습은 그가 방금 전에 황소 멍에를 풀어준 것처럼 보였다. 이 외에도 가끔은 낫을 들고 나타나서 나뭇잎을 베거나, 포도를 다듬는 원예사 흉내를 내기도 했고, 어깨에 사다리를 메고 왔을 때는 꼭 사과를 따러 가는 사람처럼 보였다.

그뿐이 아니었다. 그는 군인이 되기도 했고, 낚싯대를 멘 어부가 되기도 했다. 아무튼, 그는 이런 변화무쌍한 변신술로 접근해, 그녀의 아름다움을 즐길 수 있었다.

노파로 변신한 베르툼누스

그러던 어느 날이었다. 그는 이번엔 백발의 노파로 변신한 다음, 낡은 지팡이를 짚고 그녀의 정원에 들어갔다. 그러고는 과일을 보고 감탄하며 …

베르툼누스　과일들이 참 예쁘네유! 근데 아가씨가 더 예뻐유. 호호호 …

지팡이를 짚은 노파로 변신한 베르툼누스가 과일도 예쁘지만, 포모나도 예쁘다며 칭찬하고 있다 - 프랑스와 부셰의 화사한 그림

그는 이런 칭찬을 하며, 그녀에게 몇 번씩이나 입맞춤했다. 그런데 그 입맞춤은 늙은 노파가 흔히 처녀에게 하는 그런 입맞춤이 아니었다. 거의 진한 키스에 가까운 입맞춤 이라고나 할까?

노파는 풀밭에 앉아, 과일이 주렁주렁 열린 가지를 쳐다보았다. 그 가지 맞은편에는 느릅나무 한 그루가 있었는데, 그 느릅나무와 잘 익은 포도넝쿨이 이리저리 엉켜있었다. 노파는 서로 엉킨 두 나무를 칭찬하며 ...

베르툼누스 아가씨, 저 나무들 좀 봐유!

만일 저 느릅나무가 포도넝쿨 없이 덩그러니 서있다면,

사람들한테 잎 말고, 보여줄 것이 뭐가 있었어유!

저 포도넝쿨도 마찬가지에유.

포도나무도 느릅나무와 결합하지 않았다면,

많은 열매도 못 맺고, 기냥 땅에 누워만 있을 거구먼유!

아가씨! 저 나무들을 보면서, 뭐 느끼는 게 없슈?

포모나 뭐가요?

베르툼누스 왜 아가씨는 남자들을 피하고, 결혼도 안 하는 거에유?

만약 아가씨가 결혼하려고 마음만 먹으면,

그 누구보다 구혼자가 엄청 많을 거구먼유.

지금도 아가씨가 팅기고 있는 동안,

수많은 남자들과 신들이 아가씨를 원하는 거 모르세유?

그러더니 본론을 꺼내기 시작하며 ...

베르툼누스 아가씨! 아가씨가 현명하고 똑똑하다면,

또 정말 좋은 짝을 원한다면,

무조건 그 누구보다 믿을 수 있는 제 말을 들으세유. 아셨쥬?

아가씨! 시시껄렁한 구혼자들은 다 물리치고,

베르툼누스란 사내를 결혼 파트너로 선택하세유.

포모나   베르 .. 툼누스요?

베르툼누스   예! 그 양반은 내가 절대 보증을 서겄어유.

지가 그분을 너무 잘 알고 있거든유.

그분은 온 세상을 기냥 떠돌아다니는 신이 아니에유.

노파로 변신한 베르툼누스가 포모나에게 느릅나무와 포도나무가 엉킨 것을 칭찬하고 있다 - 프라도 미술관

사시사철 이 넓은 땅을 가꾸는 분이고,

또 다른 구혼자처럼 아무나 사랑하지 않어유.

아마 아가씨가 첫사랑이자, 마지막 사랑이 될 거고,

아가씨한테 인생을 몽땅 바칠 거구 만유.

포모나	??
베르툼누스	게다가 그분은 젊고,

축복 속에 태어난 복덩어리에유. 호호호 …

그뿐인 감유? 그는 각종 모습으로 변신할 수 있는데,

아가씨가 명령만 하면, 고대로 둔갑할 거예유.

아 참, 맞네! 게다가 아가씨랑 취미도 똑같아유.

아가씨가 과일을 가꾸면, 그분이 제일 먼저 갖고,

아가씨의 과일을 쥐고, 흐뭇해하는 분이세유. 로맨틱하쥬?

근데, 그분이 정말 바라는 것은 그딴 과일이 아니고,

아가씨가 정원에서 가꾸는 약초도 아니 어유.

그분은 아무것도 바라지 않아유.

오직, 온리(only) 아가씨밖에는 없어유.

포모나	저 .. 를요?
베르툼누스	예. 아가씨! 그분의 불타는 사랑을 불쌍히 여기고,

그를 대신해, 제가 간청하고 있다고 믿으세유. 아셨쥬?

포모나	…
베르툼누스	아가씨는 '복수의 여신들'과, 매정한 사랑을 벌주는 '아프로디테'와,

우쭐대는 인간을 벌주는 '네메시스'를 두려워해야 해유.

지는 오래 살아서 많은 이야기를 알고 있는데,

지가 키프로스에서 생긴 실제 이야기를 들려 드릴게유.

그럼 아가씨 마음을 여는데, 많은 도움이 될 거에유. 자, 잘 들어 봐유!

노파인 베르툼누스가 은근히 자기 자신을 칭찬하며, 포모나에게 이야기를 해주고 있다 - 부셰 그림

이피스와 아낙사레테 이야기

노파로 변신한 베르툼누스가 그녀에게 슬쩍 들려준 이야기는 이러했다. 이 이야기는 키프로스섬에서 일어난 리얼, 레알 스토리라고 한다.

'이피스 Iphis'란 신분이 낮은 총각이 있었다. 그런데 이 총각은 유명한 가문의 공주인 '아낙사레테 Anaxarete'를 처음에 보는 순간 억제할 수 없는 사랑을 느꼈다. 그는 도저히 자신의 광적인 사랑을 막을 수 없었다.

그래서 그녀가 사는 집에 찾아가, 공주의 유모에게 자신의 사랑을 고백하는가 하면, 하녀들을 구워삶아 러브 레터를 전했다. 또 때로는 눈물 젖은 꽃다발을 그녀의 대문에 걸어두고, 딱딱한 돌계단에 누워, 굳게 닫힌 대문을 원망하기도 했다.

그러나 처녀는 총각의 사랑을 허락하지 않았다. 아니, 인정머리 없이 그를 개무시하고 조롱했다. 또 그녀는 잔인하고 매정하게 거만한 말로 총각의 희망마저 짓뭉개버렸다. 그러자 총각은 더 이상 사랑의 고통을 참을 수 없어, 마지막으로 대문 앞을 찾아가 …

이피스   그래요, 당신이 이겼어요! 이제 당신을 귀찮게 하지 않을게요.
그러니까 당신은 머리에 승리의 월계관을 쓰고,
승리의 노래를 부르며 개선 행진을 하시오.
당신이 이겼고, 난 이제 곧 죽을 테니까요!
아 .. 매정한 여인이여! 마음껏 기뻐하시오.
하지만, 언젠가 당신도 인정할 것이오.
내 사랑도 뭔가 당신 마음에 드는 게 있었다는 것을 …
난 이제 2가지 빛을 잃었어요.
내 생명의 빛과, 그대에 대한 사랑의 빛을 말이오.
그대는 내 죽음을 소문으로 듣지 않을 것이오.
난 당신 눈앞에서 죽을 것이기에 …
아아, 잔인한 그대여! 내 죽은 시신을 보고 맘껏 즐기시오.
(기도를 올리며) 하지만 하늘의 신들이여!
우리 인간이 하는 짓을 보고 계신다면, 부디 저를 기억해 주시고,
내 이야기가 오랜 세월, 사람들의 입에 회자되게 하소서.
내가 죽은 후, 내 이름이라도 길이 남게 해주소서!

그는 이렇게 외치며, 가끔 자신이 꽃다발을 걸어놓았던 대문을 보고 눈물을 흘렸다. 그리고는 대문 위에 올가미 줄을 매더니, 그 속에 목을 집어넣으며 …

이피스   그대여! 여기 이 꽃다발이 마음에 드시오?

아아 .. 잔인하고 무정한 사람!

그는 목이 졸린 채, 허공에 매달렸다. 그의 버둥대는 발에 맞아, 문이 쿵하고 열렸다. 그러자 안에서 하인들이 달려와 그를 얼른 내렸지만, 아무 소용 없었다. 하인들이 그의 시신을 홀어머니 집에 가지고 가자, 어머니는 차갑게 식어버린 아들을 안고 통곡했다. 그리고 며칠 후, 어머니는 슬픈 장례 행렬을 이끌고 묘지로 향했다.

아낙사레테 집은 장례 행렬이 지나가는 길 옆에 있었다. 그래서 곡소리가 그녀의 귀에 들렸다. 그러나 그녀는 알지 못했다. 이미 복수의 여신들이 그녀의 방에 와 있다는 것을 말이다. 그녀는 곡소리가 들리자 ...

아낙사레테   어디, 비참한 장례식을 한번 구경이나 해볼까?

그러며 다락방 위에 올라가, 상여 위에 누운 이피스를 보았다. 그런데 그때였다. 그때 그녀의 두 눈이 갑자기 굳어지더니, 몸의 피가 서서히 빠져나가고, 안색이 창백해지기 시작했다.

그녀는 뒤로 물러나려 했지만 발을 움직일 수 없었고, 얼굴을 돌리려고 했지만 얼굴도 돌릴 수 없었다. 이미 오랫동안 그녀의 매정한 마음을 차지했던 돌덩이가 온몸에 퍼져, 마침내 그녀는 단단한 돌이 되고 말았던 것이다.

돌이 돼 버린 그녀의 석상은 아직 살라미스에 있는데, 그 석상 앞쪽의 아프로디테 신전 이름은 '앞을 내다 보는 아프로디테'라 한다.

이피스의 시신을 보자, 석상이 되고 있는 매정한 마음의 아낙사레테

사랑에 성공한 베르툼누스

여기까지가 포모나에게 들려준 이야기다. 노파는 이야기가 끝나자 포모나에게 ...

베르툼누스 아가씨! 부디 이 이야기를 유념해,
구혼자를 업신여기는 오만함을 버리고,
사랑하는 남자와 꼭 결혼하세유.
그럼 봄 서리가 아가씨의 풋과일을 얼리지 않고,
강풍이 과일을 떨어뜨리지 않을 거구먼유.

그는 이런 말을 해도 소용없자, 노파에서 본래의 자기 모습으로 그녀 앞에 나타났다. 그 모습은 마치, 구름을 뚫고 나온 빛나는 태양같이 찬란하고 멋있었다.

그는 완력을 사용해서라도 그녀를 가슴에 품고 싶었지만, 그럴 필요 없었다. 그녀도 이미 그에게 반해, 그와 똑같이 사랑의 불길이 활활 타올랐기 때문이었다.

베르툼누스가 까꿍? 아니, 짠 ~ 하고 가면을 벗고 본래의 모습을 보이자, 포모나가 괜히 손으로 밀치고 있다 - 루브르 박물관

206

에필로그

왠지 잘 어울리는 커플 같지 않은가? 앞으로 베르툼누스의 보호 아래 포모나 과일이 풍성하게 자라고, 아들딸 낳아서 잘 살 것 같은 불길한(?) 예감이 든다. 포모나는 '과일'이란 이름에서 유래되었고, 베르툼누스는 '변하다'라는 단어에서 나왔다.

그런데 계절의 신에 관한 재미있는 그림이 있다. 바로 '주세페 아르침볼도 Giuseppe Arcimboldo'가 그린 '베르툼누스 모습을 한 루돌프 2세'란 그림인데, 이 그림은 곡물과 꽃 등을 조합해 그린 인물화다. 그의 다른 그림들도 보시라! 멀리서 보면 사람인데, 가까이 보면 꽃, 과일, 야채 등으로 이루어진 재미있고 이중적인 그림이다.

달의 여신이 사랑한 엔디미온

등장 인물

엔디미온 : 아름다운 청년
셀레네 : 달의 여신

'엔디미온 Endymion'에 관해서는 여러 가지 설(設)이 있다. 아폴로도로스 신화에서는 그가 엘리스 왕자라고 하고, 또 어떤 이들은 산에서 양을 치는 아름다운 청년이라 한다. 또 다른 이들은 그가 제우스 아들이라고, 침을 튀겨가며 박박 우긴다.

제우스에게 부탁하여, 영원히 늙지도 죽지도 않고, 쿨쿨 잠만 자고 있는 엔디미온 - 루브르 박물관

엔디미온의 소원

암튼, 엔디미온은 겁나게 아름다운 미(美) 소년, 혹은 청년이었나 보다! 이 아름다운 미남을 달의 여신 '셀레네 Selene'가 열정적으로 사랑했으니 말이다. 한때, 엔디미온은 제우스가 소원을 말하라고 하자 ...

엔디미온   전 제 젊음을 영원히 간직하고 싶습니다.

그래서 늙지도 않고 죽지도 않은 채,

영원히 잠을 자고 싶습니다.

제우스   뭐, 영원히 슬리핑 하겠다고?

거 참 희한한 놈, 아니 희한한 소원이로군. OK!

자 그럼, 지금부터 잠을 자거라. (손가락 튕기며) 레드 썬!

엔디미온을 사랑한 달의 여신 셀레네가 침을 닦아주고, 아니 사랑스러운 눈으로 어루만져 주고 있다 - 런던 내셔널갤러리

엔디미온을 영원히 잠들게 만들고, 밤마다 찾아와 사랑을 나누는 달의 여신 셀레네 - 맨체스터 아트 갤러리(에드워드 J.포인터)

엔디미온을 사랑한 달의 여신

이번엔 쪼매 다른 얘기다. 어느 날, 셀레네는 엔디미온을 보고 첫눈에 반했지만, 그가 언젠가 늙어 죽는 것이 두려워 영원히 잠이 들게 만들었다. 그리고 매일 밤마다 찾아와 그와 사랑을 하여, 무려 50명의 딸을 낳았다 한다.

엔디미온 이야기는 요렇게 간단하다. 그러나 후세 화가들은 이러한 간단한 신화를 소재로 수많은 그림을 남겼다. 또한 영국의 낭만파 시인 '존 키츠'는 이 신화를 소재로, 1818년 장편 시 '엔디미온'을 발표해, 이 신화는 더욱 유명해졌다.

에필로그

달의 여신 셀레네

'셀레네 Selene'는 그리스어로 '달 또는 광채'란 뜻이고, 라틴어와 영어로 달의 여신은 '루나 Luna'다. 그녀는 티탄 족인 히페리온과 테이아 딸로, 원조 태양신 '헬리오스'와 새벽의 여신 '에오스'와 남매지간이다. 근데 셀레네는 달의 여신이란 직함, 즉 타이틀을 나중에 '아르테미스' 에게 뺏겼다.

그러니까 헬리오스가 태양신이란 직함을 아폴론에게 뺏긴 것 처럼, 셀레네 역시 달의 여신이란 직함을 아르테미스에게 양보, 아니 뺏긴 것이다. 그러나 보통 셀레네는 아르테미스와 같다고 생각하면 된다. 오케이?

그림이나 조각에서 셀레네를 한눈에 알 수 있는 방법은 그녀 머리 위의 '초승달'이다. 그녀는 보통 머리 주변에 초승달 모양의 천을 두르고, 손엔 횃불을 들고 등장한다.

셀레네 - 바티칸 박물관

필레몬과 바우키스의 영원한 사랑

등장 인물

필레몬 : 프리기아 할아버지
바우키스 : 그의 아내
제우스 : 하늘의 신
헤르메스 : 제우스 아들 (전령의 신)

이번 이야기는 흐뭇하고, 감동적인 부부의 영원한 러브 스토리다. 고대 그리스와 로마 시대에는 인간이 반드시 지켜야 할 덕목 중 하나가 집에 온 손님을 문전 박대하지 말고, 따뜻이 대접해야 했다. 이 신화가 바로 그런 이야기다.

가난하고 선량한 노부부

예전에, '제우스'는 아들 '헤르메스'와 더불어 인간의 모습으로 변신하고, 프리기아를 간 적이 있었다. 저녁이 되자, 두 신은 수없이 많은 집을 찾아가 하룻밤만 쉬게 해달라고 부탁을 했지만, 어느 집도 대문을 열어주지 않았다. 그런데 딱 한 집만이 신들을 반갑게 맞아주었다.

그 집은 짚과 갈대로 지붕을 엮은 아주 초라한 오두막집이었는데, 집안에는 노부부인 할아버지 '필레몬 Philemon'과 할머니 '바우키스 Baucis'가 살고 있었다. 나이가 똑같은 노부부는 그 오두막에서 결혼해, 지금껏 그 집에서 평생을 함께 늙어가고 있었다.

조라한 오두막집에 사는 필레몬과 바우키스의 노부부 집을 찾아가, 의자에 앉아있는 제우스와 헤르메스
- 드레스덴 미술관 (아담 엘스하이머 그림)

그들은 비록 가난했지만, 가난을 부끄럽게 생각지 않고, 서로 참고 의지하며 살았다.
그 집엔 주인과 하인이 따로 없었다. 식구라고는 달랑 두 사람뿐이었기에, 부부는 서로
오순도순 도와가며 살고 있었다.

하늘의 두 신이 얕은 대문을 고개를 숙이고 안으로 들어가자, 노인은 얼른 긴 의자를
내놓으며 ...

필레몬   자, 여기 앉아 편안히 쉬세요. 허허허 ...

바우키스   (얼른 의자 위에 방석을 깔아주며) 여기 방석이오.

이거야 원 .. 집이 워낙 누추해서! 호호호 ...

노파는 아궁이에 나뭇잎과 껍질을 조금 넣더니, 입김을 후후 ~ 불어 불길을 살려냈다. 그리고 지붕에서 마른 가지와 잘게 쪼갠 장작을 내려와, 작은 냄비 밑의 불속에 넣었다. 이어, 노파는 노인이 텃밭에서 양배추를 뜯어오자, 그것을 다듬기 시작했다.

또 노인은 대들보에 걸려있는 훈제 돼지고기를 막대기로 내려, 한 조각 썰더니 끓는 물에 넣었다. 이렇게 식사 준비를 하면서도 노부부는 틈틈이 대화를 건네며, 손님들을 지루하지 않게 해주었다.

집안에는 너도밤나무로 만든 물통이 하나 있었는데, 손잡이가 나무 못에 걸려있었다. 노부부는 그 물통을 내려, 손님들을 위해 뜨뜻한 더운물을 채워주었다.

집안 중앙에는 고리버들로 만든 긴 안락의자와 그 위에는 부드러운 왕골로 짠 방석이 있었다. 부부는 긴 의자 위에 큰일을 치를 때나 내놓는 천을 깔았다. 그 천은 낡고 싸구려 같았지만, 의자와는 참 잘 어울렸다. 신들이 의자에 느긋하게 기대앉자 ...

바우키스 이제 상만 차리면 됩니다. 호호호 ...
(식탁을 닦으려다) 에고고 ... 이런!

순간 식탁이 뒤뚱거렸다. 4개 다리 중, 하나가 살짝 짧았기 때문이었다. 노파가 깨진 그릇 조각을 다리에 괴자, 식탁은 곧 평평해졌다. 그리고 노파는 향기 나는 박하 잎으로 식탁을 닦기 시작했다.

곧이어 식탁 위에 초록색과 검은 올리브, 포도주에 절인 산딸기, 상추, 치즈를 비롯해 불속에 조심스레 익힌 달걀이 그릇에 놓였다. 이 밖에도 포도주를 묽게 희석시키는 작은 무늬 있는 물동이와 너도밤나무 술잔이 준비됐다.

또 이번에는 더운 음식과 담근 지 얼마 안 된 포도주와 후식이 나왔다. 후식은 무화과, 대추, 호두, 자두였고, 중앙에는 꿀이 든 벌집이 놓였다. 식탁에는 음식도 음식이었지만, 무엇보다 귀한 것은 노부부의 친절한 얼굴과 소박하고 정성스러운 환대였다.

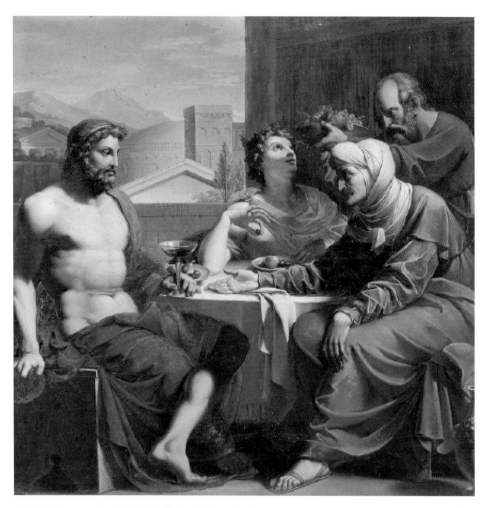

식탁에 후식으로 포도 등의 온갖 과일을 정성스럽게 내놓으며, 제우스에게 포도주를 권하는 필레몬과 바우키스 - 아피아니 그림

필레몬 (포도주를 따라주며) 자, 한 잔들 하시지요.

노부부는 식사 중인 손님들에게 포도주를 따랐다. 그런데 이게 웬일인가? 포도주를 따르고 또 따라도, 술통에 술이 줄지 않고 저절로 가득 채워지는 것이 아닌가! 그러자 노부부는 겁에 질려 얼른 용서를 빌며 ...

필레몬	신이시여, 죄송합니다!
	저희들은 신들이신 줄 모르고 있었습니다.
바우키스	이거 진수성찬을 차리지 못해 죄송합니다요.
	저희들의 무례를 용서해 주십시오.

　노부부 집에는 문지기 역할을 하는 거위 한 마리가 있었다. 노부부는 신들을 접대하기 위해 거위를 잡으려 했다. 하지만 녀석이 얼마나 날쌘지 노부부를 지치게 하더니, 신들 가랑이 사이로 쏙 도망쳤다. 그러자 제우스가 거위를 죽이지 말라고 하며 …

신들을 접대하기 위해 할머니가 거위를 잡으려 하자, 죽이지 말라고 손으로 저지하는 제우스 - 빈 미술사 (루벤스 그림)

제우스　굳이 거위를 죽일 거 까진 없소. 허허허…

　　　　선량한 사람들이여! 그렇소, 우리는 신이오.

　　　　불친절한 그대 이웃은 곧 응분의 처벌을 받을 것이나,

　　　　선량한 당신들은 그 재앙을 면할 것이오.

　　　　자, 지금 당장 우리와 함께 집을 떠나, 저기 높은 산 위로 올라갑시다.

　두 노인은 신들을 따라 힘겹게 산을 올라갔다. 그러다 꼭대기에 올라서서, 뒤를 돌아보고 깜짝 놀랐다. 그들이 살던 집만 빼고, 마을이 온통 물에 잠긴 것이 아닌가! 부부가 이웃들이 불쌍해, 눈물을 흘리고 있을 때였다.

두 노인이 신들과 함께 산을 오르다가 뒤를 돌아보자, 그들이 살던 집만 빼고, 온통 물에 잠긴 마을 풍경
- 루벤스 그림

그때 놀라운 일이 벌어졌다. 두 노인의 초라한 오두막집이 신전으로 변한 것이었다. 어느새 4개 기둥과 바닥은 대리석으로 되었고, 짚으로 된 지붕은 황금 지붕이 되었으며, 대문은 황금 조각 장식으로 번쩍였다. 이때 제우스가 인자한 목소리로…

제우스　　선하고 의로운 노인이여!

또, 의로운 남편에 어울리는 아내여!

자, 내게 무엇이든 원하는 소원을 말해보시오.

그러자 부부는 속닥속닥 상의하더니, 함께 결정한 소원을 말하며…

필레몬　　저희들 소원은 그대들의 사제가 되어, 신전을 지키게 해주십시오.

또 한 가지 원하는 소원은,

지금껏 우리 두 사람이 화목하게 살아온 것처럼,

우리가 한날한시에 죽어,

제가 혼자 살아남아, 할멈의 무덤을 보지 않게 해주시고,

또 할멈의 손에 제가 묻히는 일이 없도록 해주십시오!

노부부 소원은 이루어졌다. 그들은 살아생전엔 신전을 돌보다가 점차 시간이 지나자, 너무 늙어 거동이 힘들게 되었다. 그러던 어느 날, 두 노인이 신전 앞에서 지나간 일을 이야기하고 있을 때였다.

그때 할멈은 할아범 몸에서 나뭇잎이 돋아나는 것을 보았고, 또 할아범 역시 할멈의 몸에서 잎이 돋아나는 것을 보았다. 어느새 나뭇잎들이 두 사람의 얼굴까지 올라오자, 그들은 말할 수 있을 때, 서로 마지막 작별 인사를 동시에 했다.

필레몬　　잘 가요, 할멈!
바우키스　　잘 가요, 영감!

선량한 노부부가 한날한시에 나란히 나무가 되어가고 있고, 필레몬 나무에 제우스의 상징 새인 독수리가 앉아있다 - 제넬리 그림

그러자 나무껍질이 동시에 그들의 입을 덮었다. 지금도 티니아에 가면, 어느 목동이 하나의 나무에서 자라, 나란히 서있는 2그루 나무에 대한 전설을 들려준다.

에필로그

이 신화는 따뜻하고, 감동적인 노부부의 영원한 사랑 이야기다. 선량하고, 손님에게 친절하고, 금실이 좋은 노부부는 소원대로 한날한시에 생을 마감한다. 그리고 필레몬은 참나무로, 바우키스는 보리수로 변해 나란히 다음 생을 이어간다. 〈바람둥이 제우스도 이 신화에선 왜 이렇게 멋있지? 나만 그런가?〉

이루어질 수 없는
사랑 이야기

나르키소스와 그를 사랑한 에코

피라모스와 티스베의 사랑

살마키스의 사랑 헤르마프로디토스

나르키소스와 그를 사랑한 에코

등장 인물

나르키소스 : 미(美) 소년
리리오페 : 나르키소스 어머니
에코 : 산의 요정
테이레시아스 : 눈먼 예언가
네메시스 : 율법, 보복의 여신

이 신화는 아름다운 미소년 나르키소스와 그를 짝사랑한 에코의 러브 스토리다. 너무 유명한 이 이야기의 시작은 나르키소스의 출생부터 시작된다.

테이레시아스의 예언

강의 요정 '리리오페 Liriope'는 아름답고, 잘생긴 사내아이를 낳았다. 이 아이 이름은 '나르키소스 Narcissus'로, '마취시키는 자'란 뜻이다. 어느 날, 리리오페는 유명한 눈먼 예언가인 '테이레시아스'를 찾아가, 아이의 운명에 대해 물어보았다.

리리오페   우리 아이가 노년이 될 때까지,
                  오래오래 장수하며 잘 살겠습니까?
테이레시아스   그렇소. 오래 잘 살 것이오.
                  다만, 자기 자신을 알지 못하면 말이오.

유명한 눈먼 예언가 테이레시아스에게 어린 나르키소스를 데려가, 아이의 운명을 알아보는 리리오페 - 줄리오 카르피오니 그림

이건 뭔 소린가! '아이가 자기 자신을 알지 못하면 오래 산다니?' 그러면 자기 자신을 알면, 오래 못 산다는 말인가? 참으로 알쏭달쏭한 수수께끼 같은 예언이었다.

오랫동안 예언자 말은 헛소리처럼 들렸다. 그러나 결국 아이는 자기 자신을 알았고, 자기 자신을 알자 광기에 사로잡혀, 결국엔 목숨을 잃었다. 예언자 말이 맞은 셈이었다. 사건은 이러했다.

에코가 메아리가 된 사연

'나르키소스'가 16살이 되자, 그는 어떻게 보면 소년 같기도 하고, 또한 어떻게 보면 성숙한 청년 같기도 했다. 잘생기고 아름다운 외모 때문에, 수많은 소년들과 소녀들이 그를 좋아했다. 그러나 자존심이 강한 나르키소스는 그 어느 누구한테도 마음을 주지 않았다.

어느 날, 나르키소스가 사냥을 하고 있을 때였다. 그런데 목소리만 있는 어떤 요정이 그를 보았다. 이 요정은 스스로 말을 할 수 없었다. 그러니까 남이 말하면 말하고, 남이 말하지 않으면, 자신은 말을 할 수 없는 요정이었다. 이 요정의 이름은 '에코 Eco'였다. 산에서 야호하고 소리치면, 메아리로 다시 되울리는 에코 말이다.

산의 요정 에코는 원래 목소리만 있던 것은 아니었다. 육체도 있었다. 예전에 에코는 좋알좋알 말이 많은 수다쟁이였다. 그렇지만 지금은 겨우 남이 한 말의 마지막 부분만 되풀이하는 신세가 되었다. 그녀를 그렇게 만든 것은 '헤라 Hera'였다.

헤라는 제우스가 요정들과 산속에 누워있는 현장을 급습할 기회가 여러 번 있었다. 그런데 그때마다 에코가 여신을 붙잡고, 우짜고 저짜고 일부러 수다를 떨었다. 그사이 요정들이 잽싸게 도망칠 수 있게 도와준 것이었다. 그러자 이를 눈치챈 헤라가 단단히 화가 나서 ...

원래 목소리만 있었던 것이 아니고, 요렇게 예쁜 육체도 가지고 있었던 산의 요정 에코 - 루브르 박물관

헤라   이런 무엄하고 발칙한 것!

　　　　내가 날 속인 너의 그 혀를 가만둘 거 같으냐?

　　　　넌 앞으로 남이 말하기 전엔 절대 말을 할 수 없고,

　　　　설사 말을 하더라도, 남이 말한 끝부분밖에 못할 것이다. 알았냐?

나르키소스를 짝사랑한 에코

　그런 에코가 사냥 중인 꽃미남 나르키소스를 보자, 사랑에 빠졌다. 그녀는 몸이 후끈 달아올라, 몰래 소년의 발자국만 따라다녔다. 그에게 가까이 가면 갈수록, 그녀 마음은 횃불같이 활활 달아올랐다.

에코   오오.. 이 멋진 남자와 달콤한 말을 속삭이면, 얼마나 좋을까!

　　　　사랑하는 이 마음을 고백할 수 있다면, 얼마나 좋을까!

나르키소스를 짝사랑한 에코가 몸이 후끈 달아올라, 고백도 못 하고 마냥 따라다니며 훔쳐보고 있다 - 장 프랑수아 라그네 그림

하지만 에코는 그러한 말을 할 수 없었다. 자기가 먼저 사랑한다고 고백할 수 없었던 것이다. 그저 상대방이 말을 꺼내기를 기다려야 했다. 그때였다. 소년이 같이 사냥하던 친구들을 큰소리로 불렀다.

나르키소스   애들아. 근처에 누구 없니?

에코   없니 ~

그러자 소년이 좀 의아해하며 사방을 둘러보더니, 다시 큰 소리로...

나르키소스   야, 이리 나와.

에코   이리 나와 ~

나르키소스   (아무도 보이지 않고, 목소리만 들리자) 넌 왜 날 피하지?

에코   피하지 ~

나르키소스   그러지 말고, 이리 나와. 여기서 우리 만나자.

에코   우리 만나자 ~~

'뭐, 우리 만나자고?' 에코는 더 이상 견딜 수 없었다. 분명히 내 사랑이 지금 나한테 만나자고 하지 않는가! 그녀는 미친 듯이 숲에서 나와, 그의 목을 두 팔로 꽉 껴안았다. '오, 마이 달링, 오 마이 러브, 내 사랑 허니!' 그러자 소년은 놀라 기겁하며...

나르키소스   이 손 안 치워? 껴안지 말란 말야. (에코를 밀어내며)
         어서 안 떨어져? 내가 니 품에 안기느니, 차라리 죽고 말겠다.

에코   죽고 말겠다 ~~

에코는 이렇게 단칼에 퇴짜 맞자, 너무 부끄러워 얼른 얼굴을 가리고 숲에 들어갔다. 그리고 그때부터 동굴에 틀어박혀, 밖에 나가지 않았다. 〈 누가 사랑은 눈물의 씨앗이라 했던가? ♬ ~, 누가 사랑은 아름답다고 했던가? ♪ ~ 〉 나훈아인가, 조용필인가?

에코는 잊으려 하면 할수록 자꾸 그가 떠올랐다. 그러한 실연의 고통은 애증과 함께 그리움으로 점점 커져갔다. 그녀는 매일 근심과 회한으로 잠을 이룰 수 없었다. 그러자 그녀의 몸은 비참하게 말라가더니, 마침내 뼈만 앙상히 남았다. 그러다 뼈마저도 차츰 사라지고, 결국 목소리만 남게 되었다.

실연의 아픔으로 목소리만 남게 된 에코가 산에서 다른 이들이 낸 소리를 돌려보내고 있다 - 카바넬 그림

전해오는 소문에 의하면, 그녀의 뼈는 돌로 변했다고 한다. 그 후, 에코는 숲속에 숨어 나타나진 않았지만, 사람들은 그녀의 목소리를 산에서 들을 수 있었다.

보복의 여신, 네메시스

이렇게 나르키소스는 에코의 사랑을 모욕했다. 에코뿐만이 아니었다. 그는 요정들과 그에게 사랑을 고백한 소년과 소녀들을 무시하고 퇴짜 놓았다. 그러자 그에게 보기 좋게 퇴짜 맞은 한 요정이 보복의 여신 '네메시스 Nemesis'에게 기도를 올렸다.

저울과 칼을 든 정의의 여신과, 횃불을 든 보복의 여신인 네메시스가 범죄자를 합동해 뒤쫓고 있다
- 루브르 박물관

요정   보복의 여신이시여! 제 소원을 들어주소서.

우리가 그를 사랑했듯이, 그도 누군가를 사랑하게 해주소서.

그러나, 그가 그 사랑을 이루지 못하게 해주시고,

그도 사랑의 아픔이 어떤 것인지, 느끼게 해주소서!

'네메시스 Nemesis'는 '보복의 여신'이다. 이 여신은 인간들의 우쭐대는 행위에 대해서 보복하는 여신이다. 잘난 척 건방 떨고, 까부는 인간들을 응징하는 여신이란 말씀이다. 보복의 여신은 요정의 기도를 듣더니, 소원을 들어주었다.

자기를 짝사랑한 나르키소스

어느 숲속에 반짝이는 맑은 샘이 하나 있었다. 그 샘은 양치기나 염소 같은 가축들이 다녀간 적이 없었다. 또 새와 짐승을 비롯해, 나뭇잎이 떨어져 수면을 더럽힌 적도 없는 그런 맑은 샘이었다. 그 샘 주변에는 싱싱한 풀이 돋아나 있었고, 나무들이 태양을 가려 샘물은 항상 맑고 시원했다.

어느 날, 나르키소스는 사냥을 하다 더위에 지쳐, 그 운명의 샘을 찾아왔다. 그가 목이 말라, 엎드려 물을 마시려 할 때였다. 그런데 그때, 그는 또 다른 이상한 갈증을 느꼈다. 물에 비친 자신의 아름다운 모습을 보고, 물속의 자신을 사랑한 것이다. 그는 그저 자기 그림자에 불과한 것을 실체로 알았다. 그래서 물속의 그림자를 보며 …

나르키소스   히야 .. 정말 아름다운 소년인데?

어떻게 이렇게 잘생기고, 멋진 소년이 있지?

그는 물속의 자신을 찬탄하며, 대리석같이 꿈쩍 않고, 그 그림자를 감상했다. 별처럼 반짝거리는 두 눈, 아폴론처럼 곱슬곱슬한 머리카락, 부드러운 턱 선, 상아처럼 흰 목과 꽃미남 얼굴의 홍조를 바라보았다. 그는 그런 자신을 찬탄하다가 …

나르키소스   (자신도 모르게 불같은 사랑에 빠져) 아아 ..

난 정말 당신에게 반했어. 아아 .. 내 사랑!

그는 물속의 그림자에 입을 맞추려고 몇 번씩이나 고개를 숙이고, 목을 끌어안으려고 두 팔을 물에 담갔다. 그러나 입을 맞출 수도, 또 껴안을 수도 없었다. 그렇게 가까이 갈 수도, 만질 수도 없는 안타까운 사랑이 그를 더욱 애타고 흥분되게 했다.

소년은 이제 그곳을 떠날 수 없었다. 먹는 것도, 자는 것도 잊었다. 그저 마냥 엎드려, 자기 그림자를 바라보고만 있었다. 얼마나 시간이 지났을까? 그는 몸을 좀 일으키더니, 주변의 숲을 향해 ...

나르키소스   오오 .. 숲들아!

나보다 사랑의 고통을 더 아프게 느껴본 자가 있니?

너희들은 잘 알고 있잖아?

그동안 수많은 연인들의 밀회 장소였으니까 말야.

너희들은 긴 세월을 살아오며, 나처럼 처참한 자를 본 적 있니?

지금 나를 더욱 슬프게 하는 것은,

우리 두 사람을 갈라놓은 것이,

거대한 대양도, 산도, 길도, 성벽도 아니란 거야.

고작 샘물이 우리를 갈라놓고 있다니, 이게 말이 되니?

그러다 고개를 돌려, 다시 샘물 속의 그림자를 보며 ...

나르키소스   아아 .. 내 사랑! 그래 난 알고 있어.

너도 내 포옹을 원한다는 것을.

내가 입술을 내밀면, 너도 입술을 내미니까 말야.

그래! 아무도 우리를 갈라놓을 수 없어.

물속에 비친 자기 자신의 그림자에 반해, 그 물속의 그림자와 대화를 하고 있는 나르키소스 - 거장 카라바지오 그림

오, 내 아름다운 사랑아! 누군지 모르지만 어서 이리 나와.

넌 왜 날 속이고, 왜 자꾸 날 피해 도망만 가니?

맞아! 분명히 넌 내 나이나 외모 때문에, 날 피하는 것은 아닐 거야.

수많은 요정이 날 사랑해서 쫓아다녔으니까 말야.

혹시, 너 그거 아니?

너의 다정한 얼굴은 내게 희망을 준다는 것을.

내가 웃으면 너도 따라 웃고,

내가 울면 너도 눈물 흘리고,

내가 고개를 끄덕이면, 너도 고개를 끄덕이잖아.

근데 .. 좀 이상한 게 있거든?

니 입술이 움직이는 걸 보면, 넌 분명 내가 하는 말에 대답하는데,

근데, 왜 그 대답이 내 귀에 들리지 않지?

(그러다 문득 생각난 듯) 혹시, 그렇다면 ..?

　　무언가 알았다는 듯이 ...

나르키소스　　그래, 이제 알겠어! 너는 바로 나야.

물속에 있는 사람은 바로 나라고.

내 그림자라서 나와 똑같이 움직였던 거야.

난 나 자신을 사랑해서 애를 태웠고,

스스로 괴로워하고 있었던 거야.

　　소년은 그제야 현실을 직시하나 싶더니, 매우 혼란스러워하며 ...

나르키소스　　그럼 이제 어떻게 해야 하지?

그에게 구혼해? 구혼 받아?

근데 구혼은 왜 하지? 내가 그이고, 그가 나인데 ...

아! 내가 내 몸에서 떨어질 수만 있다면, 얼마나 좋을까!

(두 손 모아) 오오, 신이여!

제 기도가 좀 이상하게 들리겠지만,

제가 사랑하는 사람이 내게서 떠나게 해주소서.

(그러다 괴로움에 점점 기가 빠지는 걸 느끼며)

아아 .. 고통이 내게서 힘을 빼앗아가는구나.

내 인생은 얼마 안 남고, 난 어린 나이에 죽고 마는구나.

하지만 난 죽음이 두렵지 않아.

죽으면 이 괴로움에서 벗어날 수 있을 테니까 말야.

(문득) 응? 근데 ...

내가 죽으면, 사랑하는 소년은 어떻게 되는 거지?

난 그가 더 오래 살기를 바라는데,

그럼 내가 죽으면, 그도 죽을 거 아냐?

물에 비친 자기 그림자를 보며 웃다가, 울다가, 그림자가 자신이란 것을 알고 혼란스러워하는 니르키소스 - 줄스 시릴 동굴 그림

그는 그런 생각이 들자, 슬픈 표정을 지으며 다시 샘물을 바라보았다. 눈에서 눈물이 톡 ~ 떨어졌다. 그러자 수면에 파문이 일어나더니, 그림자가 흐려지기 시작했다. 그는 그 모습을 보더니 황급히 소리치며 ...

나르키소스 가지 마, 도망치지 말라고! 이 매몰차고 잔인한 자 같으니!
이렇게 널 사랑하는 날 버리고 도망치지 말란 말야.
(그러다 사정하듯) 그래, 알았어.
니 몸에 손대는 것이 싫으면, 손대지 않을게.
그 대신, 이렇게 바라만 볼 수 있게 해줘.
내 이 비참한 망상이 끝날 때까지만 말야. 흑흑흑 ...

소년은 슬픔을 견디지 못해 상의를 찢더니, 두 주먹으로 자신의 가슴을 마구 때렸다. 얻어맞은 가슴이 장밋빛처럼 붉게 피멍이 들기 시작했다. 그는 다시 샘물이 맑아지자, 물속의 그림자를 바라보았다. 또 다시 그리움이 밀려와 견딜 수 없었다.

마치 밀랍이 불에 서서히 녹아내리듯, 아침 햇살에 서리가 녹아내리듯, 그의 육체는 점차 사랑의 고통에 시들고 소진되어갔다. 그러자 어느새 하얀 피부도, 젊음도, 혈기도 사라져버렸다. 전에 사람들 눈을 즐겁게 해주던 모든 것이 사라져버렸다. 이제 에코가 사랑했던 그의 예전 모습은 어디에도 남아있지 않았다.

수선화 전설

에코는 그런 나르키소스를 샘물 옆에서 바라보고 있었다. 옛일을 생각하면 화가 나서 쌤통이란 생각도 들었지만, 막상 이런 참담한 광경을 보고 있자니 마음이 아팠다.

그래서 나르키소스가 '아, 슬프다!' 울부짖으면, 그녀도 '슬프다 ~ '하고 울부짖었다. 또 그가 자신의 가슴을 두 손으로 쾅쾅 치면, 그녀도 똑같은 소리를 내어 되돌려 보냈다. 마침내 나르키소스는 샘물을 보더니, 마지막 말을 남기듯 ...

나르키소스	아아 .. 부질없이 사랑했던 그대여!
에코	그대여 ~
나르키소스	잘 있어!
에코	잘 있어 ~

　이런 말과 함께 나르키소스는 힘겹게 고개를 떨구며 풀밭에 누웠다. 그러자 죽음이 찾아와, 이내 그의 눈을 감겨주었다. 물과 숲의 요정이 그의 죽음을 애도하며 흐느끼자, 에코도 그녀들의 흐느낌을 되울려주며 슬픔을 함께했다. 이윽고, 요정이 나르키소스를 화장해 주려고, 장작을 준비하고 있을 때였다. 근데 이상한 일이 벌어졌다. 그의 시체가 감쪽같이 사라진 것이었다.

　그 대신, 그녀들은 그가 누웠던 샘가에서 꽃 한 송이를 발견했다. 노란 암술이 하얀 꽃잎에 싸인 꽃이었다. 지금까지 사람들은 그 꽃을 '나르키소스'라고 부르며, 그 꽃을 보며 그의 이루어질 수 없는 사랑을 기억하고 있다. 나르키소스는 그리스어로 '수선화'라는 뜻이며, 수선화의 꽃말은 '자아도취'다.

에코와 나르키소스 - 워터 하우스 그림

그리스 로마 신화를 많이 그린 거장 푸생의 에코와 나르키소스. 나르키소스의 머리 부근에 수선화가 피어나고 있다
- 루브르 박물관

에필로그

이 신화는 중세 시대엔 '자만하지 말라'는 교훈으로 사용되었다고 한다. 그러니까 좀 잘생겼다고, 좀 많이 배웠다고, 좀 돈이 많다고, 까불지 말라는 얘기다.

물론 해석하기 나름이겠지만, 이 이야기는 인과응보(因果應報)에 관한 교훈이다. 즉, 행한 대로 대가를 받고, 자신이 행한 만큼, 자신에게 부메랑같이 돌아온다는 말씀이다. 사랑하는 연인들이여, 상대를 가슴 아프게 하지 마라! 그럼 결국 너도 언젠가는 그만큼 가슴 아플 것이다!

나르시시즘 Narcissism - 자기애 (自己愛)

자기 자신을 사랑했던 나르키소스에서 유래된 정신 분석학적 용어가 '나르시시즘 Narcissism'이다. 나르시시즘은 자기 자신에게 지나치게 애착하는 것, 또 자기가 남보다 뛰어나다고 과신하는 자기 중심적 성격이나 행동을 말한다.

우리가 흔히 말하는 '자뻑(자기한테 뻑 가는 것), 자기애(自己愛), 자아도취'가 여기에 해당한다. 일종의 공주병, 왕자병이라고나 할까?

'나르시시즘' 상태는 자기도취에 빠져, 남은 고려치 않고 자신만을 생각하는 것이다. 이 증상은 자신을 완벽한 사람으로 착각해 환상 속에 만족을 느끼고, 또한 자기 육체를 이성의 육체로 착각해, 성적 흥분까지 느낀다고 한다.

이 증상이 심하면 나르키소스처럼 정신 분열증이나 편집증으로 발전한다고 하는데, 그의 죽기 전 대사를 한번 음미해 보시라! 마치 사이코 연극 대사 같은 그의 독백 속에서 섬뜩한 느낌을 받는 것은 왜일까? 암튼, 지나친 집착도 일종의 무서운 병이다! 그렇다. 모든 번뇌는 집착에서 온다!

자신을 지나치게 사랑했던 나르키소스에서 유래된 용어가 자기애를 뜻하는 나르시시즘이다 - 베르사유 궁

피라모스와 티스베의 사랑

등장 인물

피라모스 : 바빌론 미남 청년
티스베　 : 바빌론 미녀

　이번 이야기는 두 청춘 남녀의 죽음도 갈라놓을 수 없는 러브 스토리인데, 셰익스피어 명작인 로미오와 줄리엣의 원조라고 할 수 있다. 이야기 무대는 고대 오리엔트의 역사적 도시 바빌론이다.

벽 사이의 사랑

　'피라모스 Pyramus'와 '티스베 Thisbe'는 바빌론의 높다란 성벽에 위치한 이웃집에서 살았다. 피라모스는 아시아 총각 중에서 가장 잘생긴 미남이었고, 티스베 역시 아시아 처녀 중에서 제일 미인이었다. 이들은 바로 옆집에 살다 보니까 알게 되어, 점차 뜨겁게 사랑하는 연인 사이로 발전했다.

　두 사람은 결혼을 하고 싶었지만, 양쪽의 부모들이 심하게 반대했다. 그러나 사랑이란 반대를 하면 할수록, 더욱더 애정이 깊어지는 법! 이미 사랑의 포로가 된 이 두 사람에게 부모들의 반대도 소용이 없었다. 이들은 몰래 몸짓과 눈짓으로 사랑을 속삭였고, 몰래 하면 할수록 사랑의 불꽃은 더욱더 맹렬히 타올랐다.

티스베가 갈라진 벽의 틈 사이로, 건너편의 연인 피라모스와 사랑을 속삭이고 있다 - 윌리엄 워터하우스 그림

이들 두 집 사이 벽엔 조그만 틈새가 하나 있었다. 그 틈은 처음 집을 지을 때 실수로 생긴 균열이었는데, 아무도 그것을 발견하지 못했다. 그렇지만 사랑에 빠진 청춘 남녀가 무엇인들 이용하지 못하겠는가! 두 사람은 틈을 발견하고, 그 벽의 틈새를 통해 사랑의 속삭임을 주고받았다.

이들 두 사람은 매일 벽을 사이에 두고 한 사람은 이쪽에서, 또 한 사람은 저쪽에서, 서로 상대방 숨결이라도 잡으려 안간힘 썼다. 그러다 헤어질 시간이 되면, 괜히 애꿎은 벽을 원망했다.

피라모스   야, 이 질투심 많은 벽아!
                  넌 왜 우리 사랑을 방해하는 거니?
                  우리 두 사람을 좀 껴안게 해주면 안 되겠니?
                  그것이 우리의 지나친 욕심이라면,
                  최소한 입맞춤이라도 할 수 있게,
                  조금만 더 틈을 열어주면 안 될까?

티스베   그렇게 생각하지 말아요, 피라모스!
                  그래도 이 벽이라도 있어서 얼마나 다행이에요. 안 그래요?

피라모스   하긴, 그래. (벽을 쓰다듬으며) 그래, 벽아!
                  우리가 너의 고마움을 모르는 건 아냐.
                  그나마 이렇게 속삭임을 주고받을 수 있는 것도,
                  모두 네 덕분이란 걸 우린 알고 있어. 고마워, 벽아!

이렇게 두 사람은 괜히 벽한테 투정 부리다, 밤이 되면 헤어지는 아쉬움으로 서로의 벽에 입을 맞추었다.

피라모스   안녕 ~~
티스베   안녕 ~~

부게로의 새벽의 여신 에오스 - 비밍험 박물관　　　햇불을 들고 밤을 몰아내는 새벽의 여신 에오스 - 프라도 미술관

　　그다음 날이 되었다. '새벽의 여신'이 밤하늘의 별들을 몰아내고, 태양이 이슬을 말릴 때였다. 두 사람은 다시 같은 데서 만났다. 이들은 처음엔 자신들의 신세를 한탄하다가, 저녁때 식구들 몰래 만나기로 약속했다. 피라모스가 그 계획을 말해주며 ...

피라모스　　티스베! 오늘 밤 식구들이 모두 잠들었을 때,

　　　　　　성을 빠져나와, 왕의 무덤에서 만나는 거야. 알았지?

티스베　　　왕의 무덤이오?

피라모스　　왕의 무덤 옆에 큰 나무가 있거든! 그 나무 밑에서 만나자고, 응?

티스베　　　무덤 옆 .. 큰 나무 밑이라고 했죠?

피라모스	응. 그 나무는 하얀 열매가 주렁주렁 달린 뽕나무인데,
	나무 옆엔 시원한 샘물이 있어서, 약속 장소로는 그만이야.
	그럼 먼저 온 사람이 거기서 기다리는 거야, 오케이?
티스베	좋아요, 나도 오케이!
피라모스	그럼 이따 밤에 보자고.
	사랑해, 티스베!
티스베	미투요. 사랑해용 ~

　이들에게 그날 하루는 유난히 길게 느껴졌다. 이윽고 밤이 되자마자, 먼저 티스베가 얼굴을 베일로 가리고, 아무도 모르게 살짝 집을 빠져나왔다. 그리고 약속 장소인 무덤 옆의 나무 아래 앉아, 그가 오기만을 초조히 기다렸다.

　근데 그때였다. 사자 한 마리가 방금 짐승을 잡아먹었는지, 주둥이에 피를 흘리며 불쑥 나타났다. 사자는 갈증이 났던지, 샘물을 향하여 어슬렁어슬렁 다가왔다.

　그러자 달빛 아래서 사자를 알아본 티스베는 겁에 질려, 얼른 근처 동굴 속으로 몸을 숨겼다. 그런데 그녀는 허겁지겁 달아나다, 그만 쓰고 있던 베일을 땅에 떨어뜨렸다.

약속 장소에서 기다리다, 사자가 나타나자 황급히 도망치는 티스베

　잠시 후, 사자 녀석은 물을 잔뜩 먹더니, 다시 숲으로 돌아가려다가 고개를 휙 돌렸다. 티스베가 떨어뜨린 베일을 본 것이다. 그러자 녀석은 피 묻은 입으로 베일을 갈기갈기 찢더니, 다시 유유히 어둠 속으로 사라졌다.

죽음도 갈라놓을 수 없는 사랑

그로부터 얼마 후, 피라모스가 조금 늦게 약속 장소에 도착했다. 그런데 주변에 온통 사자 발자국이 찍혀 있었다. 그는 그것을 보고 놀라며 …

피라모스　이건 사자 발자국 아냐?

그러다 문득 뭔가 발견하고, 얼굴이 새파래졌다. 그것은 잔뜩 피로 물들어, 갈기갈기 찢긴 티스베의 베일이었다. 피라모스는 얼른 달려가, 베일을 집어 들고 통곡하며 …

피라모스　안 돼, 안 돼! 아, 가엾은 티스베!
　　　　　　나보다 더 오래 살아야 할 자기가 먼저 죽다니 …
　　　　　　그래, 다 내 잘못이야! 내가 당신을 죽인 거나 마찬가지야!
　　　　　　한밤중에 이런 위험한 곳에 오라 해놓고,
　　　　　　내가 먼저 와서 기다리지 않았으니 말이야. 흑흑흑 …
　　　　　　(감정이 격해져 사방을 보며) 그래! 어서 와, 이 사자 놈들아!
　　　　　　어서 와서 내 몸을 갈기갈기 찢어놓고,
　　　　　　그 사나운 이빨로 죄 많은 나를 물어뜯어 버려라.
　　　　　　그녀를 죽게 한 나는 살 가치도 없는 놈이다.
　　　　　　좋아! 그럼 내가 확실히 보여주지.
　　　　　　난 입으로만 죽는 그런 비겁자가 아니란 것을 말이야.

그러더니 티스베와 만나기로 약속한 뽕나무 밑에 가서, 그녀의 베일에 수없이 계속 입맞춤하며 …

피라모스　아아, 내 사랑! 자, 이제 내 피도 마셔, 응?

그러며 차고 있던 칼을 뽑아, 자기 배를 찌르고는 땅 위로 푹 쓰러졌다. 그러자 배에서 마치 세찬 물줄기처럼 피가 뿜어져 나오더니, 땅을 적시기 시작했다. 그렇게 붉은 피가 뽕나무 뿌리를 적시자, 나무에 매달린 하얀 열매가 점차 붉게 물들어갔다.

붉은 뽕나무 열매의 전설

한편, 티스베는 두려움이 사라지진 않았지만, 사랑하는 이를 실망시키지 않으려고 살금살금 동굴에서 나와 약속 장소로 갔다. 그리고는 희미한 달빛 속에 그를 찾으며 ...

티스베   내가 동굴 속에 너무 오래 숨어 있었나?

그 사이에 벌써 와서 기다리는 거 아냐?

(그러다 사자 생각에 가슴을 쓸어내리며) 어휴 ~

그를 만나면, 그 무서운 사자 얘기부터 해줘야지.

그러며 만나기로 약속한 뽕나무 아래로, 조심조심 다가갔다. 그런데 왠지 이상했다. 얼마 전까지 하얀색이었던 뽕나무 열매가 붉은색이 아닌가!

티스베   (헷갈리며) 으응 .. 이상하네.

조금 전까지도 분명 열매가 하얀색이었는데, 그럼 이 나무가 아닌가?

그녀가 고개를 갸우뚱하며, 걸음을 옮기려던 순간이었다. 그 순간 그녀는 흠칫 놀라 뒤로 물러섰다. 누군가 피투성이가 된 채 땅 위에서 꿈틀거리고 있었다. 그러다 '허억!' 그녀는 얼굴이 창백해지더니, 온몸을 부르르 떨기 시작했다.

쓰러져 있는 사람은 그녀가 사랑하는 피라모스였다. 도저히 믿을 수 없었다. 그녀는 비명을 지르며 가슴과 머리를 뜯더니, 달려가서 그를 부둥켜안았다. 그리고는 싸늘하게 죽어가는 그의 얼굴에 키스를 퍼붓고, 목 놓아 부르짖었다.

244

티스베	피라모스! 죽으면 안 돼요, 제발 죽지 말아요.
	이게 어떻게 된 일이에요, 어서 대답 좀 해봐요.
	여기 당신의 사랑, 티스베가 있잖아요.
	당신의 티스베가 이렇게 부르고 있잖아요.
	어서요! 내 말을 들었으면, 제발 눈 좀 떠보라고요.
	여기 티스베가 있잖아요. 당신의 티스베가 ... 흑흑흑!

　그러자 피라모스는 티스베란 소리에 간신히 눈을 가늘게 뜨더니, 곧이어 영원히 눈을 감았다. 그때서야 티스베는 그의 옆에 있던 피투성이가 된 자기 베일과 칼이 뽑힌 그의 칼집을 발견했다. 그러다 전후 상황을 짐작하고 ...

피라모스가 찌른 칼로 자신의 배를 푹 찌르는 티스베 - 피에르 그림

티스베	흑흑 .. 피라모스!
	그랬군요! 내가 죽은 줄 알고, 스스로 목숨을 끊었군요.
	좋아요! 나도 당신 뒤를 따라가겠어요.
	내 사랑도 당신 사랑보다 결코 뒤지지 않으니까요.
	죽음이 당신을 내게서 떼 놓았지만, 죽음도 절대 우리를 갈라놓지 못해요.
	(그러다 하늘을 보며) 오오 .. 신이시여! 그리고 불쌍한 부모님들이여!
	부디 우리 두 사람의 소원을 들어주소서.
	우리 참 사랑은 죽음으로 하나가 되었습니다.
	그러니, 우리 두 사람을 무덤에 함께 묻어주소서.
	그리고 뽕나무여! 넌 우리의 죽음을 영원히 기념해다오.
	우리 두 사람이 흘린 피가 기념이 되도록,
	그 슬픔의 표시로 영원히 붉은 열매를 맺어다오.

그녀는 칼을 자기 배에 대더니, 사랑했던 피라모스 몸 위에 푹하며 쓰러졌다. 그녀의 기도는 신들은 물론 양쪽 부모를 감동시켰다. 그래서 결국 두 사람은 소원대로 하나의 유골 단지에 넣어져, 한 무덤에 묻혔다. 또한 이후 뽕나무는 그들을 기념하기 위해, 붉은 열매를 맺었다. 그래서 두 사람의 이루어질 수 없는 사랑, 죽음으로 맺어진 슬픈 사랑을 전해주고 있다.

에필로그

이 피라모스와 티스베 이야기는 이루어질 수 없는 사랑, 또 죽음도 갈라놓은 수 없는 애달픈 러브 스토리다. 이 스토리는 후에 '윌리엄 셰익스피어'의 명작 '로미오와 줄리엣 Romeo And Juliet'의 모티브가 되었다.

로미오와 줄리엣 효과

로미오와 줄리엣 영화의 한 장면과 / 명화 속에서 두 사람의 발코니 키스 신 컷!

심리학 용어 중에 '로미오와 줄리엣 효과'라는 것이 있다. 대개 사랑에 빠진 연인들은 그들 앞에 장애가 거세면 거셀수록, 그 장애를 뛰어넘기 위해 두 사람의 애정은 더욱더 깊어진다고 한다. 그러니까 부모의 극심한 반대나 어떤 장애물이 있는 커플은 그렇지 않은 커플보다, 상대에게 더욱 애착을 가지는 현상을 '로미오와 줄리엣 효과'라 한다.

피라모스와 티스베도 로미오와 줄리엣 같이 양가 부모들의 극심한 반대가 있었기에, 죽음도 불사한 용기를 낼 수 있지 않았을까?

피라모스와 티스베가 만나기로 약속한 장소가 뽕나무다. 서양뿐만 아니라, 동양의 많은 문학 작품에 등장하는 뽕나무는 시원한 그늘과 함께 붉은 열매를 맺어, 연인들이 찾는 단골 데이트 장소였다.

뽕나무는 영어로 '멀버리 mulberry'고, 열매는 '오디'라고 부른다.
'뽕따러 가세 ♬ ~ '

오디

살마키스의 사랑, 헤르마프로디토스

등장 인물

살마키스 : 호수 요정
헤르마프로디토스 : 헤르메스와 아프로디테 아들
헤르메스 : 전령의 신
아프로디테 : 사랑과 미의 여신

옛 소아시아에 이상한 마력을 지닌 살마키스라는 호수가 있었다. 이상하게 이 호수에 남자들의 몸이 닿으면, 힘이 빠지고 무기력해진다고 한다. 그럼 이 호수가 남자들을 왜 그렇게 만드는지, 신기하고 재미있는 전설이 지금부터 시작된다.

여행을 떠난 헤르마프로디토스

먼저, 이번 이야기의 주인공은 '헤르마프로디토스 Hermaphroditus'란 긴 이름을 가진 소년이다. 이 소년은 전령의 신 '헤르메스 Hermes'와 사랑과 미의 여신인 '아프로디테 Aphrodite' 사이에서 태어난 아들이다.

그러니까 '헤르마프로디토스'라는 좀 긴 이름은 그의 아버지 '헤르메스'의 앞부분과 어머니 '아프로디테'의 뒷부분 이름에서 반반씩 가져와서 지은 이름이다. 〈그래서 흔히, '헤르마프로디테'라고도 한다. 〉

두 아이와 함께 있는 헤르메스와 아프로디테 - 스프랑거 그림   헤르메스와 아프로디테, 그리고 에로스 - 빈 미술사

소년은 태어나자마자, 프리지아의 산 동굴에서 요정들에 의해 자랐다. 부모의 외모를 반반씩 닮아 그런지, 소년은 얼굴도 잘생기고, 몸매 또한 아름다웠다.

소년은 15살이 되자, 낯선 나라들과 강들을 보기 위해 홀로 고향을 떠나 여행을 했다. 그는 평소 여행이 소원이었기에, 힘든 줄도 모르고 이곳저곳을 둘러보다가, 카리아라는 곳에 닿았다. 그리고는 그곳에서 바닥까지 훤히 보이는 맑고 투명한 호수를 발견하더니 감탄하면서 …

헤르마프로디토스   히야! 정말 깨끗한 호수군!

그 호수는 흔한 갈대와 잎이 뾰족한 풀도 없었으며, 물이 수정처럼 맑은 호수였다.

호수의 요정 살마키스

그런데 그 호수엔 '살마키스Salmacis'란 요정이 살고
있었다. 그녀는 다른 요정들과 달리 사냥을 싫어하고,
활을 쏘는 거나 달리기 시합 같은 것엔 관심이 없었다.
그런 그녀에게 친구 요정들이 ...

친구 요정   애, 넌 심심하지도 않니?

우리 같이 사냥하지 않을래?

심심하고 지루할 때,

시간 때우는 데는 그만이거든?

살마키스   너희들이나 해. 난 그딴 거 관심 없어.

살마키스 - 루브르 박물관

그녀의 관심사는 오로지 자신의 호수에서 목욕하고, 빗으로 머리 손질하는 것이었다.
그러니까 머리의 모양을 요렇게 저렇게 바꿔가며, 자기에게 어떤 스타일의 머리가 가장
잘 어울리는지, 물속을 보며 빗질하는 것이 그녀의 유일한 취미였다.

살마키스   오늘은 머리를 한번 뒤로 확 묶어볼까?

(그러다) 아아 .. 심심해.

소년을 사랑한 살마키스

그녀는 그러다 심심하면 속살이 비치는 옷을 입고, 보드라운 나뭇잎이나 폭신폭신한
풀밭에 누웠다가, 또 무료하면 꽃을 따 모았다.

살마키스가 헤르마프로디토스를 본 것은 꽃을 따 모으고 있을 때였다. 그녀는 소년을
보자마자, 마음에 쏙 들었다. 아니, 마음에 드는 정도가 아니라, 소년을 갖고 싶은 욕정을
느꼈다.

살마키스   어머나! 저렇게 잘생기고, 멋진 남자가 있다니!

당장 달려가서, 그냥 내 남자로 확!

그러나 일단 참았다. 울렁거리는 마음을 좀 진정시켜야 했기 때문이었다. 살마키스는 후다닥 옷차림을 다듬고, 쌩긋 웃으며 매력적인 얼굴 표정을 연습했다. 자신의 미모가 그 정도면 먹힐 거란 확신이 들자, 그녀는 소년에게 은근슬쩍 다가가 들이대며 …

살마키스   저기 .. 혹시 신이시죠? 어머머! 맞네, 맞아! 호호호 …

당신이 신이라면, 사랑의 에로스 신 맞죠?

아닌가? 만약 신이 아니고 인간이라면,

정말 그쪽 부모 형제들은 복받은 분들이세요.

당신에게 젖을 물린 유모도 복받은 거라니까요. 헤헤헤 …

그녀는 괜히 몸을 배배 꼬며 눈웃음치다가, 드디어 거침없이 본론으로 들어가며 …

살마키스   저기 .. 혹시 여자 친구 있으세요?

결혼하려고 점찍어 놓은 여자가 있냐고요.

아아, 그 여자는 얼마나 행복할까!

근데, 난 그딴 여자가 있어도 상관없어요.

전 당신과 은밀히 즐기고 싶거든요.

만약 그런 여자가 없다면, 저와 결혼해 주시겠어요?

전 당신의 신부가 되고 싶걸랑요. 헤헤 ..

그러자 소년의 얼굴이 금방 빨개졌다. 그는 아직 사랑이 뭔지도 모르기 때문이었다. 소년의 뺨은 마치 햇살에 잘 익은 과수원의 붉은 사과나, 개기 일식 때에 발개지는 달의 색깔이 되었다. 소년이 멍 때리고 있자, 살마키스가 더 밀착해 앙탈 부리며 …

살마키스　　어서 내게 입맞춤해줘.

　　　　　　그냥 누나처럼 생각하고, 입맞춤해주란 말야, 응?

　　　　　　아이, 어서! 아이 ~ 잉 ~

　　그러며 그녀가 소년의 목을 껴안으려 하자, 소년이 기겁해 뿌리치며 ...

헤르마프로디토스　　지금 뭐 하는 거예요?

살마키스　　(놀라 얼른 떨어지며) 아니 .. 난 뭐,

　　　　　　누나처럼 .. 친하게 ..

헤르마프로디토스　　제가 여길 떠날까요? 아니면, 그쪽이 떠나 주실래요?

살마키스　　(겁먹고) 내가 가죠, 뭐.

　　　　　　알았어요. 가면 될 거 아냐? 홍칫뿅!

살마키스가 껴안자, 기겁하며 밀치는 소년 - 헌트 미술관　　　　몰래 숨어서 소년을 지켜보는 살마키스 - 빈 미술사

그녀는 돌아서서 가는 척했다. 그러다 힐끔 뒤를 돌아보더니, 후다닥 풀이 좀 우거진 숲속에 들어가 몸을 숨겼다. 그리고는 최대한 몸을 숙이고, 소년의 동정을 살폈다.

소년은 그녀가 안 보이자, 안도의 숨을 쉬더니 유유히 호수를 걸었다. 그리고 발끝에 찰랑찰랑 밀려오는 강물에 두 발을 담가보았다. 발을 애무해 주는 강물의 감촉이 너무나 상쾌했다. 그러자 아예 옷을 훌러덩 벗어던졌다.

이때였다. 소년의 아름답고 멋진 알몸이 햇빛에 반짝이자, 숲속에서 그것을 훔쳐보던 살마키스는 놀라 자빠지려 하며...

살마키스   흐악! 이게 웬 떡! 아니 아니. 이걸 어떡해?
          움마나! 어머 어머...!

그녀는 소년의 알몸을 보자, 몸이 불덩이처럼 뜨거워졌다. 어서 빨리 안아보고 싶어 미칠 것 같았다. 그러나 가까스로 자신을 진정시키며...

살마키스   아니야, 지금은 때가 아니야!

소년이 옷을 벗고 발을 담그자, 이를 몰래 지켜보며 몸이 달아올라 흥분하는 왼쪽의 살마키스 - 루브르 박물관

이윽고, 소년이 손으로 가슴을 찰싹찰싹 때리더니, 물속으로 첨벙 뛰어들어 헤엄치기 시작했다. 맑고 투명한 물에서 헤엄치는 소년의 모습은 마치 투명한 병안에 있는 상아 조각상이나 흰 백합 같았다. 그러자 살마키스는 참았던 환호성을 지르며 …

살마키스　　와아! 내가 이겼다, 내가 이겼어.
　　　　　　　넌 내 거야! 넌 이제부터 내 거라고. 앗싸 ~

　그녀는 괴성을 지르며, 옷이란 옷은 모두 훌렁 벗어던지고, 자기도 물속에 풍덩 뛰어들었다. 그러더니 반항하는 소년을 붙잡아, 싫다며 뿌리치는데도 입을 맞추고 … 손이 밑으로 들어가고 … 가슴과 온몸을 더듬기 시작했다.

살마키스　　넌 내 거야! (소년이 달아나자) 어디 가는 거야? 가지 마, 응? 헤헤헤 …

　그녀는 소년이 도망가면, 따라붙고 … 따라가면, 도망가고 … 또 이쪽에서 저쪽으로, 저쪽에서 이쪽으로 … 계속 달라붙었다.

소년이 밀치고 도망가면, 이쪽에서 저쪽으로 계속 달라붙으며 들이대는 살마키스 - 카포디몬테 박물관

하나의 육체가 된 두 사람

마침내, 그녀는 도망가는 소년을 붙잡아, 자신의 몸으로 칭칭 감았다. 그 모습은 마치 담쟁이덩굴이 나무를 감는 것 같았고, 문어가 잡은 먹이를 수많은 촉수로 꽉 조일 때와 같았다. 소년이 있는 힘을 다해 저항했지만 소용없었다. 저항하면 할수록, 살마키스는 온몸을 소년에게 더 밀착시키며...

살마키스 이 바보, 멍청아! 아무리 발버둥 쳐도 빠져나가지 못할걸?

오오.. 신들이여! 제발 우리를 함께 있게 해주소서.

우리 두 사람이 서로 떨어지지 않게 해주소서.

신들은 기도를 들어주었다. 그녀가 기도를 마치자, 두 몸이 합쳐지더니 하나의 몸이 되었다. 이제 소년은 남자라고 할 수도 없고, 여자라고 할 수 없는 하나의 육체, 즉 반은 남자고 반은 여자인 반남 반녀가 되었다.

소년은 물에 비친 자기 모습을 보았다. '헉!' 호숫물이 자신을 반쪽짜리 남자로 만들어 놓다니! 소년은 점점 자기 몸이 여자처럼 연약해지는 것을 느끼며, 하늘을 향해 기도를 올렸다. 그러나 그 목소리는 이미 남자의 우렁찬 목소리가 아니었다.

헤르마프로디토스 사랑하는 아버지, 헤르메스여! 어머니, 아프로디테여!

두 분 이름을 같이 쓰는 제 기도를 들어주십시오.

이제 누구든 이 호수에 들어온 남자는,

반쪽짜리 남자가 되어 나오게 해주시고,

이 호수에 닿는 즉시, 몸을 연약하게 해주소서.

기도를 들은 헤르메스와 아프로디테는 양성(兩性)이 된 아들의 소원을 들어주었다. 두 분 신이 그 호수에 요상한 약을 뿌리자, 그때부터 살마키스 호수는 그런 마력을 지닌 호수가 되었다 한다.

에필로그

반남반녀 (半男半女)는 어떻게 해서 생기는 걸까?

'헤르마프로디테 Hermaphrodite'는 단어 자체가 그리스어로 '자웅동체 (雌雄同體)', 즉 '반음양, 반남반녀(半男半女)'란 뜻이다. 의학 용어론 '인터섹스 intersexed'라 하며, 순수 우리말로는 '남녀추니, 어지자지(양발을 번갈아가면서 제기 차는 방법에서 유래)'라고 부른다.

그럼 이런 자웅동체, 반남반녀는 어떻게 해서 생기는 걸까? 의학 사전을 찾아보니까 이렇다! 인간의 성 염색체 중에 XY면 남성, XX면 여성이 된다고 한다. 태아의 성별이 결정이 되는 시기는 수정 직후인데, 실제로 생식기가 만들어지는 시점은 임신 후 8주경부터다.

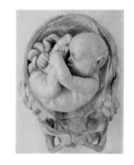

이때 남자는 성 결정인자에 의해 남자 생식기가 만들어진다. 그런데 이 과정이 제대로 안되면, 태아는 남자 염색체라도 여성 생식기를 함께 가진 상태로 태어난다. 일종의 유전자 이상이나 호르몬 불균형으로 일어나는 현상이란다.

태아 - 갈릴레이 박물관

헤르마프로디토스는 자웅동체, 그러니까 남자도 아니면서 여자도 아닌, 한 몸에 남성과 여성의 생식기를 모두 가진 케이스다. 한번 루브르 박물관, 피렌체의 우피치 미술관, 로마의 보르게세 미술관 등을 가보시라! 거기에 많은 이들의 발걸음을 멈칫하게 하는 조각상이 있다. 바로 다음 페이지의 헤르마프로디토스의 누워 있는 조각상이다.

이 작품을 본 관람객은 흠칫 놀라기도 하고, 신기해하는 등등 .. 각각 미묘한 반응을 보이는 이유가 있다. 바로 머리를 돌리고 있는 쪽은 분명히 가슴이 있는 여성인데, 반대 쪽은 남자의 생식기가 달려있기 때문이다. 헤르마프로디토스 신화를 모르면 생뚱맞은 이상한 조각이지만, 이 신화를 알고 보면 느낌이 사뭇 다르다고나 할까?

엎드려 누워있는 헤르마프로디토스
뒤태를 보면 가슴도 있고, 영락없는 여성이다
보르게세 미술관

그런데 옆쪽을 보면 남녀 생식기가
모두 달려있는 반남반녀인 헤르마프로디토스
보르게세 미술관

양쪽의 판 신이 보는 가운데, 엎드려 누워있는 헤르마프로디토스
판 신의 아들이란 설도 있다
보르게세 미술관

사랑해서는 안 되는 금지된 사랑 이야기

비블리스 눈물

프로크네 자매의 복수

아버지를 사랑한 미르라

아프로디테의 사랑 아도니스

비블리스 눈물

등장 인물

비블리스 : 밀레토스 공주 (카우노스 여동생)

카우노스 : 밀레토스 왕자 (쌍둥이 오빠)

   이 줄거리는 쌍둥이 여동생이 자기 오빠를 사랑해서 벌어지는 이루어질 수 없는 사랑 이야기다. 세상에는 허용된 사랑이 있고, 해서는 안 될 금지된 사랑이 있다. 그런데 그만 여동생이 자기 친오빠를 좋아하고 사랑한 것이다.

친오빠를 사랑한 비블리스

   지금의 터키 서남쪽의 밀레토스에, 아름다운 '비블리스 Byblis'와 잘생긴 '카우노스 Caunus'란 쌍둥이 남매가 있었다. 이란성 쌍둥이 남매인 이들은 공주와 왕자였다.

   그런데 여동생이 사랑해선 안 될 사람을 사랑하고 말았다. 자기 오빠에게 정도를 넘는 연정을 품은 것이었다. 그렇다! 그녀는 세상 사람들에게 해서는 안 될 사랑을 가르쳐주었던 것이다.

카우노스와 비블리스 남매

비블리스도 처음에는 자신이 사랑에 빠져있는지를 알지 못했다. 가끔 오빠에게 입을 맞추고 목을 껴안았지만, 그런 표현은 흔히 남매간에 하는 우애의 표현이라 생각했다. 그러나 그녀의 사랑은 차츰 빗나가 점점 도를 넘기 시작했다.

비블리스　　아 참! 오빠를 만나러 가는 데 이러고 갈 순 없지.
　　　　　　어떤 예쁜 옷을 입고 오빠를 만날까?

그녀는 예쁘게 몸을 치장해야 오빠를 만나러 갔고, 좀 과하다 싶을 정도로 오빠한테 예쁘게 보이기를 원했다. 또한 오빠와 만날 때, 예쁜 여자라도 있으면 삐치고 질투했다. 어느새 그녀의 마음속엔 오빠에 대한 사랑이 강렬히 불타고 있었다.
　이윽고, 그녀는 호칭도 남매란 것을 싫어하고, 마음속으론 오빠를 여보라고 불렀다. 또 오빠가 자기를 누이라고 부르기보다는 그냥 친하게 비블리스로 부르길 원했다.

그녀는 낮엔 불순한 욕정을 품지 않았다. 그런데 밤에 잠들면, 오빠와 사랑을 나누는 꿈을 꾸곤 했다. 꿈속에서 오빠 품에 안긴 자신의 모습을 보고, 꿈에서도 얼굴을 붉혔다. 그러다 잠이 깨면, 한동안 멍하니 누워 꿈에서 본 야릇한 장면이 떠올랐다.

비블리스　　아아 .. 나같이 불쌍한 애가 또 있을까?
　　　　　　대체 이런 꿈이 뜻하는 게 뭐지? 난 왜 자꾸 이런 꿈을 꾸는 거지?
　　　　　　이러다 실제로 그런 일이 일어나는 거 아냐? 하긴, 일어나도 어쩌겠어.
　　　　　　(그러다 슬머시 미소를 지으며) 호호 .. 그래.
　　　　　　누가 봐도 오빠가 미남인 것은 사실이고, 나도 오빠가 마음에 들어.
　　　　　　만일 내 친오빠만 아니라면, 그를 사랑할 수 있었을 테지?
　　　　　　그는 나와 딱 어울리는 상대였겠지?
　　　　　　(그러다 한숨을 푹 쉬며) 하지만, 난 불행히도 그의 동생이야.

뭐, 깨어있을 때 그런 짓을 하지 않는다면,

가끔 꿈에서라도 그런 꿈을 계속 꾸었으면 좋겠어.

꿈에서는 증인도 없고, 또 쾌감을 못 느끼는 것도 아니니까 말야.

그러다 다시 꿈을 떠올리자 흥분되어 ...

비블리스   오, 아프로디테와 에로스 신이여! 난 꿈에서 얼마나 행복했던가.

얼마나 실감 나는 쾌락과 욕망에 사로잡혔던가.

난 정말 뼈마디가 모두 녹아내리는 것 같았어.

다시 생각만 해도 미칠 것만 같아.

카우노스여! 내가 이름을 바꿔 그대와 결혼할 수 있다면,

난 그대 아버지에게 좋은 며느리가 될 수 있을 텐데 ...

그대는 내 아버지에게 좋은 사위가 될 수 있을 텐데 ...

오, 신이여! 우리가 다른 것은 몰라도,

부모만은 같지 않게 해주었다면 좋았을 것을 ...

내가 다른 집에서 태어났으면 좋았을 것을 ...

아아, 누구보다 잘생긴 미남이여!

그대는 이제 다른 여자를 만나 아빠가 되겠죠?

하지만 난 불행하게 같은 부모한테 태어나,

그대는 나한테 계속 오빠로 남게 되겠죠?

그러다 갑자기 신들의 결혼이 생각나서 ...

비블리스   가만 .. 신들은 자기 누이를 아내로 맞았잖아?

'크로노스는 레아'를, 또 '오케아노스는 테티스'를,

'제우스는 헤라'와 결혼하지 않았던가!

자기 누나인 헤라와 결혼한 제우스. 그림은 이다산에서 제우스와 헤라가 다정하게 같이 있는 모습이다 - 앤드리스 렌즈 그림

그렇다! 태초에 신들은 부모와 자식, 형제와 자매들이 서로 결합하여, 지위와 역할을 확대해 갔다. 그러나 그것은 신들만의 법도였다.

비블리스   맞아! 하늘의 신에겐 그들만의 법도가 있어.

근데 난 왜 우리와 전혀 다른 신들의 법도를,

우리 인간과 똑같이 비교하려고 하는 거지?

(고개를 흔들며) 그래! 난 이 금지된 욕망을 몰아낼 거야.

오, 집착된 사랑아! 제발 내게서 멀리 꺼져라.

비블리스야! 넌 오빠를 사랑하되,

신이 허락한 범위에서만 사랑해야 해, 알았니?

그러다 그녀는 문득 이런 생각이 들었다. 혹시, 쌍둥이 오빠가 자기를 먼저 사랑하고 있을지도 모른다는 생각 말이다. 집착은 집착을 낳고, 착각은 자유라고 했던가?

비블리스   만약 오빠가 먼저 날 사랑하고 있었다면,

                    난 분명히 그의 유혹에 넘어가고 말았을 거야.

                    근데, 어차피 내가 그의 구애를 거절하지 않을 거라면,

                    왜 내가 먼저 구애하면 안 되는 거지?

                    (그러다 자신에게) 호호 .. 비블리스야!

                    너 정말 그에게 사랑한다고, 고백할 수 있겠니?

                    고럼, 고럼! 난 할 수 있고말고.

                    왜냐고? 내 사랑이 날 그렇게 시키니까.

                    근데 부끄러워 어떻게 고백하지? 그래, 바로 그거야.

                    비밀편지를 써서, 내 은밀한 사랑을 고백하는 거야.

침대에 턱을 괴고 앉아, 서판에 쓸 편지 내용에 대해 잔머리를 굴리는 비블리스 - 콘라드 비츠 그림

그녀는 혼자 북 치고 장구 치다, 그 방법이 마음에 쏙 들었다. 그래서 얼른 침대에서 일어나 턱을 괴더니 ...

비블리스   그래, 판단은 그쪽에 맡기자.

                난 이 불타는 미친 욕망을 꼭 고백하고 말 거야.

                음 .. 근데, 뭐라고 써야 하지?

그녀는 떨리는 손으로 서판〈書板: 나무 판에 초를 입힌 것으로 당시에는 종이가 없어, 편지를 이러한 형태로 썼다.〉에 적기 시작했다. 몇 번을 썼다가, 또 지우기를 반복했다. 그녀는 첫 서두를 〈그대의 누이가〉라고 적었다. 그러나 '누이'란 표현이 마음에 들지 않았는지, 쓱싹 지우고 편지를 써 내려갔다.

《그대를 사랑하는 사람이 그대 행복을 빕니다! 하지만, 전 그대가 받아주지 않으면, 행복하지 못할 거예요. 아아 ..! 정말 제가 누구라고, 이름을 밝히기 부끄럽네요.

내가 누군지 궁금하시죠? 내가 바라는 것이 뭐냐고요? 제가 바라는 것은 내 이름을 밝히지 않고, 내 소원이 이루어지기 전까지 제가 비블리스란 게 알려지지 않는 거예요. 호호호 ...

그대는 내가 당신 때문에 얼마나 마음의 상처를 받고 있는지 알고 있을 거예요. 창백하고 여윈 내 얼굴, 눈물로 글썽이는 두 눈, 이유 없이 내쉬는 한숨, 또한 빈번한 입맞춤! 당신은 알고 있나요? 내 입맞춤이 보통의 누이들과 다르다는 것을요.

그래요! 저는 지금 마음속에 불같이 뜨거운 욕망이 불타오르고 있어요. 맹세코 저는 마음을 다스리려, 정말 안 해본 것이 없어요. 이 불쌍한 소녀는 사랑의 큐피드 화살에서 벗어나려고, 한동안 홀로 싸워왔지요. 정말 한 소녀가 인내하기에는 너무 힘들었지만, 저는 참고 또 참아왔어요. 하지만 이제는 백기를 들려 합니다. 그래서 이렇게 그대에게 도움을 청하려 하는 것이고요.

이제는 사랑하는 그대만이 나를 살릴 수 있고, 그대만이 날 죽일 수 있습니다. 어떻게 할 것인지 그대가 선택하소서!

그대여! 난 그대의 적이 아니랍니다. 그대와 더 가깝고 싶고, 좀 더 확실한 인연으로, 맺어지길 바라는 계집이지요. 세상의 법도요? 무엇이 허용되고, 또 옳고 그른 지, 그딴 고리타분한 법도는 노인들이나 지키라고 하세요. 우리 세대는 부모들 세대와는 달리, 솔직한 사랑이 어울리지 않나요?

이제는 완고한 아버지도, 소문에 대한 두려움도, 결코 우리를 가로막지 못할 거예요. 그대여! 만일 그런 게 마음에 걸리면, 남매란 이름으로 살짝 가리면 되는 거 아닌가요? 그러면 우린 사람들 앞에서도 자유롭게 얘기하고, 포옹해도 상관없을 거예요. 그만하면 부족한 게 없지 않나요?

그대에게 사랑을 고백하는 이 계집을 불쌍히 여기세요! 당신을 향한 불타는 욕망이 없었다면, 이런 고백도 하지 않았을 거예요. 이 소녀를 가엾게 여기소서! 만약에 그대가 내 사랑을 거절하면, 전 죽겠습니다! 제 묘비에 저를 죽인 자로, 당신의 이름이 새겨지는 일이 없도록 하소서! >>

편지가 완성되자, 그녀는 자기 이름이 새겨진 보석 반지로 도장을 찍었다. 침을 발라 찍으려 했지만, 입이 말라 있었다. 그래서 눈물에 적시어, 꾹 눌러 찍었다. 그리고 남자 하인 한 명을 불러...

비블리스   나의 가장 믿음직한 하인아!

　　　　　이 편지 좀 전해줄래? 나의 ...

그러며 한참 동안 망설이다가 말을 이었다.

비블리스   나의 .. 오라버니께!

그녀가 서판을 하인에게 주려 할 때였다. 그런데 그만 서판이 손에서 미끄러지더니, 바닥에 쿵 하고 떨어졌다. 왠지 전조가 불길했다. 그러나 그녀는 그냥 서판을 오빠에게 보냈다.

　　하인이 서판을 전달하자, '카우노스'는 후루룩 내용을 읽다가 벌컥 화를 내며, 서판을 바닥에 내던져 버렸다. 그리고는 벌벌 떨고 있는 하인의 멱살을 확 비틀며…

카우노스　이런 더러운 자식! 어디서 추잡한 뚜쟁이 짓이야?

　　　　　　(그러다 멱살을 놓아주며) 자, 이놈아!

　　　　　　어서 도망칠 수 있을 때 도망쳐라.

　　　　　　널 당장 죽이고 싶지만, 내 손을 더럽히고 싶지 않다.

　　　　　　다음에 또 이딴 짓 하면, 그땐 죽을 줄 알아. 알았냐?

　　겁먹은 하인은 그 즉시 도망쳐, 비블리스에게 고대로 전했다. 그녀는 단칼에 퇴짜를 맞자, 얼굴이 창백해지며 온몸을 떨었다. 그러다 한숨을 푹 쉬며…

비블리스　어휴! 내가 이렇게 당해도 싸지, 싸.

　　　　　　내가 어쩌자고, 경솔하게 내 마음을 드러냈지?

　　　　　　어쩌자고 하지 말아야 할 얘기까지, 서둘러 편지를 써 보냈지?

　　　　　　(자책하며) 이런 바보, 멍청이!

　　　　　　그냥 한번 슬쩍 마음부터 떠봤어야 했는데 말이야.

　　　　　　(그러다 문득) 맞아! 아까 서판이 바닥에 떨어지며 경고했잖아.

　　　　　　그때 내 희망도 깨질 거란 불길한 징조였는데,

　　　　　　왜 그때 내가 그걸 간과해 버렸지?

　　　　　　편지를 다른 날에 보내든가, 아니면 계획을 달리해야 하지 않았을까?

　　　　　　그래! 역시 날짜를 연기했어야 했어.

　　　　　　신이 나한테 경고하며, 전조까지 보내주셨는데 말야.

그녀는 편지를 전달하는 방법이 잘못되었다고 판단했다. 그래서...

비블리스   역시 직접 만나 말해야 했어.

편지로 마음을 전할 게 아니라,

직접 만나서 내 미친 욕망을 고백해야 했어.

그럼 그는 사랑하는 여인의 눈물을 보았을 거고,

난 편지보다 더 많은 고백을 할 수 있었을 텐데...

거절하면 죽는 시늉을 하며, 또 그의 발목을 잡고,

엎드려 살려 달라고 애걸할 수 있었을 텐데...

(그러다) 근데 혹시, 내가 보낸 하인이 실수한 건 아닐까?

어쩌면 하인이 그에게 서툴게 접근했거나,

분위기 파악 못하고, 편지를 불쑥 전한 건 아닐까?

맞다, 맞아! 그래서 실패했던 거야.

그의 마음이 뭐, 무쇠나 바위도 아닐 텐데 말야.

이번엔 하인이 제대로 역할을 못했다고 생각했다. 그래서 다시 용기를 내며...

비블리스   그래! 다시 시도해 봐야겠어. 난 반드시 그를 정복하겠어.

내가 숨 쉬고 있을 때까지, 꼭 쟁취하고야 말겠어.

만약 내가 여기서 포기하면, 그는 내가 변덕을 부렸거나,

자기를 시험해 보았거나, 덫을 놓았다고 생각할 거야.

사실 내 이 불타는 욕망은 사랑의 신이 시킨 것인데,

그는 내가 애욕의 노예가 되어 그런 줄 알 거라고!

그래! 난 이미 편지로 고백했고, 내 욕망도 드러냈어.

내가 여기서 그만둔다 해도, 어차피 사람들은 날 나쁘게 생각할 거야.

좋아! 이왕 시작한 이상, 끝까지 한번 가보는 거야.

사랑에 눈먼 그녀는 다시 구애를 시도했다. 그러나 불행하게도 계속 퇴짜를 맞았다. 구애하면 퇴짜 맞고 … 또 들이대면 거절당하고 … 계속 대시해도, 계속 퇴짜를 맞았다.

그녀의 구애가 끝이 없자, 마침내 카우노스는 중대 결심을 했다. 남매 간의 사랑이란 죄악에서 벗어나기 위해, 밀레토스를 떠나서 멀리 다른 나라로 갔다. 그리고 그 새로운 땅에 카우노스란 새 도시를 세웠다.

비블리스가 계속 구애하자, 멀리 밀레토스로 달아나는 카우노스

오빠가 자신을 피해서 달아나자, 비블리스는 제정신이 아니었다. 실성한 그녀는 옷을 박박 찢더니, 가슴을 팍팍 치면서 통곡했다. 그러다가 그녀는 점점 상태가 나빠져, 이젠 사람들이 보는 데서 마구 미쳐 날뛰었고, 자신의 금지된 사랑을 사람들에게 고백하고 다녔다.

비블리스는 오빠를 찾아, 온 세상을 헤매고 다녔다. 괴성을 지르며 들판을 지나, 험한 산과 강을 건너, 수많은 나라를 찾아다녔다. 그러다 결국, 렐레게스족의 나라에서 지쳐 쓰러졌다. 그녀의 머리카락은 땅에 흘러내렸고, 얼굴은 낙엽 속에 파묻혔다.

그곳 요정들은 때로는 그녀를 일으켜주고, 때론 그녀에게 상사병을 고치라며 위로와 충고도 해주었다. 하지만, 그녀 귀엔 아무것도 들리지 않았다. 비블리스는 말없이 누워 풀을 움켜쥔 채, 그저 시냇물처럼 줄줄 흐르는 눈물로 풀밭을 적시고 있었다.

전하는 전설에 따르면 … 물의 요정들은 끊임없이 흐르는 그녀의 눈물을 위해, 결코 마르지 않는 눈물길을 만들어 주었다 한다.

비블리스는 그렇게 하염없이 눈물을 흘리다, 결국엔 자기 눈물에 녹아 샘으로 변하고 말았다. 이 눈물의 샘이 바로 '비블리스 샘'이다. 그녀의 이름이 붙여진 이 샘은 지금도 그곳 떡갈나무 밑에서 솟아오르고 있다.

에필로그

눈물을 흘리다 흘리다가, 결국 눈물샘이 되었다는 비블리스 이야기! 이 이야기는 남매 간의 이루어질 수 없는 사랑보다는 이루어지면 안 되는 사랑 이야기다.

그리스 로마 신화에서는 이 밖에도 이루어질 수 없는 사랑, 아니 이루어지면 안 되는 섬뜩한(?) 이야기가 많다. 다음 이야기도 바로 그런 신화다.

하염없이 눈물을 흘리다가 샘이 되는 비블리스 - 부게로 그림

프로크네 자매의 복수

등장 인물

테레우스 : 트라키아 왕
프로크네 : 그의 아내 (왕비)
이티스 : 테레우스와 프로크네의 어린 아들
필로멜라 : 프로크네 여동생 (아테네 공주)
판디온 : 아테네 왕

이 이야기는 형부가 처제를 좋아해서 벌어지는 사건으로, 역시 금지된 사랑이야기다.

불길한 결혼 징조

트라키아(또는 트라케)는 옛날 그리스와 터키 사이에 있었던 매우 호전적인 나라로, '테레우스 Tereus'가 왕이었다. 그는 한때 아테네가 야만족의 침입으로 가장 위태로울 때, 아테네를 도와 야만족을 물리침으로써 널리 이름을 떨쳤다.

그 후, 아테네 왕 '판디온 Pandion'은 그의 재산과 막강한 군사력 때문에, 그를 자신의 두 딸 중에서 장녀인 '프로크네 Procne'와 결혼시켜 사위로 삼았다. 이런 혼인을 일종의 정략결혼이라고나 하나?

판디온 사위! 부디, 내 딸을 행복하게 해주게.

결혼의 신 히멘 - 러시아 국립 미술관 　결혼의 신 히멘과 에로스 - 러시아 국립 미술관 　에로스와 히멘 - 빅토리아 알버트

　그러나 이들 두 사람의 결혼식에는 가정의 여신 '헤라'도, 결혼의 신 '히멘 Hymen'도, '삼미의 여신들'도 참석하지 않았다. 그 대신, 무서운 '복수의 여신들' 만이 장례식장에서 붙여온 횃불을 들고 나타났다.

　이뿐 아니었다. 첫날밤, 신혼 방 지붕에는 불길한 징조의 새인 올빼미 한 마리가 밤새 앉아있었다. 그 불길한 징조는 이들이 결혼할 때도 나타나더니, 첫 아들이 태어날 때도 다시 나타났다.

　트라키아 사람들은 이런 불길한 예감도 모르고 왕과 왕비의 결혼을 축하하며, 신에게 감사의 기도를 올렸다. 또한 두 사람이 결혼한 날과 왕자인 '이티스 Itys'가 태어난 날을 명절로 삼아 축제를 벌였다. 하기야, 한 치 앞을 내다보지 못하는 인간이 무엇이 좋은지 나쁜지 어찌 알겠는가!

동생이 보고 싶어요!

어느새, 왕과 왕비가 결혼한 지 5년이라는 세월이 흘렀다. 어느 날, 왕비 '프로크네'는 남편에게 애교를 부리며 ...

프로크네   여봉! 여동생이 보고 싶어 미치겠어요.

저를 사랑한다면, 제가 동생을 보러 친정에 가게 해주든지,

아니면, 동생이 이곳에 오게 해주세요.

친정아버님께는 곧 돌려보내겠다고 말씀드리고요.

제가 동생을 볼 수 있다면, 제게 큰 선물이 될 거예요.

테레우스는 아내가 부탁하자, 즉시 배를 준비시켜 아테네 항구에 도착했다. 장인과 사위는 왕궁에서 만나, 서로 악수하며 안부를 주고받았다. 여기까지는 그래도 좋았다. 테레우스는 장인에게 용건을 말하며 ...

테레우스   장인어른! 제가 찾아온 용건은 다름이 아니라,

제 아내가 여동생을 보고 싶다고 부탁을 하지 뭡니까?

처제를 저와 함께 저의 나라로 가게해 주신다면,

빠른 시일 내에 금방 돌려보내겠습니다.

이때였다. 처제 '필로멜라 Philomela'가 화려하고, 우아한 옷차림으로 방에 들어왔다. 그녀는 정말 아름다웠다. 물의 요정이나 나무 요정이 숲을 걸을 때의 모습이라고 할까? 너무 아름다운 그녀를 보자, 테레우스는 숨이 막히는 듯 ...

테레우스   아, 안녕 .. 처제!

필로멜라   (인사하며) 안녕하셨어요, 형부!

필로멜라와 프로크네 자매. 리라를 든 왼쪽이 동생 필로멜라고, 디오니소스 신자인 프로크네는 탬버린을 들고 있다.

잘못된 욕망

테레우스는 처제를 보는 순간, 욕망의 불길이 활활 타올랐다. 원래 트라키아 사람들은 여자를 밝혔다. 그는 그렇게 그 나라 기질과 자신의 타고난 욕정에 자극받아, 부도덕한 욕망이 타올랐던 것이다. 테레우스는 마음속으로...

테레우스   아아.. 내가 할 수만 있다면 내 나라를 몽땅 걸고,

그녀의 시녀와 유모를 매수해, 엄청난 선물로 유혹하고 싶구나.

(그러다) 근데 내가 만약 처제를 납치하면,

두 나라는 피비린내 나는 전쟁이 벌어지겠지?

아아.. 내가 그 전쟁에서 그녀를 지켜주고 싶군.

그는 미친 사랑의 포로가 되어, 그녀를 차지하기 위해서는 못할 것이 없을 거 같았다. 그렇게 그의 욕망은 점점 제어할 수 없었고, 더 이상 미룰 수 없었다. 그는 아내가 했던 말을 생각하며, 아내를 핑계 삼아 자신이 원하는 것을 이루려 했다. 사랑이라는 이름은 그를 달변으로 만들었다. 그는 장인에게 …

테레우스   거듭 말씀드리지만, 처제를 저와 함께 보내 주십시오.
제 요구가 너무 지나치다고 생각하십니까?
하하하 … 그건 제 아내 뜻입니다.
(눈물까지 흘리며) 장인어른! 이렇게 엎드려 부탁드립니다. 흑흑흑 …

그는 생쇼를 하며, 마치 그것도 아내가 시킨 것처럼 눈물까지 흘리면서, 간청하고 또 간청했다. 그러자 사람들은 이자의 흉악한 계획도 모르고, 그를 애처가라고 칭찬했다. 왕이 망설이고 있을 때였다. 그때 처제가 아버지 목을 끌어안으며 …

필로멜라   아빠! 형부를 따라가서 언니를 만나게 해주세요.
언니를 보면, 전 너무너무 행복할 거예요.
(아빠에게 입 맞추며) 아빠 ~, 제발요 ~~

처제가 장인 목을 두 팔로 안고 입 맞추자, 그것을 본 테레우스는 더욱 뜨거운 욕망이 솟구쳤다. 그는 이미 그 순간, 그녀를 마음속으로 껴안았다.

테레우스   (속으로) 아아 .. 내가 그녀의 아버지라면 얼마나 좋을까!

마침내 왕은 딸과 사위 부탁에 굴복했다. 그러자 처제 필로멜라는 뛸 듯이 기뻐하며, 아버지에게 수없이 고마워했다. 그러나 그것이 두 자매에게 파멸을 가져올 줄은 꿈에도 모르고 있었다.

그날 저녁, 궁에서는 잔치가 벌어졌고, 잔치를 마치자 모두 잠자리에 들었다. 그러나 테레우스는 잠을 이룰 수 없었다. 그의 머릿속에는 처제의 얼굴과 몸짓이 어른거렸고, 자신이 아직 보지 못한 그녀의 다른 것들을 자기 멋대로 상상하느라, 까만 밤을 하얗게 지새웠다.

다음 날 아침, 판디온 왕은 떠나는 사위 손을 잡고 눈물 흘리며…

판디온　　이보게 사위! 내 자네의 신의와, 장인과 사위라는 우리 관계와,

또 하늘의 신들을 증인 삼아 간절히 부탁하네만,

부디, 이 아이를 아버지처럼 보살펴 주게나.

그리고 이 녀석을 빨리 돌려보내 주게.

난 이 녀석을 보는 낙으로 사니까 말야.

아마 난 하루가 일 년처럼 길게 느껴질 걸세.

(그리고는 딸에게) 그리고 필로멜라야!

너도 이 아비를 사랑하거든, 되도록 빨리 와라.

네 언니가 멀리 사는 것만으로, 충분하니까 말이야. 알았지?

왕은 딸에게 입 맞추더니, 두 사람에게 약속의 맹세로 손을 달라 하여 꼭 쥐며…

판디온　　참, 사위! 우리 큰딸과 손자에게 꼭 안부 전해 주게.

왕은 간신히 잘 다녀오라고 마지막 작별 인사를 했다. 그렇다! 왕은 왠지 모를 불길한 예감이 들었던 것이다.

테레우스의 겁탈

잠시 후, 배가 육지에서 멀어지자, 테레우스는 야만인처럼 기뻐 환호성을 질렀다.

테레우스　우하하 … 내가 이겼어.

　　　　　원하고 원했던 그녀가 한배를 타고 있으니 말야.

　이윽고, 배가 트라키아의 해안에 도착하자, 테레우스는 처제를 깊은 숲속의 담이 높은 외양간에 가두었다. 그러자 새파랗게 질린 필로멜라가 무서워 벌벌 떨며 …

필로멜라　형부, 왜 이러세요?

　　　　　대체 여긴 어디고, 우리 언니는 어디 있는 거죠?

　그때 테레우스는 그녀를 힘으로 겁탈하기 시작했다. 필로멜라가 저항하며, '아버지, 언니, 도와주세요! 신들이여, 제발 도와주세요!' 그러며 소리쳤지만, 아무 소용 없었다.

　얼마 후였다. 그녀는 잃었던 정신이 돌아오자, 헝클어진 머리를 쥐어뜯으며 …

처제 필로멜라를 겁탈하려는 테레우스 - 16세기 동판화

필로멜라　이 야만인! 잔인하고, 악독한 놈아!

　　　　　대체 내게 무슨 끔찍한 짓을 한 거야, 응?

　　　　　네놈은 아버지가 날 보내며 하신 부탁과 눈물도,

　　　　　우리 언니와 했던 혼인 서약도 잊었단 말이야?

　　　　　넌 모든 것을 엉망으로 만들어놓았어, 알아?

　　　　　난 이제 내 언니의 원수가 되었고,

　　　　　넌 우리 자매를 한꺼번에 농락해 버렸구나. 흑흑흑 …

테레우스　…

필로멜라   이 배신자야! 차라리 어서 날 죽여라.

차라리 날 죽여 놓고, 그딴 짓을 했더라면 좋았을 것을 ...

그랬으면, 내 영혼만은 죄에서 벗어날 수 있었을 것을 ...

하지만 하늘의 신들께서 이 광경을 보셨다면,

넌 언젠가 반드시 죗값을 받을 것이다.

오냐! 난 부끄러움을 무릅쓰고라도, 네놈이 한 짓을 폭로할 것이다.

언젠가 기회가 오면, 너의 만행을 온 백성에게 알릴 거다. 알았냐?

그 순간, 테레우스는 그녀 말에 화가 나기도 했지만, 폭로되는 것이 두려웠다. 그래서 허리에 차고 있던 칼을 뽑더니, 그녀의 두 팔을 뒤로 비튼 다음, 긴 머리로 팔을 묶었다. 필로멜라는 칼을 보더니, 이젠 죽을 수 있겠구나 싶어 목을 들이대며 ...

필로멜라   그래! 자 어서 날 죽여라, 이놈아.

(목 놓아 소리치며) 아버지 ~ 아버지 ~~

그녀가 아버지 이름을 부르며 악을 쓰자, 테레우스는 그녀 혀를 손으로 잡더니, 칼로 싹둑 잘라버렸다. 그러자 남은 혀뿌리는 입안에서 떨고 있었고, 잘려 나간 혀는 땅 위에 꿈틀대며 아직도 못다 한 말을 하고 있었다.

도저히 믿기지 않겠지만 ... 잔인한 테레우스는 그따위 만행을 한 후에도, 자기 욕정을 채우기 위해 그녀를 몇 번 더 겁탈했다고 한다.

잔인하게 필로멜라의 혀를 잡아
칼로 자르려는 테레우스

테레우스는 그런 만행을 저지르고, 아무렇지 않은 듯 뻔뻔하게 궁의 아내를 찾아갔다. 그러자 아내는 남편이 혼자 돌아온 것을 보고 의아해하며 ...

프로크네   아니, 여보! 제 동생은요? 제 동생은 어떻게 하고 혼자 오셨어요?
테레우스   여보! 사실은 그게 말이야 ...

그는 괴로운 듯 신음하며, 처제가 그만 불의의 사고로 죽었다며 핑계를 댔다. 아내를 믿게 하려고 눈물까지 흘리며 말이다. 프로크네는 동생의 비보를 듣자, 입고 있던 황금 비단옷을 찢고, 검은 상복으로 갈아입었다. 그리고는 동생의 텅 빈 무덤을 만들고, 펑펑 울며 제사를 지냈다.

베틀로 수놓은 편지

그로부터 1년이라는 세월이 흘렀다. 그럼 필로멜라는 어떻게 되었을까? 그녀는 계속 감시병이 굳게 지키는 외양간에 갇혀있었다. 그 외양간은 높은 담으로 되어있어 도저히 탈출이 불가능했고, 또 그녀는 혀가 잘려 말을 할 수 없기 때문에, 자신이 당했던 일을 알릴 수도 없었다.

그러나 역경은 사람을 강하게 만들고, 궁하면 통한다고 했던가? 필로멜라는 머리를 썼다. 그러니까 베틀에 실을 걸고, 흰 바탕 천 위에 자신이 당한 끔찍한 일을 글자로 짜서 넣었다. 그리고 천이 완성되자, 그것을 밀봉한 후 몸종에게 몰래주며 ...

필로멜라   (손짓 발짓으로) 이것을 왕비님께 꼭 전해 주게, 꼭!

부탁받은 몸종은 안에 내용이 뭔지도 모른 채 왕비에게 전했다. 왕비는 무심코 천을 펼쳐보았다. 그런데 ... 그런데 ... '허 ~ 억!' 죽은 줄 알았던 동생이 살아있고, 또 동생의 끔찍한 사연이 구구절절 천에 쓰여 있는 것이 아닌가!

그녀는 아무 말도 하지 않았다. 아니, 할 수 없었다. 너무 고통스러워 말문이 막혔고, 너무 분한 마음에 무슨 말을 해야 좋을지 몰랐다. 그녀는 눈물조차 흘릴 시간이 없었다. 그녀가 내린 결론은 물불을 가리지 않는 복수였다.

언니와 동생의 해후

그날은 트라키아 여인들이 3년마다 한 번씩 여는 술의 신 '디오니소스 Dionysos' 축제 기간이었다. 밤중에 축제가 시작되자, 왕비는 광란의 축제 도구를 들고, 머리에는 포도 덩굴을 쓰고, 사슴 가죽을 옷 위에 걸치고, 또 어깨에는 창을 메고 궁을 나섰다. 왕비는 동생이 갇혀 있는 외양간에 도착하자, 고함을 지르며 ...

판 신의 동상 앞에서 춤과 연주로 광란의 축제를 벌이는 디오니소스의 신도들과 여사제 - 런던 내셔널갤러리 (푸생 그림)

프로크네 에우호이!

그런 신도 특유의 괴성을 지르며, 문을 박차고 안으로 들어갔다. 그녀는 어리둥절하는 동생에게 가져간 신도 옷을 입혔다. 그리고는 포도덩굴로 동생 얼굴을 가리고, 동생을 자신의 궁으로 데려갔다.

동생은 언니를 따라 궁 안에 오자, 그 저주받을 형부 집에 왔다는 사실에 벌벌 떨었다. 그때 언니가 동생을 껴안으며…

프로크네 동생! 내 불쌍한 동생아. 흑흑흑…

동생은 언니 얼굴을 똑바로 보지 못했다. 자기가 언니 첩이라 생각했기 때문이었다. 동생은 시선을 바닥에 둔 채, 수화로 자신의 의사를 전했다. 자기는 어쩔 수 없이 폭력에 의해 강제로 겁탈당한 것이며, 하늘의 신들을 증인으로 부르려 했다.

그러자 언니는 그딴 만행을 저지른 자에 대한 분노가 더욱더 치밀어 올랐다. 동생이 펑펑 눈물을 흘리자, 언니는…

프로크네 동생, 눈물 흘리지 마라! 지금은 눈물 흘리고 있을 때가 아니다.
　　　　　지금은 그자에게 칼로 복수하거나,
　　　　　아니, 칼보다 더한 무기가 있으면, 그것을 써야 할 때다.
　　　　　동생! 난 지금 어떤 복수라도 할 각오가 되어있다.
　　　　　이 왕궁을 불 질러, 그자를 불속에 처넣거나,
　　　　　그자 혀를 자르거나, 눈을 뽑거나, 사지를 절단해 토막 내거나,
　　　　　그자 몸에 수천, 수만 가지 상처를 입혀, 추악한 영혼을 내쫓고 싶다.
　　　　　그래! 난 어떤 복수든 실행할 준비가 되어 있어.
　　　　　근데 그 복수를 어떻게, 또 무엇으로 할지,
　　　　　아직은 생각이 잘 떠오르지 않는구나!

이런 말을 하고 있을 때, 그녀의 5살짜리 아들 '이티스 Itys'가 방에 들어왔다. 그녀는 아들을 보는 순간, 한 가지 잔인한 복수가 떠올랐다. 그래서 아들을 곱지 않은 시선으로 바라보며 …

프로크네   넌 어쩌면 니 아비를 그렇게 쏙 빼다 박았니, 응?

그녀는 더 이상 말을 않고, 끔찍한 복수를 준비했다. 그때였다. 아들이 '엄마'하며 목을 껴안더니, 입 맞추며 응석 부렸다. 그러자 그녀 마음이 흔들렸다. 그 순간 분노가 꺾이며, 왠지 모를 눈물이 하염없이 흘렀다. 그녀는 잠시 모성으로 인해 자기 결심이 흔들리자, 얼굴을 아들에서 동생 쪽으로 돌렸다. 그리고는 두 사람을 번갈아 보며 …

프로크네   왜 한 명은 사랑스럽게 말하는데,
            왜 한 명은 혀가 잘려 말을 못하는 거지?
            왜 내 아들은 날 엄마라고 부르는데,
            왜 내 동생은 날 언니라 부르지 못 하는 거지?
            (그러다 결심한 듯) 그래, 판디온 딸아!
            테레우스 같은 자를 용서하는 건, 죄악이고 범죄다.

그녀는 아들을 확 끌고 방을 나섰다. 엄마가 자기를 으슥한 곳으로 끌고 가자, 아들은 직감적으로 자기에게 닥칠 운명을 예감했는지 비명을 지르며 …

이티스   엄마, 엄마 ~ (목을 껴안으려 하며) 살려주세 … 윽!

어머니는 아들의 가슴과 옆구리를 칼로 찔렀다. 그러자 옆에 있던 동생이 아이 목을 잘랐다. 그런 뒤, 자매는 아직 숨이 붙어있는 아이 몸을 해체하기 시작했다. 몸의 일부는 솥에 넣어 끓이고, 일부는 꼬치에 끼워 구웠다. 바닥엔 피가 시냇물처럼 흘렀다.

자신의 아들 고기를 먹은 테레우스

저녁때, 왕비는 남편 테레우스를 잔치에 초대했다. 남편에게는 반드시 혼자 참석해야 한다며, 시종과 하인들을 따돌렸다. 그 특별한 잔치는 자기 친정에 있는 고유 풍습으로, 남편만 참석할 수 있는 신성한 잔치라고 둘러댔다.

저녁 잔치에서, 테레우스는 혼자 식탁에 앉아 배불리 고기를 먹었다. 그러다 갑자기 아들 생각이 났는지...

테레우스   아우, 잘 먹었다! 하하하 ...
　　　　　 참, 여보! 내 아들, 이티스를 불러주겠소?

필로멜라가 피가 뚝뚝 떨어지는 이티스의 머리를 들고 불쑥 나타나자, 너무 놀라 뒤로 기겁하는 테레우스 - 루벤스 그림

프로크네   (잔인한 미소를 지으며) 이티스요?

　　　　　 당신이 찾는 아들은 .. 안에 있잖아요.

테레우스   (주위를 둘러보며) 무슨 소리야, 이 안에 있다니?

　　　　　 안에 아무도 없구면, 뭐! 허허 .. 사람 참.

　　　　　 (큰 소리로 아들을 부르며) 이티스 ~ 내 아들, 어딨냐?

　그때였다. 동생이 피가 뚝뚝 떨어지는 이티스 머리를 들고 쑥 나타나, 그자 얼굴에 휙 던졌다. 이때 그녀는 말 못 하는 자기 혀가 원망스러웠다. 보복 멘트도 같이 해주었다면, 얼마나 속이 시원할까 생각했다. 그때서야 테레우스는 사태를 직감하고 ...

테레우스   그럼 내가 .. 내 아들의 고기를?

　　　　　 (식탁을 확 밀치며) 에잇, 이 미친 것들!

　　　　　 오, 복수의 여신들이여! 이 잔인한 것들을 복수해 주소서.

　　　　　 (토해내려 안간힘 쓰며) 으으 .. 내가 할 수만 있다면,

　　　　　 이 가슴을 열고, 안에 있는 내 자식을 모두 토해내고 싶구나.

　　　　　 (흐느끼며) 내 아들의 무덤이 내 육신이 되다니 ...!

나이팅게일, 제비, 후투티 새의 전설

　분노한 테레우스는 긴 칼을 뽑더니, 도망치는 자매들을 미친 듯이 뒤쫓기 시작했다. 그런데 그때였다. 도망치던 자매는 문득 날개가 생겨, 하늘로 날아오르는 것만 같았다. 아니 같은 것이 아니라, 실제로 두 자매는 날개가 생겨 날아갔다.

　프로크네는 '나이팅게일'이 되어 숲으로, 동생 필로멜라는 '제비'가 되어 지붕 밑으로 들어갔다. 그래서 그랬나! 지금까지 이 새들의 앞가슴에는 살인 흔적이 지워지지 않아, 깃털이 피로 물들어 있다.

긴 칼을 들고 자매들 뒤를 쫓던 테레우스 역시, 새가 되었다. 그의 긴 칼은 긴 부리로 변했는데, 그 부리는 지나치게 길고, 뾰족이 튀어나와 있었다. 또 그의 머리는 긴 볏이 있는 새로 되었다. 이 새 이름은 '후투티'고, 이 새는 마치 금방이라도 싸우려고 무장한 모습을 하고 있다.

에필로그

이 이야기는 그리스 로마 신화 중에서 가장 끔찍한 신화 중에 하나다. 짐승만도 못한 테레우스가 처제를 겁탈해서 벌어지는 일련의 복수는 처참한 비극으로 끝난다.

그런데 테레우스가 자매를 죽이려 할 때, 자매를 새로 변신시켜 준 신은 가정의 여신 헤라라는 설이 있다. 헤라는 동생 필로멜라를 제비로, 언니 프로크네는 나이팅게일로, 변신시켜 준 것이다. 이 중에, 나이팅게일이 지저귀는 소리는 마치 엄마가 그녀의 아들 '이티스'를 부르는 소리와 비슷하다고 한다.

테레우스 역시 새가 되었는데, 우리에겐 좀 생소한 후투티란 새다. 이 새의 부리는 칼같이 길고 날카로우며, 머리에는 투구와 같이 화려한 볏이 돋아나있다.

마치, 금방이라도 싸울 것 같이 생긴 모습이 호전적인 테레우스의 모습이라고 할까?

후투티 - 빈 자연사 박물관

아버지를 사랑한 미르라

등장 인물

미르라　　：키프로스 공주
키니라스　：키프로스 왕 (미르라 아버지)
유모　　　：미르라 유모
데메테르　：대지, 곡물의 여신
아도니스　：미르라 아들

　이 이야기는 딸이 자기 아버지를 사랑해서 벌어지는 신화다. 그러나 이 이야기는 믿지 마시고, 세상에 이런 일은 없다고 생각하시라! 혹시 이런 일이 있을 수 있다고 생각하는 분들은 이 이야기의 주인공이 끔찍한 벌을 받았다는 것을 기억하기 바란다!

아프로디테 여신의 복수

　'키니라스 Cinyras'는 키프로스 섬의 왕이었다. 그에겐 '미르라 Mirrha'란 미모의 딸이 한 명 있었다. 그런데 한때 미르라는 자기 자신이 사랑과 미의 여신인 '아프로디테' 보다 더 아름답다고 자랑한 적이 있었다.

　이런 경우 그리스 로마 신화에서는 반드시 '아프로디테 Aphrodite'에게 보복을 당한다. 아름다움(美)은 그녀의 전매특허이기 때문이다. 아프로디테는 자신이 태어난 곳이자, 또한 자신의 신전이 있는 성스러운 성도(聖島)인 키프로스 섬에서 이 말을 듣더니 몹시 격분했다.

사랑과 미의 여신 아프로디테와 사랑의 큐피드 화살을 가진 그녀 아들인 연애의 신 에로스 – 우피치 미술관

그래서 여신은 즉시, 아들 '에로스 Eros'에게 사랑의 큐피드 화살을 쏘게 해 응징했다. 그런데 여신의 보복은 잔인하고도 끔찍했다. 미르라가 자신의 아버지를 사랑하게 만든 것이었다.

아버지를 짝사랑한 미르라

미르라는 절세미인이었다. 그래서 왕과 귀족뿐이 아니라, 수많은 젊은이가 앞다투어 청혼했다. 그러나 그녀는 어느 누구도 선택하지 않았다. 바로 자기 아버지를 사랑하고 있었기 때문이었다.

이런 시추에이션을 천륜을 거스른 금지된 사랑이라고 해야 하나? 사실 그녀 자신도 자신이 품고 있는 사랑이 사악하며, 잘못된 욕망이란 것을 알고 자기 자신과 싸웠다.

미르라   대체, 내가 무슨 생각을 하고 있지? 내 의도가 뭐지?

오, 신들이시여! 제발 부모와 자식 간의 도리를 생각하여,

저의 이 무모한 범죄를 막아주소서.

(그러다) 하지만, 제 사랑이 그렇게 용서받지 못할 죄인가요?

다른 동물은 부모와 자식이 마음대로 교접하지 않습니까?

암송아지는 자기 아비와 짝짓기 하고,

수말은 자기 딸을 아내로 맞기도 하고,

또 숫양은 자기 새끼 암양과 짝짓기도 합니다.

심지어, 새들은 자기 아비의 알도 낳지 않습니까?

아아 .. 그런 사랑이 허용되는 짐승은 행복하구나!

그런데 인간은 법을 만들어, 자연이 허락한 것을 금지하다니!

어디 그뿐인가? 어느 부족은 어머니와 아들이 결혼하고,

아버지와 딸이 결혼해, 가족 간의 유대를 공고히 한다는데,

아, 난 불행하구나! 그런 곳에서 태어나지 못했으니 말야.

그녀는 푸념을 늘어놓다, 다시 현실로 돌아와 ...

미르라   가만! 내가 왜 자꾸 그딴 생각을 하는 거지?

아아 .. 금지된 욕망이여! 어서 내게서 사라져라.

(그러다) 그래! 키니라스 왕은 훌륭하고, 사랑스러운 분이시지.

내가 딸이 아니라면, 그의 아내가 될 수 있었겠지?

하지만, 그분은 내 아버지라서 내 것이 될 수 없어.

아아 .. 가깝다는 것이 오히려 방해만 되는구나!

정말 이 추악한 욕망에서 벗어날 수 있다면,

이 나라를 떠나 멀리 도망가고 싶은데,

사악한 정염이 날 못 가게 잡고 있으니 어떡하지?

사악한 정염은 내게 속삭이고 있지.

미르라여! 그분을 전부 가질 수 없다면,

그저 가까이 보고, 만지고, 입 맞추라고 말야.

그러나 내가 그 이상은 더 바랄 수 없겠지?

그녀는 사악한 욕망을 피해, 멀리 도망치고 싶었다. 그러나 큐피드 화살을 맞아, 이미 돌이킬 수 없는 정염의 포로가 되어있었다. 그녀는 생각만 해도 끔찍한 듯 ...

미르라   이 불효막심한 것아!

네가 앞으로 얼마나 이름과 촌수를 혼동시킬지 아니?

한번 생각해 봐! 넌 어머니의 연적이 되고, 아버지의 첩이 되고,

오빠의 어머니가 되고, 또 네 아들의 누나가 되겠다는 거야?

이 바보야! 복수의 여신들이 무섭지도 않아?

그래, 미르라여! 아직 늦지 않았어.

육체의 죄를 범하지 않았을 때, 그딴 생각일랑 버리고,

자연의 법칙을 어기는 그런 금지된 사랑은 하지 마.

네가 아무리 원해도, 현실은 그걸 금하고 있단 말이야, 알아?

(한숨을 쉬며) 그래, 맞아! 그분은 경건하고 의로운 분이시지.

아아 .. 그분도 나와 같은 광기에 빠져있으면 좋으련만!

유모의 선택

한편, 아버지 '키니라스' 왕은 그런 줄도 모르고, 많은 구혼자들이 구름처럼 몰려들자, 누구를 선택해야 좋을지 몰랐다. 그래서 딸에게 구혼자들 이름을 일일이 불러주며 ...

키니라스   애야! 넌 이 중에 누구를 남편으로 삼았으면 좋겠니?

미르라   ...

그러자 미르라는 아무 말도 없이 아버지를 바라보다, 급기야 눈물을 흘렸다. 아버지는 그런 딸이 소녀다운 수줍음 탓이라고 생각했다. 그래서 울지 말라며 눈물을 닦아주고, 살짝 입을 맞추었다. 그러자 미르라는 너무 좋아했다. 그 모습을 보고는 아버지가 껄껄 웃으며...

키니라스 짜식, 수줍음 타기는! 얼른 말해 봐.
  넌 어떤 스타일의 남편이 마음에 들어?
미르라 아버지 같은 .. 남편이오!
키니라스 (의미를 이해 못 하고) 뭐, 나 같은 남편?
  허허허 ... 넌 역시 효녀구나.
  그래. 언제까지나 그렇게 효성이 깊었으면 좋겠구나!

그녀는 효녀와 효성이란 말에 고개를 푹 숙였다. 마음속에 죄의식을 느꼈던 것이다. 한밤중이었다. 그러나 미르라는 억제할 수 없는 욕정에 사로잡혀 밤새 잠을 뒤척였다. 밤새 광적인 욕망을 머릿속에 생각하다, 다시 절망하다, 때로는 그 욕망을 시험해 보고 싶었다. 그러나 어떻게 해야 그 욕망을 이룰 수 있을지, 방법은 알지 못했다.
  결국 그녀는 자신의 사랑의 끝은 죽음이란 결론을 내렸다. 죽지 않고는 어떤 마음의 평안도, 안식도 찾을 수 없었다. 그래서 그녀는 죽기로 결심하고 침대에서 일어나, 허리띠를 기둥에 걸친 다음, 둥그렇게 올가미의 매듭을 매며 ...

미르라 사랑하는 키니라스 왕이여! 안녕히 계세요.
  (매듭에 머리를 넣으며) 제가 죽거든, 부디 그 이유라도 아시길 바래요!

그때였다. 그녀의 중얼거리는 소리를 들은 사람은 유모였다. 문밖에서 방을 지키던 충직한 유모는 이상한 느낌에 방문을 열었다. 그런데 공주가 목을 매려는 것이 아닌가! 노파는 비명을 지르며 달려가, 얼른 올가미를 벗겼다.

늙은 유모　위매 시상에나! 이게 뭔 일이래유.

　　　　　　(껴안고) 아씨! 대체 왜 죽으려고 한 거에유?

미르라　　아아 .. 내가 꾸물거리지만 않았어도…

　그녀가 죽으려는 이유를 말하지 않자,
노파는 자신의 하얀 백발과 쭈글쭈글하게
시들어버린 젖가슴을 보여주며 …

늙은 유모　아씨!

　　　　　　지는 아씨가 태어나자마자,

　　　　　　이 젖가슴으로

　　　　　　아씨를 기른 사람이에유.

　　　　　　그 공을 생각혀서,

　　　　　　이유를 말씀해 주세유, 예?

젖가슴을 보이며, 죽으려 한 이유를 캐묻는 유모

　유모는 집요하게 조르고 또 졸랐다. 그러나 그녀가 마냥 울기만 하자, 유모는 비밀을
약속하며 …

늙은 유모　아씨! 지가 목숨 걸고, 아씨를 도울 께유.

　　　　　　그래유. 만약 아씨가 귀신 병에 걸렸다면,

　　　　　　약초와 주문으로 치료할 여자도 있고요,

　　　　　　마법에 걸렸으면, 정화 의식으로 풀 수도 있어유.

　　　　　　또 신들이 화가 나서 그랬다면, 제물로 신들을 달래면 되구먼유.

　　　　　　뭐 그딴 거 말고는 아씨께 뭐가 있겠어유?

　　　　　　아씨! 아씨의 앞날과 집안 걱정일랑 꽁꽁 붙들어 매서유.

　　　　　　아씨의 집안은 항상 평안하고, 번창할 거구먼유.

미르라는 '아버지'란 말을 듣자, 길게 한숨을 푹 내쉬었다. 눈치 빠른 유모는 그녀가 사랑 때문에 괴로워하고 있다는 것을 알아챘다. 그러나 대상이 아버지인 줄은 꿈에도 모르고...

늙은 유모   이제 알겠구먼! 아씨가 사랑에 빠졌네유, 맞쥬?

　　　　　　걱정 마세유, 지가 적극적으로 도와 드릴께유.

　　　　　　아버님이 절대 눈치 못 채게 말이에유. 호호호 ...

미르라   (그러자 소리치며) 유모! 제발 방에서 나가던지,

　　　　　　아니면, 날 더 이상 부끄럽게 만들지 마세요.

늙은 유모   (놀라며) 왜 그렇게 괴로워하는 건데유, 예?

미르라   글쎄, 그런 건 묻지 마시라고요.

　　　　　　유모가 알고 싶은 건 죄악이니까요.

늙은 유모   (통할 거 같잖자 협박하며) 그럼 할 수 없쥬.

　　　　　　지가 아버님께 알릴 수 밖에유.

　　　　　　아씨가 죽으려고 목을 맸다고 말이에유.

　　　　　　자, 그러니까 저한테 사랑하는 사람이 누군지 털어놓으세유.

그러자 미르라는 유모의 품에 와락 안겨, 하염없이 눈물을 흘렸다. 그녀는 몇 번이나 고백하려 했지만, 차마 말할 수 없었다. 그러다 부끄러운 듯 얼굴을 붉히며...

미르라   아아 .. 어머니는 정말 얼마나 행복하실까?

　　　　　　그런 남편과 함께 산다는 게 ...

'아니 그럼, 그 상대가 아버지였단 말인가?' 그 순간 유모는 등골이 오싹하며 백발이 곤두섰다. 유모는 타일렀다. 절대 그러한 생각일랑 하면 안 된다고, 타이르고 달래고 또 충고했다. 그러자 미르라가 ...

미르라	유모 말이 맞아요. 하지만 전,
	제 소원을 이루지 못할 바엔 차라리 죽을 거예요.
늙은 유모	(그러자 할 수 없다는 듯) 그렇다면 살아서 이루세요, 아씨의 ...

유모는 차마 '아버님과 ...'란 말이 입에서 나오지 않아, 꾹 참았다.

축제 때 벌어진 일

이윽고, 해마다 항상 열리는 '데메테르 Demeter (대지, 곡물의 여신)' 축제가 돌아왔다. 이 축제 기간에는 결혼한 기혼 여성들은 7일 동안 남편과 잠자리를 피해야 하고, 그해의 처음 추수한 곡식 이삭을 여신의 신전에 바쳐야 했다.

왕비도 마찬가지였다. 그녀 역시 신성한 비밀 의식에 참가하기 위해 7일 동안 신전에 가야 했다. 왕비가 궁 안에 없는 그날 밤이었다. 지나치게 충직한 유모는 키니라스 왕이 술을 거나하게 마시고 취한 것을 보더니, 슬며시 다가가 ...

대지와 곡물의 여신 데메테르 - 바티칸   루벤스의 데메테르 동상 - 에르미타주   곡물을 든 데메테르 - 베르사유 궁

늙은 유모	전하! 전하를 흠모하는 소녀가 있는데,
	인물이 천하일색이라 합니다. 어찌할까요?
키니라스	그래? 나이는 어떻게 되는데?
늙은 유모	따님인 미르라와 동갑입니다요.
키니라스	크음 .. 얼른 내 침실로 오라 하게.

그러자 유모는 미르라에게 허겁지겁 달려와 ...

늙은 유모   아씨, 기뻐하세유. 우리가 이겼어유!

그러나 미르라는 마냥 기쁘지만은 않았다. 왠지 슬픈 예감이 들었다가 ... 기뻤다가, 슬펐다가, 착잡했다가 ... 아무튼 갈팡질팡했다.

때는 산천초목이 모두 잠든 어두운 밤이었다. 미르라는 유모 손에 끌려, 왕의 침실에 들어섰다. 그녀의 얼굴은 핏기 없이 창백했고, 무릎은 바들바들 떨렸다.

그녀는 근친상간의 현장으로 다가가면 갈수록 자신의 무모한 짓을 후회하며, 정체가 탄로 나기 전에 얼른 도망가고 싶었다. 그녀가 멈칫거리자, 늙은 유모가 손을 잡아 왕의 침대로 데려갔다. 유모는 미르라의 손목을 끌어, 왕에게 넘겨주며 ...

미르라가 늙은 유모 손에 이끌려
아버지 침실로 넘겨지고 있다
- 16세기 동판화 그림

늙은 유모   전하, 받으소서! 이 소녀는 이제 전하의 것이옵니다.

미친 유모는 이렇게 말한 뒤, 저주받을 두 남녀를 두고 방을 나섰다. 그러자 왕은 자기 딸인지도 모르고, 그녀를 침대로 맞이했다. 그리고는 겁에 질려 벌벌 떠는 소녀를 진정시키며 위로했다. 왕은 소녀를 딸이라 불렀고, 그녀는 왕을 아버지라 불렀다.

그날 밤, 미르라는 그 저주받을 자궁에 근친상간의 씨를 품고 방을 나섰다. 그날만이 아니었다. 이들의 동침은 그 이후, 며칠 더 계속되었다.

그런 며칠 후였다. 키니라스는 자신과 잠자리를 하는 소녀가 대체 누군지 궁금했다. 그래서 등불을 준비했다가, 마침내 소녀 얼굴을 확인했다. 그런데, 아니 이럴 수가? 다름 아닌, 자기 딸이 아닌가! 왕은 너무 놀라 ...

키니라스   아니, 네가 어떻게? 그럼 내가 그동안 너와 ...?

네가 여태 날 속였단 말이야?

(괴로워 말문이 막힌 채 있다가) 에잇, 요망한 것!

격분한 키니라스가 벽에 걸린 칼집에서 칼을 뽑자, 그 순간 미르라는 얼른 도망쳤다. 다행히 캄캄한 어둠 때문에 간신히 죽음은 면할 수 있었다. 이후, 미르라는 산과 들판을 떠돌다, 결국 자기 나라를 떠나야 했다.

몰약 나무가 된 미르라

그로부터 어느덧 9달이 지났다. 그러나 미르라는 여전히 여기저기 떠도는 신세였다. 그러다 그녀는 마침내 아라비아 반도에서 털썩 주저앉았다. 만삭으로 배가 너무 부른 탓에, 더 이상 움직일 힘조차 없었기 때문이었다. 그녀는 신들에게 어떤 기도를 드려야 좋을지 모른 채 ...

미르라   오, 신들이시여!

　　　　　만약 이 기도를 들어주는 분이 계시다면 들어주소서.

　　　　　전 천벌받을 짓을 했으니, 마땅히 벌을 받겠습니다.

　　　　　그러나, 제가 살아있는 사람들을 모욕하지 않고,

　　　　　또 죽은 자를 모욕하지 않게,

　　　　　신이시여! 제 몸을 변하게 하시되,

　　　　　저를 이승과 저승에서 살게 하지 마시고,

　　　　　살지도, 죽지도 않게 해주소서.

　그녀의 기도를 어떤 신이 들어주었다. 미르라가 기도를 마치자, 그녀의 다리는 흙 속에 묻히고, 뼈는 나무가 되더니, 피는 수액이 되었다. 또 팔과 손은 큰 가지와 작은 가지가 되었고, 피부는 나무껍질로 변하기 시작했다.

　어느덧, 나무는 그녀의 볼록한 배와 가슴을 덮더니, 순식간에 그녀의 얼굴을 덮었다. 미르라는 그렇게 나무로 변했지만, 그녀가 흘리던 눈물은 여전히 흘러내려, 나무에서는 물방울이 뚝뚝 떨어졌다. 미르라가 변한 나무가 바로 '몰약 나무'다. 또 그녀의 눈물은 나무 수액으로 변했는데, 껍질에서 방울지어 톡톡 떨어지는 수액이 몰약이다. 미르라는 '몰약'이란 뜻이다.

아도니스의 탄생

　그러면 미르라의 뱃속의 아이는 어떻게 되었을까? 좀 황당하지만, 근친상간의 씨앗인 아기는 죽지 않고 나무 안에서 자라, 세상 밖으로 나오려 애쓰고 있었다.

　마침내 해산할 때가 되자, 나무는 마치 출산하는 산모처럼 몸을 잔뜩 구부린 채 계속 신음을 하며, 눈물 수액을 쏟아냈다. 그러자 인정 많은 '출산의 여신'이 하늘에서 내려와 주문을 외웠다. 그랬더니 얼마 후 나무가 쩍 벌어지며, 그 틈 사이로 사내아이가 울음을 터트리며 세상에 나왔다.

아도니스의 탄생 출산의 여신의 도움으로 아도니스가 나무 사이에서 탄생하여 울음을 터트리고 있다 - 프란체스키니 그림

아도니스　　으앙 ~~

이 아이가 바로 다음 편의 주인공인 '아도니스 Adonis'다. 마치 에로스같이 겁나게(?) 잘생긴 아도니스는 그러니까 자기 누나의 아들이자, 자기 할아버지의 아들로 나무에서 태어났다.

이런 출생의 비밀을 지닌 아도니스는 빼어나게 아름다운 소년으로 성장했다. 그리고 아프로디테의 애인이 되어, 여신에게 일종의 복수 아닌, 복수를 한다. 그 이야기는 다음 편에 계속 이어진다.

에필로그

미르라와 비슷한 이야기는 구약 성경에도 나온다. 창세기 19장의 롯과 두 딸 일화다. 소돔과 고모라가 멸망할 때 롯의 아내는 뒤를 돌아다보아, 그만 소금 기둥이 되고 만다. 그 이후, 롯의 두 딸은 아버지가 늙고 배필이 없자, 아버지를 술에 취하게 만들어 잠재운 다음, 두 딸이 차례로 동침해 아들을 낳아서, 종족을 퍼트렸다고 한다.

미르라가 변한 나무가 몰약 나무고, 그녀 눈물이 나무 수액인 '몰약 Myrrha'이다. 몰약 나무는 아프리카와 아라비아 열대에서 자라는 감람과에 속하는 식물로, 몰약(沒藥)은 그 나무껍질에서 흐르는 수액인데, 고대 시대부터 약재로 쓰였다.

몰약은 피부 상처나 습진 등의 외상 치료와 그 외에도 항균과 혈액 순환을 촉진하는 것으로 알려졌다. 또 성경에서 예수 탄생 시 동방박사가 황금, 유황과 함께 선물한 것이 몰약이다. 고대 이집트에서는 몰약이 부패를 막는 방부제로 사용되었으며, 그 향이 좋아 지금도 가톨릭과 그리스 정교회에서 향으로 쓰고 있다.

왼쪽 위부터 - 몰약 나무, 응고된 수액, 판매되는 몰약 상품, 흐르는 수액, 가톨릭과 그리스 정교회의 사제향

아프로디테의 사랑 아도니스

등장 인물

아프로디테 : 사랑과 미의 여신
아도니스 　 : 미르라 아들
에로스 　 　 : 아프로디테 아들 (사랑의 신)

　이번 이야기는 바로 앞 내용과 이어지는 신화다. 아프로디테의 복수로 태어난 미르라
아들이 아도니스다. 그런데 성장한 아도니스는 공교롭게 여신의 애인이 되었다. 어쩌다
그렇게 되었는지 이유는 이렇다.

큐피드 화살에 찔린 아프로디테

　어느 날, '아프로디테 Aphrodite'는 큐피드 화살을 들고 입맞춤하려는 '에로스 Eros'의
화살촉에 가슴을 찔렸다. 졸지에 사랑의 큐피드 화살을 맞은 셈이었다.

아프로디테　　앗, 따거워! (밀어내며) 조심 좀 해, 인석아!

　그러나 상처는 생각보다 깊었다. 여신은 처음엔 자신이 사랑의 큐피드 화살을 맞은 줄
몰랐다. 하지만 그녀 역시 사랑의 화살을 맞자, 아름답고 잘생긴 '아도니스 Adonis'한테
사랑에 빠지고 말았다.

르네상스의 두 거장이 그린 '아프로디테의 화장'이란 그림 비교하기 - 왼쪽이 티치아노 (일명 티탄) / 오른쪽이 루벤스 그림

여신은 아도니스에게 반해, 자신의 신전이 있는 키프로스뿐만 아니라 다른 어떤 곳도 가지 않았다. 심지어 하늘도 가지 않았다. 하늘보다 아도니스가 더 좋았기 때문이었다. 그녀는 아도니스를 떠나지 않고, 늘 그의 뒤만 졸졸 따라다녔다.

전엔 항상 시원한 그늘에서 화장하며, 미모나 가꾸는 것이 그녀의 일상이었다. 그러나 이젠 아니었다. 아프로디테는 사냥의 여신처럼 옷을 무릎까지 걷어 올려 허리띠로 질끈 동여매고, 험한 산과 숲, 또 수풀이 우거진 바위를 누비고 다녔다.

그러나 그녀는 사냥하기에 안전한 짐승들, 그러니까 토끼, 사슴, 노루처럼 허겁지겁 도망치는 짐승만 사냥했다. 난폭한 멧돼지, 사나운 늑대, 무시무시한 발톱으로 무장한 곰, 가축을 죽여 포식하는 사자는 피했다. 여신은 아도니스에게 이런 짐승들을 두려워하라고 충고하며 …

아프로디테　　마이 달링, 아도니스! 도망치는 짐승은 추격해도 좋지만,
　　　　　　　　대담하게 덤벼드는 짐승은 위험해요. 알았죠?

이번에도 두 거장의 '사냥 가는 아도니스를 붙잡고 얘기하는 아프로디테'란 그림 비교하기 - 왼쪽이 티치아노 / 오른쪽이 루벤스

오, 마이 허니!

젊다고 무턱대고 덤비지 말고, 사나운 맹수와는 대적하지 말아요.

괜히 명예를 위해 덤볐다가, 무슨 일이라도 당하면 전 어쩌라고요.

나를 반하게 만들었던 당신의 그 젊음과 미모도,

멧돼지나 사자 앞에서는 아무 소용 없거든요.

멧돼지는 날카로운 어금니로 별안간 공격하는 놈이고,

포악한 사자는 으르렁대다가, 갑자기 공격하는 놈이에요.

난 정말 그딴 짐승들이 무섭고 싫어요.

(아도니스에게 입 맞추며) 내 사랑, 아도니스!

그러니까 도망가지 않고 덤비는 맹수는 모두 피해요.

괜히 지나친 용기로, 우리 사이가 파멸되지 않게 말이에요. 알았죠?

여신은 이런 충고를 한 뒤, 백조가 끄는 마차를 타고 하늘로 날아갔다. 그러나 혈기 왕성한 아도니스는 여신의 충고만 따를 수 없었다. 그는 여신이 떠나자, 사냥을 나섰다.

얼마 후에, 사냥개들이 짐승의 발자국을 쫓다가, 숲에 숨은 멧돼지 한 마리를 발견한 모양이었다. 개들이 멧돼지를 숲에서 몰아내자, 아도니스는 숲 밖에서 기다리고 있다가, 불쑥 튀어나온 녀석을 창으로 던져 옆구리를 맞추었다.

아도니스　야호! 내가 한 방에 잡았다. 하하하 …

그러나 한 방인지 두 방인지 모르지만, 그건 오산이었다. 성난 멧돼지 놈은 주둥이로 박힌 창을 뽑더니, 아도니스에게 무섭게 달려들었다. 겁이 난 아도니스는 온 힘을 다해 도망쳤지만, 열받은 멧돼지가 툭 튀어나온 어금니로 아도니스의 사타구니 사이를 깊이 찔렀다. 그러자 아도니스는 비명을 지르고 쓰러지며 …

아도니스　으악! 으으으 …

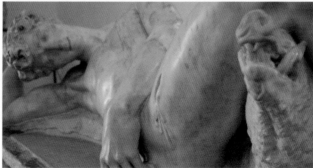

멧돼지와 아도니스 - 에르미타주　　　쓰러진 아도니스와 멧돼지의 무서운 어금니 - 바르젤로 미술관

아네모네 꽃의 전설

그때, 아프로디테는 백조들이 끄는 마차를 타고, 자기 성도인 키프로스를 가고 있었다. 그런데 아도니스의 비명소리가 들리는 것이 아닌가! 여신은 즉시 마차를 U턴 시켰다.

여신이 다시 돌아왔을 때. 아도니스는 이미 온몸이 피투성이가 되어, 숨이 끊어진 채 쓰러져 있었다. 여신은 하늘에서 급히 내려와 머리를 쥐어뜯더니, 가슴을 수없이 쳤다. 그리고는 인간의 수명을 결정하는 '운명의 여신들'을 원망하며...

아프로디테　오, 운명의 여신들이여! 내 사랑에게 이런 운명을 주다니!

오냐! 하지만 모두 그대들의 뜻대로 되진 않을 것이다.

아아.. 내 사랑 아도니스! 내가 이렇게 당신을 애도하는 것과 같이,

해마다 모두 당신의 죽음을 애도할 거예요.

난 이제 당신을 꽃으로 변하게 할 거예요. 나의 영원한 아도니스여!

아프로디테가 아도니스의 죽음을 안타까워하는 가운데, 멧돼지 놈은 저 멀리 도망가고 있다 - 메티치 궁 (지오다노 그림)

그러며, 그의 피 위에 신들의 음료인 '넥타르'를 뿌렸다. 그러자 얼마 후 그곳에서 핏빛의 꽃 한 송이가 피어났는데, 색깔은 석류 꽃과 같았다. 그 꽃은 금방 시들어버렸다. 꽃이 워낙 줄기에 약하게 매달려 있었고, 또 너무 가벼워 바람에 쉽게 떨어졌기 때문이었다.

사람들은 이 꽃을 바람꽃, '아네모네 anemone'라 부른다. 이 꽃은 바람이 불어와 피고, 바람으로 인해 지기 때문이다.

아네모네

에필로그

아프로디테는 운명의 장난인지, 장난의 운명인지, 자기가 보복해 태어난 아도니스를 죽도록 사랑했다. 운명은 운명을 낳고, 또 복수는 복수를 낳고, 사랑은 왔다가 바람같이 사라지는 것일까? 아도니스의 피에서 바람꽃인 '아네모네'가 피어났고, 아프로디테가 흘린 눈물에서 '장미'가 피어났다. 사랑은 덧없고 괴로운 것! 바람꽃 아네모네의 꽃말 이름은 '사랑의 괴로움'이다.

그런데 일설에 의하면, 아도니스가 죽은 것은 전쟁의 신 '아레스'의 질투 때문이라고 한다. 아레스는 자신의 애인 아프로디테가 아도니스와 사랑에 빠지자, 남몰래 멧돼지로 변신해, 사냥 나온 아도니스의 거시기를 들이받아 죽였다 한다.

아도니스에 관한 또 다른 전설은 이렇다. 아프로디테는 아도니스가 태어나자, 아기를 상자에 감춰 저승의 여왕에게 맡겼다. 그런데 저승의 여왕 역시 그가 멋진 미소년으로 성장하자, 사랑에 빠져 돌려주지 않았다. 그러자 제우스가 중재하여, 아도니스를 1년의 반은 아프로디테와, 나머지 반은 저승의 여왕과 살게 했다고 한다.

아도니스 콤플렉스

아도니스는 꽃미남의 대명사라 할 정도로, 용모가 빼어난 미남이었다. 그의 신화에서 '아도니스 콤플렉스 Adonis Complex, 아도니스 증후군'이란 말이 생겨났다.

이 증상은 남성의 외모 집착증이다. 점점 남성도 외모를 중시하는 사회 풍조에 따라, 남성들이 다른 사람들에게 매력적으로 보이기 위해 나타난 새로운 사회 현상을 말한다. 이런 콤플렉스가 있는 남성은 지나치게 외모에 집착해, 자기보다 잘생긴 남성들을 보면 질투와 시기를 한 나머지, 두통이나 우울증까지 온다고 한다.

영웅 페르세우스의 모험

1. 황금 소나기와 메두사

2. 아틀라스와 황금 사과나무

3. 안드로메다 공주

4. 피네우스 폭동과 신탁의 실현

1. 황금 소나기와 메두사

등장 인물

페르세우스	:	제우스와 다나에 아들
다나에	:	페르세우스 어머니
아크리시오스	:	아르고스 왕 (다나에 아버지)
폴리덱테스	:	세리포스 섬 왕 (악역)
딕티스	:	어부 (폴리덱테스 동생)
그라이아이	:	눈 하나를 바꾸는 괴물 3자매
메두사	:	괴물 (얼굴을 보면 돌로 변하는)
아테나	:	지혜, 전쟁의 여신

이번 신화는 영웅 페르세우스의 파란만장한 모험 이야기다. 그의 영웅적인 모험담은 마치 한편의 영화를 보듯, 다양한 스토리 속에 재미있고 박진감 넘친다. 그럼 그와 함께 모험을 떠나보자. 이 신화는 페르세우스의 출생부터 시작한다.

황금 소나기와 페르세우스의 탄생

아르고스 '아크리시오스 Akrisios' 왕은 자신의 뒤를 이을 아들이 없었다. 그래서 그는 신탁소를 찾아가, 어떻게 하면 아들을 가질 수 있는지 물었다. 그랬더니 신탁의 예언은 엉뚱하게도...

신탁의 예언　　그대 외동딸에게서 사내아이가 태어날 것이다.

그런데 그 아이가 당신을 죽일 것이다!

헉, 이게 무슨 말인가? 자기 딸이 낳을 아들이 자신을 죽일 것이라니? 그러니까 앞으로 태어날 손자에게 죽게 될 운명이란 것이었다. 이 얼마나 소름 끼치고 끔찍한 예언인가? 〈참고로, 신탁의 예언은 반드시 이루어진다. 요거 중요하다!〉

왕은 신탁의 예언이 두려웠다. 그래서 자기 외동딸 '다나에 Danae'를 지하 청동 방에 가두고 철통같이 감시했다. 그런데 그런 그녀를 호시탐탐 노리는 자가 있었다. 그자는 다름 아닌, 천하의 바람둥이 제우스였다. 제우스는...

제우스   어떻게 저 철통 요새를 뚫고 들어가지?
           근데 좀 더 참신하고, 기발한 방법이 없을까?

제우스가 누구던가, 변신의 귀재 아니던가? 그는 이번엔 동물 같은 자주 써먹던 수법 대신, 좀 더 획기적이고 엽기적인 방법을 사용했다. 바로 황금 소나기였다.

티치아노 (티탄)의 다나에와 황금비. 제우스가 황금 소나기로 변신해, 다나에의 다리 사이로 떨어지고 있다 - 에르미타주 박물관

이 그림도 유명한 코레지오의 다나에와 황금 소나기. 여기에선 에로스가 황금비 떨어지는 것을 돕고 있다 - 보르게세 미술관

제우스는 황금 소나기로 변신한 다음, 지붕을 통과해 청동 방에 침투했다. 그러니까 황금 소나기 빗물이 되어, 다나에 허벅지 사이에 떨어져 임신시킨 것이다. 이렇게 하여 생겨난 아이가 영웅 '페르세우스 Perseus'다.

그로부터 9달이 지난 어느 날, 청동 방에서 아기 울음소리가 들렸다. 아크리시오스가 놀라 안으로 들어가자, 딸이 떡하니 사내아이를 안고 있었다.

왕은 그 사내아이가 제우스 아들이란 딸의 말을 듣더니, 너무 놀라 기겁했다. 그렇다! 자기가 살기 위해서는 아이를 죽여야 했다. 하지만 차마 죽일 수는 없었다. 그래서 딸과 갓난아이를 커다란 나무 상자에 넣어 바다에 던져버렸다.

상자 안의 두 모자(母子)는 바다를 정처 없이 떠돌다, 가까운 세리포스 섬에 표착했다. 해안에서 그 나무 상자를 발견한 사람은 착한 어부인 '딕티스 Diktys'였다. 그는 상자 안의 모자를 구해, 자기 집으로 데려갔다. 이후 세월이 지나, 페르세우스는 어느덧 늠름하고 용감한 청년으로 성장했다.

폴리덱테스의 간계

세리포스 왕 '폴리덱테스 Polydektes'는 어부 딕티스 형으로, 매우 교활한 폭군이었다. 그는 다나에를 좋아해서, 자기와 결혼을 강요했다. 그러나 장성한 페르세우스 때문에 뜻을 이루지 못하자, 페르세우스를 없애려고 계략을 꾸몄다. 이자는 일단 페르세우스를 비롯해 사람들을 초대한 자리에서 …

폴리덱테스　　난 곧 이웃 왕비와 결혼할 것이오.
　　　　　　　　따라서, 당신들은 선물로 말 1마리씩을 가져오시오.

그러나 그 명령은 말을 선물할 여유가 없는 페르세우스를 겨냥한 수작이었다. 그러자 페르세우스가 그냥 지나가는 말로 …

페르세우스　　근데, 전 말(馬)이 없어서 …
　　　　　　　　대신, 메두사 머리를 선물로 드리면 안 될까요?
폴리덱테스　　(딱 걸렸다 싶어) 좋아! 자넨 메두사 머리를 가져오고,
　　　　　　　　다른 사람들은 말을 가져오시오. 이건 명령이오!

사람들은 깜짝 놀랐다. 그 무시무시한 메두사 머리를 가져오라니! 그러나 다시 주워 담을 수 없는 것이 말이라고 했던가? 용감한 페르세우스는 자신의 말에 책임지겠다며, 요구를 승낙했다. 이리하여, 그는 메두사 머리를 가져오기 위해 모험을 떠나게 되었다.

거장 카라바조의 메두사. 꿈틀대는 뱀 머리와 튀어나온 눈으로 쳐다보는 메두사 표정이 강렬한 인상을 남긴다 - 우피치 미술관

메두사 머리

'메두사 Medusa'는 흉측하게 생긴 괴물이었다. 무섭게 툭 튀어나온 눈, 길게 늘어뜨린 헛바닥, 멧돼지 어금니 같은 뾰족한 송곳니, 또 머리카락은 뱀들로 뒤엉킨 괴물이었다. 〈이탈리아의 명품 브랜드 '베르사체' 로고는 바로 메두사 머리다. 〉 그런데 여기서 관전 포인트는 사람들이 메두사 얼굴을 보면, 순식간에 돌로 변하는 것이었다.

원래 메두사는 절세미인이었다. 그래서 많은 구혼자들이 그녀에게 청혼할 정도였다. 그녀는 다른 부분도 아름답지만, 특히 찰랑거리는 머리카락은 그녀만의 자랑거리였다. 그러나 그녀가 그 지경이 된 이유는 '아테나' 여신의 형벌을 받아서였다.

이유는 이러했다. 한때, '포세이돈'은 아테나 신전에서 메두사를 겁탈한 적이 있었다. 그러자 그런 장면을 목격한 아테나는 너무 민망해, 방패로 얼굴을 가렸다. 여신은 감히 자신의 신전에서 그딴 짓을 한 메두사가 괘씸했다.

머리가 잘린 메두사 - 빈 미술사 (루벤스 그림)

카피톨리노 박물관

로마 국립박물관

대영 박물관

알템프 궁

메두사의 흉측한 머리 - 우피치 미술관 (레오나르도 다빈치 그림)

아테나   이런 무엄하고 괘씸한 것! 내가 너를 가만둘 거 같으냐?

여신은 메두사를 엄벌에 처했다. 그녀가 다시는 남자들을 유혹하지 못하도록 그녀의 얼굴을 흉측하게 만들고, 그녀의 자랑거리인 머리카락은 꿈틀대는 뱀들로 마구 엉키게 만들었다. 여신은 그것으로 화가 풀리지 않았다. 그래서 그녀에게 마법을 걸었다.

아테나   지금부터 메두사의 얼굴을 보는 자는,
             그 즉시 돌로 변할 것이다!

지금까지 메두사와 싸워서, 살아 돌아온 사람은 없었다. 그러한 괴물을 페르세우스가 상대하러 가는 것이었다. 먼저 메두사를 상대하기 위해서는 여러 특수 장비가 필요했다. 그래서 페르세우스는 자신과 형제 사이인 신들을 찾아가 도움을 청했다.

신들은 자신들의 비밀 무기를 빌려주었다. '헤르메스'는 하늘을 날 수 있는 날개 달린 샌들과 또 청동 낫과 자루를 주었고, '하데스'는 상대방 눈에 보이지 않은 마법의 투구를 빌려주었다. 특히 '아테나'는 거울처럼 반짝이는 청동 방패를 빌려주며 ...

아테나   메두사는 2명의 자매와 함께 사는데,
             메두사와 2명을 합쳐, 흔히 '고르곤 Gorgon'이라 부르지.
             근데 메두사는 죽는 몸이지만, 다른 2자매는 불사의 존재며,
             특히 그녀들은 황금 날개를 가지고 있다.
             조심해야 할 점은 절대 메두사와 눈을 마주치지 마라.
             그럼 그 즉시 돌로 변하기 때문이다.

페르세우스 근데, 메두사가 사는 곳은 어디입니까?

아테나   그곳은 '그라이아이' 3자매만이 알고 있지.
             그녀들은 아틀라스 산맥의 동굴 속에 살고 있는데,
             그녀들을 추궁하면, 사는 곳을 알려줄 것이다. 행운을 빈다, 굿 럭!

페르세우스는 먼저, '그라이아이 Graiai' 3자매를 찾아갔다. 그라이아이는 '희다'라는 뜻을 가진 백발의 노파들이다. 그녀들은 태어날 때부터 흰머리에 늙은 노파로 태어나, 그런 이름이 붙은 것이다. 근데 그녀들은 특이하게 하나밖에 없는 눈을 서로 돌려가며 사용하고 있었다.

페르세우스는 그녀들을 찾아가, 메두사가 있는 곳을 물었다. 하지만 순순히 알려주지 않았다. 그녀들과 메두사 자매는 같은 부모에서 태어난 자매들이기 때문이었다. 그러자 페르세우스는 그녀들의 약점을 이용했다. 그녀들 중 한 명이 눈을 빼서 다른 한 명에게 주는 순간, 잽싸게 중간에서 눈을 가로채며 …

페르세우스　자, 어서 메두사가 있는 곳을 순순히 말해. 얼른!

그라이아이　(그러자) 제발 그 눈을 돌려주세요.

　　　　　　우리 셋은 그 눈 없이는 앞을 보지 못합니다.

페르세우스　그러니까 먼저 메두사의 거처를 말해! 그럼 틀림없이 돌려주겠다.

페르세우스가 3명의 그라이아이들이 눈을 빼서 다른 한 명에게 주는 순간, 중간에서 잽싸게 빼앗고 있다 - 에드워드 존스 그림

그녀들은 어쩔 수 없이 사는 장소를 알려주었다. 그러자 페르세우스는 약속대로 눈을 돌려주더니, 날개 달린 샌들을 신고, 메두사가 사는 장소를 향해 날아갔다. 그는 인적도 길도 없는 곳을 지나, 황량한 숲과 높은 산을 넘어, 마침내 목적지에 도착했다.

그런데 그는 동굴 입구에서 깜짝 놀랐다. 동굴 주변엔 돌로 된 사람과 짐승의 석상이 수없이 널려있었다. 모두 메두사와 얼굴을 마주쳤다가, 돌로 된 석상들이었다.

페르세우스   들던 대로 무시무시한 괴물이군!

페르세우스는 살금살금 동굴 안으로 들어갔다. 동굴 안에는 메두사와 2자매가 함께 잠을 자고 있었다. 그는 여신이 빌려준 청동 방패를 거울삼아 메두사를 보더니, 얼굴을 반대로 돌렸다. 그리고는 낫을 번쩍 들어, 메두사의 목을 단번에 싹둑 베어버렸다.

페르세우스   (목을 한 손에 들고) 자, 이제 너의 목은 내 것이다!

메두사 목을 든 페르세우스 - 시뇨리아   메두사 목을 손에 든 페르세우스 - 여름 궁전   메두사 목을 든 영웅 - 빅토리아 알버트

메두사 목에서 나오는 페가수스와 크리사오르 - 에드워드 존스   고르고 자매를 피해 달아나는 페르세우스 - 에드워드 존스

　　그런데 이때, 메두사의 잘린 목에서 날개 달린 천마 '페가수스 Pegasus'와 황금 칼을 든 괴물 '크리사오르 Chrysaor'가 나왔다. 〈페가수스는 앞으로 영웅들이 이용하는 날개가 달린 천마로, 신화에 자주 등장한다.〉 이들은 포세이돈과 메두사 자식이었다. 그러니까 메두사가 포세이돈의 자식을 임신했다가, 이때 잘린 목에서 나온 것이다.

　　암튼, 이들은 잠자던 '고르고' 자매를 깨워, 자신들 어머니인 메두사 죽음을 알렸다. 그러자 고르고 자매가 메두사 머리를 자루에 넣고 도망치던 페르세우스를 황금 날개를 펼치며 추격했다. 그러나 그녀들은 영웅을 잡을 수 없었다. 페르세우스는 눈에 보이지 않는 마법의 투구를 쓰고 있었기 때문이었다.

　　이제 영웅은 그곳을 벗어나자, 하늘을 날아서 고향으로 향했다. 그런데 그가 아프리카 리비아 사막 위를 날고 있을 때, 메두사 머리에서 피가 땅으로 떨어졌다. 그러자 그 피를 대지가 받아서, 여러 종류의 뱀들이 태어났다. 오늘날 리비아 사막에 독사가 많은 것은 바로 이런 이유 때문이라고 한다.

에필로그

  그리스 로마 신화를 주제로 한 누드 작품들은 수없이 많지만, 이 중에 화가들의 관심과 흥미를 불러일으킨 소재 중의 하나가 바로 '다나에와 황금 소나기'다. 사실 여성 누드를 그리는 것은 르네상스 이전까지 금기시 되었다. 그러나 르네상스 이후, 많은 화가들은 그리스 로마 신화를 통해, 또 어떻게 보면 신화를 핑계(?)로 마음 놓고 누드화를 그릴 수 있었던 것이다.

  다나에와 황금 소나기는 특히 여성의 육체에 매료된 '티치아노, 렘브란트, 코레지오' 등의 많은 화가들이 걸작을 남겼고, 또한 근대 작가인 '구스타프 클림트 Gustave Klimt'의 '다나에'는 에로티시즘의 극치를 보여주는 예술 작품으로 손꼽힌다.

구스타프 클림트의
다나에

렘브란트의
다나에와 황금비

2. 아틀라스와 황금 사과나무

등장 인물

페르세우스 : 제우스 아들
아틀라스　 : (천구를 어깨에 메고 있는) 티탄 족
테미스　　 : 정의, 율법의 여신

아틀라스의 황금 사과

하늘을 날던 페르세우스는 바람에 실려 여러 나라를 통과했다. 그러다 해가 저물자, 그는 세상의 서쪽 끝에 있는 아틀라스의 나라로 내려갔다

'아틀라스 Atlas'는 어마어마하게 덩치가 큰 거인으로, 세상의 서쪽 끝 땅을 지배하고 있었다. 그 나라 주변엔 국경을 마주한 이웃나라도 없었다. 그는 수천 마리의 양과 소를 가지고 있었는데, 특히 그곳에는 황금 사과 한 그루가 있었다. 페르세우스는 그곳에서 거인 아틀라스에게 …

페르세우스　실례합니다! 전 제우스의 아들인 페르세우스라고 하는데,
　　　　　　오늘 하룻밤 여기서 신세를 져도 될까요?

그러자 아틀라스는 깜짝 놀랐다. 아닌 밤중에 홍두깨라고, 느닷없이 웬 놈이 찾아와 자신이 제우스 아들이라니! 그는 오래전 정의와 율법의 여신 '테미스 Themis'가 알려준 신탁의 예언이 떠올랐다. 그 불길한 예언은 이런 것이었다.

테미스   언젠가 당신은 제우스 아들에게, 황금 사과를 도둑맞을 것이오!

그는 이런 예언을 듣자, 황금 사과를 지키기 위해 과수원 담을 높이 쌓고, 큰 용에게 지키게 했다. 또 어떤 이방인도 자기 나라에 오는 것을 금지했다. 그런데 그 제우스 아들 놈이 찾아온 것이다. 그래서 아틀라스는 ...

아틀라스   당장 꺼져! 제우스 아들이 아니라, 제우스가 와도 마찬가지야. 꺼져!

페르세우스   꺼지라니요? 거 좋은 말 놔두고, 왜 그딴 말씀을 하십니까?

아틀라스   (폭력으로 위협하며) 가, 인마! 당장 꺼지란 말이야!

페르세우스   (어쩔 수 없이) 그럼 꺼지기 전에, 선물 하나 드려도 될까요?

아틀라스   선물? 무슨 .. 선물?

페르세우스   (메두사의 머리를 자루에서 꺼내며) 자, 이거요!

그러자 메두사 얼굴을 본 아틀라스는 다음 페이지의 그림처럼, 큰 바위산으로 변하기 시작했다. 그의 수염과 머리털은 나무로, 어깨와 팔은 산 능선으로, 머리는 산꼭대기가 되었고, 그의 뼈는 돌이 되었다. 그러다 그의 몸은 점점 엄청난 크기로 커지더니, 수많은 별들이 그의 양어깨 위에 닿을 때까지 커졌다. 그는 그렇게 '아틀라스 산맥'이 되어, 세상 (천구)을 어깨 위에 떠받치는 신세가 되었다.

에필로그

거인 아틀라스는 메두사 얼굴을 보더니, 거대한 산맥으로 변했다. 이 산맥이 현재 북아프리카의 모로코, 튀니지에 걸쳐 동서로 길게 뻗은 '아틀라스산맥'이다. 또한 오늘날 '아틀라스의 바다'란 뜻인 '대서양 Atlantic Ocean'도 바로 그의 이름에서 유래한 것이다.

메두사 얼굴을 본 아틀라스가 별들이 어깨에 닿을 때까지 커져 천구를 메고 있다
사우스햄튼 미술관
에드워드 번 존스그림

아틀라스 증후군 Atlas Syndrome

심리학 용어 중에 '아틀라스 신드롬 Atlas syndrome'이란 신조어가 있다. 이는 신화 속 아틀라스가 무거운 천구를 어깨에 계속 메고 있는 것처럼, 복잡한 현대사회에서 가정과 직장이란 2가지 일에 중압감을 느끼는 남성들의 스트레스 증상을 말한다.

이 증상을 흔히 '슈퍼 아빠 증후군'이라 한다. 요즘 아빠들은 힘든 직장 생활을 하면서, 집에서는 좋은 아빠가 되기 위해 육아와 가사 등도 참여한다. 그래서 거기에 따른 불안, 초조, 피로 등의 정신적인 압박감을 느끼는데, 이것이 슈퍼 아빠 증후군이다.

3. 안드로메다 공주

등장 인물

페르세우스 : 영웅 (제우스와 다나에 아들)
안드로메다 : 에티오피아 공주
케페우스 : 에티오피아 왕
카시오페이아 : 에티오피아 왕비

천마 페가수스를 타고 메두사 목을 높이 든
페르세우스 - 오르세 미술관

안드로메다 공주를 구출하라!

페르세우스는 아틀라스를 혼을 내주고, 또다시 날개 달린 샌들로 하늘을 날았다. 그리고 수많은 나라를 지나, 에티오피아 사람들이 살고 있는 아프리카의 상공을 날고 있을 때였다.

그런데 그때, 그는 두 팔이 바위에 묶여 있는 아름다운 처녀를 발견했다. 그녀의 머리카락이 미풍 속에 날리지 않았다면, 그녀의 눈에서 눈물이 흐르지 않았다면, 그는 그녀를 그냥 무슨 대리석 조각으로 생각했을 것이다.

페르세우스　　저건 사람 아냐? 왜 저기 묶여 있지?

　　　　　　　　와우 .. 정말 눈부시게 아름다운 처녀인걸!

　　바위에 묶인 처녀는 정말 아름다웠다. 그는 그 처녀에게 반해 한동안 정신이 멍했다. 하마터면, 공중에서 날갯짓하는 것도 잊을 정도로 그녀는 미인이었다. 그는 그녀에게 다가가 …

페르세우스　　사랑하는 이들의 마음을 묶는 사슬이면 몰라도,

　　　　　　　　당신이 이런 사슬에 묶여 있는 건 어울리지 않군요.

　　　　　　　　아가씨! 저한테 당신의 나라와 당신의 이름,

　　　　　　　　또 왜 이렇게 묶여있는지, 이유를 말해 주시겠어요?

　　그녀는 처음엔 수줍어서 대답하지 못했다. 하기야, 처음 보는 남자에게 어떻게 다짜고짜 자초지종을 말하겠는가! 그녀는 손이 묶이지 않았다면, 분명히 부끄러워 두 손으로 얼굴을 가렸을 것이다. 그녀는 그저 눈물만 흘렸다. 그러자 페르세우스가 재촉하며 …

페르세우스　　아가씨! 울지 말고 말해요.

　　　　　　　　왜 이렇게 묶여있습니까?

　　드디어 그녀가 입을 열었다. 만약 대답하지 않고 있으면, 자기가 무슨 큰 죄를 짓고 그런 것이라고, 오해할지 모르기 때문이었다.

절벽에 묶여 있는 안드로메다 - 에드워드 포인터 그림

안드로메다 공주　**323**

안드로메다	저는 에티오피아 공주, '안드로메다 Andromeda'라 합니다.
페르세우스	아, 공주셨군요! 그래서요?
안드로메다	제가 이렇게 묶인 이유는,
	제 어머니는 이 나라 왕비인 '카시오페이아'인데,
	얼마 전 어머니께서는 자신이 바다의 요정들보다,
	더 아름답다고 큰소리를 치셨거든요.
	그러자 그 말을 듣고 화가 난 바다의 요정들이,
	바다의 신 포세이돈에게 간청을 올렸답니다.
	저의 나라에 홍수와 바다 괴물을 보내달라고요.
페르세우스	저런 ...
안드로메다	그래서 온 나라가 쑥대밭으로 풍비박산 나자,
	저희 아버지 '케페우스' 왕은 나라를 구하기 위해,
	신탁소를 찾아가 신탁의 말씀을 들었죠.
	그런데 신탁의 말씀은,
	저를 바다 괴물의 희생 제물로 바치라는 거였습니다.
	그러면 재앙에서 해방될 거라고요.
	물론, 아버지는 나라와 저 사이에 갈등하시다가,
	결국, 백성들의 원성으로 저를 선택하셨습니다.
	그래서 제가 바다 괴물의 희생 제물이 되기 위해,
	이렇게 여기 묶여있는 거랍니다. 흑흑흑 ...

그때였다. 바다에서 요란한 굉음이 들리더니, 바다괴물이 불쑥 모습을 드러냈다. 엄청 덩치 큰 괴물이 파도를 가르며 돌진해오자, 공주가 비명을 지르며 ...

안드로메다	아악 ~ 살려주세요!
	아버지 ~, 어머니 ~~

왕과 왕비도 딸이 묶여있는 바위 옆에 와있었다. 그들은 딸에게 아무 도움도 못 주고, 비통한 심정으로 눈물만 흘릴 뿐이었다. 이때 페르세우스가 그들한테 가서 ...

페르세우스　　자자, 진정들 하십시오.

　　　　　　　　눈물 흘릴 시간은 앞으로 많을지 모르지만,

　　　　　　　　지금 따님을 구할 수 있는 시간은 얼마 없습니다.

케페우스　　근데 당신은 누구죠?

페르세우스　　아, 예! 전 제우스 아들이자,

　　　　　　　　메두사를 물리친 꽃미남 페르세우스라고 합니다.

　　　　　　　　어르신들! 만약 제가 저 바다 괴물을 처치한다면,

　　　　　　　　댁의 따님을 저에게 주시겠습니까?

케페우스　　고럼! 주지, 주고말고! 우리 왕국도 결혼 선물로 주겠네.

　　　　　　　　제발 부탁하네, 내 딸을 구해주게나! 아이고, 내 딸아. 흑흑흑 ...

오른쪽에 안드로메다 부모가 애타고 있고, 페르세우스가 바다괴물과 싸우고 있다. 물속의 여인들은 바다 요정들 - 루브르 박물관

공주 부모는 조건을 수락했다. 하기야, 그런 상황에서 망설일 부모가 어디 있겠는가! 페르세우스는 바다 괴물이 가까이 오자, 힘차게 땅을 박차더니 하늘 높이 솟아올랐다. 영웅의 그림자가 바다 수면에 일렁이자, 얼빵한 괴물은 그 그림자를 미친 듯이 공격하기 시작했다. 그때 영웅이 하늘에서 쏜살같이 내려와, 낫으로 어깨를 깊이 찔렀다.

치명상을 입은 괴물은 괴로운 듯 하늘 높이 솟구쳤다가, 물속에서 뱅글뱅글 돌았다. 페르세우스는 녀석이 낚아채려고 입을 쩍 벌릴 때마다, 날개를 이용해 살짝살짝 피했다. 그러다 좀 빈틈이 보이면, 조개로 된 녀석의 등, 옆구리, 꼬리를 집중 공격했다. 그러자 괴물 녀석은 입에서 붉은 피를 토하기 시작했다.

페르세우스가 하늘에서 쏜살같이 내려와, 입을 쩍 벌린 바다 괴물을 공격하려 하고 있다 - 월리스 컬렉션 (티치아노 그림)

페르세우스 어떠냐, 이 녀석아!

내 칼침 맛이 따끔하냐?

그러나 상황이 꼭 영웅에게 유리한 것만은 아니었다. 괴물과 싸우는 동안 날개가 물에 젖어, 그는 더 이상 날 수 없게 되었다. 그러자 영웅은 파도가 치면 살짝 드러나는 조그만 바위에 간신히 몸을 의지했다. 그러더니, 마지막 최후의 일전을 기다리며 ...

페르세우스 더 이상 물러설 곳이 없군.

좋아! 어서 덤벼라, 이 괴물아!

마침내, 최후의 일전이 벌어졌다. 괴물은 아가리를 크게 벌리며 덮쳤고, 페르세우스는 괴물의 아가리와 내장을 수없이 찔렀다. 과연 승자는? 승자는 페르세우스였다!

한 폭의 그림 안에 전체 내용이 들어있는 코시모 작품. 그림 맨 오른쪽 위를 보면... 페르세우스가 날아가 괴물 등에 올라타 싸우고, 그 옆엔 절벽에 묶인 안드로메다, 그 아래쪽엔 부모들이 슬피 울고 있고, 오른쪽에 마침내 안드로메다가 부모 품에 안기고 있다.
- 우피치 미술관

산호의 전설

　사람들의 요란한 박수와 함성이 해안에 울려 퍼졌다. '만세 ~, 만세 ~ '의 함성 소리가 하늘의 궁전까지 들릴 정도였다. 왕은 너무 기뻐 사윗감을 끌어안으며 ...

케페우스 왕　　고맙네, 사위! 자넨 우리 가문의 구세주일세.

　페르세우스는 묶여있던 안드로메다 공주를 절벽에서 풀어주었다. 공주는 그의 품에 안겼다. 아니, 안길 수밖에 없었다.

안드로메다　　고마워요. 정말 고마워요!
페르세우스　　내가 고맙지요. 예쁜 공주님이 내 아내가 되어주어서! 하하하 ...

바다 괴물을 물리치고, 절벽에 묶여있던 안드로메다를 풀어주는 페르세우스 - 에르미타주 박물관 (루벤스 그림)

328

얼마 후, 페르세우스는 자루 안의 메두사 머리가 손상되지 않도록 바닥에다 부드러운 해초를 깔고, 그 위에 메두사 머리를 올려놓았다. 그런데 싱싱한 해초가 메두사 머리와 닿자, 줄기와 잎이 돌처럼 딱딱하게 굳어버렸다.

바다 요정들은 그런 기적 같은 일이 신기했던지, 몇 번을 따라 해 보았다. 그랬는데도 역시 같은 현상이 계속 일어나자, 요정들은 그 씨를 받아 바다에 계속 뿌렸다. 그렇다! 오늘날까지 '산호'는 이러한 성질을 가지고 있어, 물속에서는 식물이던 것이 물 밖으로 나오면, 돌이 되는 것이라 한다.

에필로그

포세이돈은 '케페우스' 왕과 '카시오페이아' 왕비를 죽은 후, 하늘의 별자리로 만들어 주었다. 그런데 카시오페이아 별자리는 왕비가 의자에 거꾸로 매달린 모습을 하고 있다. 그것은 그녀가 자신이 최고 미인이라고 했던 자만심의 형벌 때문이라고 한다.

또한 페르세우스와 안드로메다도 나중에는 별자리가 되었다. 그래서 가을 하늘에는 '안드로메다자리'와 '페르세우스자리'가 차례로 나타나고, 북쪽 하늘엔 케페우스자리와 카시오페이아자리가 함께 나타난다. 이렇게 페르세우스를 비롯한 안드로메다 일가는 죽은 후 별자리가 되어, 지금도 하늘에서 사이좋게 빛나고 있다.

이와 같이, 고대 그리스 로마 사람들은 하늘의 별들을 보고, 신화에 등장하는 영웅, 괴물, 인물, 동물 .. 등의 이름을 붙였다. 그리스 로마신화를 알면 별자리가 보인다? 그렇다! 신화를 읽는 또 다른 재미가 이런 게 아닐까?

페르세우스와 안드로메다, 거꾸로 앉은 카시오페이아

4. 피네우스 폭동과 신탁의 실현

등장 인물

피네우스 : 제우스 아들
안드로메다 : 에티오피아 공주
피네우스 : 안드로메다 약혼자
케페우스 : 안드로메다 아버지
폴리덱테스 : 세리포스 섬의 왕
아크리시오스 : 페르세우스 외할아버지

불길한 먹구름이 낀 결혼식 장면 - 에르미타주 박물관

피네우스의 폭동

페르세우스는 안드로메다를 아내로 맞아 화려하고 성대한 결혼식을 올렸다. 결혼식이 끝나고, 왕궁 안에서 피로연이 무르익을 때였다.

그런데 그때, 피로연장은 갑작스럽게 침입한 폭도들로 시끄러웠다. 난데없이 수백 명의 폭도들이 들이닥쳐서, 장내는 아수라장으로 변했다.

폭동의 주동자는 왕의 동생이자, 한때 공주의 약혼자, '피네우스 Phineus'였다. 그자는 창을 휘두르며 ...

피네우스 모두 주목하시오! 난 내 약혼녀를 뺏은 자에게 복수하러 왔소.

페르세우스여! 이젠 너의 날개도,

또 너의 아버지인 제우스도 널 구해주지 못할 것이다.

(창을 던지려 하며) 자, 내 창을 받아라!

그러자 형인 케페우스 왕이 급히 동생을 제지하며 ...

케페우스 (큰 소리로) 야, 이놈아. 이게 무슨 짓이야?

네놈이 미치지 않고서야, 이게 대체 무슨 짓이냐고?

이것이 영웅에 대한 너의 감사의 표시냐?

내 딸을 구해준 사위에게 주는 선물이냐, 이 말이야?

피네우스 흥, 사위는 무슨?

케페우스 똑똑히 들어! 그 애를 빼앗은 건 페르세우스가 아냐.

바로 신들의 복수와 바다 괴물 때문이었어.

넌 내 딸이 바위에 묶여 죽게 생겼을 때,

그때 이미 그 애를 잃은 거나 마찬가지였어.

이런 못나고 잔인한 녀석!

그래도 넌 한때 그 애의 삼촌이자 약혼자였는데,

넌 그 애가 바위에 묶여 죽게 생겼을 때 뭘 했냐?

그저 멀뚱히 구경만 했지, 도와주지도 않았잖아?

피네우스 (할 말이 없어) ...

케페우스 이놈아! 그가 내 딸을 구한 게, 그렇게 질투가 나냐?

그래서 그의 공적을 빼앗으려 하는 거야?

그럼 네가 먼저 내 딸을 구했어야 했잖아?

자, 그러니까 내 딸을 괴물한테서 구하고,

우리 늙은이의 대를 이어줄 그에게 양보해라, 응?

우린 너보다 그가 더 좋아서 선택한 게 아니야.

그가 목숨을 걸고 내 딸을 구했기 때문에,

선택한 것임을 네가 이해했으면 한다. 알았냐?

그러나 피네우스는 아무 답도 하지 않았다. 그저 왕과 페르세우스를 번갈아 쳐다보며, 두 사람 중 누구한테 창을 겨냥할지 망설였다. 결국, 그러다 피네우스가 페르세우스를 향해 분노의 창을 던졌다. 그러나 날아간 창은 의자를 관통했다. 그 순간 페르세우스가 훌쩍 자리에서 뛰어올라, 창을 피했던 것이다. 반격에 나선 페르세우스가 의자에 박힌 창을 뽑아 피네우스에게 던졌다.

던진 창은 정통으로 이마에 명중했다. 그러나 정작 창을 맞은 것은 피네우스가 아니라, 그의 부하였다. 피네우스가 그 찰나 잽싸게 제단 뒤로 숨자, 뒤의 부하가 대신 정통으로 맞은 것이었다. 창을 맞은 부하는 비틀거리며, 식탁 위에 푹 꼬꾸라졌다.

내 편은 고개를 돌려라!

그러자 수백 명 폭도들이 흥분하여, 마구 창을 던졌다. 이때부터 본격적으로 싸움이 시작했다. 양편으로 나누어진 사람들은 서로 칼과 창을 휘둘렀고, 화살이 이리저리 … 저리 이리 … 마구 날아다녔다.

페르세우스는 수많은 적들과 대적해야 했다. 엄청 많은 폭도들이 그의 칼에 하나둘씩 쓰러졌다. 얼마나 많은 적들이 바닥에 쓰러졌는지, 그는 그 죽은 자들의 시체 위를 밟고 다니며 싸워야 할 정도였다.

하지만, 폭도들만이 죽은 것은 아니었다. 페르세우스 편을 들던 사람들도 죽기는 역시 마찬가지였다. 그들은 결혼식에 참석했다가, 그냥 얼떨결에 싸움에 말려들어, 무고하게 죽어갔다. 죽이고 죽고 … 죽인 자를 따라붙고 … 따라붙은 자를 계속 죽이고 … 장내는 그야말로 아비규환이 따로 없었다.

양편으로 나누어진 사람들이 서로 창과 칼로 찔러, 죽고 죽이는 치열한 싸움을 벌이는 아비규환의 결혼식 피로연 장면

　　수적으로 우세한 폭도들은 페르세우스를 사방에서 집중적으로 공격했다. 이제 그의 편은 아무 도움도 안 되는 왕과 왕비, 안드로메다 공주뿐이었다. 그들은 그저 발을 동동 구르며 비명만 질러댔다.

　　마침내, 페르세우스는 완전히 포위되었다. 우박보다 더 많은 창이 그의 옆구리, 눈, 귀 옆을 쌩쌩 스쳐갔다. 그는 커다란 돌기둥에 어깨를 기대어 달려드는 폭도와 맞섰지만, 아무리 찌르고 찔러도 적의 숫자는 좀처럼 줄지 않았다. 페르세우스는 더 이상 수많은 적을 대적하기에, 자신의 용기로도 역부족이란 것을 느끼고 …

페르세우스　　이젠 어쩔 수가 없군. (자루에서 메두사 머리를 꺼내며) 잠깐!
　　　　　　　여기 우리 편이 있으면, 얼굴을 반대로 돌리시오.

폭도　　　홍! 뭐라고 씨부렁거리는 거야? 그딴 마술은 딴 데 가서 해보시지.
　　　　　(창을 던지려다 굳어지며) 헉! 뭐야? 으윽 …

페르세우스가 메두사 머리를 보이자, 공격하던 폭도들이 그 자세 그대로 석상이 되고 있다 - 런던 내셔널갤러리 (지오다노 그림)

이자는 창을 던지려던 자세 그대로 돌이 되었다. 그자뿐만이 아니었다. 칼을 찌르던 자는 그 자세 그대로 굳어 꼼짝 마라 상태였고, 고함치며 달려든 자도 그 자세로 석상이 되었다. 이렇게 폭도들은 메두사의 얼굴을 보고, 모두 돌로 변해버리고 말았다.

피네우스의 굴욕

피네우스는 그때서야 폭동 일으킨 것을 후회했다. 그는 아직도 믿기지 않는지, 부하들 이름을 부르며 석상을 손으로 만졌다. 그러다 얼굴을 돌린 채 용서를 빌며...

피네우스　　　당신이 이겼소. 그러니 어서 그 무서운 괴물을 치우시오.
　　　　　　　　(손으로 싹싹 빌며) 제발 이렇게 부탁하오.

난 지금 당신께 양보하지 않은 것을 후회하고 있소.

그러니 용감한 영웅이어! 제발 목숨만은 살려주시오.

페르세우스 흥, 이 비겁하고 찌질한 자여!

너무 그렇게 두려운 얼굴은 하지 마라.

난 너에게 줄 수 있는 것은 모두 줄 것이고,

그건 너 같은 겁쟁이에게 큰 선물이 될 테니 말이야.

난 이 칼로 너의 목을 베지 않고, 대리석 기념상으로 만들 것이다.

그럼 넌 이 궁에서 두고두고, 구경거리가 될 것이다. 알았냐?

피네우스 (비굴한 표정으로 두 손을 모아 빌며) 제발! 프리즈...

페르세우스는 그자가 고개를 돌린 쪽으로 메두사 얼굴을 갖다 댔다. 그러자 그의 목은 뻣뻣해지더니, 흐르던 눈물 역시 굳어버렸다. 결국 그는 석상이 되었지만, 겁먹은 표정, 애원하며 비는 두 손, 흐르는 눈물 등의 굴욕적인 자세는 그대로 남아있었다.

메두사의 얼굴을 본 피네우스가 질질 짜고 애원하다, 굴욕적인 모습으로 석상이 되고 있다 - 타리발 그림

페르세우스의 귀국과 복수

이후, 페르세우스는 아내와 함께 외할아버지를 만나기 위해 고국인 아르고스로 갔다. 바로 자신과 어머니를 함께 나무 상자에 넣어, 바다에 던졌던 '아크리시오스' 왕 말이다. 그러나 아크리시오스 왕은 이미 자기 쌍둥이 동생에게 왕위를 뺏기고, 다른 이웃나라로 피신한 상태였다. 이때 페르세우스는 자격도 없는 외할아버지 원수를 대신 갚아주었다. 그 쌍둥이 동생도 메두사의 무시무시한 눈을 피할 수 없었던 것이다.

이번에 페르세우스는 어머니가 계시는 세리포스섬으로 갔다. 그가 왕궁을 찾아가자, 폭군 폴리덱테스는 깜짝 놀라며 ...

폴리덱테스　　아니, 이게 누구신가? 난 벌써 죽은 줄 알았는데 ...

페르세우스　　자, 약속대로 메두사 머리를 가지고 왔소.

폴리덱테스　　뭐, 메두사 머리를? 크크크 ...

　　　　　　　　(비웃으며) 내가 그런 허풍에 속을 줄 알았냐?

페르세우스　　그렇다면 보여주겠소.

　　　　　　　　(자루에서 메두사 머리를 꺼내며) 자, 이걸 보시오.

그는 메두사 머리를 내밀어, 폭군을 돌로 만들어버렸다. 그런 뒤, 자신을 길러 준 착한 어부 딕티스를 세리포스의 왕으로 추대했다.

페르세우스는 임무를 마치자, 신들에게 빌렸던 무기를 다시 돌려줬다. 특히 아테나한테는 감사의 표시로 메두사 머리를 선물로 바쳤다.

그러자 여신은 기뻐하며 자신의 가슴과 방패에 메두사 머리를 부착했는데, 이것이 바로 아테나의 무적의 방패인 '아이기스 aegis'다.

아테나의 아이기스 방패

우리나라 세종 대왕 군함을 비롯하여, 해군의 최신에 구축함을 '이지스 Aegis' 함이라 한다. '이지스'는 아테나 여신의 방패인 '아이기스'의 영어식 이름이다.

신탁의 실현

아무튼, 페르세우스는 다시 외할아버지가 피신한 나라를 찾아갔다. 그런데 그곳에선 운동경기가 열리고 있었다. 페르세우스도 원반던지기 경기에 참가해, 자기 차례가 오자 원반을 높이 던졌다. 그러나 원반이 잘못 날아가, 관중석 한 명이 그 자리에서 즉사했다. 페르세우스는 놀라 급히 달려갔다. 그런데 ...

페르세우스　허걱! 세상에 이럴 수가 ...

원반에 맞아 즉사한 사람은 다름 아닌, 자신의 외할아버지 '아크리시오스' 왕이었다. 이렇게 신탁의 예언은 비극적으로 실현되었다. 페르세우스는 할아버지를 도시 외곽에 매장해 주었다. 그러나 본의 아니게 할아버지를 죽인 죄책감에 그는 아르고스 왕위를 물려받지 않았다. 그 대신 바로 이웃나라 티린스 왕과 나라를 맞바꾸어, 그 후 티린스를 다스렸다.

페르세우스와 안드로메다는 모두 7명의 자식을 낳았다. 그리고 두 사람은 행복하게 살다가, 나중에 죽어서 나란히 별자리가 되었다. 오늘날 페르세우스자리와 안드로메다 자리로 말이다. 이상, 끄~읕!

에필로그

페르세우스의 파란만장한 모험 이야기는 한 편의 할리우드의 블록버스터 영화를 보는 것처럼 흥미진진한 영웅담의 고전이라 할 수 있다. 아니, 과거부터 지금까지 이어지는 흥행의 정석이라고나 할까?

안드로메다를 풀어주는 페르세우스
루브르 박물관

그의 모험담에는 영화 흥행의 필수 요건들이 총망라되어 있다. 황금 소나기로 인해 태어난 남다른 출생의 비밀! 나무상자에 갇혀 바다를 떠돌다 구출된 방주표류신화(方舟漂流神話)! 그리고 메두사를 비롯한 괴물들을 물리치며, 안드로메다 공주를 구출하여 결혼한 미녀와의 러브 스토리!

이뿐인가? 왕궁 결투에서 수많은 폭도들과 대적해, 거뜬히 물리치는 액션 장면! 또 영웅의 화려한 귀환과 해피엔딩 …!

오래전에 '리암 니슨'이 주연한 영화 '타이탄(원명 : Clash of the Titans)'은 페르세우스의 모험을 다룬 영화다. 헌데 그의 영웅 스토리를 SF 판타지로 제작한 이 영화는 줄거리가 거의 비슷하지만, 내용이 각색된 영화다. 따라서 이 영화를 보고 오리지널 페르세우스의 모험이라 생각하면 큰 오산이란 말씀이다.

페르세우스 이야기는 주옥같은 그림들이 너무 많다. 그중에서 화가들이 가장 선호한 내용은 다나에의 황금 소나기와 페르세우스가 안드로메다 공주를 구출하는 장면이다. 죽기 전에 꼭 감상해야 할 명화와 조각이다.

바다 괴물을 향해 달려오는 페르세우스
빈 미술사

바다 괴물을 공격하는 페르세우스
베로네세 그림

아테나의 도움으로 페르세우스가 메두사 목을 내밀자, 석상으로 변하는 폭도들
장 나티에 그림

테베의 카드모스
왕가 시리즈

에우로페를 납치한 황소 제우스

카드모스의 테베 건국

처녀 여신의 알몸을 본 악타이온

세멜레의 불타는 사랑

술의 신 디오니소스와 펜테우스

쌍둥이 암피온과 제토스

오이디푸스 왕 이야기

(1) 오이디푸스 왕

(2) 콜로니스의 오이디푸스

(3) 안티고네

에우로페를 납치한 황소 제우스

등장 인물

에우로페 : 페니키아 공주

제우스　 : 최고 신

지금부터 수많은 전설을 남긴 그리스 중부에 있는 테베의 한 많은 이야기가 이어진다. 처음 이야기의 주인공은 유럽이란 이름을 탄생시킨 에우로페고, 무대는 그 당시 지중해 무역을 독점했던 소아시아의 페니키아다.

황소로 둔갑한 제우스

페니키아 공주 '에우로페 Europe'는 주로 소 떼들이 있는 해안 근처에서 친구들과 노는 것을 좋아했다. 그런데 그녀는 그만 천하의 바람둥이, 제우스의 레이더망에 딱 걸렸다. 제우스는 미모의 그녀를 보자 …

제우스　　오, 원더풀! 정말 아름다운 소녀군.

　　　　　　가만있자. 그녀를 어떻게 차지하지?

그가 누구던가? 신과 인간의 지배자요, 온 세상을 통치하는 최고신 아니던가? 그러나 천하의 제우스도 사랑 앞에서는 위엄이고, 품위고 모두 내던졌다. 그가 황소로 모습을 변신하고, 그녀에게 접근한 것이다.

황소 제우스는 다른 소들과 섞여, '음메 ~ 음메 ~'하며 풀밭을 돌아다니기 시작했다. 녀석은 다른 소들과 비교해 너무 멋졌다! 피부 색깔은 눈처럼 하얗고, 목과 어깨 근육은 튼실했으며, 뿔은 작지만 보석처럼 빛났다. 또 그 황소는 사람을 위협하는 구석은 전혀 없는 평온한 표정을 하고 있었다.

에우로페는 그런 멋지고 아름다운 황소를 보자 감탄하며 …

에우로페　어머나! 정말 멋지고 아름다운 황소네. 뷰티플 ~, 러블리 ~

그녀는 가까이 다가가 만지고 싶었지만, 처음에는 왠지 무서웠다. 그러나 금방 용기를 내어 다가가, 꽃 한 송이를 입에 내밀었다. 그러자 황소는, 아니 제우스는 속으로 …

제우스(황소)　빙고, 바로 그거야! 드디어 딱 걸렸군, 딱! <u>으흐흐</u> …

황소는, 아니 제우스는 당장 그녀를 어떻게 하고 싶었다. 그러나 간신히 또 간신히 꾸욱 참으며, 그녀의 손에 입을 맞추었다.

황소는 풀밭에서 장난치며 뛰다가, 때로는 모래 위에 벌러덩 누워, 애교와 수작을 부렸다.

그러다 요 소녀가 자기를 두려워하지 않는다는 걸 간파하자, 가슴을 내밀어 쓰다듬어 달라 하고, 또 목에 꽃을 걸어 달라며, 뿔을 앞으로 내밀었다. 그러자 에우로페가 …

황소에게 꽃을 걸어주고, 등에 타는 에우로페 - 프라도 미술관

에우로페　　어머머, 얘 좀 봐! 호호 .. 귀여운 것.

　　　　　　어디 등에 한 번 타 볼까?

에우로페의 납치

　그녀는 조심스레 황소 등에 올라탔다. 물론 자기가 지금 누구 등에 탔는 지도 모르고 말이다. 소녀를 등에 태운 황소는 처음엔 해변가를 걸으며, 파도에 발을 담갔다가, 점점 깊은 바다로 가더니, 거친 바다를 내닫기 시작했다. 그러자 소녀는 덜컥 겁이 났다.

황소 등에 올라탄 에우로페. 왼쪽은 친구들이고, 오른쪽은 바다의 신과 요정들이며, 꼬맹이들은 사랑을 상징한다 - 루브르

에우로페   어어 .. 어디 가는 거지? 여긴 바다 한가운데인데! 어어 ..

　졸지에 황소에게 납치당한 그녀는 점점 멀어지는 해안을 돌아보았다. 그러나 어떻게 할 수가 없었다. 그저 한 손은 황소 뿔을 잡고, 다른 한 손은 등에 올려놓은 채 하염없이 바다로 실려 갔다. 그러자 그녀의 옷자락이 바람에 부풀어 올라 펄럭였다.

　황소 제우스는 그녀를 태우고, 멀리 자신이 태어난 지중해의 크레타 섬에 도착했다. 그리고는 황소 모습을 벗고, 자신의 실체를 드러냈다. 이후, 에우로페는 두 번 다시 자기 고향과 아버지에게 돌아가지 못했다.

루벤스의 에우로페 납치. 황소로 변신한 제우스가 에우로페를 등에 태우고 크레타 섬으로 납치해 가고 있다 - 프라도 미술관

에필로그

유럽 (Europe) 의 어원이 된 에우로페

에우로페는 황소로 변신한 제우스에게 납치돼, 아시아에서 멀리 지중해 크레타 섬에 실려 갔다. '에우로페 Europe' 영어 발음은 '유럽 Europe'이다. 그러니까 유럽이란 단어는 그녀가 황소를 타고 간 대륙으로, 그녀의 이름에서 유럽이란 지명이 유래한 것이다.

에우로페는 크레타 섬에서 제우스와 관계하여, '미노스 Minos, 라다만티스 Rhadamanthys, 사르페돈 Sarpedon' 3형제를 낳았다. 그런 후, 제우스가 욕심만 채우고 훌쩍 떠나자, 에우로페는 그 섬의 크레타 왕과 결혼해 왕비가 되었다.

귀도 레니의 에우로페의 납치 - 런던 내셔널갤러리

에우로페의 3형제 중, 주목해야 할 캐릭터는 앞으로 자주 등장하는 장남인 미노스다. 그가 바로 크레타 문명의 황금시대를 연 미노스 왕이다. 그의 이름에서 '미노스 문명', 또는 '크레타 문명'이라 부르는 이 문명은 기원전 3650 - 1170년 경, 고대 그리스 청동기 시대의 역사적인 문명이다.

또한, 이 신화는 크레타의 건국 신화와 동방의 청동기 문명이 유럽으로 전해진 것을 암시하는 신화다. 비록 짧은 내용이지만, 에우로페 이야기는 미술 작품의 좋은 소재가 되어 많은 화가들이 즐겨 그렸다. 다음 페이지 사진은 크레타의 청동기 시대 대표적인 유적과 유물들이다.

미로로 유명한 크레타의 크로노스 궁

크로노스 궁 내부와 대표적인 고래 그림

당시 생활 유물들

집터와 독특한 벽화

대표적 유물인 황금뿔 소

청동 생활 도구와 무기들

뱀을 양손에 든 여신

카드모스의 테베 건국

등장 인물

카드모스   : 에우로페 오빠 (페니키아 왕자)

아게노르   : 카드모스 아버지 (페니키아 왕)

하르모니아   : 카드모스 아내

아폴론   : 태양, 예언, 궁술, 의술의 신

아테나   : 지혜, 전쟁의 여신

이번 스토리는 카드모스가 실종된 여동생 에우로페를 찾다가, 앞으로 계속 이야기가 전개될 테베라는 나라를 세우는 건국 신화다. 그런데 이후, 카드모스 집안은 무려 7대에 걸쳐, 비극적인 사건이 일어난다. 과연, 그 원인은 무엇일까?

동생 에우로페를 찾아 나선 카드모스

페니키아 왕 '아게노르 Agenor'는 슬하에 3남 1녀를 두었다. 이중 장남이 이번 이야기 주인공 '카드모스 Cadmus'고, 외동딸이 바로 제우스에게 크레타로 납치된 에우로페다. 아게노르 왕은 사랑하는 딸이 갑자기 실종되자, 자식들을 불러 호통치며...

아게노르   야, 이놈들아! 당장 에우로페를 찾아오지 못해?

            만약 찾아오지 못하면 돌아오지도 마라.

            아니, 그냥 오면 그땐 추방시켜 버리겠다. 알았어?

파르니소스 산의 정상 부근에 있는 그리스에서 신탁으로 가장 유명한 델피의 아폴론 신탁소 전경

그러자 아들 3형제는 사방으로 흩어져, 실종된 여동생을 찾기 시작했다. 카드모스도 부하들과 함께 여동생을 찾기 위해 온 세상을 돌아다녔다. 주변 소아시아부터 시작해, 머나먼 그리스까지 와서 찾아보았지만, 끝내 동생을 찾을 수 없었다.

카드모스는 이제 고향에도 돌아가지 못하게 되었다. 낯선 그리스에서 오갈 데도 없는 신세가 되었던 것이다. 그래서 그는 델피의 아폴론 신전을 찾아가, 향후 어디서 어떻게 살아야 할지를 물었다. 그러자 아폴론 신탁이 알려주기를 ...

아폴론 신탁　그대가 이 신전을 나가면, 들판에서 암소 한 마리를 만날 것이다.
　　　　　　　그 암소는 고삐도 없고, 지금까지 일도 안한 신성한 소다.
　　　　　　　그 암소가 가는 곳으로 따라가라! 그러다 암소가 풀밭에 누우면,
　　　　　　　거기에 도시를 세우고, 그곳을 테베라고 이름 지어라!

카드모스가 신전을 막 나오자, 정말 암소 한 마리가 들판에서 어슬렁어슬렁 걸어오고 있었다. 그 암소는 주인도 없고, 고삐를 맨 흔적도 없는 그런 암소였다. 그는 부하들과 함께 암소를 따라가며, 아폴론에게 감사의 기도를 올렸다.

암소는 한참을 걷더니 강과 들을 지나, 마침내 걸음을 멈추었다. 그리고 하늘을 향해 우렁찬 소리를 내면서 풀밭에 누웠다. 그러자 카드모스가 환호성을 지르며 ...

카드모스   바로 여기다. 신이 말씀하신 땅이 바로 이곳이다. 하하하 ...

그는 신에게 다시 감사의 기도를 드리고, 낯선 땅에 입을 맞추었다. 그리고는 부하들 한테 신에게 제사를 드릴 신성한 물을 길어오라고 했다.

왕뱀과의 한판 승부

그곳 근처에는 오래된 숲이 있었는데, 아치형 동굴에서 물이 펑펑 솟아나고 있었다. 그런데 그 동굴 안엔 전쟁의 신 '아레스 Ares'에게 바친 왕뱀 한 마리가 살고 있었다. 마치 용처럼 거대한 그 왕뱀은 머리에 황금 볏이 있고, 눈에서는 불을 뿜으며, 온몸은 독으로 잔뜩 부풀어 있었다. 또 주둥이엔 3갈래의 혀가 이빨 사이로 날름거렸다.

부하들이 샘에서 물을 뜨기 위해 양동이를 첨벙 담갔을 때였다. 그때 그 소리를 들은 왕뱀이 갑자기 동굴에서 머리를 내밀더니, 쉭쉭 ~ 무서운 소리를 내기 시작했다. 그러자 부하들은 왕뱀을 보고 깜짝 놀라 부들부들 떨며 ...

부하들   이크, 왕뱀이다 ~ / 토껴라 ~ / 어서 왕뱀을 죽여라 ~

그때 왕뱀이 똬리를 틀며, 윗몸을 높이 일으켜 세웠다. 녀석의 몸은 어찌나 큰지, 마치 숲 전체를 덮어버릴 거 같았다. 왕뱀 녀석이 일행을 공격하기 시작했다. 녀석은 무기로 대항하는 사람, 도망치는 사람, 겁먹고 꼼짝 못 하는 사람을 가리지 않았다. 물어 죽이고, 칭칭 감아 죽이고, 조여 죽이고, 독을 내뿜어 모두 죽였다.

왕뱀이 벌써 부하들을 깔끔하게 죽이고, 이제 또 다른 부하의 얼굴을 사정없이 물어뜯고 있다 - 런던 내셔널갤러리

한편, 카드모스는 부하들이 한참을 지나도 돌아오지 않자, 이상한 생각이 들어 …

카드모스　정오가 지났는데, 한 명도 돌아오지 않네.
　　　　　이거 아무래도 불길한 예감이 드는데?

그는 그 즉시 부하들을 찾아 나섰다. 그에겐 사자 가죽 방패와 날카로운 창과 투창이 있었지만, 그 어떤 무기보다 뛰어난 무기는 그의 용기였다.

그가 숲에 들어가자, 부하들 시체가 사방에 널려있고, 왕뱀이 피투성이 혀로 부하들의 피를 빨아먹고 있었다. 그것을 본 카드모스는 분노하여 …

카드모스 좋다! 내가 자네들 원수를 갚아주겠다.

그렇지 않으면 나도 뒤를 따라 죽을 것이다. 자, 죽어라, 이놈아!

그러며 엄청 큰 바위를 들어, 왕뱀을 향해 던졌다. 만약에 그 바위에 맞았더라면, 높은 성벽도 와르르 무너졌을 정도였다. 그렇지만 왕뱀은 끄떡없었다. 녀석의 단단한 비늘이 갑옷같이 딱딱했기 때문이었다. 그러자 카드모스가 놀라며 …

카드모스 오냐, 그럼 이번엔 이 투창 맛을 봐라!

그가 녀석의 등 한복판을 향해 투창을 던지자, 이번엔 딱딱한 비늘도 투창을 견디지 못했다. 날아간 투창이 비교적 녀석의 약한 곳을 관통해, 내장 깊숙이 박혔던 것이다.

카드모스 빙고! 바로 그거야.

왕뱀 녀석은 괴로워하더니, 온 힘을 다해 투창을 요리조리 흔들어 간신히 뽑아냈다. 하지만, 투창의 뾰족한 끝은 아직 녀석의 몸속에 박혀있었다. 녀석은 몸에 부상을 입자, 미친 듯이 날뛰기 시작했다.

목은 핏발로 부어올랐고, 아가리에서 나오는 흰 거품과 독이 사방으로 질질 퍼졌다. 녀석은 얼른 똬리를 틀어 몸을 세우더니, 마치 쓰나미같이 가슴으로 숲을 우당탕 쓸어 눕히며 공격했다.

그러나 카드모스가 잽싸게 피하며, 사자 가죽 방패로 녀석의 공격을 수차례 방어했다. 그는 입을 벌리고 달려드는 왕뱀을 계속 몰아붙이다가, 녀석의 목구멍에 창을 깊숙이 밀어 넣었다. 그러자 마침내 창끝이 목을 관통해, 녀석을 뒤에 있던 나무와 함께 꿰뚫어 버렸다.

카드모스가 부하들을 죽인 왕뱀의 목구멍에 창끝을 깊숙이 넣어, 뒤의 나무에 관통시켜 죽이고 있다 - 핸드릭 골치우스 그림

새로운 백성과 테베 건설

승리한 카드모스가 거대 왕뱀을 보고 있을 때였다. 그런데 그때, 느닷없이 어디선가 목소리가 들려오며...

목소리   카드모스여! 그대는 왜 그렇게 자기가 죽인 왕뱀을 보고 있는가?

그대 역시 뱀이 될 것이거늘...!

아니, 자신이 뱀이 될 거라니! 이건 또 무슨 소린가? 카드모스는 그 말을 듣고, 한동안 겁에 질려 온몸이 얼어붙었다. 이때, 영웅들의 수호신 '아테나' 여신이 나타나...

아테나   카드모스여! 어서 땅을 갈아엎고,

앞으로 새로운 백성이 될 뱀의 이빨을 땅에 뿌려라!

그는 여신의 말에 따라 즉시 땅을 파고, 뱀의 이빨을 땅에 뿌렸다. 그러자 도저히 믿을 수 없는 일이 일어났다. 처음엔 흙 속에서 창끝이 보이더니, 그다음에는 깃털 장식을 한 투구가 보이고, 또 사람의 어깨와 무기를 잡은 팔이 올라왔다. 그러더니 방패와 무기로 완전 무장한 무사들이 하나둘씩 땅에서 솟아나기 시작했다.

카드모스는 깜짝 놀라, 무기를 들고 싸우려 했다. 그러자 무사 한 명이 소리치며...

무사   잠깐! 이건 우리끼리의 싸움이오.

그러니까 당신은 싸움에 끼어들지 마시오.

죽기 싫으면 어서 비켜요, 빨리!

카드모스가 아테나 말대로 뱀의 이빨을 땅에 뿌리자, 무장한 병사들이 땅에서 솟아나, 자기들끼리 신나게 싸움질하고 있다
- 프라도 미술관

무사는 이렇게 말하더니, 자기 옆에서 솟아난 무사를 칼로 내리쳤다. 그러나 이자도 다른 무사가 던진 창에 맞아 죽었고, 또 창을 던진 자도 곧바로 다른 무사에 의해 죽었다. 이와 같이, 땅에서 태어난 무사들은 서로 미친 듯이 싸우며, 서로가 서로를 죽였다. 이제 살아남은 무사는 겨우 5명이었다. 이때, 그들 중 한 명이 크게 외쳤다.

무사   잠깐, 스톱! 우리들은 모두 형제 아닌가!
       이제 우리 무기를 버리고, 사이좋게 지내지. 응?

그러자 나머지 무사들도 그의 제안을 받아들였다. 이렇게 하여, 카드모스는 무사들과 함께 신탁의 예언에 따라 새로운 도시를 건설했다. 이 도시가 바로, 그리스 테베다.

카드모스 가문의 저주

제우스는 처남이 된 카드모스에게 아프로디테와 아레스 딸 '하르모니아 Harmonia'를 아내로 주었다. 또한 이들의 결혼식엔 하늘의 모든 신들이 땅에 내려와, 신랑 신부를 축하해 주었다.

카드모스와 하르모니아는 1남 4녀를 낳았고, 또 그들한테서 많은 후손을 보았다. 그러나 인간의 마지막은 관 뚜껑을 덮어야 아는 법! 죽기 전까진 아무도 행복했다고 말을 못 하는 법이다! 그렇다! 그 후 이상하게도, 카드모스 일가는 계속되는 액운으로 불행한 저주가 이어졌다.

이유는 이러했다. 앞에서 카드모스가 죽인 왕뱀은 예사롭지 않은 뱀, 즉 전쟁의 신 '아레스'에게 바친 뱀이었다. 그래서 그의 자식과 자손은 신의 저주를 받아, 이후 7대에 걸쳐 죽고 죽이는 불행을 당한다.

카드모스의 아내 하르모니아

카드모스는 자손들이 계속 불행한 일을 당하자, 자신의 운명을 탓하며 테베를 떠났다. 그러던 어느 날, 카드모스가 문득 아내에게 …

카드모스 여보! 지금에 와서 생각해 보니까 말이야,
내가 전에 죽인 왕뱀이 신성한 뱀이었던 모양이야.
오, 신이시여! 나 때문에 우리 집안에 재앙이 내렸다면,
차라리 나도 뱀이 되게 하소서.

그가 이런 말을 하며 눕자, 어느새 그의 살갗은 비늘로 변하더니, 검게 된 몸의 곳곳에 푸른 반점이 생기기 시작했다. 이어 두 다리가 하나로 합쳐지고, 끝은 가늘어져 꼬리가 되었다. 그러나 아직 얼굴과 팔은 변하지 않은 상태였다. 그는 두 팔을 벌리며 …

카드모스 이리 와, 여보! 불쌍한 내 아내! 어서 내 손을 좀 잡아줘.
내게서 인간의 모습이 사라지기 전에 말야.

그는 더 말하고 싶었지만, 더 이상 말이 나오지 않았다. 혀가 두 갈래로 갈라져 입에선 쉭쉭 소리만 나왔기 때문이었다. 그러자 아내가 울부짖으며 …

아내를 칭칭 감는 뱀이 된 카드모스

하르모니아 여보! 대체 이게 어떻게 된 일이에요?
당신 모습은 어디 갔지요?
오, 신들이시여! 흑흑흑 …
저도 남편과 같이 뱀이 되게 하소서.

그러자 뱀이 된 카드모스가 아내를 포옹하며, 그녀 품 안에 들어가 몸을 칭칭 감았다. 그리고 얼마 후 그들은 2마리 뱀이 되어, 서로 뒤엉킨 채 가까운 숲으로 들어갔다.

지금까지 이 뱀들은 사람들을 피하거나 해치지 않는다. 이 유순한 뱀들은 자기들의 전생을 알고 있기 때문이다.

에필로그

카드모스는 실종된 여동생을 찾아, 소아시아에서 당시엔 멀고 먼 그리스까지 온다. 그러나 끝내 동생을 찾지 못하고 돌아갈 수도 없게 되자, 신탁의 예언에 따라 그리스에 테베라는 도시를 세웠다.

그 당시 그리스에는 마땅한 문자가 전혀 없었다. 그런데 그가 아테나 여신에게 바친 세 발 솥에 페니키아 문자가 적혀 있었다. 그래서 카드모스는 페니키아 사람들이 발명한 알파벳 문자를 그리스에 처음 들여온 사람으로 알려져 있다.

카드모스는 아프로디테와 아레스 딸인 '하르모니아'를 아내로 맞았다. 이것은 신화 최초로 인간이 하늘의 여신과 결혼한 사건이었다. 그래서 모든 신들이 결혼식에 참석해 선물을 듬뿍 주었다 한다.

카드모스 가문의 계속되는 재앙

카드모스와 하르모니아는 1남 4녀를 두었다. 아들은 '폴리도로스 Polydoros'고, 4명의 딸들은 '아우토노에 Autonoe, 아가우에 Agaue, 이노 Ino, 세멜레 Semele'다. 그런데 이들은 집안의 저주를 받아, 자신뿐 아니라 자식들 대부분이 죽고 만다.

카드모스 집안은 신의 저주로 무려 7대에 걸쳐 고통을 받다가, 유명한 '오이디푸스'의 불행을 끝으로 저주가 끝난다. 그 이야기가 다음 편부터 시작된다.

아레스 ^{Ares}

태생과 이름

'제우스와 헤라' 사이의 차남이다. 형이 '헤파이스토스'다. 로마 신화에서는 '마르스 Mars', 영어로는 '마스 Mars'로 불린다. 그의 이름에서 화성(火星)이 '마스 Mars'다.

지위와 역할

올림포스 12신 중의 한 명으로, 난폭하면서 피를 좋아하는 야만적인 '전쟁의 신'이다. 그는 아테나와 같은 전쟁의 신이지만, 그 성격이 많이 다르다.

아테나가 지혜와 전략적인 전술로 사람들과 도시를 보호해 주는 전쟁의 여신인 반면, 아레스는 살인을 즐기고, 난폭하고 잔인한 나쁜 의미의 전쟁의 신이다.

아레스 - 보르게세 미술관

그는 싸움터에 나갈 때는 항상 '공포, 두려움, 불화'의 신들을 거느리고 다닌다. 그러나 대부분의 싸움에서는 상대에게 패해, 개망신(?)을 당하곤 한다.

신화에서 아레스의 활약상은 거의 미미하다. 그러나 로마 사람들은 그를 제우스 다음으로 사랑했다. 이유는 아레스가 로마 창시자인 로물루스와 레무스의 아버지로 추앙받았기 때문이다.

그의 자식들

그는 아프로디테와의 불륜으로 '포보스(공포), 데이모스(걱정), 하르모니아(조화)'란 자식들을 두었다. 이 외에도, 인간 여성 자식으로 아마존 여왕 사이에 '펜테실레이아'와 '히폴리테' 등이 있다.

외모와 성격

주로 그림이나 조각에서 호감형 얼굴에, 건장한 체격을 가진 모습으로 등장한다. 근데 너무 호전적인 성격이라, 제우스와 다른 신들에게 미움을 받는다.

상징물

상징물은 '갑옷과 투구, 창, 방패'다. 주로 그림에서는 단독으로 나오지 않고, 대부분 아프로디테와 연애를 하거나, 들켜서 개망신 당하는 그림에 나온다.

아레스 - 벨라스케스 그림   아레스와 아프로디테 - 루벤스 그림   무장한 아레스 - 우피치 미술관

처녀 여신의 알몸을 본 악타이온

등장 인물

아르테미스 : 처녀 여신, 사냥의 여신
악타이온 : 카드모스 손자 (사냥꾼)

이 이야기 주인공은 카드모스 손자인 악타이온이다. 그런데 그는 보면 안 되는 여신의 알몸을 보고 말았다. 그건 저주받은 운명의 장난인가? 이번 무대는 짐승의 피로 얼룩진 산속이다.

처녀 여신, 아르테미스의 알몸을 본 악타이온

해가 중천에 있는 어느 무더운 낮이었다. 카드모스 손자 '악타이온 Aktaeon'은 자신의 50마리 사냥개를 데리고, 친구들과 사냥을 하고 있었다. 그런데 날씨가 너무 푹푹 찌자 친구들에게 ...

악타이온   애들아! 오늘은 정말 운이 좋지 않았어?
　　　　　이 창이 짐승의 피로 흠뻑 젖은 걸 보라고.
　　　　　(그러다) 어휴, 날씨가 정말 덥다, 더워!
　　　　　날도 덥고 하니까, 사냥은 내일하고 집으로 가지. 응?

친구들   오케바리! / 그럼, 내일 봐. / 바이 ~

그 산엔 소나무와 삼나무로 우거진 골짜기가 있었다. 그 골짜기는 바로 처녀 여신이자, 사냥의 여신인 '아르테미스 Artemis'에게 바친 신성한 장소였다. 그러니까 감히 함부로 들어가면 안 되는, 이를테면 출입 금지 지역이라고 해야 하나?

또 그곳 구석엔 숲으로 둘러싸인 동굴이 하나 있었다. 그 동굴은 사람이 인위적으로 만든 그런 동굴이 아니라, 대자연이 만들어낸 위대한 예술품이었다. 수많은 세월 속에 석회석이 만들어낸 아름다운 아치형의 동굴에는 맑은 샘물이 졸졸 흘러, 넓은 연못으로 모여들고 있었다.

이 연못이 아르테미스 여신이 사냥을 하다가 지치면, 항상 목욕하는 곳이었다. 이날도 여신은 자신을 따르는 요정들과 사냥을 하다가 이 연못에 왔다. 아르테미스는 시중드는 요정에게 투창과 화살 통을 맡기며…

아르테미스   이것 좀 받아서 내려놓을래? (옷을 벗으며) 이 옷도 좀 받아주고!

사냥하는 아르테미스 - 베르사유 궁   아르테미스 - 페테르부르크 여름 궁전   아르테미스 - 루브르 박물관

요정이 옷을 받고, 또 다른 2명이 여신의 샌들을 벗겼다. 그러자 손재주가 좋은 요정이 여신의 흘러내린 머리를 뒤로 질끈 묶어주고, 다른 몇 명은 물을 퍼 와, 여신의 몸에 물을 뿌려주었다. 이렇게 여신과 요정들이 알몸으로 목욕하고 있을 때였다.

그런데 이때였다. 악타이온이 친구들과 떨어져 숲길을 헤매다가, 그곳에 들어온 것은 그때였다. 요정들은 웬 놈의 사내가 불쑥 나타나자, 비명과 괴성을 지르며 ...

요정 1   꺄 ~ 악! 너 누구야?

요정 2   뭘 봐? 눈 안 깔아? 나가, 안 나가?

요정 3   여기가 감히 어디라고! 뭘 계속 쳐다봐! 꺼져, 어서 꺼지라고 ~

악타이온이 불쑥 나타나자, 아르테미스와 요정들이 기겁하며 얼른 몸을 가리는 티치아노 그림 - 런던 내셔널갤러리

알몸의 요정들은 숲이 떠나갈 정도로 비명을 지르더니, 얼른 달려가서 자기 알몸으로 여신의 나체를 가리려 했다. 헌데 오 마이 갓! 여신은 그녀들보다 키가 더 컸기 때문에 머리가 밖으로 쏙 나와 있었다.

악타이온　　(그런 장면을 보고) 헐 ~ 흐허헝 ...

　　여신은 자신의 알몸이 드러나자, 마치 저녁노을에 물든 석양처럼 얼굴이 빨개졌다. 그러다 활과 화살을 찾았지만, 손에 닿지 않는 곳에 있었다. 그러자 여신은 악타이온의 얼굴에 물을 쫙 뿌리며 ...

이 그림에선 상징적으로 사슴뿔이 달린 악타이온이 쓱 들어서자, 여신 (머리의 초승달) 은 그저 멍하니 보고 있다 - 루브르

아르테미스   이런 무엄한 놈! 자, 이제 어디 가서, 내 알몸을 봤다고 떠들어 봐라.
　　　　　　　단, 네놈이 말을 할 수 있다면 말이다.

　여신은 이 말과 함께 악타이온 머리에 수사슴 뿔이 돋아나게 만들었다. 또 그의 목을 길게 쭉 늘어뜨리고, 귀는 뾰족하게, 손과 다리는 긴 사슴 다리로 만들고, 온몸을 반점이 있는 털로 덮이게 했다. 이뿐 아니라, 마음에 공포심도 불어넣었다.

수사슴이 된 악타이온

　악타이온은 급히 그곳을 벗어나 달아나기 시작했다. 그러다 자신이 그렇게 재빨리 달릴 수 있다는 사실에 스스로 놀랐다. 그는 물에 비친 자기 모습을 보더니 기겁하며 …

악타이온   헉! 내가 수사슴? 아니야, 아니야 ~

　그는 소리를 쳤지만, 그 소리는 이미 사람 소리가 아니었다. 그저 후루루 ~ 한숨 같은 사슴 소리만 나왔다. 그는 눈물을 흘리며 …

악타이온   이제 어떡하지? 이런 모습으로 집에 돌아갈 수도 없고,
　　　　　　　그럼 숲속에서 계속 숨어 지내야 하나?

　그는 그딴 모습으로 집에 돌아가자니 부끄러워 갈 수도 없고, 그렇다고 숲속에 숨어 지낼 생각을 하니까 두려움이 앞섰다. 그런데 그때였다. 그가 주저하고 있을 때에 그의 사냥개들이 사슴으로 변한 악타이온을 발견했다.

　맨 먼저 그를 발견한 녀석은 스파르타 산(産) 사냥개였다. 녀석이 컹컹대면서 신호를 보내자, 50마리 개들이 그야말로 개떼(?)처럼 몰려왔다. 악타이온은 달아나기 시작했다. 곧이어, 쫓고 쫓기는 추격전이 벌어졌다.

사냥개들은 사슴을 꼭 잡고 말겠다는 듯이, 벼랑 끝과 낭떠러지들을 지나, 길도 없는 바위를 넘어 맹추격했다. 반면, 악타이온은 전에 자기가 사냥하던 곳에서 자기 개들에게 쫓겨 달아나고 있었다. 그는 자기 개들에게 이렇게 외치고 싶었다.

악타이온   야, 이놈들아! 난 악타이온이다, 악타이온!
            이놈들아, 너희 주인도 몰라보냐?

이 그림에서는 상징적으로 아르테미스가 활을 쏘고, 악타이온이 사냥개들에게 물어뜯기는 티치아노의 유명한 그림
- 런던 내셔널갤러리

그러나 그건 생각일 뿐, 입에선 말이 나오지 않았다. 산은 온통 개들이 짖는 컹컹대는 소리로 메아리쳤다. 맨 먼저 달려와서 자기 주인에게 부상을 입힌 놈은 지름길로 달려온 3마리 개였다. 이놈들이 어깨를 물고 늘어지는 동안 나머지 녀석들이 몰려오더니, 그의 몸에 사정없이 이빨을 박았다.

악타이온은 신음하며 비명을 질렀다. 그러나 그 소리는 사람의 소리도, 또 그렇다고 사슴 소리도 아니었다.

그때 친구들이 달려오자, 그는 살려달라고 애원을 했다. 그러나 친구들은 영문도 모른 채 개들을 응원하더니, 악타이온을 찾으며 소리쳤다.

자기 주인인 악타이온을 인정사정없이 사방에서 물어뜯는 사냥개들

친구 1   야, 악타이온 ~ 악타이온 ~
이리 와 봐, 지금 사슴 한 마리를 잡았어.

친구 2   하, 짜식! 이 멋진 장면을 봐야 하는데, 안 그래?

친구 3   글쎄 말야. 게을러빠져서 놓친 거지, 뭐.
(다시 소리쳐 부르며) 야, 악타이온 ~ 악타이온 ~

악타이온은 자기 이름을 부르는 쪽으로 고개를 돌렸다. 그리고 마음속으로 ...

악타이온   아아.. 내가 지금 여기 없으면 얼마나 좋을까!
내가 개들에게 갈기갈기 찢기는 대신,
이런 것을 구경이나 하고 있으면 얼마나 좋을까!

그러나 사냥개들은 사방으로 둘러싸, 자기 주인의 살점을 인정사정없이 물어뜯었다. 전해지는 얘기로 … 아르테미스 여신은 악타이온의 숨통이 끊길 때까지 분노가 풀리지 않았다 한다.

에필로그

카드모스 딸이자, '아우토노에' 아들인 악타이온은 정말 억세게 재수 없는 사내였다. 그가 처녀 여신의 알몸을 본 대가는 너무나 컸다. 운명의 장난이었을까? 아니면 단순히 길을 잃은 잘못이었을까? 카드모스 손자 악타이온은 영문도 모른 채, 자기 사냥개에게 찢겨 죽는 비운을 맞았다.

그리스 로마 신화에서 신의 존재는 인간보다 한 단계, 아니 그 이상의 존재다. 감히 인간이 신에게 도전하거나 대결하는 것은 용납이 안될 뿐만 아니라, 혹독한 보복을 당한다.

여신의 육체 또한 마찬가지다. 여신의 육체는 최고로 완성된 완전한 미(美)를 의미한다. 더구나 아르테미스는 처녀 여신이다. 처녀성과 순결을 중요시하는 이 여신은 자기 알몸을 보았다는 것 자체가 커다란 굴욕이었다.

또 악타이온이 멋모르고 간 곳은 처녀여신이 목욕하는 신성한 장소였다. 여신은 자신의 신성한 장소에 침입한 자를 절대 용납할 수 없었던 것이다.

목욕하다 놀라는 아르테미스 - 루브르

아르테미스 Artemis

어원과 이름

'제우스와 레토'의 딸로, 아폴론과는 쌍둥이 남매지간이다. 로마 신화에서는 '디아나 Diana', 영어 이름은 '다이아나 Diana'다.

탄생 비화

탄생 비화는 쌍둥이 남매인 아폴론과 같다. 간단히 설명하면 이렇다. 그녀의 어머니 레토가 임신했을 때다. 헤라는 레토가 임신한 쌍둥이들이 제우스 다음가는 권력을 쥐게 될 거란 예언을 듣고 해산을 방해했다. 그러나 레토는 포세이돈의 도움으로, 가까스로 델로스 섬에서 아르테미스와 아폴론을 낳을 수 있었다.

지위와 역할

올림포스 12신 중 한 명으로, 신화에서 주요 캐릭터다. '처녀 여신'이며 '사냥의 여신'이다. 이 여신은 이 밖에도 '달의 여신'과 '다산과 풍요의 여신'이기도 하다.

처녀 여신 : 아르테미스는 처녀들의 수호신이며, 순결을 중요시하는 여신이다. 그녀는 제우스에게 평생 처녀로 남게 해달라고 부탁해, 독신주의자가 되었다.

처녀 여신이자, 사냥의 여신인 붉은 옷의 아르테미스가 사냥개와
자신을 따르는 일행과 함께 사슴 사냥을 하고 있다.

사냥의 여신 : 어깨에 화살통을 메고, 자신을 따르는 요정들과 산과 들을 누비는 사냥의
여신이다. 그녀의 화살 실력은 아폴론 버금가는 백발백중, 명사수다.

달의 여신 : 달의 여신이기도 하다. 원래 달의 여신은 '셀레네'였다. 헌데 티탄과의 전쟁
에서 승리 후 아폴론이 태양신이 되었듯, 그녀 또한 달의 여신이란 권한을 물려받았다.
미술 작품에서 달의 여신으로 나올 때는 머리에 '초승달'이 있는 모습으로 등장한다.

머리에 초승달 모양의 아르테미스
바티칸 박물관

에페소스 아르테미스 여신상
나폴리 국립 박물관

기둥만 남은 고대 7대 불가사의인
에페소스의 아르테미스 신전 유적

다산의 여신 : 그녀는 원래 처음부터 그리스에 있던 여신이 아니고, 아시아에서 건너온 다산과 풍요의 여신이다. 터키 에페소스 등의 아르테미스 신상은 가슴에 수많은 유방을 달고 있는데, 이는 그녀가 다산과 풍요의 여신임을 말해준다. 또 에페소스의 아르테미스 신전은 고대 7대 불가사의 중 하나지만, 지금은 기둥만 덜렁 남아있다.

아르테미스
베르사유 궁

외모와 성격

그녀는 미술 작품에서 키가 좀 크고, 머리를 질끈 동여맨 선머슴 같은 스타일로 나온다. 좀 남자 같은 보이시한 스타일이라고 할까?

그녀의 성격은 좀 드세고, 복수심이 강해, 때로는 인간에게 가혹한 처벌을 한다. 그녀를 잘못 건드려 희생된 자들은 수없이 많다.

상징물

조각이나 회화에서 그녀를 척 보면 알 수 있는 대표적인 상징물은 '활과 화살', 이마의 '초승달'이다. 그녀의 대표적 상징 동물은 '사슴과 사냥개'다.

사냥개를 데리고 사슴을 사냥하는 사냥의 여신 아르테미스 – 루벤스 그림

파리 룩상공원의 아르테미스 조각상

세멜레의 불타는 사랑

등장 인물

세멜레 : 카드모스 막내딸 (디오니소스 어머니)

제우스 : 최고 신

헤라 : 제우스 본처

    세멜레는 카드모스의 막내딸이자, 술의 신 디오니소스(영어는 바커스)의 어머니다. 이 이야기는 그리스 로마 신화의 중요한 캐릭터인 디오니소스의 탄생 배경과 카드모스 가문의 또 다른 저주에 관한 신화다.

디오니소스 - 에르미타주 박물관

레오나르도 다빈치의 디오니소스

디오니소스 - 우피치 미술관

세멜레의 임신과 헤라의 질투

'헤라 Hera'는 악타이온이 개들에게 찢겨 죽자, 내심 속으로는 카드모스 집안의 재앙을 고소하게 생각했다. 왜냐고? 카드모스의 여동생인 에우로페 기억하시는가? 황소 등을 타고, 크레타 섬에서 제우스 자식을 낳은 여인 말이다. 그러니까 헤라에겐 에우로페도 자신의 연적(戀敵)이었다.

그런데 이번에는 제우스가 또 카드모스 막내딸인 '세멜레 Semele'를 좋아해서 그녀를 임신시켰다. 〈세멜레는 에우로페 조카다〉 정말 헤라는 카드모스 집안과 무슨 전생에 철천지원수라도 되는 것일까? 어쨌든, 이번에 헤라의 연적은 세멜레였다.

헤라는 세멜레가 제우스 자식을 임신하자, 정말 마음이 괴로웠다. 아니, 속이 쓰리고 뒤틀렸다. 여신은 가끔 그녀에 대해 악담을 늘어놓다가, 어느 날 문득 ...

헤라   가만! 내가 그동안 그 계집을 악담해서 얻은 게 뭐지?

그래! 오늘은 그년을 가만두지 않겠어.

아니, 내가 누구야?

하늘의 여왕이자, 제우스의 당당한 본부인 아닌가?

근데, 내가 왜 꾹꾹 참고 살아야만 하지? 왜, 왜냐고?

그녀는 생각하면 할수록 약이 오르던지 씩씩거리며 ...

헤라   흥! 고 앙큼한 것이 날 모욕해도 분수가 있지,

이젠 떡하니 임신까지 해서, 제우스의 첩이 되려고 해?

안 되지, 그건 유죄지! 스스로 불륜을 입증하는 거지, 암!

더구나, 그년이 꼴사납게 미모를 뽐내는 꼴이란 ...

좋아! 그게 얼마나 잘못된 건지, 내가 확실히 보여주겠어!

유모로 변신한 헤라와 불타는 세멜레

헤라는 즉시 하늘 옥좌에서 일어나, 세멜레 집에 갔다. 그리고는 집에 들어가기 전에 먼저 노파의 모습으로 뚝딱 변신했다. 귀밑은 희게, 피부는 쭈글쭈글하게 만들고, 등을 구부린 채 뒤뚱거리는 걸음으로 들어갔다. 목소리 또한 노파의 목소리로 하자, 그녀는 영락없이 세멜레를 어려서부터 키우고 길렀던 유모였다.

노파로 변신한 헤라는 세멜레를 만나, 한동안 이런저런 이야기를 나누었다. 그러다 도중에 제우스의 이름이 나오자, 딱 걸렸다 싶어 괜히 오버하며 ...

노파   고것이 참말이여유? 제우스께서 아씨를 찾아 오신다구유?

세멜레   (자랑하며) 호호 .. 그렇대도.

노파   우메우메! (그러다, 괜히 한숨을 푹 쉬며) 에휴 ~

              지두 그분이 참말로 제우스라면, 월매나 좋겄어유.

              근데, 지는 왠지 두렵기만 하네유.

세멜레   두렵다니 .. 뭐가?

노파   요즘 남정네들이 여인네 방에 들어갈 때는 말이쥬,

              지들이 전부 신이라고 거짓뿌렁한다고 하더구먼유.

              그러니께, 제우스란 것만으론 충분하딜 않아유.

              그딴 거 믿으면 클나유. 한방에 훅 가유!

세멜레   (듣고 보니 의심이 들어) 어머, 그렇네.

노파   아씨! 그럼 이렇게 해보셔유.

              참말로 제우스라면, 사랑의 증거를 보여 달라고 해보세유.

세멜레   사랑의 .. 증거?

노파   예. 그러니께 하늘 나라에서 헤라를 만날 때처럼,

              위대하고 폼 나는 모습으로 짠 하고 나타나,

              아씨를 꽉 안아달라고 해보세유. 아셨쥬?

헤라는 순해 빠진 그녀를 그렇게 꼬드겨놓고, 다시 하늘로 올라갔다. 그날 밤이었다. 세멜레는 그날도 제우스가 자기 방에 찾아오자 ...

세멜레 저기요! 제가 꼭 선물 받고 싶은 게 있는데 ...

제우스 선물? 뭐야, 예쁜이?

세멜레 그게 .. 그게요 ...

제우스 허참, 답답하네! 무슨 선물을 받고 싶은지 어서 말해 봐.
　　　　　내가 절대 거절하는 일은 없을 테니까 말이야.

세멜레 (너무 좋아서) 정말요?

제우스 고럼 고럼! 정 못 믿겠다면, 내 스틱스 강에 맹세할 게.
　　　　　스틱스 강에 맹세하면, 절대 번복할 수가 없거든.
　　　　　근데 무슨 선물을 받고 싶지, 예쁜이?

그렇다. '스틱스 Styx 강'에 맹세하면, 누구든 절대로 맹세를 번복할 수가 없다. 아무리 천하의 제우스라도 말이다. 세멜레는 제우스가 약속하자, 자신이 곧 죽게 될 운명이란 것도 모른 채 좋아하며 ...

세멜레 제가 받고 싶은 선물은 ... 하늘에서 헤라 여신과 포옹할 때와 똑같이,
　　　　　그 모습으로 찾아와, 저를 꼬옥 안아주세요.

순간 제우스는 깜짝 놀라, 얼른 그녀 입을 막으려 했다. 그러나 이미 엎지른 물이었다. 제우스는 끙 하는 신음 소리를 냈다. 약속을 번복할 수 없었기 때문이었다.

제우스는 괴로운 마음으로, 하늘로 올라갔다. 먼저 안개를 모아, 먹구름, 천둥, 번개, 벼락을 섞어 필살기를 만들었다. 그러나 될 수 있는 한, 그 위력을 팍 줄였다. 제우스는 무기와 함께 하늘의 광채 나는 옷차림을 하고, 세멜레 방으로 들어갔다.

제우스　예쁜이! 자, 내가 약속대로…

그 순간, 세멜레는 불에 타 죽고 말았다. 제우스가 내뿜는 광채와 열기가 너무 강해, 불에 타서 죽고만 것이다.

디오니소스의 탄생

그러나 그때, 제우스는 불타고 있던 세멜레의 뱃속에서 6달이 된 태아를 얼른 꺼냈다. 전하는 소문에 의하면… 제우스는 그 태아를 자신의 허벅지 안에 넣어 꿰매었다. 그런 후에 달이 차자, 아이를 허벅지에서 꺼내, 세상 밖에 내놓았다 한다.

이 아이가 바로 술의 신 '디오니소스 Dionysus'다. 그래서 그의 이름은 '어머니가 둘인 자'란 뜻이다.

제우스가 하늘의 옷차림을 하고 벼락을 들고 오자, 세멜레가 그 광채와 열기가 너무 강해 불에 타려하고 있다 - 루벤스 그림

상징주의와 초현실주의 대가 귀스타프 모로의 제우스와 세멜레 - 모로 박물관

에필로그

이후, 제우스는 헤라 눈을 피해, 디오니소스를 이모 '이노(세멜레 언니)'에게 맡겼다. 그러나 헤라에게 발각되자, 제우스는 다시 아이를 인도 니사 산의 요정들에게 맡겼는데, 요정들은 아이를 동굴에 숨기고, 염소젖을 먹여 길렀다.

헤라에게 발각되자, 헤르메스가 어린 디오니소스를 다시 요정들에게 맡기고 있다
에르미타주 박물관

한편, 헤라는 아이를 놓치자, 보복으로 이노 부부를 미치게 만들었다. 그러자 실성한 남편은 아내가 안은 2명의 아이 중, 한 아이를 뺏더니 바위에 던져 죽였다. 그러자 이노 역시 발작해, 또 다른 아이를 안고 절벽에서 뛰어내려 죽었다. 이렇게 카드모스 집안은 악타이온에 이어, 세멜레와 이노까지 불운이 계속되었다.

헤라가 디오니소스 이모(이노) 부부를 미치게 만들자, 이모부 아타마스가 자기 아이를 들어 던지려 하고 있다
아카데미 산루카 그림

디오니소스와 그의 종교

술의 신 '디오니소스(영어는 바커스)'는 앞으로 자주 등장하는 매우 중요한 캐릭터다. 그럼 그가 어떻게 인간으로 유일하게 올림포스의 12신중의 한 명이 되었는지, 또 그의 종교는 어떤 것인지, 간단히 알아보면 이렇다.

디오니소스는 성장 후에, 포도 재배법과 포도주 만드는 비법을 발견했다. 그러나 그는 헤라의 복수로 미치광이가 되어, 온 세상을 떠돌아다녔다. 그러다 레아 여신에게 병을 고치고 신비 의식을 전수받아, 디오니소스 종교를 만들었다. 이후, 그는 아시아 지역을 돌며 사람들에게 포도 재배법을 알려주고, 또 자신의 종교를 포교했다.

광란의 여신도들이 사슴과 표범 가죽을 걸치고, 탬버린 등의 악기를 치며 축제를 벌이는 장면

디오니소스 종교는 일종의 제전이요, 축제였다. 초창기 신도는 주로 여성들이었다. 당시 사회적 약자였던 여성, 특히 유부녀들이 술을 마신 환각 상태에서 현실의 고통을 잊으려고 광적으로 추종하며 숭배했다. 그들을 '광란의 여자들'이라 해서, '마이나데스 Maenades'라고 부른다.

신도들은 사슴이나 표범 가죽을 걸치고, 머리엔 포도 잎으로 된 화관을 쓰고, 얼굴엔 가면을 썼다. 또 손엔 포도송이와 디오니소스를 상징하는 '티르소스 Thyrsos' 지팡이를 들고, 탬버린처럼 생긴 악기를 요란하게 치며, 산과 들을 누비고 다녔다.

오른쪽 그림과 같이, 이들이 행렬하는 장면은 이렇다. 디오니소스가 2마리 표범들이 끄는 마차를 타고 행차하면, 뒤엔 그의 스승인 대머리 노인 '실레노스'와 광란의 여신도, '바카이 Baccae (여사제)', '사티로스', '켄타우로스'들이 악기들을 연주하며, 요란한 축제 행렬을 벌인다.

디오니소스 의식은 주로 밤에 하는 광란의 축제였다. 이때 신도들은 술 취한 상태에서, 제물로 바친 짐승과 어린아이를 산 채로 먹고, 피를 마셨다 한다. 이것은 디오니소스의 살과 피를 먹는 생명의 부활을 상징하고, 인간과 자연이 하나가 되는 의식이었다. 이런 과격한 의식을 통해, 그들은 일상의 고통이나 두려움에서 해방되고자 했다.

디오니소스는 가는 곳마다 환영받았다. 술이 세상의 걱정과 근심을 없애주고, 기쁨과 환희를 선사했기 때문이었다. 그는 아시아부터 시작해, 자신을 따르는 광적인 여성들의 지지를 얻어, 점차 그리스까지 세력을 확장했다.

디오니소스 종교는 처음에 그리스에서 박해를 받았다. 그의 신앙이 광란의 축제였기 때문에 귀족들의 반감을 샀다. 하지만, 디오니소스는 자신을 믿지 않는 자들을 엄하게 처벌하며, 드디어 다음 이야기에는 자기 고향인 테베에 입성한다. 기대하시라!

디오니소스 일행의 행렬 - 푸생 그림

디오니소스 Dionysus

어원과 이름

'제우스'와 '세멜레' 사이 자식이다. 로마 신화에서는 포도나무 싹을 뜻하는 '바쿠스 Bacchu', 영어는 '바커스 Bacchus'라 불린다.

디오니소스란 이름은 '니사의 제우스'와 '두 번 태어난 자'란 뜻이다. 이 밖에도 그의 별명은 '소란스러운 자, 부르짖는 자(바코스), 위대한 사냥꾼(자그레우스)', 또 '근심과 걱정을 덜어주는 자, 어머니가 둘인 자'다.

탄생 비화

제우스 넓적다리에서 태어난 디오니소스 - 모로 박물관

그의 탄생 비화는 제우스 머리에서 튀어나온 아테나만큼 특이하다. 제우스 아이를 임신한 세멜레는 노파로 변신한 헤라의 유혹에 속아, 그만 불에 타 죽고 만다. 이때 제우스가 재빨리 태아를 꺼내, 자기 넓적다리에서 9달이 될 때까지 인큐베이터처럼 키웠다.

이렇게 어머니 뱃속과 제우스 넓적다리에서 잉태했단 의미로, 그의 이름은 '어머니가 둘인 자, 두 번 태어난 자'란 뜻이다.

지위와 역할

　그는 유일하게 인간으로 태어나, 올림포스의 12신 중에 한 명이 된 신이다. 먼저 그는 '포도주, 즉 술의 신'이다. 인간에게 근심과 걱정을 없애주고, 기쁨과 광란, 또 황홀경과 해방감을 주는 술을 선물한 신이다.

머리에 포도덩굴 화환을 쓰고, 포도주 잔을 든 디오니소스
우피치 미술관
(카라바지오 그림)

또 '연극의 신'이다. 왜 술의 신이 연극의 신이냐고? 그의 신앙이 술에 취한 신도들이 가면을 쓰고, 광적인 입신 상태에서 춤을 추는 축제 의식이었다. 그러나 이러한 광적인 의식이 점차 순화되어, 연극 등의 축제로 변한 것이다. 그가 연극의 신이 된 것은 바로 이런 이유 때문이다.

결혼과 자식

그는 아프로디테 사이에 유별나게 큰 성기를 가진 '프리아포스 Priapus'를 두었다. 또 인간 여성과의 결혼은 2권의 테세우스 편에 등장하는 크레타 공주 '아리아드네'다. 그는 그녀를 아내로 맞아, 4명의 자식을 두었다.

외모와 성격

미술 작품에서 주로 잘 생긴 모습으로 등장한다. 그는 축복을 주는 인자한 신이지만, 반면에 자신을 섬기지 않는 자는 무시무시한 보복을 가하는 성품의 소유자다.

디오니소스와 바카레 - 에르미타주

디오니소스 - 여름 궁전

디오니소스와 에로스 - 나폴리 국립

상징물

조각이나 그림에서 머리에 '포도나무 화관'을 쓰고, 손에는 담쟁이덩굴로 만든 '티르소스'란 지팡이와 술잔을 든 모습으로 나온다. 머리나 손에 포도가 있으면, 무조건 100% 디오니소스 신이라고 보면 된다.

또한 그는 그림에서 자신을 광적으로 따르는 광란의 여신도들과 사티로스, 또한 그의 스승인 술주정꾼 실레노스와 함께 나오는 경우가 많다. 상징적 동물은 '호랑이, 표범'이다.

술을 받는 디오니소스 - 나폴리 국립 박물관

오른쪽부터 실레노스, 사티로스, 여신도 등과 함께 표범이 끄는 마차를 타고 가는 디오니소스
프라도 미술관
(루벤스 그림)

술의 신 디오니소스와 펜테우스

등장 인물

디오니소스 : 술, 포도주의 신
펜테우스 : 테베 왕
아가우에 : 펜테우스 어머니
아코이테스 : 선장 (디오니소스 신도)

테베 왕인 펜테우스는 바로 디오니소스 사촌이었다. 그러나 그는 그리스 전역에 퍼진 디오니소스 교(敎)를 경멸하고, 철저히 탄압했다. 그런 그에게 새로운 신이라 칭송되는 디오니소스가 테베로 다가오고 있었다.

카라치의 디오니소스 승리와 행진 표범 마차를 탄 디오니소스 앞에 광란의 무리와 신도들이 요란하게 행진하고 있다 - 파네치 궁

디오니소스 신을 믿지 않는 펜테우스 왕

디오니소스가 자기 고향 테베에 가까이 오자, 벌써부터 들판엔 축제의 함성이 울려 퍼졌다. 테베 시민들은 남녀노소, 빈부귀천을 가리지 않고 모두 몰려나와, 새로운 신의 축제에 참여하기 위해 우르르 몰려갔다. 그러자 테베 왕 '펜테우스 Pentheus'가 엄청나게 화가 나 소리치며...

펜테우스   테베 백성들이여! 대체 어쩌다가 모두 이렇게 미쳐버렸소.

꽹과리와 피리 소리, 눈을 속이는 마술이 뭐가 대단하단 말이오?

여러분은 전쟁터에서 적의 칼과 창은 물론,

요란한 나팔 소리도 두렵지 않던 사람들 아니었소.

근데, 술 취한 남녀의 미친 광란의 소리에 현혹되었단 말입니까?

젊은이와 노인들이여!

우린 먼바다를 건너온 영웅의 후손이란 걸 잊었소?

제발 부탁이니, 조상들의 명예를 지키도록 합시다.

만약, 우리 테베가 적의 공격을 받아 성이 함락된다면,

그것은 비참한 운명일지라도, 부끄러운 것은 아닐 것이오.

근데, 비무장 소년한테 테베가 함락되어도 좋단 말이오?

그자는 창을 들고, 말을 타고 전쟁하는 것도 아니고,

기껏해야 머리에 포도나무 화관을 쓰고,

자줏빛 황금 옷을 입은 애송이 아니오.

좋소! 내 당장 그자를 잡아 모든 것을 밝히겠소.

그자의 아버지가 제우스란 것은 새빨간 거짓말이며,

그자의 의식 또한, 속임수란 것을 자백 받고 말겠소.

그는 즉각 부하들에게 명령을 내리며...

펜테우스   어서 그 두목 놈을 끌고 와라.

       당장 가서, 디오니소스란 놈을 잡아오란 말이다, 어서!

왕족과 신하들이 그를 말렸지만, 아무 소용 없었다. 아니, 말린 것이 오히려 그를 더욱
더 광분하게 만들었다. 얼마 후, 명령을 받고 떠난 부하들이 피투성이가 되어 돌아왔다.
그러자 펜테우스가 깜짝 놀라며 …

펜테우스   응? 너희들은 왜 이 꼴이 되었냐?

       그건 그렇고, 그놈을 잡아 왔느냐?

부하   아니요! 디오니소스는 찾지 못했습니다.

       그 대신 그의 추종자이며, 제사를 집행하는 집사를 붙잡아왔습니다.

그러며 부하들이 손을 뒤로 묶인 한 사나이를 끌고 왔다. 그러자 펜테우스는 잡혀온
자를 분노에 찬 눈으로 무섭게 노려보며 …

디오니소스가 일행과 함께 행진하며 도시로 들어오자, 저 멀리 건물 등에 수많은 사람들이 몰려들어 반기고 있다 - 빈 미술사

펜테우스　네 이놈! 넌 이제 곧 죽게 될 목숨이고,

　　　　　또 너의 죽음은 다른 놈들에게 본보기가 될 것이다.

　　　　　그전에 네놈의 이름과 부모, 태어난 나라를 말해라.

　　　　　또 네놈이 왜 그딴 의식에 참여하게 되었는지 털어놔라. 알겠냐?

선원들과 디오니소스

그러자 잡혀온 자는 별로 겁먹은 기색도 없이 이야기를 시작했다.

아코이테스　제 이름은 '아코이테스 Acoetes'고,

　　　　　　태어난 곳은 리디아입니다.

　　　　　　저의 부모님은 가난한 평민 출신이었죠.

　　　　　　아버지는 제게 경작할 땅은 고사하고,

　　　　　　양 한 마리, 소 한 마리도 물려주지 않으셨습니다.

　　　　　　물론, 아버지도 너무 가난하여 낚시만 하셨죠.

　　　　　　고기 잡는 기술이 그분의 전 재산이었으니까요.

　　　　　　아버지는 제게 물고기 잡는 기술을 전수해 주며,

　　　　　　이렇게 말씀하셨습니다.

아버지　　"자, 아들아! 물고기 잡는 기술을 받아라.

　　　　　　이것이 내가 가진 전 재산이란다. 허허허 …!"

아코이테스　그 후 아버지는 세상을 뜨시며,

　　　　　　제게 정말 바닷물만 유산으로 남기셨습니다.

　　　　　　전 정말 아버지처럼 살고 싶지 않았습니다.

　　　　　　그래서 저는 배를 조정하는 항해술을 배웠고,

　　　　　　비를 몰고 오는 별자리들을 눈여겨보았으며,

　　　　　　또 배가 정박하기에 좋은 항구들을 알아두었죠.

어느 날, 전 선원들과 델로스로 항해 중이었습니다.

그런데, 배가 바람에 떠밀려 어떤 섬에 불시착했죠.

그래서 우린 할 수 없이 거기서 밤을 보내야 했습니다.

다음 날 아침, 전 선원들에게 샘물이 있는 곳을 알려주며,

마실 물을 좀 길어오라고 했습니다.

그리고 높은 언덕에 올라가서 바람의 방향을 체크하고,

다시 배로 돌아왔죠. 근데 물을 길어 갔던 선원이 ...

뱃사람 1   (걸어오며) "선장, 우리 다녀왔어."

아코이테스   (예쁘장한 소년을 데려온 걸 보고) "근데, 이 소년은 누구야?"

뱃사람 2   "으응! 벌판에 헤매고 있어서 그냥 주워왔지, 뭐!"

아코이테스   그 친구는 소년을 마치, 벌판에서 주운 전리품 정도로 여겼습니다.

그런데 소년은 술에 취했는지 잠에 취했는지, 비틀거리고 있었습니다.

하지만, 전 첫눈에 딱 느낄 수 있었죠.

그 소년의 옷차림과 얼굴, 또 걸음걸이를 보니까,

아무래도 인간이 아닌, 신인거 같았습니다.

술 마시며 쉬 ~ 하는 어린 디오니소스
- 귀도 레니 그림

청년 디오니소스
- 마드리드 국립 박물관

카라바지오의 병들은 디오니소스 - 루브르
술을 너무 마시면, 요렇게 된다는 얘기다.

그래서 전 선원들에게 ...

"여보게들! 이 소년에겐 신성이 있는 거 같아.

아니, 이 소년에게 신이 있는 게 틀림없어!"

뱃사람 1 (그러자) "뭐, 신? 신 같은 소리 하고 자빠졌네."

아코이테스 (얼른 두 손을 모아 소년에게)

"오! 당신이 누구시든, 우리에게 호의를 베풀어주시고,

우리를 도와주시고, 저들의 무례를 용서해 주소서!"

그러자 돛 꼭대기에 있던 줄타기의 달인인 선원이,

밧줄을 잡고 미끄러지듯 내려오면서 ...

뱃사람 3 "키키키 ... 우릴 위해 그렇게 기도할 필요는 없어."

뱃사람 4 "고럼, 고럼!"

뱃사람 3 "넌 우리 일에 방해 말고 배나 잘 몰아, 안 그런가?"

모두 "고럼. / 맞아, 맞아. / 너나 잘 하서."

동료 선원들이 맞장구치며 낄낄거리고 웃자, 아코이테스는 ...

아코이테스 전 그 순간 그 못된 녀석들이 작당해,

소년을 팔아먹으려고 한다는 것을 직감했죠. 그래서 ...

"잠깐! 이 배에선 내가 선장이야.

그러니까 모두 내 말을 들어야 해, 알았어?

우린 지금 신을 모시고 항해하고 있는 거란 말야.

난 너희들이 신성모독하는 걸 보고만 있지 않겠어!"

그러며, 전 그자들이 소년에게 접근하는 것을 막았죠.

그러자 예전에 끔찍한 살인을 저질러서,

추방 생활을 했던 녀석이 막 광분하더니,

내 멱살을 마구 흔들며 절 세게 밀쳤습니다.

그 순간, 제가 밧줄을 잡았기에 망정이지,

안 그랬더라면, 전 아마 바다에 풍덩 빠졌을 겁니다.

같은 패거리들이 잘했다고 박수 칠 때였습니다.

그런데 그때, 요란한 소리에 소년 디오니소스가 정신이 돌아온 듯 선원들에게 ...

디오니소스 　"무슨 소란이오? (그러다) 아니, 내가 왜 여기 있지?

　　　　　　그리고 당신들은 나를 어디로 데려갈 참이오?"

뱃사람 1 　　"얘야! 겁먹지 말고 네가 가고 싶은 곳을 말해봐.

　　　　　　그럼 우리가 거기 내려줄게, 잉? 키키키 ..."

디오니소스 　"그럼 낙소스로 가줘요. 거기가 내 고향이니까!

　　　　　　그곳에 도착하면, 내가 후하게 사례를 할게요."

뱃사람 2 　　"어이구, 대단히 고마운걸. 키키키 ..."

뱃사람 3 　　"알았어. 바다의 신에게 약속하고 모셔다드리지. 크크크 ..."

선원들은 자기들끼리 서로 음흉하게 낄낄 웃었다. 그러더니 ...

아코이테스 　그러더니, 그들은 제게 돛을 올리라 했습니다.

　　　　　　낙소스로 가려면, 오른쪽으로 가야 했습니다.

　　　　　　그래서 전 돛을 올리고, 오른쪽으로 배를 몰기 시작했죠.

　　　　　　그랬더니, 한 녀석이 저를 세게 퍽 치며 ...

뱃사람 3 　　"야, 이 얼빵아! 너 지금 뭐하고 있는 거야?

　　　　　　오른쪽이 아니고 왼쪽으로 가라고, 이 멍청아!"

뱃사람들 　　"어서 돌려. / 돌려 인마. / 저거 선장만 아니면, 그냥 콱! /

　　　　　　야, 우리 계획을 아직도 몰랐어?"

아코이테스 　전 너무 깜짝 놀라서 소리쳤습니다.

"야, 이놈들아! 난 그렇게는 못해.

그럼 다른 사람이 키를 잡든지 하라고. 난 못해!"

전 그놈들과 한패가 되고 싶지 않아서 물러났죠.

그러자, 그자들이 제게 욕설하며 투덜대더니,

그중 한 명이 제 대신 키를 잡으며 …

뱃사람 1   "야, 너 없으면 우리가 바다에 빠져 죽냐?

너 아니면, 배를 못 몰 줄 알았어? 저리 꺼져, 인마!"

아코이테스   그 녀석은 목적지인 낙소스를 뒤로하고, 배를 반대 방향으로 향했습니다.

돌고래가 된 선원들

디오니소스는 그때서야 그들의 음모를 알아챘다. 그는 갑판에서 바다를 내려다보며 눈물을 흘리는 척하면서 …

디오니소스   "아저씨들! 이쪽은 당신들이 가기로 한 방향이 아니잖아요?"

뱃사람 1   "키키키 … 우찌 고걸 알았지?"

디오니소스   "이쪽은 내가 가려던 곳이 아닙니다.

대체 내가 무슨 잘못을 했기에 이러는 겁니까?

어른들이 날 속여, 무슨 득이 된다고 이러세요?"

아코이테스   사실 전 그전부터 울고 있었죠! 그러나 그 불순한 패거리들은,

우는 저를 비웃으며, 계속 노를 젓고 있었습니다.

근데, 그 순간이었습니다. 전 그분의 이름을 걸고 맹세합니다만,

제가 지금부터 하는 이야기는 틀림없는 진실입니다.

그 순간, 배가 갑자기 바다 위에 덜컹 멈췄습니다.

마치 모래 위에 정박 중인 배처럼 말이죠.

그러자 당황한 선원들은 노를 저어보기도 하고,

돛을 펼쳐, 배를 움직이려고 끙끙댔습니다. 하지만 모두 헛수고였죠.

왜냐고요? 그때 포도덩굴이 노를 칭칭 감아 올라오고,

주렁주렁 달린 포도송이가 돛을 덮어버렸기 때문이었죠.

어느새, 디오니소스 신께서는 머리에 포도송이 화관을 쓰고 계셨고,

포도 잎들이 휘감긴 창을 휘두르셨습니다.

또 그분 주변엔 호랑이, 살쾡이, 표범이 으르렁거리고 있었지요.

그러자 선원들은 미쳐서 그랬는지,

아니면 무서워서 그랬는지는 몰라도,

모두 배 밖으로 풍덩풍덩 뛰어내렸습니다.

근데, 맨 처음 바다에 뛰어든 자의 몸이 검어지더니,

등 쪽이 활처럼 휘어지기 시작했습니다.

그러자, 그걸 본 다른 선원이 ...

뱃사람 1   "어? 자네 괴상한 동물로 변하고 있는데?

(그러다 자기 몸을 보며) 뭐야? 어어 .. 나도!"

아코이테스   그자 역시 입이 쭉 찢어지더니, 코는 길게 구부러지고,

살갗이 단단한 비늘로 덮이기 시작했습니다.

다른 자들 역시 마찬가지였고요.

어떤 녀석은 노를 젓다가, 손이 지느러미가 되었고,

또 어떤 녀석은 밧줄을 잡으려고 하는데 팔이 없자,

그냥 발라당, 바닷속으로 나자빠졌습니다.

그자들의 꼬리 끝은 낫처럼 생겼고, 초승달처럼 휘어져 있었습니다.

그들은 배 주변을 폴짝폴짝 뛰어오르며, 세찬 물보라를 일으키더니,

다시 물 위로 뛰어올랐다가 물속에 들어갔죠.

마치 단체로 싱크로나이즈를 하듯이 위로 솟구치더니,

콧구멍으로 빨아들인 물을 다시 내뿜었습니다.

예, 그렇습니다! 그들은 돌고래로 변하고 말았습니다.

배에는 20명 중, 저 혼자만 남았죠. 제가 겁에 질려 벌벌 떨고 있자,

신께서는 절 안심시키며 ...

디오니소스 "자, 두려워 떨지 말고,

어서 배를 낙소스로 모시오!"

아코이테스 전 신이하신 말씀대로 했습니다.

그리고 그곳에 도착하자,

전 그분의 종교에 입문하고,

디오니소스 신도가 되었습니다.

이상 끝입니다!

고래가 되어 헤엄치는 뱃사람들

펜테우스의 형벌

그가 긴 이야기를 마치자, 펜테우스가 호통을 치며 ...

펜테우스 야, 이놈아! 지루한 얘기 .. 참 지루하게 잘 들었다.

내가 그따위 허무맹랑한 얘기를 계속 들은 것은,

혹시 듣다 보면, 화가 좀 가라앉을까 싶어서였다.

그런데 괜히 시간만 낭비했구먼.

여봐라! 이놈을 당장 끌고 가, 고문한 후 처형하라!

아코이테스는 곧장 끌려가, 감옥에 투옥됐다. 그런데 이게 무슨 귀신 곡할 노릇인가? 그가 소리 소문 없이 감옥에서 사라진 것이었다. 전하는 소문에 의하면, 그는 부하들이 칼과 도구를 준비하는 사이, 저절로 열린 문을 통해 유유히 사라졌다고 한다.

그러나 펜테우스는 이런 놀라운 기적에도 불구하고, 전혀 달라진 것이 없었다. 아니, 이번엔 부하들을 보내는 대신, 그는 자기 자신이 직접 디오니소스 의식을 염탐하기 위해 키타이론 산에 갔다.

산속엔 여신도들의 노랫소리와 울부짖는 소리가 사방에 울려 퍼지고 있었다. 그것은 마치 전투를 알리는 요란한 청동 나팔소리가 군마를 마구 흥분시키는 소리와 흡사했다. 신도들은 괴성을 지르며...

신도들　디오니소스여, 우리와 함께하소서!
　　　　　자애롭고 온유하신 분이시여.
　　　　　디오니소스 신이시여! 오, 디오니소스여...

펜테우스는 그러한 소리를 듣자, 더욱 화가 치솟았다. 산 중간 한쪽에 평평한 공터가 있었다. 그곳은 사방이 툭 터져 있어, 의식을 가장 잘 볼 수 있는 장소였다. 펜테우스는 그곳으로 옮겨, 그들의 신성한 의식을 몰래 엿보고 있었다. 그런데 그때였다. 어디선가 디오니소스의 목소리가 들려왔다.

판 신의 동상 앞에서 술을 마시며 광란의 축제를 벌이는 디오니소스 신도들 - 런던 내셔널갤러리 (푸생 그림)

디오니소스   나의 신도들이여! 저기 우리들의 신성한 축제를 비웃는 자가 있다.
              자, 어서 그자에게 복수를 하라. 어서!

그 소리에 맨 먼저 펜테우스를 발견하고 달려간 사람은 바로 그의 어머니 '아가우에 Agaue'였다. 그의 어머니와 2명의 이모 역시, 축제에 참석 중이었다. 아가우에는 후다닥 달려가더니, 자기 아들을 지팡이로 마구 때리며 …

아가우에   언니들! 어서 이리 오세요. 여기 엄청 큰 멧돼지가 있어요.
             우리 들판을 망가트리는 이 멧돼지를 죽입시다, 언니들!

그의 어머니와 2명의 이모들은 미쳐있었다. 디오니소스가 그들 모두에게 광기를 불어 넣어, 미치게 만든 것이었다. 이모들과 광란의 여신도들은 우르르 떼거지로 몰려오더니, 펜테우스에게 달려들기 시작했다. 그러자 잔뜩 겁을 먹은 펜테우스는 그때서야 자기의 잘못을 인정하고 용서를 빌었다.

펜테우스   이모님들! 도와주세요.
             이 조카를 불쌍히 여기시고 살려주세요. 제발 ..

그러나 정신 나간 미친 이모들은 그가 누군지 알지 못했다. 이모 한 명이 펜테우스의 오른팔을 잘라버리자, 또 다른 이모가 왼쪽 팔을 잘라버렸다. 그런 힘은 그녀들의 힘이 아니었다. 디오니소스가 그들에게 광란의 힘을 주었던 것이다.
펜테우스는 어머니에게 빌고 싶었지만, 내밀 팔이 없었다. 그래서 양팔이 떨어져 나간 곳을 어머니에게 보여주며 …

펜테우스   이것 보세요, 어머니!
             당신 아들의 팔이 이렇게 되었어요. 흑흑흑 …

그러나 어머니는 머리를 뒤로 젖히더니, 아들의 머리를 세차게 들이 받았다. 왕년의 박치기왕 김일 선수같이 말이다! 그러더니 그녀는 자기 아들의 머리를 몸에서 뽑아서, 번쩍 들어 올리며 ...

아가우에   자 보시오, 신도들이여!
           이 머리는 내 것이요, 내가 승리한 것이오. 히헤호요 ....

그러자 이번엔 여신도들이 달려들어, 펜테우스 사지를 갈기갈기 찢기 시작했다.

디오니소스는 이렇게 자기 신앙을 비웃는 펜테우스를 응징했다. 이러한 무시무시한 사건 이후, 테베 여인들은 디오니소스 종교의식에 열심히 참석하게 되었고, 제단을 세워 그를 경배했다.

찢겨 죽는 펜테우스 - 나폴리 국립 박물관

에필로그

디오니소스 축제는 고대 그리스에서 가장 중요한 축제 중 하나였다. 이 축제 기간에는 풍요와 다산을 기원하는 남근 상을 맨 앞에 세우고, 포도주 퍼레이드가 길게 이어졌다. 이 축제는 평상시에 억눌렸던 감정과 스트레스를 포도주로 푸는 행사로, 행진이 끝나면 춤추고 노래하는 주연 파티와 가무 경연 대회가 열렸다.

축제의 하이라이트는 희극과 비극 공연이었다. 그리스 아테네는 아크로폴리스의 1만 명을 수용할 수 있는 디오니소스 극장에서 연극 공연하는 것이 국가적인 행사였다. 3일 동안의 비극 공연에서, 3명의 작가가 비극을 주제로 열띤 경연을 벌였다 한다.

파르테논 신전 밑의 아크로폴리스에 있는 1만 명을 수용할 수 있는 디오니소스 극장. 실제로 보면 엄청 크다.

디오니소스 탄생의 다른 버전과 디오니소스 비밀교

디오니소스 탄생의 다른 버전은 이렇다. '오르페우스 교'에서 그는 제우스와 저승의 왕비(페르세포네) 아들이라 한다. 제우스가 자기 딸에게 뱀으로 변신해 낳은 것이었다. 그러자 질투의 여신 헤라가 티탄에게 아이를 죽이라고 명령했고, 티탄은 디오니소스를 갈기갈기 찢어 먹었다.

그랬더니 분노한 제우스가 번개와 벼락을 던졌는데, 그 불탄 재에서 디오니소스가 포도나무와 함께 나왔다. 이렇게 디오니소스는 죽은 후, 부활한 신이기도 하다.

디오니소스 비밀 의식은 그의 부활과 관련된 종교로, 신도들은 디오니소스와 같이 성스런 부활 체험을 했다. 이렇게 내세의 행복을 기원하는 그의 밀교는 그리스는 물론, 멀리 타지역까지도 전파되었다.

디오니소스 - 나폴리 국립

쌍둥이 암피온과 제토스

등장 인물

암피온   : 안티오페 쌍둥이 아들 (제우스 아들)
제토스   : 안티오페 쌍둥이 아들 (제우스 아들)
안티오페   : 쌍둥이 어머니 (닉테우스 딸)
닉테우스   : 안티오페 아버지
라이오스   : 테베 어린 왕자
사티로스   : 반인반수 정령 (하반신이 염소인)
리코스   : 안티오페 작은 아버지
디르케   : 리코스 아내

이번 신화는 어머니와 아들의 모자(母子) 상봉과 복수에 관한 이야기다. 쌍둥이 형제 암피온과 제토스는 어머니 안티오페와 갓난아이 때 생이별을 당한다. 과연 이들 모자의 운명은? 이 신화의 무대 역시 테베다.

안티오페를 겁탈한 제우스

테베의 5번째 왕은 '라이오스 Laius'였다. 〈라이오스는 이번 신화에는 잠깐 나오지만, 다음 이야기 주인공인 오이디푸스 아버지이며 중요한 인물이다.〉 그런 그가 테베 왕이 되었을 때는 꼴랑 1살이었다. 그래서 외할아버지 '닉테우스 Nycteus'가 꼬마 왕을 대신해 나라를 통치했다. 닉테우스에게는 아름다운 '안티오페 Antiope'란 딸이 있었다.

사티로스로 변신한 제우스가 자고 있는 안티오페에게 음흉하게 은밀히 접근하고 있다 - 런던 내셔널갤러리 (핸드릭 그림)

그런데 안티오페의 미모에 반해, 흑심을 품는 자가 있었다. 맞다, 제우스다! 제우스는 이번엔 '사티로스 Satyros'로 변신했다.

사티로스는 머리 위에 작은 뿔이 있고, 하반신은 염소 모습을 한 반인반수(半人半獸) 호색한이다. 그러니까 여자를 무지하게, 겁나게 밝힌다는 얘기다. 그러한 호색한으로 변신한 제우스가 안티오페를 겁탈한 것이다.

제우스는 왜 하필 흉측한 사티로스로 변한 것일까? 그냥 아무 생각 없이 그런 것일까? 아니면, 미녀와 야수라는 영화를 흉내 낸 것일까? 하여간, 제우스가 없으면 신화가 조금 심심할 정도다. 암튼, 안티오페는 덜컥 임신하자, 자기 아버지가 두려워 ...

이 그림 또한 사티로스로 변신한 제우스와 안티오페 (또는 요정)의 수많은 명화 중에서 유명한 작품
- 루브르 박물관 (안투안 바토 그림)

안티오페 어떡하지? 아버지가 알면, 가만두지 않을 텐데 ...

그래서 그녀는 이웃나라로 도망쳐, 그 나라 왕과 결혼했다. 그러나 아버지 닉테우스는 딸의 결혼을 인정하지 않았다. 그는 딸에게 돌아오라며 좋은 말로 타이르고, 또 위협도 해보았지만 아무 소용없었다.

닉테우스는 화가 나, 군대를 이끌고 쳐들어갔다. 그러나 오히려 치명상을 입고, 죽기 일보직전에 돌아왔다. 그는 죽기 전, 자기 동생 '리코스 Lycos'에게 유언을 남기며 ...

닉테우스 동생! 내 대신 복수해 주고,
우리 가문에 먹칠한 내 딸을 테베로 데려와 다오.

그러며 죽자 리코스는 테베의 왕이 되어, 형의 유언대로 군대를 이끌고 쳐들어갔다. 그리고는 이웃나라의 왕을 죽이고, 조카 안티오페를 붙잡았다.

쌍둥이 암피온과 제토스

리코스가 만삭의 안티오페를 붙잡아, 다시 테베로 돌아오는 중이었다. 그런데 갑자기 안티오페가 도중에 산통을 느끼더니, 키타이론 산속에서 쌍둥이 사내아이들을 낳았다. 다행히 두 아이는 사티로스가 아닌, 잘생긴 정상아였다.

그러나 리코스는 매몰차고 잔인했다. 아니, 피도 눈물도 없었다. 그는 이제 막 태어난 쌍둥이들을 버리고, 안티오페만을 끌고 가려 했다. 그러자 안티오페가 사정하며 ...

안티오페   안돼요, 애들을 놓고 갈 수는 없어요.

이대로 죽게 할 수는 없다고요.

작은 아버지! 제발 아이들을 데려가게 해주세요. 흑흑흑 ...

리코스   네가 울며 사정한다고, 내 마음이 변할 거 같냐?

자, 어서 일어나, 얼른!

리코스는 안티오페만 끌고 갔다. 그러면 산속에 버려진 쌍둥이는 어떻게 되었을까? 우연히 그 장면을 몰래 숲속에서 보고 있던 목동이 있었다. 그는 그 산에서 소를 기르고 있었는데, 목동은 버려진 쌍둥이를 집에 데려와 정성껏 키웠다.

쌍둥이는 훌륭히 성장해 청년이 되었다. 바로 '암피온 Amphion'과 '제토스 Zethus'였다. 그러나 그들이 제우스의 자식이란 사실을 아는 사람은 아무도 없었다.

쌍둥이는 서로 우애가 좋았다. 근데 기질과 특기는 달랐다. 암피온은 헤르메스에게 리라 연주법을 배워 리라 연주의 대가가 되었고, 반면에 제토스는 힘이 장사였고, 목동 기술이 뛰어났다.

모자(母子)의 극적인 상봉과 복수

한편, 안티오페는 테베로 잡혀와, 힘든 고통의 나날을 보내야 했다. 악당인 리코스는 그녀를 자기 아내인 '디르케 Dirke'에게 맡겼는데, 그의 아내는 남편보다 한 술 더 떴다. 한마디로 그녀는 악녀, 그 자체였다.

디르케는 무려 20년 동안, 안티오페를 노예처럼 모질게 학대했다. 옷은 물론 음식도 제대로 주지 않고, 저녁엔 철창에 가두며 온갖 만행을 저질렀다. 마침내 그녀의 악행이 극에 달하자, 제우스는 차마 보고만 있을 수 없었다.

제우스   감옥 문을 활짝 열어, 안티오페를 탈출시켜야겠군!

밤에 감옥 문이 저절로 스르르 열리자, 안티오페는 무작정 산으로 도망쳤다. 그런데 운명이었을까, 숙명이었을까? 지친 안티오페가 밤중에 발견한 집은 암피온과 제토스가 사는 오두막이었다. 그녀가 문을 두들겼을 때, 두 젊은이가 나왔다.

안티오페   죄송하지만 너무 지쳐서 그러는데, 오늘 하룻밤 신세 질 수 있을까요?

쌍둥이는 어머니를 알아보지 못했다. 아니, 알아보지 못하는 게 당연했다. 안티오페 역시 마찬가지였다. 설마 두 젊은이가 자기 자식인 줄은 꿈에도 생각지 못했다. 그런데 그때였다. 악녀 디르케가 하인들을 데리고, 급히 오두막에 도착하더니 …

디르케   난 테베 여왕이다! 그리고 이 계집은 안티오페란 내 노예인데,
감옥에서 탈출한 죄질이 나쁜 천한 계집이다.
자, 어서 이 년을 묶어 끌고 갈 황소를 가져와라.
난 이 계집을 디오니소스 축제에서, 최후를 맞게 할 것이다.
어서, 사나운 황소를 가져와라. 이건 명령이다!

쌍둥이들은 할 수 없이 사나운 황소 한 마리를 끌고 와, 황소에 자기 어머니를 묶었다. 그러자 여왕 일행은 그녀를 끌고 어둠 속으로 사라졌다.

얼마 후, 양치기 노인이 소식을 듣고 달려왔다. 바로 쌍둥이들을 길러준 목동 말이다. 그런데, 노인은 방금 전에 있었던 일을 전해 듣고 깜짝 놀라며 …

노인   뭐라고? 방금 끌려 간 노예가 안티오페라고 했니?

              잘 들어라. 방금 그 여인은 바로 너희 어머니란다.

암피온   (너무 놀라) 예? 우리 어머니라고요?

노인은 형제에게 과거의 비밀들을 상세히 말해주었다. 그러자 그의 말을 들은 형제는 피가 거꾸로 솟았다. 그러니까 자기들 손으로 어머니를 황소에 묶어서, 죽게 만든 것이 아닌가! 지체할 시간이 없었다. 형제는 즉시 어머니를 찾아 떠났다.

한편, 키타이론산에선 광란의 디오니소스 축제가 한창이었다. 디르케는 그 축제에서 안티오페를 제물로 바쳐 죽일 작정이었다. 마침내, 제물로 바쳐진 안티오페가 황소 뿔에 받혀 죽기 일보 직전이었다. 그때, 암피온이 급히 나타나 소리치며 …

암피온   잠깐, 멈추시오!

그러자 엄청 힘이 센 제토스가 돌진하던 황소 뿔을 붙잡아, 목을 꽉 누르며 …

제토스   암피온! 빨리 어머니를 풀어드리고,

              대신, 저 여자 디르케를 황소에 묶어버려, 얼른!

암피온이 자기 어머니를 풀어주고, 대신 디르케를 황소에 묶었다. 그리고는 제토스가 잡고 있던 황소를 놓아주자, 사나운 황소는 디르케 몸이 갈기갈기 찢길 때까지, 온 산을 미친 듯이 끌고 다녔다.

제토스가 황소 뿔을 잡고 있고, 암피온이 디르케를 황소에 묶고 있다 - 나폴리 국립 박물관

하지만, 디오니소스는 한때 자신의 열렬한 신도였던 디르케를 샘물로 바꾸어주었다. 그래서 그 샘은 지금까지도 그녀의 이름을 따서, '디르케 샘물'이라 불린다.

리라 연주로 성벽을 쌓은 암피온

이후, 형제는 테베를 찾아가, 악당 리코스를 처단하고 왕권을 차지했다. 그렇게 테베 공동 왕이 된 형제의 우선 과제는 도시를 성벽으로 튼튼하게 둘러쌓는 것이었다. 그때 암피온이 리라를 연주하자, 커다란 돌들이 리라 선율에 맞춰, 오른쪽 그림처럼 저절로 움직여, 성벽이 완성되었다고 한다.

암피온은 또 7줄로 된 리라를 모방해, 테베에 7개 성문을 만들었다. 이 성문이 유명한 테베 7성문이다. 나중에 이 7개 성문을 둘러싸고 치열한 전투가 벌어지는데, 이 전투를 흔히 '테베 공략 7장군'이라 부른다. 〈요 이야기는 바로 다음 편에 나온다. 〉

암피온이 리라를 연주하며 뒤를 돌아보자, 그 리라 선율에 맞춰 커다란 돌들이 저절로 착착 움직여 성벽이 완성되고 있다.

한편, 제토스는 테베란 이름을 가진 처녀와 결혼하는데, 그는 이 여인 이름으로 나라 이름을 바꾸었다. 무신 소리냐 하면 … 원래 테베는 카드메이아였는데, 이때부터 나라 이름을 테베라 불리게 된 것이다.

에필로그

그런데, 카드모스 자손 안티오페와 쌍둥이도 결국 가문의 저주를 받아, 비극적인 생을 마감한다. 먼저 '안티오페'는 디오니소스에 의해 미치게 된다. 디오니소스는 자기 열성 신도인 디르케가 죽자, 보복으로 그녀를 미치게 만든 것이었다. '제토스'도 죽었다. 그는 죽은 외아들을 슬퍼하다 죽었다고도 하고, 아내의 실수로 죽었다 한다.

'암피온'은 니오베와 결혼해, 아들과 딸을 각각 7명씩 14명을 두었다. 그러나 그의 아내 니오베는 교만했다. 그녀는 자기가 신보다 자식이 많다고 뽐내다가, 결국 신의 복수로 자식을 모두 잃고 만다. 〈요 내용은 2권의 '교만한 니오베'에 나온다.〉 결국 암피온도 자식들이 모두 죽자, 그 슬픔으로 자살하고 만다.

사티로스 Satyros

'사티로스'는 들판의 신인 '판 Pan'과는 다른 신이 아닌 일종의 숲의 정령이다. 이들은 상반신은 사람인데, 머리에는 작은 뿔이 있고 … 하반신은 염소 꼬리가 있는 … 괴상한 반인반수의 모습을 하고 있다.

이자들은 디오니소스를 따라다니는 추종자들이다. 미술 작품에는 광란의 여신도들과 함께 춤추며 축제 행렬을 하거나, 항상 거시기(?)를 세우고, 요정 꽁무니를 쫓아다니며 걸떡대는 호색한이다.

호색한 사티로스가 요정을 무릎에 올려놓고, 음탕하게 옷을 벗기고 있다 - 루브르 박물관

사티로스로 가장 유명한 인물은 배가 뽈록한 대머리에 항상 술에 취해서 노새를 타고 다니는 실레노스인데, 그는 디오니소스의 스승이자 양육자다. 사티로스는 흔히 약방의 감초처럼 자주 등장하는 재미있고 익살스러운 캐릭터다.

루벤스의 사티로스

부게로의 사티로스와 요정들

사티로스와 아프로디테 - 루브르

요정에게 수작을 거는 사티로스

오이디푸스 왕 이야기

1. 오이디푸스 왕

등장 인물

오이디푸스 : 테베 왕
라이오스 : 오이디푸스 아버지
이오카스테 : 오이디푸스 어머니
크레온 : 이오카스테 오빠
폴로보스 : 코린토스 왕
메로페 : 코린토스 왕비
스핑크스 : 여자 얼굴에, 사자 몸통, 날개 달린 괴물

소포클레스의 3부작 오이디푸스 왕, 콜로니스의 오이디푸스, 안티고네는 그리스 비극 가운데 최고의 걸작으로 뽑힐 만큼 명작이다. 그럼 먼저 오이디푸스 왕을 통해 피할 수 없는 운명과 대적하는 오이디푸스를 만나보자.

라이오스 왕의 범죄와 저주

이번 이야기의 주요 관전 포인트는 이런 것이다. 신탁의 예언은 어떤 방식이든 반드시 실현이 되고, 인간이 살인과 근친상간의 죄를 저지르면, 대대손손 신의 저주를 피할 수 없다는 것이다. 오이디푸스의 운명도 과거 그의 아버지인 '라이오스' 왕의 범죄로부터 시작되었다.

오이디푸스와 딸 안티고네 - 오르세 미술관

'라이오스Laius'가 테베의 왕이 되었을 때는 꼴랑 한 살이었다. 그래서 외할아버지가 이른바 섭정, 즉 대신 통치했다. 그가 성장했을 때는 앞에서 나온 '암피온'과 '제토스'가 자기 어머니 원수를 갚고, 테베를 차지했다. 그러자 할 수 없이 피사로 망명을 가야 했다. 라이오스는 망명한 피사에서 극진한 환대를 받으며, 왕자에게 활쏘기와 마차 타는 법을 가르쳤다. 그러다 그는 잘생긴 왕자와 동성연애를 했다.

고대 그리스에는 동성애가 허용되었다. 그리스 성인 남성은 어린 소년과의 동성애는 법적으로 아무 문제 되지 않았다. 또 그들은 어린 미소년과의 사랑을 이상적인 사랑이라 생각할 정도로, 당시 동성애는 흔한 일이었다.

암튼, 라이오스는 다시 돌아와 테베 왕이 되었다. 그런데 후안무치(厚顔無恥)! 얼굴이 두꺼워 부끄러움도 모른다고 했던가? 그는 돌아올 때 피사의 동성애 왕자를 납치했다. 그러자 왕자는 단지 동성애 파트너로 전락한 자신의 처지를 비관해 자살했다. 자, 그럼 이제부터 본격적인 이야기가 전개된다.

오이디푸스의 출생과 신탁의 예언

테베 왕이 된 라이오스는 미모의 '이오카스테Iocaste'를 아내로 맞았다. 그런데 신의 저주 탓인지, 이들 부부에겐 자식이 생기지 않았다. 그러자 라이오스는 델피의 아폴론 신전을 찾아가 이유를 물었다. 그런데 그 섬뜩한 신탁의 예언은 이러했다.

신탁의 예언 그대는 아들을 낳지 말라! 만약 아들을 낳으면,
그 아들이 당신을 죽일 것이고, 집안은 온통 핏빛으로 물들 것이다!

무섭고 섬뜩한 신탁이었다. 그래서 그는 그날 이후, 아내와 잠자리를 피했다. 그런데 아뿔싸! 그놈의 술이 원수였다. 어느 날, 그는 술기운 때문에 아내와 동침하고 말았는데, 그렇게 하여 태어난 아들이 바로 '오이디푸스Oedipus'다.

라이오스 왕의 시종이 아이 발목에 구멍을 뚫고, 두발이 묶인 어린 오이디푸스를 나무에 걸쳐놓으려 하고 있다 - 루브르 박물관

라이오스는 졸지에 아들이 태어나자, 불길한 신탁의 예언이 떠올랐다. 그래서 아이의 발목에 구멍을 뚫어 발을 묶은 다음, 충직한 시종을 불렀다. 그 시종은 키타이론 산에서 한때 가축을 돌보던 목동 출신이었다. 라이오스는 시종에게 아기를 주며 …

라이오스   이건 명령이다. 이 아이를 아무도 몰래, 키타이론 산에 버려라!

시종은 명령대로 아기를 버리기 위해서 키타이론 산에 갔지만, 막상 아기가 불쌍했다. 차마 갓난아이를 짐승의 먹이로 버릴 수 없었다. 그래서 자기 친구이자, 그곳 코린토스 왕의 가축을 돌보고 있던 목동에게 아기를 주며 …

라이오스 시종   이보게! 이 아기를 양자로 기르지 않겠나?
코린토스 목동   이 애는 대체 누구 아이인데?
라이오스 시종   그건 묻지도, 따지지도 말게!

이번엔 아이를 전달받은 코린토스 왕의 목동이 양젖을 먹이고 있고, 통통 부은 발을 핥아주는 강아지가 귀엽다 – 루브르 박물관

코린토스 목동은 아기를 자기 왕께 데려갔다. 마침, 코린토스 왕 '폴리보스 Polybus'와 왕비 '메로페 Merope'는 자식이 없던 차였다. 왕비는 아기를 받아 발목을 치료하며 ...

메로페   (남편에게) 여보! 이 아이 이름을 뭐라고 할까요?
폴리보스 '오이디푸스'라고 부릅시다! 아이 발이 통통 부어 있잖아?
          그러니까 '통통 부은 발'이란 뜻으로, 오이디푸스라 부르는 게 어떻소?

오이디푸스란 이름은 아이 발이 통통 부어있었기 때문에 붙여진 이름이었다.

너는 아버지를 죽이고, 어머니와 살을 섞을 운명이다!

오이디푸스는 무럭무럭 자라, 건장하고 훌륭한 청년으로 성장했다. 그러던 어느 날, 왕궁의 연회 석상에서 이 드라마의 서곡을 알리는 사건이 일어났다. 평소 오이디푸스를 시기하고 질투했던 한 친구가 술이 만취가 되어 ...

친구	야, 업둥아! 네가 업둥이면 다냐?
오이디푸스	응, 그게 무슨 소리야? 내가 업둥이라니?
친구	짜식! 그럼 왕이 네 친아버지인 줄 알았어?
	너 주워 온 아이인 거 여태 몰랐냐?
오이디푸스	뭐? 내가 주워 온 자식이라고?

그날 밤, 오이디푸스는 왠지 모를 의구심에 도통 잠을 잘 수가 없었다. 그래서 다음날, 왕비에게 자신의 진짜 부모가 누군지를 물었지만, 왕비는 아무 말도 하지 않았다. 그는 진실을 알고 싶었다. 그래서 왕과 왕비 몰래 델피의 신탁소를 찾아갔다. 그런데 신탁의 예언은 앞으로 그에게 닥칠 무시무시한 운명을 예고해 주었다.

신탁의 예언	넌 너의 조국으로 돌아가지 마라! 만약 조국에 가면,
	넌 너의 아버지를 죽이고, 너의 어머니와 살을 섞을 운명이다!

헉! 조국으로 돌아가면 아버지를 죽이고, 어머니와 살을 섞을 운명이라니! 그는 그런 끔찍한 패륜과 근친상간을 범할 수 없었다. 요 다음이 바로 키포인트다! 그러니까 그는 그때까지 자신의 조국이 코린토스며, 자신을 지금까지 길러준 왕과 왕비가 친부모라고 믿고 있었다. 그래서 ...

오이디푸스	그래, 난 조국으로 돌아가면 안 돼.
	내가 아버지를 죽이고, 어머니와 살을 섞을 운명이라니 ...
	안 돼, 절대 그런 일이 있어선 안 되지.

그는 발걸음을 정반대 방향으로 돌렸다. 그런 끔찍한 예언이 이루어지지 않도록 계속 반대 방향으로 걷고 또 걸었다. 그런데 그의 발걸음은 숙명적으로 자신이 태어난 진짜 조국인 테베로 향하고 있었다. 과연, 그는 신탁의 운명을 피할 수 있을까?

자기 아버지 라이오스를 살해하다

델피에서 포키스로 가는 길에 좁고 험한 3갈래 길이 있었다. 그 길은 겨우 마차 한 대 정도 지나갈 정도로, 가파르고 좁은 길이었다. 정처 없이 떠돌던 오이디푸스는 그 좁은 길을 가다가, 마차 한 대와 마주쳤다. 마차에는 백발의 노인이 타고 있었고, 전령과 마부, 또한 시종 2명이 뒤따르고 있었다. 그런데 전령이 다짜고짜 오이디푸스에게 고압적인 자세로 소리치며 ...

왕의 전령　　　이런, 무엄한 놈! 비켜, 이놈아. 어서 길을 비키지 못해?
오이디푸스　　　(명령조에 빈정이 상해) 어디다 대고, 다짜고짜 반말이야?
왕의 전령　　　(다가와 확 밀치며) 비켜, 이놈아! 어쭈, 인석 보게. 빨리 비키래도!

욱하고 화난 오이디푸스가 전령과 마부, 시종뿐 아니라 자신을 때린 라이오스 왕을 막대기로 죽이려 하고 있다 - 조셉 블랑 그림

순간, 욱하고 화가 치민 오이디푸스가 전령을 한 방에 쓰러뜨리고, 마차 옆을 지나갈 때였다. 그런데 갑자기 마차에 타고 있던 흰 백발의 노인이 뾰족한 침이 박힌 막대기로 오이디푸스의 머리를 사정없이 내리쳤다.

라이오스   이놈이, 비키라면 비킬 것이지!

                   이런 건방진 XX가 ... ?

오이디푸스   (그러자 격분해 막대기를 잡아 낚아채며) 뭐?

                   이놈의 노인네가 죽고 싶어 환장했어?

그러며 노인을 마차에서 확 끌어내리자, 노인은 벌러덩 뒤로 나자빠졌다. 그때부터 그와 일행 사이에 격렬한 싸움이 시작되었다. 그 싸움에서 힘에서 압도적으로 우세한 오이디푸스는 노인과 전령, 마부와 또 시종 2명 중에서 한 명을 죽였다. 구사일생으로 살아남은 시종 한 명이 간신히 비틀거리며 도망갔을 뿐이었다.

아마 짐작했으리라! 마차에 타고 있던 그 노인, 오이디푸스가 죽인 노인은 다름 아닌, 바로 친아버지 '라이오스' 왕이었다. 이렇게 자기 아버지를 죽일 것이란 신탁의 예언은 그 자신도 모르는 사이에 이루어졌다.

스핑크스의 수수께끼와 어머니를 아내로 삼다

라이오스가 졸지에 비명횡사하자, 테베 왕은 그의 처남이자 왕비 남동생인 '크레온 Creon'이 차지했다. 그런데 그즈음, 테베엔 커다란 재앙이 발생했다. 바로 헤라가 보낸 스핑크스 때문이었다.

'스핑크스 Sphinx'는 몸은 사자인데, 여자 얼굴과 젖가슴이 있고, 독수리 날개가 달린 괴물로, '목을 졸라 죽이는 자'라는 뜻이다. 이 괴물은 테베 사람들에게 수수께끼를 내어, 그 문제가 풀릴 때까지 사람들을 한 명씩 먹어치웠다. 그러자 테베 왕 크레온은 다음과 같이 공표하며 ...

스핑크스 - 그리스 국립 박물관 　　색다른 스핑크스 - 빈 미술사 　　유명한 델피 박물관의 스핑크스

크레온　　스핑크스의 수수께끼를 푸는 자는,

테베의 왕권과 함께 왕비 이오카스테를 아내로 줄 것이다!

이럴 때, 오이디푸스가 테베로 오고 있었다. 그는 더 이상 잃을 것이 없어, 스핑크스가 있는 바위산에 갔다. 그러자 스핑크스가 문제를 제시했다.

스핑크스　　이것의 목소리는 하나다.

'아침엔 네 발, 낮에는 두 발, 저녁엔 세 발'인 것은?

오이디푸스　　그것은 '인간'이다!

아기일 때는 네발로 기어 다니니까 네 발이요,

자라서는 두발로 걸어 다니니까 두발이고,

늙으면 지팡이를 짚고 다니기 때문에 세발이다.

딩동댕! 그가 정답을 맞히자, 스핑크스는 곧바로 바위에서 떨어져죽었다. 이유는…? 자세히는 모르지만, 아마도 폭망(폭삭 망한) 절망감과 쪽팔려서(?) 그랬을 것이다!

스핑크스와 오이디푸스 - 모로 그림   스핑크스의 문제를 푸는 오이디푸스 - 앵그르 그림

오이디푸스는 이렇게 괴물 스핑크스를 죽이고, 테베 왕 자리에 올랐다. 그리고 자기 어머니인 이오카스테를 아내로 맞았다. 이렇게 하여, 자기 어머니와 살을 섞을 것이란 신탁의 예언도 실현되고 말았다.

라이오스 왕의 살해범을 찾아라

그로부터 20년이 흘렀다. 그동안 부부 사이에는 2명의 아들과 2명의 딸이 태어났다. 한동안 테베는 오이디푸스의 통치 하에 평화와 번영을 누리는 듯 했다. 그러나 신들은 자기 아버지를 살해하고, 어머니와 근친상간을 한 죄를 결코 좌시하지 않았다. 마침내 신들은 테베에 가뭄과 흉년, 또 전염병이란 재앙을 내렸다.

스핑크스가 문제를 내자, 정답을 말하는 오이디푸스 - 프랑스와 자비에르 파브레 그림

연일 가뭄이 계속되자, 곡식은 이삭을 맺지 않았다. 설상가상으로 전염병까지 창궐해, 많은 사람들이 죽어갔다. 그러자 백성들은 스핑크스 문제를 풀어 테베를 구한 왕에게 다시 한번 나라를 구해달라고 간청했다. 유명한 '소포클레스'의 비극 〈오이디푸스 왕〉 내용은 바로 요 대목부터 시작된다.

오이디푸스 왕은 처남인 '크레온'을 델피의 신탁소로 급파했다. 대체 재앙의 원인이 무엇이며, 또 어떻게 하면 나라를 구할 수 있는지, 신탁을 통하여 알아보기 위해서였다. 그는 기다리던 크레온이 돌아오자 ...

오이디푸스   어서 오게, 처남! 아폴론이 어떤 신탁을 주시던가?

크레온   '선왕 라이오스의 살해범을 찾아내어, 그자를 추방하거나 죽여라.
그전엔 재앙에서 벗어날 수 없을 것이다!' 이런 신탁을 내리셨습니다.

오이디푸스   뭐요? 재앙의 원인이 라이오스 살해범 때문이라고?
(그러다) 그런데 대체, 그분은 어떻게 살해되셨지?

크레온	델피 신탁소를 가다가 살해되셨습니다.
	수행원 중 한 사람만 간신히 살아 도망쳐 왔는데,
	그자 말로는 범인이 한 사람이 아니라,
	도적떼들이 왕창 달려들어, 그분을 죽였다고 했습니다.
오이디푸스	이런 괘씸한 놈들! 감히 도적 놈들이 그런 대담한 짓을 하다니.
	그렇다면 내가 직접 나서서 진실을 밝히겠소.
	내 반드시 왕을 살해한 자를 붙잡아,
	나라의 오욕을 씻고 복수를 할 것이오.
	자, 백성들에게 선포하겠소!
	누구든 살해범을 아는 자는 즉시 알리고,
	살인자는 자수하여 극형을 면하라.
	또 살인자는 비참한 인생을 마치라고 난 저주하오!

그는 자기가 범인이란 것은 꿈에도 몰랐다. 그래서 범행을 저지른 자는 비참한 생을
마치라고 한 저주도, 결국 자신을 향한 저주였으니 …!

왕의 살해범은 바로 당신이오!

오이디푸스는 먼저 범인을 잡기 위해 유명한 예언가
'테이레시아스 Teiresias'를 궁에 불렀다. 테이레시아스
기억하시는가? 테베의 눈먼 장님으로, 그리스인 중에
최고의 예언가 말이다. 그가 도착하자 …

눈 먼 예언가 테이레시아스

오이디푸스	어서 오시오, 위대한 예언가여!
	지금 이 나라를 구할 자는 당신뿐이요.
	테베의 운명은 모두 당신에게 달렸소.

테이레시아스 (그러자 괴로운 표정을 지으며) 아, 슬프구나!

왕이시여! 저를 집으로 보내주시오.

당신 짐은 당신이, 내 짐은 내가 지는 게 좋소.

난 더 이상 말을 하지 않을 것이오.

예언가는 이미 범인이 누군지 알았다. 그렇지만 차마 본인 앞에서 그런 말을 꺼낼 수 없었던 것이다. 그가 돌아가려고 하자, 성격 급한 오이디푸스가 벌컥 화를 내며 ...

오이디푸스 이 천하의 악당아!

그래 끝까지 말을 못 하겠다는 거야?

흥! 혹시 당신도 공범 아냐?

같이 범행을 모의하고, 작당한 공범 아니냐고?

테이레시아스 (참다못해) 그 말 .. 진정입니까?

정 그렇다면 내 진실을 말하겠소.

당신이 이 나라를 더럽힌 범인이오.

오이디푸스 (놀라) 뭐라고? 다시 한번 말해 보시오.

테이레시아스 당신이 찾고 있는 범인이 바로 당신이란 말이오.

당신이 라이오스 왕을 죽인 범인이고,

자기 어머니와 수치스러운 결혼을 한 장본인이오.

오이디푸스 (너무 어이없어) 왓?

내가 범인이고, 내가 내 어머니와 결혼했다고?

으허허허 ...! (어이없어 웃다가 정색하며) 흥, 이제야 알겠군.

그런 계획을 꾸민 게 자넨가? 아니면, 처남 크레온인가?

처남이 날 쫓아내자고, 당신을 꼬드기든가?

오냐! 이 음흉하고 교활한 눈먼 돌팔이 마술사야.

당신과 공범은 크게 후회하게 될 것이다.

테이레시아스   왕이시여! 당신은 눈이 있지만 보지 못하고 있소.

지금 당신이 어떤 불행에 빠졌는지,

어디에서, 누구와 살고 있는지 말이오.

당신은 자식들의 아버지며, 형이자,

자기를 낳아준 어머니의 아들이자, 남편이며,

아버지 살해범이란 사실이 곧 밝혀질 것이오!

예언가는 왕이 곧 장님이 되어, 다른 나라로 떠날 운명이란 멘트를 남기고 돌아갔다. 오이디푸스는 황당했다. 아니, 자기가 범인이라니? 어째서 내가 살인범이란 말인가?

그는 모든 것이 처남이 왕위를 빼앗기 위해, 예언가와 짜고 꾸민 음모라고 생각했다. 얼마 후, 그와 처남 크레온 사이에 심한 말다툼이 벌어졌다. 그때, 아내 '이오카스테'가 나타나 말렸지만 헛수고였다. 결국 크레온이 화를 내고 나가 버리자, 아내가 …

이오카스테   여보! 무슨 일로 그렇게 화가 나셨어요?

오이디푸스   당신 동생 크레온이 예언자와 짜고 음모를 꾸몄소.

예언자는 내가 라이오스 살해범이라지 뭐요.

이오카스테   뭐라고요? 여보, 그런 일이라면 걱정 마세요.

신이 아닌 인간은 누구도 예언할 수 없거든요.

그럼, 제가 그 확실한 증거를 보여드릴까요?

오이디푸스   증거?

이오카스테   예! 옛날에 라이오스 왕에게 내린 신탁이 있었어요.

아들이 태어나면, 그 아들 손에 죽게 된다고요.

그래서 그분은 아기의 두발을 묶은 다음,

하인을 시켜 아무도 모르게 산에 버리게 했어요.

그런데 보세요! 근데 라이오스는 아들 손에 죽지 않고,

겨우 마차가 다닐 수 있는 좁은 3갈래 길에서,

다른 나라의 도둑 떼들에게 살해당했거든요.

그러니까 신탁의 예언이 틀린 거 아니에요?

오이디푸스 (불안한 생각이 들며) 잠깐 .. 방금 뭐라고 했지?

마차가 겨우 다닐 수 있는 .. 좁은 3갈림길이라 했소?

대체 그 사건이 벌어진 곳이 어디요?

이오카스테 델피와 테베 중간에 있는 포키스란 곳이에요.

오이디푸스 (좀 놀래다가) 라이오스 키와 .. 생김새는 어떻게 생겼소?

이오카스테 키는 큰 편이고, 흰머리가 많았어요.

얼굴은 당신과 매우 닮은 편이었고요.

오이디푸스 (얼굴이 어두워지며) 그때 일행은 모두 몇 명이었소?

라이오스 왕의 죽음. 오이디푸스는 옛날 벌어진 그 사건이 떠올라, 온몸이 부르르 떨렸다 - 스코틀랜드 내셔널갤러리

이오카스테	모두 5명이었어요. 마차는 한 대뿐이었고요.
오이디푸스	오, 마이 갓! 그럼 그가 살해되었다는 걸 누가 전했지?
이오카스테	시종이요. 오직 그 사람만이 살아서 돌아왔거든요.
오이디푸스	그 시종은 지금 어디 있소?
이오카스테	그 사람은 한동안 궁 안에서 지냈는데,
	이상하게 당신이 왕위에 오르자, 절 찾아와서 빌더라고요.
	제발 자기를 멀리 떨어진 양떼 목장으로 보내달라고요.
	그래서 내가 그쪽 목장에 보내줬지요, 뭐!

오이디푸스는 어렴풋이 옛날 기억이 떠올랐다. 불현듯, 자기 자신이 그 사건과 혹시 연관되었을 지도 모른다는 생각에 온몸이 떨리며 ...

| 오이디푸스 | 아아, 난 그런 줄도 모르고, 나 자신에게 끔찍한 저주를 했으니 ...! |
| | 여보! 내 말을 잘 들어봐요, 응? |

그는 지나간 일을 모두 말했다. 자신은 코린토스 왕과 왕비 밑에서 자랐고, 아버지를 죽이고, 어머니와 살을 섞을 것이란 신탁을 피하기 위해 정처 없이 떠돌던 중, 좁은 3갈래 길에서 어떤 노인과 일행을 죽인 사실을 털어놓았다. 그러더니 괴로워하며 ...

오이디푸스	아아, 가련한 내 신세!
	신이시여! 나를 이 세상에서 흔적 없이 사라지게 하소서.
이오카스테	여보! 그래도 희망을 가지세요.
	현장에 있던 시종에게 직접 들어보기 전엔 말예요.
오이디푸스	맞아! 이제 내게 남은 희망은 오직 그것뿐이군.
	(그러다 문득) 잠깐! 아까 당신 말에 의하면,
	그 시종은 라이오스 왕이 도적 떼들의 손에 살해됐다고 했지?

만일 그자가 한 사람이 아닌 도적 떼라고 하면,

난 살해범에서 벗어날 수 있지만,

그자가 나그네 한 사람이 그랬다고 하면,

난 결코 살해범에서 벗어나지 못할 것이오.

이오카스테　걱정 마세요, 그자는 분명히 도적 떼라고 했거든요.

온 나라 사람들이 다 그렇게 들었어요, 여보!

오이디푸스　자, 그럼 어서 빨리 그 시종을 부릅시다, 응?

이오카스테　제가 당장 사람을 보낼게요. 조금만 기다리세요.

출생의 비밀과 수수께끼가 풀리다

　오이디푸스가 살인 사건의 목격자인 라이오스 시종을 기다리고 있을 때였다. 그런데 그때 그자보다 먼저 코린토스 사신이 도착해, 희망적인(?) 소식을 전해주며 …

코린토스 사신　오이디푸스 왕이시여!

코린토스의 '폴리보스' 왕께서 세상을 뜨셨습니다.

오이디푸스　뭐, 아버지께서 돌아가셨다고?

(이것이 너무 궁금해서) 누구 손에 .. 돌아가셨지?

코린토스 사신　그게 아니라, 연세가 많아 노환으로 돌아가셨습니다.

오이디푸스　뭐, 노환으로? (갑자기 안색이 밝아지며) 으하하하 …

그렇다면 신탁의 예언은 틀렸음이 증명되었네, 뭐!

신탁은 내가 아버지를 죽일 거라 했는데,

그분이 노환으로 돌아가셨으니 말이야. 으하하하 …

　그는 그때까지도 코린토스 왕이 친아버지라 믿었고, 단지 자기가 왕을 죽인 범인인지 아닌지, 그곳에 초점이 맞춰있었다. 그렇다! 그의 생각대로라면, 예언은 틀린 셈이었다.

신탁에 따르면 폴리보스 왕이 자기 손에 죽어야 했다. 그런데 자기 손이 아닌, 저절로 돌아가신 것이었다. 일단 그는 신탁의 운명에서 벗어난 듯했다. 그러나 ...

코린토스 사신 어서 코린토스로 가시지요.

백성들이 왕으로 모시려 하고 있습니다.

오이디푸스 그래? 하지만 난 그곳에 갈 수 없네.

아직 내 친어머니가 살아계시기 때문에, 난 두려워서 갈 수 없네.

코린토스 사신 예? 왜 그분이 두렵다는 거지요?

오이디푸스 무시무시한 신탁의 예언 때문이지.

신탁은 내가 아버지를 죽이고, 어머니와 살을 섞을 운명이라 했거든.

그래서 난 오랫동안 코린토스에 가지 않은 것이네.

코린토스 사신 (그러자) 그럼 사실을 말씀드려야겠군요.

사실 코린토스 왕과 왕비는 그대 부모님이 아닙니다.

앞은 코린토스의 아폴론 신전이고, 뒤의 멀리 보이는 산 정상엔 타락한 여인들의 전설이 있는 아프로디테 신전이 있다

여기서 반전 아닌, 반전이 일어난다. 코린토스 사신은 그 사람이었다. 왕과 왕비에게 아기 오이디푸스를 준 목동 말이다. 그는 즉시 모든 사실을 털어놓았다. 옛날 키타이론 산에서 라이오스의 시종한테 아이를 건네받아, 자기가 코린토스 왕과 왕비에게 양자로 주었다고 말했다.

이제 수수께끼 같은 그의 출생의 비밀이 양파 껍질처럼 하나하나 벗겨지기 시작했다. 마지막으로, 라이오스 시종의 증언만 남은 셈이었다. 아기를 코린토스 시종에게 주었고, 3갈래 길에서 살아남은 그 시종이 모든 사건의 키를 쥐고 있었다. 그러자 사태를 직감한 이오카스테가 소리 지르며 …

이오카스테　거짓말이에요. 다 허튼소리라고요! 으흐흑 …

　　　　　제발 .. 제발 .. 더 이상 알려고 하지 마세요.

　　　　　오오, 불운한 사람! 제발 당신이 누군지 알게 되지 않기를 …

그녀는 울면서 뛰쳐나갔다. 그리고 얼마 후, 마침내 모든 열쇠를 쥐고 있는 라이오스 시종이 들어왔다. 코린토스 사신은 그를 보자, 자기에게 아이를 준 사람이 틀림없다고 진술했다. 하지만 라이오스 시종은 계속 부들부들 떨며, 좀처럼 말을 하려 하지 않았다. 그러자 오이디푸스가 화가 나 고함치며 …

오이디푸스　여봐라! 당장 이놈의 두 팔을 묶어라.

　　　　　넌 당장 이실직고하지 않으면, 죽음을 면치 못할 것이다.

라이오스 시종　(겁먹고) 제게 .. 알고 싶은 게 무엇입니까?

오이디푸스　네가 키타이론 산에서 발이 퉁퉁 부은 아이를,

　　　　　코린토스의 이 사람에게 주었느냐?

라이오스 시종　예, 주었습니다.

오이디푸스　그럼 그 아이는 누구 아이냐?

라이오스 시종　라이오스 집안 아들이라 했습니다. 왕과 왕비께서 저에게 주셨지요.

오이디푸스	무엇 때문에 너에게 주었지?
라이오스 시종	제게 아이를 주며, 죽여 없애버리라고 …
	그 아이가 아버지를 죽일 거란 신탁이 무서워, 그러라고 했습니다.
오이디푸스	근데, 넌 왜 아이를 죽이지 않았지?
라이오스 시종	갓난아이가 불쌍해서 그랬습니다.
오이디푸스	(사실이 밝혀지자 비통해하며) 아, 신탁의 예언은 사실이었구나.
	오오 .. 태양이여! 내가 널 보는 것도 이 순간이 마지막이길!
	나야말로 태어나서는 안 될 사람이 태어나,
	내가 내 아버지를 죽이고, 내 어머니와 결혼했구나.

스스로 두 눈을 찌르고 속죄하다

그는 실성한 듯 비명을 지르며, 이오카스테 방으로 향했다. 그리고는 시종에게 창을 달라고 소리치더니, 미친 듯이 이리저리 날뛰며 …

오이디푸스   내 아내, 아니 내 어머니이자,

내 자식을 낳은 그녀는 어디 있느냐?

그러며 방문을 박차고 안으로 들어갔다. 그렇지만 이오카스테는 이미 이 세상 사람이 아니었다. 스스로 밧줄에 목을 매달아 죽었던 것이다. 오이디푸스는 울부짖으며 다가가 어머니 목에서 밧줄을 풀더니, 그녀를 바닥에 내려놓았다. 그러더니 그녀 옷에서 황금 브로치를 뽑아, 자기 두 눈을 푹푹 찔렀다.

오이디푸스   아아 .. 두 눈들아! 너희들은 지난 모든 걸 보았지만,

내가 알고 싶은 사람들을 알아보지 못했으니,

이제 너희들은 어둠에서 지내라!

그가 자기 눈을 푹푹 찌를 때마다, 피가 소나기처럼 줄줄 흘러내렸다. 오이디푸스는 울부짖으며...

오이디푸스   백성들이여, 보시오! 여기 자기 아버지를 살해하고,
자기 어머니를 아내로 삼은 자를 보란 말이오.
(그러다) 자, 어서 나를 나라 밖으로 추방시켜 주시오.
더 이상 카드모스 집안이 저주받는 일이 없도록 말이오.
아아 .. 슬프고 불쌍한 내 신세! 아아 .. 내 운명이여,
너는 얼마나 멀리 뛰어왔는가?

스스로 눈을 찔러 눈이 멀게 된 오이디푸스를 보고 놀라는 아들과 사람들, 그리고 품에 안겨 눈물을 흘리는 두 딸 - 가그네로 그림

에필로그

소포클레스의 '오이디푸스 왕'은 테베 왕이란 신분에서 운명 앞에 파멸되는 한 인간을 담고 있다. 그는 끔찍한 신탁의 운명을 피하기 위해 끝까지 발버둥 치며 싸운다. 그러나 신탁의 운명에서 벗어나려고 하면 할수록, 점점 예정된 운명 속에 깊이 빠지고 만다.

처녀 얼굴에 사자 몸통을 가지고 있고
날개가 달린 스핑크스
바티칸 박물관

그 누구도 풀지 못한 스핑크스 문제를 풀었지만, 정작 자신의 수수께끼를 알지 못했던 오이디푸스! 그는 자신이 누군지, 자신에 대한 수수께끼를 하나 하나 풀어간다.

그러다 자기도 모르는 사이에 행한 과오를 알고, 그동안 자신이 눈뜬 장님이라는 사실을 깨닫는다. 그래서 자기 눈을 찔러 단죄하고 유배 길을 떠난다. '우리는 어디서 왔다가, 어디로 가는가!'

소포클레스 비극 오이디푸스 왕은 기원전 429년에 최초 공연된 걸작이다. 오이디푸스 이야기는 여기서 끝난 게 아니라, 다음의 '콜로니스의 오이디푸스'와 '안티고네'로 이어진다. 기대하시라!

오이디푸스 콤플렉스 Oedipus Complex

그의 이야기에서 '오이디푸스 콤플렉스'란 용어가 생겼다. 이것은 오스트리아의 정신 분석학자 '프로이드 Freud'가 '꿈의 해석'에서 처음 사용한 말로, 남자는 무의식적으로 자기 아버지를 증오하고, 자기 어머니에 대해 성적 애착을 느끼는 현상을 말한다.

그에 따르면, 3세에서 6세 사이 남자아이는 이성인 어머니를 좋아하고, 성적 애착을 느낀다 한다. 이와 반대로, 이 시기 남자아이는 어머니 사랑을 독차지하기 위해 동성인 아버지를 적대시하는 심리 현상을 '오이디푸스 콤플렉스'라고 이름 지었다.

이 오이디푸스 콤플렉스에 반대되는 개념이 3권에 나오는 '엘렉트라 콤플렉스Electra Complex'다. 이 용어는 반대로, 여자아이가 아버지에겐 성적 애착을 느끼고, 어머니에겐 적개심과 증오심을 가지는 현상을 말한다.

오이디푸스 콤플렉스와 반대되는 개념이 엘렉트라 콤플렉스다. 그림은 유랑 중인 오이디푸스와 안티고네

2. 콜로니스의 오이디푸스

등장 인물

오이디푸스　：테베 왕
안티고네　　：큰딸
이스메네　　：둘째 딸
폴리네이케스　：장남
에테오클레스　：차남
크레온　　　：오이디푸스 처남
테세우스　　：아테네 왕
에리니에스　：복수의 여신들

　콜로니스의 오이디푸스는 바로 앞 편의 오이디푸스 왕에 이어 계속되는 내용이다. 이 이야기는 오이디푸스가 첫째 딸과 함께 유배를 떠나자, 왕권을 둘러싼 두 아들의 싸움과 오이디푸스의 장엄한 죽음을 다루고 있다.

오이디푸스와 안티고네의 유배길

　오이디푸스는 스스로 자기 눈을 찌르고 추방되기를 원했다. 그러나 시간이 약이라고 했던가? 그는 시간이 흐르자 고통도 조금씩 가라앉고, 자신을 향한 노여움도 진정되기 시작했다. 또 눈도 보이지 않은 상태에서 유배를 떠난다는 것이 왠지 두려웠다.

　그런데 처남 크레온이 그를 가차 없이 국외로 추방했다. 그런데도, 그의 쌍둥이 아들 '폴리네이케스 Polyneices'와 '에테오클레스 Eteocles'는 왕권에 눈이 멀어, 자기 아버지를 거들떠보지도 않았다.

안티고네가 눈먼 아버지 오이디푸스의 길잡이가 되어, 사람들의 손가락 짓을 받으며 유랑 생활을 하고 있다 - 잘라버트 그림

하지만, 큰딸 '안티고네 Antigone'와 둘째 딸 '이스메네 Ismene'는 두 아들과는 달랐다. 특히 안티고네는 눈먼 아버지의 길잡이가 되어, 함께 고된 유랑 길에 동행했다. 부녀는 수많은 세월 동안 이 나라 저 나라를 구걸하고 다니며, 힘든 떠돌이 생활을 했다.

그러던 어느 날, 오이디푸스는 자신의 앞날을 알고 싶어, 아폴론 신전을 갔다. 그런데 다행히, 신탁은 그에게 희망적인 예언을 해주었다.

아폴론 신탁   오이디푸스여! 너의 최종 종착지는 '복수의 여신들'이 있는 곳이다.
그 여신들이 계신 곳에 피난처를 구하라.
그럼 그곳에서 구원과 평화를 얻고, 영원한 안식을 누리게 될 것이다.
또 너를 받아주는 자는 이익을 주고, 내쫓는 자는 재앙이 올 것이다.
그 징표는 제우스께서 천둥과 번개로 알려줄 것이다!

아폴론의 신탁은 이번엔 달랐다. 그에게 파멸이 아닌, 구원의 신탁을 주었다. 자기도 모르게 범한 그의 죄들이 고의가 아니었음을 아폴론도 인정한 것일까? 복수의 여신들이 머무는 성소를 찾아가면, 구원받을 것이란 희망의 신탁을 준 것이다.

'복수의 여신들'은 일명 '에리니에스 Erinyes'라 하는 3명의 여신들로, 인간의 살인죄, 특히 근친상간과 근친 살해를 처벌하는 무서운 처녀 여신들이다. 저승에 사는 그녀들은 한 손엔 횃불과 다른 손엔 채찍을 들고, 눈에선 피눈물이 흐르며, 머리에는 뱀이 휘감겨 있는 겁나게 흉측한 모습을 한 여신들이다.

근친상간과 근친 살해한 자를 처벌하는 복수의 여신들이 머리에 뱀을 감은 모습으로 횃불을 들고 추격하고 있다 - 사르겐트 그림

특히, 그녀들은 근친 살해를 한 자는 최후까지 추적하여, 복수와 저주를 내리는 것으로 유명하다. 그래서 사람들은 그녀들이 너무나 무서운 나머지, 역설적으로 '착한 여신들, 또는 자비로운 여신들'이라 불렀다.

오이디푸스가 편드는 나라가 승리하리라!

아무튼, 눈먼 오이디푸스는 안티고네의 도움을 받아, 아테네의 작은 마을인 콜로니스 원시림에 도착했다. 오이디푸스가 안티고네에게 …

오이디푸스 애야! 우리가 어느 나라에 온 거니?

안티고네 이 나라가 아테네라는 건 알겠는데, 어딘지는 잘 모르겠네요, 아버지!

두 사람이 잠시 바위에 앉아, 쉬고 있을 때였다. 이때 콜로니스 주민들이 몰려와 …

콜로니스 주민들 여보쇼! 빨리 여기를 떠나시오. /

     여긴 들어오면 안 되는 곳인 거 몰라? /

     이곳은 복수의 여신들이 거처하는 신성한 곳이란 말이오.

그렇다. 마침내 도착한 것이다. 신탁이 말해준 오이디푸스의 마지막 종착지! 복수의 여신들의 거처에 가면, 구원과 안식을 얻을 수 있다는 곳이었다. 오이디푸스는 무릎을 꿇고 땅에 엎드려 기도했다.

오이디푸스 오, 자비로운 복수의 여신들이여!

     전 이제야 여신들의 거처에서 평안을 찾으려 합니다.

     세상에서 가장 비참한 저를 불쌍히 여기시어,

     제가 이곳에서 생을 마감하게 해주소서!

그럴 때였다. 둘째 딸인 '이스메네'가 급히 찾아왔다. 아버지에게 지금 고향 테베에서 벌어지고 있는 일을 알려주기 위해서였다.

오이디푸스   애야! 무슨 일로 여기까지 왔니?

이스메네   아버지, 큰일 났어요! 지금 아버지의 쌍둥이 두 아들은,

　　　　　서로 왕권을 차지하려고 싸우고 있어요.

　　　　　먼저 작은 오빠가 왕권을 빼앗고 큰 오빠를 추방하자,

　　　　　큰 오빠는 아르고스로 망명해, 왕의 사위가 되어 군사를 모집했어요.

　　　　　그리고 7명의 장군을 앞세워, 우리 테베를 공격하려 해요, 아버지!

　그러니까 오이디푸스가 추방되자, 쌍둥이 형제는 서로 왕권을 차지하기 위해 싸웠다. 그들은 1년마다 번갈아 통치하기로 했지만, 동생이 약속을 어기고 형을 추방해버렸다. 그러자 형은 아르고스로 망명해, 그곳 왕의 사위가 되었다. 그리고 군사를 모아, 복수의 칼날을 갈았던 것이다.

이스메네   그런데 아버지! 최근에 아폴론의 신탁이 있었거든요?

오이디푸스   어떤 신탁이었지?

이스메네   신탁에 따르면, 테베의 운명은 아버지에게 달려있대요.

　　　　　아버지가 편드는 쪽이 이길 것이고,

　　　　　아버지가 죽는 나라는 영원한 축복을 받을 거래요.

　　　　　또 아버지의 무덤을 돌보지 않으면, 재앙이 올 거라 했대요.

　　　　　그래서 서로 아버지를 자기 나라에 모시려고 난리인 거예요.

오이디푸스   뭐? 이런 천하에 나쁜 놈들! 내가 추방될 때는 돕지도 않던 놈들이,

　　　　　이제 서로 왕권을 차지하기 위해 나를 찾는다고?

이스메네   예. 바로 그것 때문에 아버지의 처남 크레온이,

　　　　　아버지를 강제로 끌고 가려고 곧 이곳에 올 거예요.

신탁에 의하면, 형제간 싸움에서 오이디푸스가 편드는 쪽이 이길 것이고, 그가 죽어 묻히는 나라는 영원한 축복을 받는다는 것이었다. 이런 이유로 두 아들은 오이디푸스를 자기편으로 만들기 위해 혈안이 되었던 것이다.

아테네 왕 테세우스

그때였다. 아테네 왕인 '테세우스 Theseus'가 백성들에게 소식을 전해 듣고 찾아왔다. 〈테세우스는 2권의 영웅 시리즈에 나오는 중요 인물이다. 〉

테세우스   가련한 오이디푸스 왕이여! 우리 아테네에 온 용건이 무엇입니까?
오이디푸스   아테네 왕이시여! 내가 이 나라에 온 것은,
　　　　　　이 비참한 육신을 선물로 주고 싶어서입니다.
　　　　　　나와 내 딸들을 보호해 준다면, 난 이 나라에 커다란 보상을 줄 것인데,
　　　　　　비록 볼품없는 몸이지만, 나중엔 커다란 이익이 될 것이오.

켄타우로스를 강타하는 테세우스 - 빈　　미노타우로스를 죽이는 테세우스 - 루브르　미노타우로스를 죽인 - 빅토리아 알버트

테세우스	예? 대체 어떤 이익을 주신다는 거죠?
오이디푸스	지금은 아니지만, 때가 되면 알게 될 것입니다.
	내가 죽어, 그대가 장례를 치르고 나면 말이오.
테세우스	...?
오이디푸스	지금까지 아테네와 테베는 사이가 좋은 편이지만,
	그 평화도 언젠간 깨지고 말 것입니다.
	만약 테베가 아테네에 쳐들어왔을 때,
	그때 내 무덤의 시신이 아테네를 지켜줄 것입니다.
테세우스	좋습니다! 당신들을 우리 시민으로 받아들이고,
	제가 끝까지 지켜 드리겠습니다.
오이디푸스	감사합니다! 난 내 자식들에게 쫓겨났는데,
	이젠 그놈들이 서로 날 끌고 가려고 합니다. 도와주겠습니까?
테세우스	너무 걱정 마십시오.
	아무도 내 명령 없이 그렇게 하지는 못할 것입니다.

혹시나 했는데 역시나였다! 얼마 후, 크레온이 군사를 이끌고 오더니, 오이디푸스와 딸들을 끌고 가려 했다. 그러나 테세우스가 그들을 멀리 국경까지 쫓아버렸다.

아들 형제에게 저주를 내리다

크레온이 돌아가자, 이번엔 큰아들 '폴리네이케스'가 수행원도 없이 홀로 찾아왔다. 큰아들은 더러운 옷을 입은 아버지의 초라한 행색을 보더니 눈물을 흘리며 ...

폴리네이케스	아버지, 죄송합니다!
	아버지를 모시지 못한 저는 천하에 나쁜 놈입니다.
오이디푸스	(고개를 반대로 휙 돌리며) 알면 됐다! 끙 ..

폴리네이케스   아버지! 부탁이 있어서 이렇게 왔어요.

전 지금 왕권을 빼앗은 동생을 응징하러 갑니다.

신탁은 아버지가 편드는 쪽이 이길 거라 했거든요.

아버지! 전 아버지와 똑같은 추방자입니다.

만일 아버지가 제 편을 들어주신다면,

전 테베로 쳐들어가 동생을 추방한 다음,

아버지를 편히 모실 겁니다.

아버지! 제발 저를 도와주세요, 예?

아들 폴리네이케스가 도와달라고 찾아오자, 두 아들에게 저주의 멘트를 날리며, 꺼지라고 손짓하는 오이디푸스 - 기로스트 그림

오이디푸스   이런 천하의 고약하고 나쁜 놈! 넌 이 아비를 내쫓은 놈이야.

근데, 이제 나와 같은 신세가 되니까, 뭐 도와달라고?

이놈들아! 너희 둘은 이제 내 자식도 아니다.

복수의 여신들이 너희들을 노려보고 있어, 이놈들아?

내가 저주하노니 … 넌 절대 테베를 무너뜨리지 못할 것이고,

너와 네 동생은 피투성이가 되어 죽을 것이다.

어서 썩 꺼져, 이 악당 중의 악당아!

나의 이 저주의 말들을 갖고 썩 꺼져, 얼른!

큰아들은 저주의 멘트를 들으며 돌아가야 했다. 그런데 그때, 꽈르릉하는 천둥소리가 천지에 울려 퍼졌다. 오이디푸스는 그 천둥소리의 의미를 알고 있었다. 자신의 최후를 알리는 신의 암시였다.

오이디푸스의 장엄한 죽음

그는 심부름을 시켜, 테세우스 왕을 빨리 모셔오라 했다. 왕의 호의에 보상을 해주기 위해서였다. 얼마 후, 테세우스가 급히 오더니 …

테세우스   왜 저를 부르셨습니까?

오이디푸스   왕이시여! 내 죽음이 임박했소.

자, 내가 그대와 아테네에게 영원한 보물을 주겠소.

이제 내가 죽을 장소를 그대에게 보여줄 것이오.

그런데, 그곳을 절대 누구한테도 말하지 마시오.

그럼 그 장소는 그 어떤 무기나 군대보다,

더 막강하게 그대와 아테네를 지켜줄 것이오.

(다시 천둥소리가 울리자) 아아 .. 신께서 나를 재촉 하는구나.

그는 마치 눈이 보이는 것처럼 테세우스와 그의 부하들, 또 딸들을 인도했다. 일행이 움푹 땅이 파인 곳에 이르자, 그는 바위 동굴 옆에 멈추더니 옷을 벗었다. 그러자 딸들이 아버지를 목욕시키고 흰옷으로 갈아입혔다. 바로 그때 저승에서 천둥이 꽈르릉 울렸다. 두 딸이 그 소리에 아버지 품에 쓰러져 통곡하자, 그는 딸들을 끌어안으며 …

오이디푸스　애들아! 난 곧 죽는다.

이제 더 이상 나를 부양하지 않아도 된다.

그동안 힘들었지? 정말 수고 많았다.

난 너희들을 정말 사랑했다, 애들아!

오이디푸스가 유언을 남기고, 딸들이 무릎에 안겨 슬피 우는데, 저승에서 천둥이 꽈르릉 울리고 있다 - 리버풀 아트 갤러리

그들이 서로 껴안고 슬피 울 때, 저승의 신이 그의 이름을 부르며 ...

저승의 신　어허, 오이디푸스여! 이제 가야 할 시간이다. 왜 꾸물거리는 거냐?

마침내 떠나야 할 시간이 되자, 오이디푸스는 테세우스에게 ...

오이디푸스　당신과 아테네 사람들 모두 행복하시오.

　　　　　　그리고 부디, 내 딸들을 잘 보살펴 주시오.

테세우스　　그러지요, 맹세하겠습니다.

오이디푸스　(딸들에게) 얘들아! 너희들은 여기를 떠나라.

　　　　　　오직 테세우스만이 볼 권리가 있기 때문이다.

오이디푸스 왕의 의상
그리스 국립 박물관

　　딸들과 부하들은 눈물을 흘리며, 천천히 걸음들을 옮겼다. 일행이 뒤돌아본 것은 한참 후였다. 그때는 이미 그곳엔 오이디푸스는 없었고, 테세우스가 홀로 서 있었다. 근데 테세우스는 마치 눈뜨고 볼 수 없는 무슨 끔찍한 것이 나타난 것처럼, 두 손으로 얼굴을 가리고 있었다.

　　오이디푸스가 어떻게 세상을 떠났는지는 오로지 테세우스만이 알고 있었다. 그러나 오이디푸스는 저승사자가 저승 문을 열어주어, 아무런 고통 없이 임종을 맞았다.

　　그에게 신들은 수많은 시련을 겪게 한 뒤, 죽음을 은총으로 대신해 주었다. 경건한 최후를 맞은 그의 영혼은 축복받은 성스러운 장소가 되었던 것이다.

에필로그

이번 이야기 속의 오이디푸스는 전작 오이디푸스 왕과는 인물 성격이 조금 다르다. 전작에선 피할 수 없는 운명 앞에 끝까지 대적하는 인물이었지만, 이번엔 자신의 운명에 순응하고, 의연하게 죽음을 맞는 인물로 나온다.

결국 그는 복수의 여신들 성소에서 회개와 정화를 통해, 신의 은총과 구원을 받았다. 그리고 숱한 고난과 고통을 통해 지혜를 얻고, 고달픈 삶의 굴레에서 벗어나 장엄하게 최후를 맞는다. 또한 그는 죽음을 통해, 아테네를 지키는 수호신으로 거듭 태어났다.

'콜로니스의 오이디푸스'는 소포클레스가 기원전(BC) 407년에 쓴 작품이다. 이후의 그의 집안 이야기는 다음의 '안티고네'로 계속 이어진다.

소포클레스의 생애와 작품들

'소포클레스(기원전 497년 - 기원전 406년)'는 '아이스킬로스', '에우리피데스'와 함께 고대 그리스의 3대 비극 작가로 손꼽힌다. 그는 아테네 교외의 콜로니스 태생으로, 무기 제조업자인 부유한 아버지 밑에서 자라며, 최고 교육을 받았다. 또 정치가로도 성공해 재무 장관 등 여러 요직을 지냈으며, 수차례 해군 제독으로 활약하며 국가에 공헌했다.

그는 비극 작법을 '아이스킬로스'에게 배웠지만, 나중에는 스승을 제치고 연극 제전에서 총 18회 이상 우승을 차지하며 인기를 누렸다 한다.

그의 작품은 모두 124편이지만, 현존하는 작품은 후기에 쓴 7편의 비극만 남아있다. 연대순으로 나열하면 다음과 같다. '아이아스 - 안티고네 - 오이디푸스 왕 - 엘렉트라 - 트라키아 여인 - 필록테테스 - 콜로니스의 오이디푸스'다.

소포클레스 - 우피치 미술관

3. 안티고네

등장 인물

안티고네   : 오이디푸스 큰딸
폴리네이케스 : 오이디푸스 장남
에테오클레스 : 오이디푸스 차남
크레온   : 외삼촌 (테베 왕)
하이몬   : 크레온 아들 (안티고네 약혼자)
테이레시아스 : 눈먼 테베의 예언가

안티고네는 소포클레스의 3부작 중에 마지막 이야기다. 오이디푸스가 쌍둥이 형제를 저주하며 죽자, 형제는 테베 성을 둘러싸고 치열한 싸움을 벌인다. 그리고 안티고네는 죽은 오빠의 시신을 장례 치르기 위해, 목숨을 걸고 왕과 대립한다.

테베를 공격한 7장군과 전투

쌍둥이 형제는 1년마다 번갈아 통치하기로 했지만, 동생이 약속을 깨고 형을 추방해 버렸다. 그러자 형은 아르고스로 망명해, 그곳 7명의 장군들과 함께 테베로 쳐들어갔다. 테베를 공격한 이들 7명의 아르고스 장군을 흔히, '테베를 공격한 7장군', 또는 '테베를 공격한 7명의 영웅'이라 부른다.

아르고스의 7장군은 테베의 7개 성문을 각각 하나씩 맡아 포위했다. 그러자 테베도 가장 용맹한 7명의 장수를 뽑아서 이들과 맞대응했다. 치열한 전투가 계속되고, 싸움은 백중지세였다.

동생이 약속을 깨고 형을 추방하자, 형은 아르고스로 망명해, 그곳 7명의 장군들과 함께 테베로 쳐들어간다 - 조반니 실바니 그림

아르고스 군이 성문들을 공격하자, 성벽 위에선 테베 군이 커다란 돌덩이, 활, 투창을 비 오듯 쏟아부었다. 아르고스 군이 후퇴하려 할 때, 폴리네이케스가 소리치며 ...

폴리네이케스　　아르고스 병사들이여! 후퇴하지 말라.
　　　　　　　　어서 보병, 기병, 전차병은 일제히 공격하라! 공격 ~ 가즈아 ~

이에 용기 얻은 병사들이 다시 공격했지만, 많은 병사들이 피투성이가 되어 땅바닥에 쓰러졌다. 테베 군도 마찬가지였다. 성벽 위의 병사들은 아르고스의 투석기에서 날아온 돌과 활을 맞고, 아래로 고꾸라졌다.
아르고스 장군들도 용감히 싸웠다. 그중에서 다혈질인 '카파네우스'는 공성 사다리를 끌고 오더니, 방패로 돌덩이를 막으면서, 사다리를 타고 성벽을 기어오르기 시작했다. 거기까지는 좋았다. 그런데 그만, 신에게 막돼먹은 만용을 부리며 ...

카파네우스　으하하하 …. 난 반드시 성벽을 허물 것이다.

　　　　　　제우스의 벼락이라도 날 막지 못할 것이다.

　그가 호언장담하며 성벽 위를 막 오르려 할 때였다. 그때 제우스가 '요런 건방진 놈을 봤나?' 하며, 자신을 모독한 그자에게 벼락을 던졌다. 그러자 그의 사지는 불에 타더니, 땅에 후루룩 떨어졌다.

두 형제의 일대일 결투

　한편, 아르고스 군이 다시 전열을 정비하고, 재차 무섭게 공격할 때였다. 그때 테베 왕 '에테오클레스'는 중대한 결심을 하더니, 성벽 위에서 큰 소리로 소리쳤다.

에테오클레스　우리 테베와 아르고스 양쪽 병사들이어!

　　　　　　　이 전쟁은 나와 내 형의 싸움입니다.

　　　　　　　그러니, 여러분의 귀중한 목숨을 버리지 마시오.

　　　　　　　난 형과 일대일로 결투를 하고 싶소.

　　　　　　　내가 이기면, 난 계속 테베를 차지할 것이고,

　　　　　　　내가 지면, 형에게 왕권을 물려줄 것이오!

　동생의 일대일 결투 신청에 형이 흔쾌히 승낙했다. 양측 병사들도 손뼉을 쳤다. 잠시 휴전이 성립되고 두 사람이 무장하는 동안에, 예언가들은 과연 누가 승리할 것인지 점을 쳐보았다. 근데 결과는 알쏭달쏭, 애매모호했다. 점괘에 나온 승자와 패자가 똑같았기 때문이었다.

　드디어, 두 사람은 나팔소리와 함께 무서운 기세로 돌진하여 싸우기 시작했다. 서로 창으로 맹렬히 공격했지만, 각자의 방패로 상대방의 공격을 잘 막아냈다. 먼저 실수한 쪽은 동생이었다.

그가 자꾸 걸리적거리는 돌을 발로 툭 밀치는 순간, 다리 한쪽이 방패 밖에 드러났다. 그때를 놓치지 않고, 형이 창으로 다리를 찌르자 ...

에테오클레스   윽! 으으.. 내 다리.

그러나 동생도 만만치 않았다. 상대가 살짝 어깨를 드러내자, 곧바로 노출된 어깨를 창으로 찔렀다. 그런데 그만 창끝이 부러졌다. 그러자 동생은 얼른 돌을 던져 상대 창도 부러뜨렸다. 이제 승부는 원점이었다. 두 사람은 칼을 뽑아들면서 다가갔다. 칼과 칼이 부딪히고, 방패와 방패가 부딪히는 소리가 허공에 퍼졌다. 이때 동생이 속으로 ...

에테오클레스   흐음 .. 만만치 않은데?
                   그렇다면, 테살리아에서 배운 전법을 써먹어야겠군.

그는 왼발을 뒤로 쓱 빼더니, 방패로 슬쩍 아랫배를 가렸다. 그러다 갑자기 오른발을 쭉 뻗어 상대 복부를 기습 공격했다. 그러자 형이 옆구리와 아랫배가 서로 접히면서, 땅에 쓰러져 신음했다.

폴리네이케스   으윽!

동생은 자기가 이겼다고 생각했는지, 칼을 던지고 상대 투구를 벗기기 시작했다. 그러나 형은 고통스레 숨을 쉬면서도, 손에 칼을 쥐고 있었다.
그는 마지막 혼신의 힘을 다해 동생 심장을 찔렀다. 그러자 동생은 그 자리에서 죽었다. 이렇게 두 아들에 대한 오이디푸스의 저주는 이루어지고 말았다.

찔리고 찔려 죽는 형제 - 티에폴로 그림

이때 여동생 안티고네가 달려와, 오빠들을 끌어안았다. 죽어가는 형 폴리네이케스는 마지막 숨을 몰아쉬며 ...

폴리네이케스   으으 .. 이제 죽을 때가 되니까 알았다.
내가 동생 에테오클레스를 얼마나 사랑했던가를 ...
애야, 나를 꼭 이 조국 땅에 묻어다오!

쌍둥이는 거의 동시에 태어나서, 거의 동시에 목숨을 거두었다. 그러자 양측 병사들은 서로 자기 쪽이 이겼다고 우겼다. 그러다 무기가 있는 곳으로 우르르 달려갔다.

'승리의 여신'은 테베 쪽에 있었다. 테베 병사들이 상대보다 먼저 가까이 있던 무기를 집어 들고, 허둥대는 아르고스를 공격했다. 그러자 당황한 아르고스 군은 대항할 틈도 없이 도망치다, 결국 전멸하고 말았다.

폴리네이케스의 시신 문제

두 형제의 죽음으로 테베 왕권은 크레온이 차지했다. 그는 백성들에게 다음과 같은 포고령을 내렸다.

크레온   백성들이여! 테베 왕이었던 에테오클레스는 나라를 위해 싸우다,
명예롭게 전사한 이 나라의 영웅입니다.
그래서 우린 그를 온갖 의식을 베풀어 묻어줄 것이오.
반면, 그의 형인 폴리네이케스는 다른 나라의 군대를 이끌고 쳐들어와,
우리를 죽이고, 이 나라를 파괴하려 한 반역자입니다.
따라서, 아무도 그자를 위해 장례를 치르거나, 무덤을 만들어주지 말고,
그의 시체는 늑대와 새의 먹이가 되게 내버려 두시오.
만약 내 명령을 어기는 자는 죽음을 면치 못할 것이오!

그는 시체에 감시병을 두어, 장례뿐 아니라 매장도 금했다. 그러나 안티고네는 그럴 수 없었다. 오빠가 죽어가며 자기 손을 꼭 잡고, 조국 땅에 묻어 달라고 하지 않았던가! 더구나, 오빠의 시신을 늑대와 새의 먹이로 방치할 수는 없었다.

안티고네   아무도 묻지 않는다면 내가 묻어줄 거야.

비록 잡혀 죽더라도, 난 오빠 무덤을 만들어 줄 거야.

시신을 모욕하지 않는 것이 신의 법 아니던가!

고대의 그리스인들은 죽은 자의 시신을 매장하지 않는 것은 죄라고 생각했다. 시신을 매장 안 하면 죽은 혼백은 저승에 가지 못하고, 구천을 떠돈다고 믿었다. 따라서 시신은 장례를 치르고 매장해야 했는데, 그러지 않으면 신들의 법에 위반되는 행위였다.

안티고네가 장례도 못 치르고, 짐승의 먹이로 방치된 오빠의 시신을 매장하기 위해 몰래 다가가고 있다 - 아테네 국립

시신의 장례와 안티고네의 운명

얼마 후였다. 시신을 지키던 감시병이 급히 왕에게 달려오더니 ...

감시병   왕께 보고드립니다.

        누군가 방금 전, 시신에 흙을 뿌리고 도망쳤습니다.

크레온   (놀라며) 뭐라고? 누가 감히 그딴 짓을 했느냐?

감시병   범인은 아무 흔적도 없이 사라졌습니다.

        물론 시신을 땅에 매장한 것은 아니지만,

        신의 저주를 피하기 위해 그랬는지, 흙으로 살짝 덮고 도망쳤습니요.

크레온   네 이놈! 어서 범인을 잡아오지 않고 뭐하고 있어?

        잡아오지 못하면, 네놈들을 당장 죽이겠다. 알겠느냐?

그리고 잠시 후였다. 감시병이 안티고네를 붙잡아 오더니 ...

감시병   여기 이 여자가 범인입니다요.

크레온   (안티고네를 보고 놀라며) 응 ..? 너는?

        어디서, 어떻게 붙잡았느냐?

감시병   예. 전 다시 시신이 있는 곳에 가서, 시신을 덮고 있는 흙을 털어낸 다음,

        시체의 악취를 피해, 언덕에 올라가 계속 감시를 했습죠.

크레온   그래서?

감시병   태양이 내리쬐는 정오쯤이었는데, 그때 갑자기 회오리바람이 불어오더니,

        들판을 온통 먼지바람으로 가득 채웠습니다.

        그리고 한참 뒤 회오리바람이 걷힐 때,

        웬 여자가 시신 옆에서 슬피 울고 있지 뭡니까?

        여자는 바람 때문에 시신을 덮은 흙이 날아가 버리자,

다시 두 손으로 시신 위에 흙을 뿌리더니,

준비한 물 항아리로, 시신의 주변에 물을 3번 뿌렸습니다.

바로 죽은 자를 위한 장례를 치르던 중이었죠.

그래서 우리 감시병들이 잽싸게 달려가 붙잡았죠, 뭐!

이상입니다. 저희 참 잘 했죠? 헤헤헤 ...

크레온　　썩 꺼져, 이놈아!

크레온은 화가 치미는 것을 억지로 참으며, 고개를 숙이고 있는 안티고네에게 ...

크레온　　넌 너의 죄를 인정하느냐, 부인하느냐?

안티고네　인정합니다. 부인하지 않겠어요.

크레온　　내가 포고령을 내렸는데, 알고는 있었지?

안티고네　예, 알고 있었어요.

크레온　　뭐? 그런데도 감히 내 명령을 어겨?

시신의 장례와 매장을 둘러싸고, 인간의 법과 신들이 정한 법 사이에서 언쟁을 벌이는 크레온 왕과 안티고네

안티고네   그 포고령은 신이 내린 것이 아닙니다.

신들은 그런 법을 내린 적이 없으니까요.

전 신이 아닌 당신의 포고령이,

신들의 불문율보다 더 강하다고 생각지 않거든요?

크레온   뭐라고?

안티고네   죽은 자를 매장하는 풍습은 어제오늘의 일이 아니라,

우리가 영원히 지켜야 할 신들의 법입니다.

전 신들의 법을 어겨, 저주의 벌을 받고 싶지 않고,

당신의 명령을 어겨 죽는다 해도 두렵지 않아요.

오빠를 묻지 않았다면, 제 마음은 더 찢어졌을 거예요.

크레온   흥, 잘 들어라! 너무 강한 것이 가장 먼저 꺾이고,

지나치게 달군 쇠가 가장 쉽게 부러지는 법이다.

넌 내가 내린 포고령을 어겼을 뿐만 아니라,

범행을 저지르고도, 나를 비웃는 오만을 자행했다.

네가 비록 내 누나의 딸이고, 내 아들의 약혼자이지만,

넌 극형을 면치 못할 것이다. 알겠냐?

안티고네   전 제 오빠를 묻어드려서 영광이에요.

여기 있는 사람들 모두 마음속으론 그렇게 생각할걸요?

크레온   (경호원들에게) 여봐라! 이 년을 당장 석굴 묘지에 가둬라.

그는 안티고네를 천장이 있는 석실 무덤에 가두라고 명령했다. 생각 같아서는 당장에 그 자리에서 죽이고 싶지만, 석굴에 가둔 뒤 약간의 음식만 넣어주라고 했다. 혹시 모를 신들의 저주가 두렵기 때문이었다.

안티고네의 약혼자 하이몬

얼마 후, 안티고네 약혼자 '하이몬 Haemon'이 급히 들어왔다. 크레온은 아들에게 …

크레온 아들아! 네 약혼녀는 내 명령을 거역하다가, 붙잡혀 석굴에 갇혔다.

난 그 애 때문에 백성들에게 거짓말쟁이가 되고 싶지 않다.

아니, 난 내 명령을 비웃은 안티고네를 죽일 것이다.

하이몬 (놀래서) 예? 제 약혼자를 죽인다고요?

크레온 그렇다! 불복종보다 더 큰 죄악은 없다.

누구든 내 명령을 어긴 자는 가만둘 수 없단 말이다.

하이몬 아버지! 지금 백성들은 아버지가 무서워 침묵하고 있지만,

온 백성이 그녀를 얼마나 안타까워하는지 아세요?

왜 죄 없는 그녀가 비참하게 죽어야 하냐고 난리에요.

오빠의 시신을 늑대와 새가 먹지 못하게 묻은 그녀의 행위는,

명예와 찬사를 받아야 한다고 수군거리고 있다고요.

아버지! 아버지 말씀만 옳다고 생각지 마세요.

때론 양보하는 것은 수치가 아닙니다.

한 사람만의 국가는 국가가 아니에요, 아버지!

크레온 뭐, 이런 고얀 녀석! 네가 지금 날 가르치려 하는 거야?

넌 절대로 걔가 죽기 전엔 결혼 못 해, 알았어?

하이몬 만일 그녀가 죽으면 … (화가 나 뛰쳐나가며)

아버지는 절 다시는 못 볼 거예요.

테이레시아스의 불길한 예언

곧이어 눈먼 예언가 '테이레시아스'가 왕을 찾아왔다. 왕에게 새들의 비행과 제물에서 나타난 점괘를 보고, 조언을 해주기 위해서였다. 예언가는 앞으로 왕에게 닥칠 불길한 재앙을 예언하며 …

테이레시아스	왕이시여! 점괘에 나타난 불길한 재앙은 모두 당신 탓입니다.
	당신이 죽은 자의 시신을 방치하고,
	시신을 개와 새 떼의 먹이로 주어 더럽혔기 때문이오.
	더 이상 고인을 그만 괴롭히고, 시신을 훼손치 마시오.
	죽은 자를 다시 죽인다고, 무슨 소용이 있겠소?
크레온	노인장! 허튼 소리 마시오.
	그자는 결코 무덤 속에 묻히지 못할 것이오.
테이레시아스	그렇다면 똑똑히 알아두시오! 당신은 시신을 욕보인 죄로,
	곧 당신 자식 중에 한 사람이 죽게 될 것이고,
	집안에서 여자의 울음소리가 날 것이오.
크레온	뭐요? 내 자식이 죽고, 여자의 울음소리가 날 거라니?
테이레시아스	그것은 당신이 안티고네를 무덤 속에 가두고,
	시신을 장례와 매장도 않은 채,
	지상에 붙들어 놓고 욕보였기 때문이오.
	죽은 시신은 당신을 비롯한 인간의 권한이 아니오.
	시신을 매장 않는 건 저승의 신에 대한 횡포요.
	때문에, 곧 복수의 여신들이 그대를 노릴 것이며,
	그대에게 똑같은 재앙으로 심판할 것이오!

  그가 이런 무시무시한 예언을 하고 돌아가자, 크레온은 충격을 먹었다. 지금까지 그의 예언은 한 번도 틀린 적이 없었기 때문이었다. 크레온은 자기 권위가 땅 밑에 떨어지는 것이 비참하지만, 괜히 신에게 반항하는 것보다 일단 피하는 것이 상책이라 생각했다. 그래서 즉시 부하들에게 ...

크레온	너희들은 모두 나를 따라와라! 어서 들판에 있는 시신을 매장해 주고,
	동굴 무덤에 갇힌 안티고네를 풀어주러 가자.

크레온의 벌

그는 부하들을 데리고, 시신이 방치된 들판에 갔다. 그곳에는 늑대와 새 떼에게 뜯긴 시신이 덩그러니 누워있었다. 일행은 우선 시신을 물로 씻기고, 남은 시신의 일부나마 화장해 준 다음, 무덤을 만들어주었다.

이번에 크레온과 일행은 안티고네가 잡혀있는 석실 무덤으로 갔다. 그런데 그때였다. 무덤 안에서 날카로운 비명과 함께 신음 소리가 들리는 것이 아닌가!

크레온   내 예감이 맞는 걸까? 이건 분명히 내 아들 목소리인데!

그는 누군가 돌을 헐어낸 틈 사이를 통과해, 무덤 안으로 들어갔다. 무덤 안쪽엔 이미 안티고네가 목을 매 숨져있었고, 아들 하이몬이 죽은 그녀를 끌어안고 흐느끼며 ...

하이몬   아아 .. 이렇게 처참하게 죽다니!

              내 아버지에게 저주가 있기를! 으흐흑 ...

크레온   (아들에게 화가 나 소리치며) 이게 무슨 미친 짓이야?

              어서 무덤 밖으로 나가지 못해?

              (그러다 사정하며) 아들아! 제발 나가라. 내 간절히 부탁할 게, 응?

아들은 무섭게 노려보더니, 아버지 얼굴에 퉤하고 침을 뱉었다. 그리고 칼집에서 칼을 꺼내 던지려 했다. 그때 크레온은 잽싸게 무덤에서 나와 칼을 피했다. 그러자 하이몬은 그 칼을 줍더니, 자기 옆구리를 푹 찔렀다. 피가 폭포처럼 쏟아졌다. 아들은 마지막으로 가쁜 숨을 몰아쉬다가, 사랑했던 연인 옆에 누워 숨을 거두었다.

얼마 후, 크레온은 죽은 아들의 시신을 안고 궁전에 돌아왔다. 그러나 또 다른 재앙이 그를 기다리고 있었다. 아내의 비보였다. 아내는 아들이 죽었다는 소식을 듣고, 스스로 자살했던 것이다. 그러자 크레온은 통곡하며 ...

크레온   아아 .. 슬프고 슬프구나!

난 내 어리석음 때문에, 아들과 아내마저 죽었구나!

그는 정의가 무엇인지, 불행을 통해 깨달았다. 자기 자신의 오만과 어리석음 때문에 아내와 아들을 죽음으로 몰아넣었다는 것을 말이다.

테베의 몰락과 멸망

소포클레스의 오이디푸스 시리즈는 안티고네를 끝으로 막을 내렸다. 카드모스부터 시작된 그의 집안은 무려 7대에 걸쳐 신의 저주를 받다가, 오이디푸스와 그의 자식들의 불행을 끝으로 저주가 끝난 것이다. 이와 같이, 테베는 그리스 신화에서 숱한 비극적인 사연을 남긴 것으로 유명하다.

그럼 이후, 테베는 어떻게 되었을까? 테베는 그 뒤에 몰락의 길을 걸었다. 바로 10년 뒤, 제1차 전쟁에서 전사한 아르고스 장군의 아들들이 아버지 원수를 갚기 위해 대군을 이끌고 테베로 쳐들어왔다. 이들 아르고스의 7명의 영웅 후손들을 '뒤에 태어난 자'라는 뜻으로, '에피고노이 Epigono'라 부른다.

이 2차 전쟁에서 맨 처음 테베는 에테오클레스 아들의 지휘 아래, 성문 밖까지 나와 용감히 싸웠다. 그러나 수많은 사상자를 내고, 성안으로 퇴각해야 했다. 그러자 위기를 느낀 테베인들은 또다시 예언자 테이레시아스에게 테베의 운명에 대해 물었다. 그러자 눈먼 예언가는 ...

테이레시아스   불행하게도, 이번 전쟁은 우리에게 승산이 없소.

우리가 살 수 있는 최선의 방법은,

아르고스 측에 전령을 보내 협상하는 사이,

성을 버리고, 몰래 도망치는 것이 유일한 선택이오!

백성들은 그 말에 따라, 전령이 협상하는 척하는 동안, 야밤을 이용해 성을 탈출했다. 그러다 예언가 테이레시아스는 도중에 샘물을 마시다 죽고, 나머지 사람들은 아주 먼 '헤스티아이아'란 곳에 나라를 세우고 살았다.

한편, 아르고스 군은 뒤늦게 테베 사람들이 도망간 것을 알고, 성에 들어가 전리품을 챙겼다. 그런데 그들은 테베를 공격하기 전, 신들에게 만약 테베를 무너뜨리면, 전리품 중 가장 아름다운 선물을 바치겠다고 맹세를 했었다.

그래서 전리품 중 탈출하지 못한 테이레시아스의 딸 '만토 Manto'를 포로로 잡아, 델피의 아폴론 사제로 바쳤다. 만토는 이후 가장 유명한 예언가가 되었는데, 그녀에게 어떤 노인이 노래를 배우더니, 키타라를 치면서 온 나라를 돌아다녔다. 이 노인이 바로 트로이 전쟁을 노래한 눈먼 장님 '호메로스 Homeros'라 한다.

암튼, 카드모스에서 시작된 테베의 전설은 오이디푸스를 비롯한 수많은 비극적인 전설을 남기고 이렇게 막을 내렸다. 끄 ~ 읕! 디 엔드!

호메로스 - 런던 내셔널갤러리

에필로그

'소포클레스'의 '안티고네'는 시신의 매장을 둘러싼 대립과 오만과 편협한 생각으로, 아내와 자식을 잃은 크레온의 운명을 다룬 비극이다. 신들의 법과 인간의 윤리를 내세운 안티고네와 국법을 우선시하는 크레온과의 갈등 사이에서 안티고네는 죽음을 택하고, 크레온은 저주를 통해 자신의 과오를 후회하게 된다.

눈 먼 아버지를 모시고 유랑하는 안티고네 - 코쿨라 그림

안티고네는 숭고하고, 고결하며, 정의로운 인물이다. 그녀는 눈이 먼 장님 아버지를 위해 고행을 감내하면서, 길잡이가 되어 준 숭고한 여인이다. 또한 불합리한 왕의 포고령에 맞서 혈육 사랑을 실천한 고결한 인물이며, 죽음을 불사하고 옳다고 생각한 것을 행한 정의로운 여인이다.

소포클레스 3부작 주제는 인간은 오만하지 말아야 하며, 신탁은 반드시 이루어진다는 것이다. 또한 인간은 고통과 고난을 통해 삶의 지혜를 배우고, 자신의 존엄성을 위해 당당히 뜻을 굽히지 말아야 한다는 것이다.

오이디푸스 집안 이야기는 고대 아테네를 비롯한 많은 사람들에게 가장 인기 있는 주제 중 하나였다. 그리스 3대 비극작가들이 가장 많이 희곡으로 다루었으니 말이다.

여기 나오는 오이디푸스 이야기는 주로 소포클레스 3부작 중, 주요 사건을 중심으로 요약한 내용이다. 물론 전반적인 흐름은 알 수 있겠지만, 아무래도 사건 중심일 수밖에 없다. 직접 희곡을 한번 읽어보시라. 그 느낌과 감정은 사뭇 다를 것이다.

참고 문헌

변신 이야기 (Metamorphoses Ovidius) 오비디우스 지음 / 천병희 옮김

신들의 계보 (Theogonia Hesiodos) 헤시오도스 / 천병희 옮김

헤로도토스의 역사 (Historiae Herodotus) 헤로도토스 / 박현태 옮김 - 동서문화사

아폴로도로스의 신화집 - 아폴로도로스 / 강대진 옮김 (민음사)

일리아스 (Ilias) - 호메로스 지음 / 천병희 옮김 (도서출판 숲)

오디세이아 (Odysseia Homeros) - 호메로스 지음 / 천병희 옮김 (도서출판 숲)

아이네이아스 (Aeneis Vergilius) - 베르길리우스 지음 / 천병희 옮김 (도서출판 숲)

소포클레스 (Sophokles) 비극전집 - 소포클레스 지음 / 천병희 옮김 (도서출판 숲)

그리스 비극 소포클레스 편 - 소포클레스 지음 / 조우현 옮김 (현암)

에우리피데스 (Euripides) 비극전집 1, 2 - 에우리피데스 지음 / 천병희 옮김 (도서출판 숲)

그리스 비극 에우리피데스 편 - 에우리피데스 지음 / 여석기 옮김 (현암)

아이스킬로스 (Aischylos) 비극전집 - 아이스킬로스 지음 / 천병희 옮김 (도서출판 숲)

그리스 비극 아이스킬로스 - 아이스킬로스 지음 / 이근상 옮김 (현암)

로마의 축제들 - 오비디우스 지음 / 천병희 옮김 (도서출판 숲)

서양 문화의 역사 1,2 - 로버트 램 지음 / 이희재 옮김 (사군자)

그리스와 로마사 - 맥세계사 편찬위원회 (느낌이 있는 책)

벌핀치의 그리스 로마신화 - 토마스 벌핀치 지음 / 이윤기 편역 (창해)

장영란의 그리스 신화 - 장영란 지음 (살림)

서양 미술사 (The Story of Art) - 곰브리치 지음 / 백승길, 이종승 옮김 (예경)

황금당나귀-루키우스 아플레이우스 지음 / 송병선 역 (매직 하우스)

The Age of Fable - Thomas Bulfinch

Myths of Greece and Rome - Thomas Bulfinch / Bryan Holme (Penguin Books)

The Trojan War - Barry Strauss 지음

The Metamorphoses Ovid - Horace Gregory 지음

The Greek and Roman Myths - Philip Matyszak 지음 (Thames and Hudson)

Greek Mythology - Elizabeth Spathari 지음 (Papadimas Ekdotiki)

Sculpture - Georges Duby and Jean-Luc Daval 편집 (Taschen)

Myths Tales of the Greek and Rome Gods - Lucia Impelluso 지음 (Abrams)

Jason and Argonauts - Aron Poochigian 번역 (Penguin Classics)

The Odeyssey - Robert Fagles 지음 (Penguin Classics)

Aenerid - H. R. Fairdough 번역 (Penguin Classics)

[최초 신들의 가계도]

[가이아와 우라노스 자식들인 12명의 티탄 가계도]

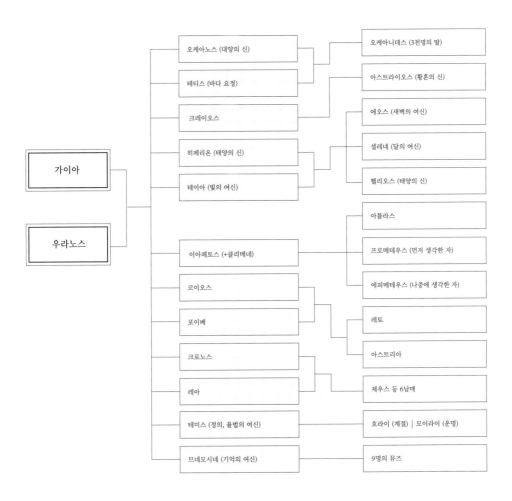

[크로노스와 레아 사이의 자식인 올림포스 12신]

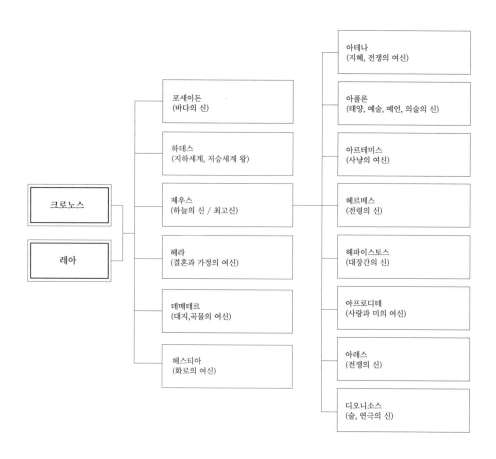

크로노스

레아

포세이돈
(바다의 신)

하데스
(지하세계, 저승세계 왕)

제우스
(하늘의 신 / 최고신)

헤라
(결혼과 가정의 여신)

데메테르
(대지,곡물의 여신)

헤스티아
(화로의 여신)

아테나
(지혜, 전쟁의 여신)

아폴론
(태양, 예술, 예언, 의술의 신)

아르테미스
(사냥의 여신)

헤르메스
(전령의 신)

헤파이스토스
(대장간의 신)

아프로디테
(사랑과 미의 여신)

아레스
(전쟁의 신)

디오니소스
(술, 연극의 신)

[가이아와 폰토스 자식과 포르키스와 케토 사이의 괴물 자식들]

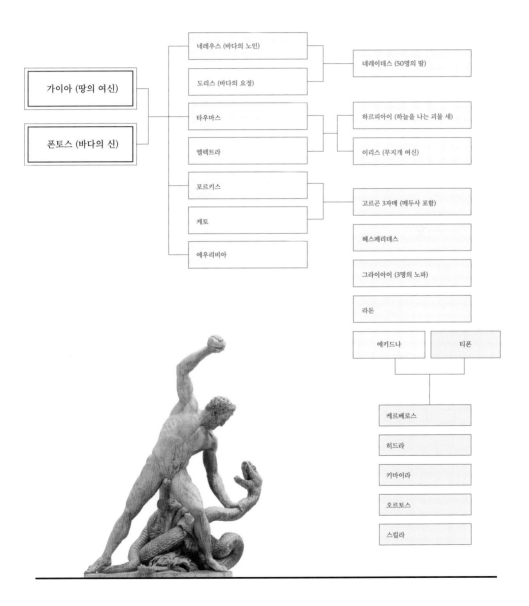

가이아 (땅의 여신)

폰토스 (바다의 신)

네레우스 (바다의 노인)

도리스 (바다의 요정)

타우마스

엘렉트라

포르키스

케토

에우리비아

네레이데스 (50명의 딸)

하르피아이 (하늘을 나는 괴물 새)

이리스 (무지개 여신)

고르곤 3자매 (메두사 포함)

헤스페리데스

그라이아이 (3명의 노파)

라돈

에키드나

티폰

케르베로스

히드라

키마이라

오르토스

스킬라

| 2권 차례

▌3권 차례

이아손의 아르고호 모험과 메데이아

트로이 전쟁

강남길의 명화와 함께 후루룩 읽는

그리스 로마 신화 1 권

초판인쇄 발행 1쇄 | 2023년 1월 25일
초판인쇄 발행 2쇄 | 2023년 2월 22일

엮은이 | 강남길
펴낸 곳 | 델피 스튜디오
펴낸 이 | 데이비드 강 (강경완)

주소 | 경기도 고양시 일산동구 중앙로 1322
홈페이지 | www.delphistudio.co.kr
출판등록 | 2021년 11월 15일

ISBN | 979-11-976783-3-2
값 | 22,000원